知音动漫图书·漫客小说绘
ZHI YIN COMIC BOOK 以梦想之名 点燃阅读　小说绘

Underneath

王巧琳◎著

面具之下

中国致公出版社　　知音动漫

谨以此时献给向往光明却也不畏惧黑暗的人们。
也希望遇到这本书的你们，能够得到一点点力量。

目 录

Chapter1
初次见面

台上忽然熄了灯，全场顿时陷入一片黑暗，其实不过几秒钟，但她心中百转千回，脑子里无数条丝线缠绕，竟仿佛过去了一个世纪。

远处灯光亮起的刹那，她抬起眼睛，不知是因为黑暗中乍见亮光的不适，还是那光确实太亮，让她看不清台下那被追光打亮的人的脸。那一刹那，脑子里像被清空，那颗先前狂跳的心突然停止了跳动。

万籁俱寂，世界像是没了脉搏。

看不清那拿着话筒的人的脸，唐秋微微闭了闭眼睛。

即便看不清，她也记得，和别人的记得不一样的记得，刻骨铭心。

不知是不是话筒接触不良，音响里忽然发出巨大的噪音，将她拖回现实。

耳畔那熟悉却又陌生的声音，向全场说了一声："抱歉。"

然后是男人表示尴尬故意讨巧的一声咳嗽，台下仿佛有姑娘发出倒吸一口气的声音，唐秋不禁心里发笑：怎么的，是觉得这男人连咳嗽都迷人吗？

"唐秋，对吧？"那个万众瞩目的男人低头看了一眼桌上的资料，再抬头看了一眼唐秋，声音是淡淡的，眼神也是淡淡的。

而这个声音，像是穿越了多重岁月，幻化成一个还带着稚气的童声，唤她千千万万遍。

她的心跳重新恢复了正常，却又像是比之前慢上许多了。

她睁开了眼睛，看向台下人那不带任何感情的陌生眼神，嘴角冷冷地牵了牵。

"是，我叫唐秋。"

从舞台上下来，唐秋强撑住的意志像是软了下来，那满腹的底气像都泄完了。

她的脑中一片空白，直到现场制片李潮东叫她的名字："唐秋你干吗呢！这边这边！"

她才恍惚地回过神来，无数双眼睛正好奇地盯着她。她抹了一把汗，牵了牵嘴角提起劲儿来应了一声，便在李潮东的指引下，进了旁边的小房间。每一个选手下台，都会被要求火速进行一次采访以供到时候剪辑用。

李潮东一路引着她进门，一边有些埋怨："你怎么回事啊？"

她眨巴着眼睛做着口型："啥？"

"还啥？"李潮东一脸的恨铁不成钢，停下脚步压低声音道，"你在台上，干吗拒绝江一凛啊？人都站起来了，你不会察言观色啊，多好的机会！现在好了，机会没了，还落了个不给面子、情商低的名头。"

唐秋愣了一下，她当然知道他指的是什么，一时竟有些不知道该怎么给理由，于是索性言简意赅。

"紧张了。"又补了句，"我情商本来就不高。"

刚才在台上，她无法形容自己的心情，盯着台下那个人，那张被千万少女称为初恋模样的脸让她的心几乎停止了跳动。

十年了，这是她头一次堂堂正正地站在他的面前，与他对视。唐秋曾幻想过千万遍，再度相逢时会是什么场景、什么心情。可当她看到他眼里不带任何情绪，像是根本在面对一个陌生人时，她的心猛地一沉。

他竟不认得她了吗？曾经那个说着"你化成灰我都认得你，不，我化成灰我都能认得你"的少年，此时所有的肢体语言都在告诉她——"我不认得你。"

旁边的评委戏谑地吹了口哨，以为她脸上的失神是因为第一次见到偶像的激动，笑道："姑娘可能被你吓到了！激动得说不出话来呢。"

她猛地从失神中反应过来，见他勾起了唇角，忽然起身，向着她的方向做了一个绅士的鞠躬。

台下少女纷纷尖叫，他说："唐小姐你好，初次见面。"

台上的她却仍旧面若冰霜，忽然低着头，苦笑了一下。

"一凛，这位美女选手好像不太领情？"江一凛旁边的男人是小有名气的"综艺咖"，自然知道怎么带动现场气氛，他大笑着说，"你得施展一下个人魅力啊，要不，上台和姑娘演一段？"

台下尖叫声剧烈，似乎人人都艳羡台上的唐秋，她用一副紧张的样子，登时就获得了出场第一个和偶像同台的机会。

江一凛迟疑了片刻，刚想抬手说"好"，这好歹是以他为主角的真人秀，他情愿接招，可一个"好"字刚滑到嘴边，便听到台上的唐秋冷冷的一句回应："不用了。"那略带惊恐和极力往外推的口气，通过话筒传出来，现场所有人都为之一愣。

甚至包括唐秋自己，一时之间竟不知该如何解释，尴尬地开口："我是怕……"

江一凛面色冷下来，但唇边仍挂着笑意，陌生又熟悉的、得体如假面的微笑。那位"综艺咖"似乎意识到了尴尬，反应过来替唐秋解围："哎哟哎哟，4 号选手紧张呢，怕江一凛上台更紧张吧？"

她点了点头，眼神却有些避讳，此时此刻，竟觉得自己有些过于幼稚。

明明……明明是很想瞪着他，咬牙切齿问一句："你凭什么不认得我？"

可此时却只能跟着人家点头，怕搞砸了气氛，更怕搞砸了好不容易经营到现在的——属于唐秋的生活吧。

她有种眼泪涌出来的冲动，明明不是那么感性的人，却在此刻神经疲软。

她在心里暗骂了一句："该死的，唐秋你发什么神经。"

再抬头时，忽然迎上江一凛的眼神。

此时，隔着舞台的距离，她和他像是隔了万水千山。

他的眼中没有一丝丝的熟悉感，只有一种刚认识的揶揄，他的眼中没有她的一点点存在。

"唐秋？"

李潮东此时正着急地唤她，唐秋才意识到自己又走神了，恨不得掐自己一下。

李潮东也不知该说她什么好，这时一边开门一边叮嘱道："等下采访，把紧张的事再提一下……我知道你不是追星族，但好歹咱这档节目是靠着江一凛的人气来的，你可记着，凡事围绕江一凛来说……还有啊，晚些时候，我找个机会，你跟他象征性地道个歉……"

唐秋点着头，但事实上她满脑子都是那双陌生的眼睛，还有那句"初次见面"。

她听到自己内心的小人正蹲在角落里，一边哭一边大声地骂："你凭什么这么对我，你凭什么！明明是你要跟我道歉，你欠我一句对不起！"

门打开，里头有个包厢能够直接从后台看到直播演出，以供记者先观看再提问，再往里，才是隔出来的直播间。此时，紧接着她的 5 号选手齐思思正款款站在舞台上，眨巴着一双漂亮的大眼睛跟江一凛找"共同话题"。据说她跟江一凛一样，都是在海外度过的童年。镜头适时转到了江一凛面前，他脸上依旧是那个让人赏心悦目的熨帖笑容，然后开口谈起了自己曾经在国外思念家乡的岁月，引得众人唏嘘，评委更是"及时"把话题转到了煽情极致的点——他那个据说在他 6 岁的时候车祸丧生的温柔母亲，那个让江一凛当年的眼泪成为全民心痛的"故事"。

唐秋冷笑了一下，撇开了脸。

她不想再次看到江一凛那虚伪的悲伤，那让她都觉得好笑的眼泪。她狠狠地掐了自己一下，像是对自己说："别想了，像他那样为了虚名可以捏造一切的人，不值得你哭，不值得你不理智。他早就已经不是你记忆里的那个人了。"

晏城有一条河，名为烟波河，名字起得极其文艺，唐秋此时正从西岸往东岸走。

两岸是不同的风光。东岸还保留着 80 年代的样子，旧砖瓦墙，青石板路，有些人家还种着菜，倒有点农家乐的意思。而西岸却是正宗的市中心，高楼林立，灯红酒绿，纸醉金迷。

虽说只隔了一条河，可那氛围却是差了十万八千里。

就像人与人，阶层与阶层，大家都生活在这个地球，这个城市，甚至在同一条街的早餐店吃饭，在消夜的大排档里买醉，却是同人不同命。

烟波桥是座老桥了，桥面不宽，但从前是晏城的集市所在地。晏城的老一辈因此也管赶集叫赶桥集。

这些年集市几乎不办了，但仍旧有不少江湖艺人或是小贩在桥上逗留，倒是吸引了不少外来游客，桥头常常堵得水泄不通。

桥上卖什么的都有，吆喝声不断，和桥下江水滔滔汇做一气，混搭而复古。这桥上什么人都有，只是在烟波的掩映下，如同一场大雾，分不清而已。

有一位京剧扮相的老人，大概每周有一两天会出现在这里，摆摊卖唱，前头不摆收钱的罐子，脚下只摆着一张曲单，都是些名剧，有《霸王别姬》《百花亭》《凤还巢》，也有《秦琼卖马》和《桃园三结义》。开嗓就见功底颇深，但在嘈杂的街市上，像个寂寞的背景音。

今天他也在，并没有开嗓唱歌，只是坐在原地，像是一个与世界无关的隐士一样。

也是这样巧，今日老人所在的位置，正是唐秋十年前跳桥的位置。

一切巧合得让人觉得有些怪异。

唐秋犹豫了一下，没上前，神经却是忍不住绷紧了些，快步走离。

十年前那一跃，将她从一个叫袁歆的女孩变成了现在的唐秋。

她早当自己十年前就死了。

东岸上有一排出租屋，早年的居民搬走之后，政府一直没对此地进行规划。但原住民觉得，晏城的繁华早晚会从烟波河的西岸膨胀过来的，就苦苦地等，等了三十年河西，却还是没等来三十年河东。

出租屋所在的区域叫狮子洞，西岸的人把这儿当贫民窟，四处的柱子上贴满写着"开锁""通马桶""代驾"等字样的小广告。

脏、乱、差，时不时有醉酒的壮汉骂骂咧咧经过，一两只野猫发出凄厉的叫声，几条脏兮兮的狗在一个勉强算作垃圾站的杂物堆翻找着食物。

往里走，就到了热闹点的地方。

唐秋来到了一座三层的小旧楼前，上面挂着"周家杂货店"的牌匾。周子豪入狱前打算带着两个妹妹做些小生意，却怎料因为犯事入了狱。

不过弹指一挥间，他出狱的时日也快到了。

唐秋刚踏进店门，就见周蕊腾地站起来，张开双臂像小鸟一样冲出来，一把抱住她。

"我的大明星姐姐！比赛怎么样啊？江一凛本人帅不帅？你跟他有互动吗？"

唐秋被她抱得喘不过气来，幸亏拿不到现场票，不然这丫头不得在现场疯啊？

"松开！"

周蕊这才松了松手，眯着眼睛阴阳怪气地道："我的姐姐，见到我的男神，有没有心动的感觉啊？"

"成天看你到处贴他的海报，再帅，我也看腻了。"唐秋努力将这个名字当作一个普通名字来对待，可一边搪塞着周蕊，一边却在心里再次泛起一丝惆怅。

"姐！"周蕊黏着她，"跟我说说嘛。怎么样，没被淘汰吧？"

"回来等通知呗。"唐秋耸耸肩，"我连个经纪公司都没有，能进初选就不错啦。"

"可是那个李潮东不是当上制片人了吗？"周蕊天真，一脸不高兴地道，"我不管，你一定得进去，起码得跟江一凛要个签名什么的，不然，你不白去了嘛！"

可不白去了吗？她此时没心思跟周蕊斗嘴，又想，也不算白去，起码死了这条心。

桌上正摆着一面镜子，唐秋一眼瞥见自己的脸，妆很淡，眉眼看起来有些丧气。

她的手指轻轻摩挲过自己的额头，多年前的那个胎记曾被疤痕覆盖，后来在几个赤脚美容医生的帮忙下，那疤痕还真的差不多消了。

她抬了抬下巴，开始认真审视自己的脸。

周蕊以为她臭美起来，在一旁偷笑："我们家唐秋，比起那些女明星根本就不差好吗？现在的人呐，都长得差不多，你看你，多特别，多有气质，多美！"

美吗？她不关注自己美不美，只是在试图寻找着曾经的样子，十五岁的她，甚至还是个孩子时候的样子。

那已经被她努力忘记的样子，此刻要想起来，还真不是那么的容易。

她的声音略微有些沙哑："周蕊……你说……我跟从前像吗？"

"哈？怎么不像？你又没整容！"周蕊一愣，这时也一并皱起眉头来，想起面前的唐秋第一次来到她面前的时候，浑身湿透，脸上的血迹已经结痂，满眼都是恨意……

是不像的，却又是像的。俗话说女大十八变，唐秋的确应了这句话，倒也不是五官变了多少，还是那弯柳叶眉，细长的眼睛微微上挑，当年那总是紧抿的薄唇，现在愈发地小巧。原先是黑瘦黑瘦的豆芽菜的个头，现在拔了个儿，标准的168cm身高，落在南方女孩里，甚是高挑。肤色也比之前白了个色号，还真像换了个人似的。

周蕊是看着她变过来的，倒没觉得差多少，但这时候经她这么一讲，回忆起来，不由支吾道："其实，还真有变化的。变美了很多！"

"你说……"唐秋猛地抬起头来，"如果是一位老朋友，见了我不认得我，正常吗？"

周蕊一愣，脑子难得灵光，唐秋能有什么老朋友啊，这么多年，也就听到她提起过一个。难不成她今天碰到了当年把她逼得跳桥的人？就是她遇到困难去找他他却说"我不认识你"的叫卞小尘的家伙？想到这个，周蕊的心一紧。

"姐，不会……不会是那个王八蛋，被你今天碰上了吧？"

"哈。"唐秋眯起眼睛笑了笑，"碰上了。"

"他没认出你？"

"是啊，不认得我了。"她继续笑着道。

"我去！"周蕊气得一捶桌子，"装不认得吧那是！你就该走过去，给他一巴掌，告诉他，当年你不闻不问，今天老娘让你高攀不起！"

唐秋闻言，低了头，苦笑了一下："何必呢？他反正不想认得我。"

"也对！何必呢！咱现在有了江一凛，你以后可是要和他演对手戏的女人！他们这些王八犊子！滚边儿去！那什么卞小尘……"

"周蕊……"唐秋淡淡地道，"以后，不要提这个名字了。"

周蕊悻悻地闭了嘴，然后甜甜一笑："姐，以后都会好的。咱们再难的日子都熬过来了。哥也要回来了……一切都会好的。那些讨厌的人，我们无视他们就好。"

"是啊，都会好的。"她冲周蕊点了点头，脸上是一个灿烂的笑容，内心却波涛汹涌。

周蕊只知道卞小尘，在她心里，那就是一个人渣，却不知道，他和她从15岁开始喜欢起的男神江一凛是同一个人。

她暗自心里一涩，是啊，又有几个人知道呢？怕是连江一凛本人都已经忘记了吧。

可心里就好像还有那么些不甘心的情绪，她甚至还想为他开脱，或许……或许他只是没看清楚她的脸，隔着那么亮的追光，隔着一个舞台的距离，兴许他没看清楚……

想到这儿，她不免哑然失笑：傻瓜，你又何必再次替他开脱呢？十年前，当你走投无路去找他，以为他是你人生中最后一根救命稻草，以为他是永远不会背叛你的人的时候，他站在那儿，如同惊弓之鸟，却仍旧能够冷冰冰地说出那句"不好意思，我不认得她"时，你就应该明白——你在他的世界里，是疤痕，是他想要掩盖的耻辱，是他不想要的过去。

你不必替他找理由，你也不必恨他。

这次相见，也不过是一场巧合，不是你去见你少年时代的挚友，而是去见一个当红男明星。

也不必见几次了，那么多莺莺燕燕竞争一颗星，我唐秋根本熬不到最后，兴许他也会像忘记你一样，再次忘记我。

袁歆，你不必恨他，也请别怨我。

Chapter 2
小城旧事

周子豪过几天就要出狱了，唐秋想着过几天她还要进别墅进行全封闭式拍摄，怕周蕊无人帮忙，于是二人把店门一关，开始大扫除。

　　虽然总不能变个"两个妹妹没了他还能幸福生活"的幻象给他，但起码把楼上收拾收拾，把一些寒碜的东西整理整理，让他心里稍微舒服一点吧。

　　没有周子豪的这三年，唐秋和周蕊两个丫头过得不好。周子豪是因为帮人做担保，结果那人跑掉了而进的监狱。他进去之后，债台就垒在了唐秋和周蕊身上。当时唐秋刚从学校毕业出来，正在找工作，周蕊更是还在念书，牢狱之灾在一夜之间把顶梁柱抽走，一边是债主上门，一边是周子豪之前得罪的人没事儿过来"瞅瞅"。

　　别说在里头的周子豪无法想象了，唐秋也记不太清楚自己是怎么过来的。当时她只有一个目标，就是撑下去。周子豪给她们留下了一堆烂摊子，还有一栋小楼。虽然那时候狮子洞的房子值不了什么钱，但要债的人自然是能抵押的都抵押。填那么大的洞肯定不行，但再怎样，也能破财顶一阵子的灾，但唐秋死活不肯卖了这房子。卖了她们姐俩住哪儿，周子豪出来了又怎么办？

　　幸亏周子豪之前为人义气，几个兄弟也算讲情义，东拼西凑地给她凑了笔钱，一部分先堵住那要债人，另外一部分唐秋用来把杂货店开张了，生意虽然算不上红火，但好歹每个月的生活有了着落。但债还是得还啊，做演员虽然收入不稳定，但比上一般的班还是要来钱多一些，她就拼命地跑剧组。这些年，虽然累，但也不算太坏。

　　忙碌之中总会忘记很多事，就不会有那么多孤寂和痛苦缠绕，她几乎忘记了自己来自何方。

从前她总安慰周蕊"一切都会好的"。有一次高利贷找上门来，动手砸店，唐秋和周蕊根本就无力招架。最后唐秋一头撞在货架上，撞得满头是血，目露凶光地威胁他们说："来啊！有本事你们逼死我，别在这里吓唬人！"

那天周蕊吓疯了，唐秋冷静下来却安慰她说："别怕，我就是吓唬他们的，我是演员。"

可周蕊瞧着她的血，心疼得号啕大哭。

唐秋又说："哎哟，真的是吓唬他们的，我不疼。艺术来自生活嘛，不演得真一点，他们怎么信呢？"

但不管怎样，那血也算没白流，那群狐假虎威的要债青年，都知道了周家杂货店的小老板娘不是好惹的，是真不怕跟他们同归于尽。到时候钱要不到，还赔出一条人命，不值得。瞧瞧她们姐妹俩也不容易，逼着能有啥用呢？总不能把她俩卖了吧？这破房子，也值不了那么多钱。还不如得饶人处且饶人，到时候周子豪出来，再让他出大头。

唐秋是不惜命的，在剧组的时候，什么脏活累活都愿意做。有一回主角要挨一顿打，怕伤着，她直接就上了，一脸淡定地说："来吧，我跟她身形像，打我吧，不过，要算替身的钱……哎，这么少？那我可起来了……对对对，这个数才差不多嘛。"

戏不错，形象不错，又不招摇，但不知怎的就是不肯签经纪公司，有人揶揄她不想红不想赚大钱，她笑着说："拉倒吧，哪儿那么容易。"

是不太容易，台上一分钟，靠的是台下十年功。就像她现在参加的这档真人秀，多少个台下十年功来竞争这唯一的席位？若不是李潮东进了组还念着她，极力推她进来，她哪儿有这个机会。

哪儿有机会和一夜之间名声大噪，后来即便隐退也在江湖上留有传说，一复出便受尽瞩目的他见上一面。

舞台上总是不真切的，表演她是信手拈来，但困扰她的却是多年前的一道阴霾，像是投射在她的舞台的黑影子。演戏的时候怕自己不投入，却又怕自己太投入，入了戏，便出不来了。

她还发着呆，一旁的手机屏幕亮了起来，她捞过来，直接往地板上一坐。

是李潮东发来的。

"唐秋！今晚有个局！有很多大导演！你赶紧过来！机会难得！"

后头是一串地址。

唐秋勾勾嘴角，刚想将手机丢到一边，他又发来："你赶紧的，打扮得得体一点！你哥我可是想着你的，别人我都不带！你可要抓住机会！赶紧的啊！"

干吗啦？"得体"？

"唐秋已睡。"她回了四个字，直接把手机调了静音。

李潮东这家伙是两年前她在剧组认识的。当时他还是个害羞的胖子，混得比唐秋还差，人也谈不上机灵，总是挨骂。这几年倒是好了些，这次进《摘星》当执行制片还顺道兼做现场导演。李潮东也算是长了把志气，只是这家伙贼能拍马屁，又把这圈子的乱七八糟的规矩摸得有些太透，当年的憨厚早就不见了，整个人一个聒噪的鬼机灵。不过再怎样，他对自己还是不错的，《摘星》的名额，也是他好不容易争取来的。但唐秋对这些机会实在是没太大兴趣。表演上她也不太想更上一层楼，差不多就行了吧。

其实对唐秋而言，她一直把演戏当作一样普通工作，争取做到不抢别人的光芒，也不太辜负这镜头就好了。

唐秋弓着腰擦完地板，抬头看到平日慵懒的周蕊在昏黄灯光下也分外勤奋，莫名觉得有一股暖意。

门外忽然刮起劲风，半开着的窗剧烈拍打着，一阵寒风涌进来，唐秋缓过神来，起身去关窗。这时忽瞥见楼下站着几个人，正用力地拍打着卷帘门，这时其中一个黄毛脑袋仰起头来，龇牙咧嘴："哎呀，赶紧开门！"

唐秋当下心一紧，叫了一声："周蕊！抄家伙！"便下了楼。

唐秋把卷帘门拉起，那头进来几个人，扑面而来的酒气让她嫌恶地后退了两步。

再抬眼一看，那几个尾随着的小黄毛除了一个脸熟的，其他都是生人。带头的男人臂膀上全是刺青，脸长得甚是凶狠，很深的法令纹自鼻翼开始兵分两路，那双嘴唇十分薄而苍白，不大友善的样子。

扛着一把大菜刀的周蕊气势汹汹地走下楼，瞥见这场景，一时也愣了。

"不是……不是睿哥吗？"

唐秋咽了一口口水，近一年，债一直是一个叫赵睿的收，这人当年和周子豪的关系还算不错，对她和周蕊也都算客气。他们的头儿名叫波爷，波爷倒没什么想不开的，这债要不到也得要，不过也没有过分为难，每次来都象征性地小打小闹，唐秋从牙缝里挤出点，也算了事。

"周蕊，还不赶紧给几位大哥倒茶。"唐秋高抬了抬音量，周蕊闻言，顺从地跑上楼去。

唐秋上前，顺手在柜台里掏了一包烟："大哥？我家的账……一直都是赵睿收的。请问您怎么称呼啊？"

为首那人眼神里满是冰霜，声音阴冷而尖刻，回避了唐秋拉近关系的举动。

"一直？那接下去就是我收。波爷知道赵睿过不了女人这关，这钱才要了那么久，所以换了我来。小姑娘，波爷也不是做慈善的，这钱你今天要是不还，抱歉，我得给个交代。"

"怎么给交代呢？"唐秋不卑不亢，"是要砸店还是怎么的？砸了我们的店，你们就更没可能拿到钱了。或者是要绑我们的人？那周子豪马上就回来了，您可以不怕，但波爷还是要这个面儿的。为难两个女孩儿，败坏波爷的名声，划不来吧。"

那人从鼻腔里冒出一声冷哼："我这么跟你说吧，债说多也不多，你们零星还了些，波爷也没算你们高利息，这样吧，把房产证给我们，这房子其实值不了那么多钱……就当我们……"

唐秋哑然失笑，抬头像在看白痴似的看着这人。

"大哥，你当我傻呢？怕是听到规划的风声了吧，这套房子值多少我不知道。但给你们没这个可能。现在也是法治社会，您一个民间借贷的，要玩那套，也得看看行情。波爷现在也不是什么黑社会的，真出了状况，比我哥能好哪儿去？"

那人气急，一拍桌子："小娘们儿，你真以为我们不敢动你吗？"

"这么说吧。"唐秋勾勾嘴角，卖着关子，"之前呢，我就一无名小卒，被您抛尸了都没啥。但最近呢，偏偏我上了一个节目，叫《摘星》，都没播呢，网上就已经很红了，好歹我现在也算上电视露脸的人了。您晓得吧，我要是出了啥事，那影响力可了得了。"

"啥……啥玩意儿？"那为首大哥半晌没弄明白，身后的黄毛忽然漏出一丝笑："啊！你上那节目了？大哥，那个节目很火的！"

唐秋收起笑，挑挑下巴："所以，这钱我唐秋还得上。"

"呵呵。"那人倒是没被唬到，冷笑了一声，"哟，那我也不能白来是吧。这么着吧，我也不逼着你还多，先还这个数吧。怎么样？"

那人亮出一只手掌和一个拳头。

五十万？她上哪儿整五十万啊？就此眉头一皱，伸出手来一把将那拳头给摁下去："五万。"

"那没可能。"

唐秋白他一眼，将手机掏出来："最多十万，而且，一个月别来找我们了。否则，我现在就报警，说你们高利贷上门。欸欸欸！别对我吹胡子瞪眼的，我可是个演员，到时候就演个你们耍流氓，你看人家信不信！"

这时周蕊已经端着茶下楼，一脸蒙地望着眼前的场景："喝……喝茶不？"

唐秋打电话给李潮东时，才发现有好几个他的未接来电，那头接起，语气气急败坏："你丫搞什么鬼，不是睡了吗？哈？我一片苦心喂了狗呢我！你晓得不晓得，我跟人家都说了你要来，有好事儿全想着你……你就可劲儿造吧！你看你啥时候还清你的高利贷！"

唐秋没跟他打太极，开门见山："阿潮，借我十万救个急。"

"神经病吧你！"那头李潮东几乎跳了起来，"我没钱！咋的，又来要钱了？"

"赶紧的，卡号发你了。你刚说的地方在哪儿来着？我现在过来。"

现代科技多发达，从前总说远水解不了近渴，现如今只要手指动一动，几分钟十万块就进了账。李潮东虽然有时候做事有点小人行径，但这借钱速度很快还真是他最大的优点了。

那来要钱的虽然不是什么好对付的角色，但毕竟拿了钱，纵使不甘心也只能改天再来了。周蕊拉下卷帘门，呸了两下，一面嘟囔着："看我哥出来不好好收拾你们！"再抬头，却见唐秋开始化妆了。

"姐？你大晚上的化妆干吗？刚咋不化呢，我说你要刚才化个妆，那大哥指不定也没那么凶。"

唐秋白她："有句好话没？我素颜就这么丑啊？"

周蕊撇撇嘴："真的，你要干吗啊？"

"有个应酬。得去。"唐秋耸耸肩膀。

"啥应酬？就都是导演的那种？可不是潜规则吧！"周蕊顿时一脸吞了鸡蛋的表情，"哎哎哎……"

"没事儿，我明天还得去录三天节目呢。今天就去应酬下。"

眼见着周蕊一脸的担忧，唐秋心里一阵叹息，她可不希望周蕊担心她。

如今周蕊二十出头了，却仍是一个不经事的小姑娘。不过唐秋嘴上常骂她不懂事儿，心里却希望她一直能这样天真、单纯，有人仰仗下去。

不要像她。

十年前那个雨夜，当周子豪将她从烟波桥下捞回来那一天起，再造之恩和唐秋这个本就是周家的远房表妹的身份，让她和这家人早就分不开了。

她不像某些人，那么薄情。

何况，她是真不觉得苦，不过是去应酬嘛，去拍一些人的马屁而已，这甚至是许多人求之不得的机会呢。

"放心吧你。"唐秋刮了一下她的鼻梁，"我的酒量你知道，何况，连刚才那种角色我都能对付，你还怕谁能欺负我啊？"

彼时的西岸，夜生活已开始。晏城盛景底层的灯悉数熄灭，48楼的酒吧——柏，却热闹非凡。

灯红酒绿之下，假笑奉承都成了容易的事。

唐秋酒量好，大家都有些微醺，她却还很清醒。

李潮东的局算不上什么高端局，来的都可以叫业内人士，但有多业内，却不好说。但李潮东说了，他们可都是未来的奖杯得主和票房保障，现在这社会啊，谁说得准呢，指不定一部戏就爆火，一夜之间身价倍涨，多个朋友总是好办事儿。

李潮东喜欢交朋友，唐秋不喜欢。但毕竟有十万块之恩，她也算是毫不拖泥带水地给面儿，喝得爽快不说，碰见投资人就夸长得帅，碰见导演就夸看过人家作品拍得可真棒。可谓是睁着眼睛说瞎话，说得那叫一个诚恳。

酒过三旬，李潮东忽然屁颠屁颠地跑进来，唐秋正迅速躲开了旁边一只攀向她大腿的肥手，动作有些大，这时装作去迎李潮东，倒也算不得罪人。

李潮东神秘兮兮地冲她眨巴眼睛，拉她到一边："VIP包厢里有谁，知道吗？"

她哪儿知道，她一界东岸小贫民，外头的卡座都消费不起。

"江一凛！"李潮东满面露欣喜，"还有《秋叶将红》的申导演也在！"

"哈？"唐秋一愣，微红的脸颊闪过一丝失神，心往上提了一下，见李潮东拽她，忙问，"干吗去？"

"过去打个招呼啊！"李潮东开心地道，"多好的机会啊！刚好，你可以为今天台上的事，找个由头跟江一凛道个歉！"

唐秋一时没回过神，低头看了一眼自己今天为了给李潮东面子穿的小礼服，顿时一阵羞赧。

"我不去……哎……"

她哪里拽得过一百八十斤的李潮东？

门推开了，唐秋一眼便看到那坐在沙发软榻上跷着修长的腿，举着一杯德啤的江一凛，他似乎正在听申导叨念着什么，身旁坐着个女孩，却瑟瑟缩缩不敢贸然靠近。就好像江一凛身上有个结界。

一进门，李潮东就谄媚地上了前："各位大佬好！"

唐秋头上三条黑线，可真是……尴尬啊。

李潮东正弓着腰作自我介绍，那沙发上坐着的戴鸭舌帽的男人——下午秀场的评委之一，也就是综艺咖 Stary——指着他身后的人狐疑道："这位是？"

李潮东猛地起身，一把将唐秋推到前头，激动得不行："这个是咱《摘星》的选手，那个……唐秋！记得不！记得不？"

江一凛皱了皱眉，抬头。

Stary 闻言笑着道："倒是和下午不太像啊，这样美多了！"他隔着人用手肘撞撞江一凛，"就是下午当着几千观众拒绝跟你同台的妹子呢！"

"可不是嘛！"李潮东讪笑着说，"她紧张！她特别喜欢江一凛！平日里老跟我念叨，这不见了本人就就……"

唐秋忍不住回头白了一眼李潮东，这时 Stary 挪了挪屁股，拽了拽身边的漂亮女孩，让出一个位置来："那……坐这儿呗。"

唐秋落座没多久，忽听旁边的 Stary 大声道："唐小姐可得好好跟一凛喝一杯啊，过几天，可是有十多个女人抢着要和一凛喝酒呢。"

"是的。荣幸之至。"唐秋低着头道。

桌边有酒，唐秋的手微微有些发抖，直接拿过来，道了句："我干杯，你随意。"

乐手上台，场面顿时燥热起来，江一凛侧头看向她，见她拿起的那杯是还未兑的洋酒，嘴角勾了勾，是个不怀好意的笑。

但见她还真的一口喝下去，他一时愣了下："喂，这酒没兑呢，你疯了啊？"

话才刚尽，便见她忽然猛地赤裸裸瞪着他，怒目圆视："你……你不早点说？"

喝得太大口了，加上脑子里乱糟糟的，嗓子里顿时辣起来。

"来不及。"江一凛耸耸肩，"不是要道歉嘛，趁着还没上头……"

嘿……眼见她怒目圆瞪的样子，像是气坏了。他失笑，抬头饶有兴致地看着她，这个圈子什么奇怪的姑娘他没见过啊。

"哦，对了，我也不是随意的人。"江一凛也捞过一杯香槟，一口饮尽。

唐秋低了低头，不就是一个醉，不就是一个疯吗？此刻，她倒希望自己疯一疯，她那双怒目松软下来，忽然带了笑意，不知是在笑他还是在笑自己，冲他云淡风轻道："好，道歉。毕竟初次见面嘛，以后还需要你多多关照呢。"

江一凛淡淡一笑："关照谈不上，比赛公平，各凭本事。不过我想奉劝你一句，你要是以为这个圈子靠着穿得性感打扮得漂亮，陪所谓的大佬喝杯酒就能够……"

他瞥向一旁正在殷勤地向申导和其他投资人拼命敬酒的李潮东，露出了轻蔑的笑容："你就太小看这个圈子了。"

"那你也太小看我了。"唐秋也冷冷一笑。

"并无漂亮资历，也没经纪公司，唐小姐现在能坐在我的旁边，确实，不该小看啊。"江一凛话中有话，还真是戳人软肋的高手。

"从前你也这么刻薄吗？"唐秋笑眯眯地道。

江一凛眉头一皱："看来唐小姐是真的不太喜欢我，不是因为紧张。"

"怎么的，你人见人爱吗？"唐秋的笑意更甚，"被粉丝惯坏了啊……活在幻觉里的人，还真是不自知。"

"要是你觉得这样挑衅我就能让我记住你的话……请自便。"江一凛轻抿了一口啤酒，笑得愈发清冷。

"怎么办呢？"唐秋忽然扭过头来，定睛看着他，凑近了一点，"我是想让你记住我啊，我就是……"

话说到一半，她忽然作呕，江一凛心一紧，刚想一把推开她怕她吐到自己身上，便见唐秋腾地站起来冲出门。

他望着她的背影，想想也是，那么一大杯纯洋酒，愣是谁也得上了头。但这个女人真是活该。他好心好意提醒一句，倒以为他要挡她星途吧。这个女人也真是傻，好歹整个《摘星》是因他而来的节目，他才是最有话语权的评委，抱大腿也该拣粗的抱吧。

而此时，呕吐感像是会传染似的，江一凛突然也觉得一阵恶心，忍不住也腾地站起来。

此时的唐秋只觉得脑子里一阵刺痛，洋酒最初下肚倒没太多感觉，只觉得冷胃，她的酒量甚好，所以李潮东总喜欢带她，喝翻一堆人不在话下。

可今天，一来是因为酒醇喝得急，二来……

她也说不上个所以然。

江一凛的眼神陌生，带些揶揄，从前他哪敢这样看她，他总是含着笑的，即便最后一次，眼睛里也是有情感的。可此时眼神中的冷漠，像是记忆迫不及待地在她身上开了一个口子，里头她拼命藏的东西拼命地要往外跑。她几乎要控制不住。

不过现在好了，她只觉得太阳穴突突的，一阵酒意带来的恶心涌上喉头，冲淡了她那乱跑的思维。

她冲了出去。

包厢的洗手间里有人，可是她哪里还等得了，总不能吐在这昂贵的地毯上吧，她可赔不起，于是攀着墙艰难地往 VIP 公共区的洗手间走去。刚抬头就觉得眼前一黑，那股努力压下去的恶心漫延上来，她只得马上朝着女洗手间的反方向冲了进去，抱住一个马桶，将自己满腹的委屈和悲伤都吐了出去。

江一凛没多久也到了男洗手间门口，还顺手捞了个帽子戴在头上。

尽管这是酒吧的 VIP 区，但也是鱼龙混杂的。到了洗手池门口，江一凛下意识地瞥了一眼女厕，他深知唐秋喝了多少，可这一眼过后，又笑自己。

又没人逼她。

女厕有人出来，江一凛迅速闪进男厕，便听到一声干呕。

江一凛皱起眉头循声过去，便见唐秋抱着一个马桶，这时正徐徐回头，迎上他的目光，一脸的"恬不知耻"地一笑。

"哟……是你啊……大明星……"

这一句竟让他不知该如何接，他清清嗓子："喂，这里是男洗手间。"

唐秋似乎不以为意，两腮红扑扑的，表情有些痴了些，倒没有刚才那股凶巴巴的泼辣劲儿了，只是妆也花了，披头散发的，呈现出酒后失态的样子。

真是的，这好歹也是公共场合，好歹注意下形象好不好？

他将洗手间门抵住，走到她面前去，摁了冲水，抓起她的手腕："你吐完没？吐完赶紧出去。"

唐秋感觉到手臂被人抓住，猛地挣扎起来："我没吐完！"

江一凛真是一个头两个大，气得一下子撒手："那你接着吐！赶紧吐完，我要用洗手间。"

怎料这丫头跟发疯似的，嘴一噘气鼓鼓道："这么大的洗手间，我吐我的，又不碍着你啥……呕……"

江一凛简直要被她气笑了，忽见唐秋抬起一张可怜巴巴的脸，眼中竟落了泪。

"你这个人，怎么这么自私啊。说话也变得这么难听……"

"我自私？你哭什么啊？喂！"江一凛侧过身，眉头紧皱地盯紧她，"我说话难听吗？我跟你说，忠言逆耳，你们这些小姑娘别太把自己……"别太把自己不当回事，这句话会不会又太重了？他想了想，换了个说法，"出门在外，总是要小心点，喝那么多，李潮东把你卖了都不知道。"

"反正我不管，你怎么这样子，你怎么能这样子……"

只听到她碎碎念着什么，听不太真切，人却仍旧如一摊泥似的瘫在那儿。

这时有人正在敲着门，门外传来男人的嘀咕："怎么洗手间门被堵了？咋回事啊？"

江一凛也懒得再和唐秋讲道理，女人本就不是讲道理的生物，何况是喝醉的女人，于是将自己的帽檐一压，一把将她给捞起来，心说：便宜你了。

唐秋很瘦，捞起来的时候甚至能摸到她的骨头，人却极软，一下子垮在他的胸前，似乎还想要挣扎一下。

"不要管我。"她弱弱地说，"你不认识我不是嘛，那我也不认识你。"

江一凛并没有听出她语气里的悲伤，只觉得有些恼，但嘴上还是冷冷的语气："你以为我想管你吗？"

这句话让怀里的女人一下子炸了毛，她突然力气加大，一把甩开他，一双冷目恶狠狠地瞪着他。

江一凛见她如此，嘴角挂了个讥诮的笑。

唐秋话说得有些支吾，倒是气势如虹："我不用你管！我死了都不用你管！"

"算我多事。但我告诉你，唐小姐要是用这种方式来吸引人注意的话，打消这个念头吧。"

唐秋猛地回头，看着他，像是听不懂似的重复了一句："吸引注意？"

她忽然靠近他，一把把他推到墙上，指着自己的脸，声音阴沉沉的："那你注意到了吗？"

她的身高不过到他的肩膀，力气更是不及他的一半，可此刻这个姿势却令他毫无防备，登时后背猛地撞上了墙，骨头都撞得有些嘎吱作响。

而面前的女人，离他不过几寸距离，抬着她那张不知是醉还是醒的脸，脸上写着他读不太明白的情绪。她一点点地凑近他，嘴角带着一个狡黠的笑容，再次道："那你注意到了吗？"

唇间吐出些微酒气，那近在咫尺的睫毛下眼神迷离，在卫生间里灯光的映照下变得暧昧，他想要躲开她，却被这个丫头不知从哪来的蛮力一把拖住，忽然伸出膝盖顶住了他的腹部。只觉得关键部位猛地一痛，江一凛龇牙咧嘴，听到自己的喉咙微微一动："唐小姐，请你……"

"自重"二字都还没说出来，只见那被抵住的洗手间门猛地被推开，门口出现几个男人，一脸愕然地看向里头姿势暧昧的二位。此时唐秋大概没了力气，一下子倒在江一凛的身上。

这时，有人举起了手机。

江一凛一把将身上的唐秋给掀开。

唐秋落了地，软绵绵地扶着地板，一脸委屈地白他一眼，哪里还有刚才那副拽样？

江一凛以迅雷不及掩耳之势抢到了那偷拍者面前，一把夺过手机，盯着那照片，却失声笑了，照片拍得糊了，根本看不清样子，他索性删都不删就还了那人，在对方一脸惊愕时，伸出手拍了拍对方肩膀："别手抖嘛。"

然后指着里头被他无情一推，坐在地上歪着脑袋的唐秋道："那女人，我真不认识。"

那两男生还一脸搞不清楚状况的样子，江一凛已经从他俩中间的缝隙穿了出去，朝后摆了摆手。

两个男生对视一眼，再看一眼男士洗手间里的唐秋，面面相觑，竟是不知要不要进，还在犹疑间，肩膀又被猛地一撞，却只见江一凛低着头折返，径直朝着那马桶边的女人走去，然后伸手一捞，再次……从他们中间挤了出去。

怀里的女人软绵绵地往下沉，江一凛硬着头皮低着脸，生怕被人看到，一面在心里暗骂：“要不是怕明天《摘星》选手在男洗手间里发疯的事上了头条，到时候又说我恶意炒作，我会管你？”

没有回包厢，江一凛径直将唐秋拖进了VIP电梯，顺便给经纪人盛威打了个电话。

电梯门顺当关上，他登时松了口气，将手一放。

唐秋马上顺着他的身子滑了下去。

江一凛恶狠狠道：“我今天也算是仁至义尽了，我跟你说，没下次！以后少发酒疯！”

她没有反应。

江一凛一愣，弯下腰去看唐秋。

不省人事了？他莫名觉得有些好笑，电梯镜面倒映出来的自己的脸上充满滑稽，身旁的人忽然捞了一把，紧紧抱住了他的腿……

电梯正在缓缓从48楼下坠，微微有些失重感，江一凛慢慢掰开她的手，蹲下来盯紧了唐秋的脸。

莫名地，他伸出手，轻轻地撩开了她额前的碎发。

她的妆不是很浓，尽管面上的妆已经花了，额头却是光洁饱满的。

江一凛忽然苦笑了一下，松开了手。

“我发什么疯呢这是。”

这时，女人的嘴唇忽然轻轻一动，她呢喃着，像个撒娇的小孩：“你不准说我。”

欸？

“别人可以说我，你不行。你最没有资格说我。”

“还不让人说了？你这个人，是有多……”即便知道她不过是梦呓，但他仍觉得想笑，竖起耳朵想听她的下一句时，电梯门忽然开了。

唐秋那细若蚊呐的声音，就这样被一开一合的电梯声盖过。

“小尘，你怎么能认不出我？”

盛威来得倒是很及时，他刚好就在附近，一听到江一凛召唤就赶来了，看着他腿边依偎着个姑娘，吓得一个急刹车，摇下了窗户：“什么情况啊？”

江一凛咬牙切齿，瞥一眼脚下的人：“什么情况你看不到啊？”

将醉得已经不省人事的唐秋在后座放平，江一凛也在副驾驶落了座，揉着脑袋说：“先送我回去吧。你待会儿给申导打个电话，说我有急事。”

“欸？回去？那后头这个呢？”

江一凛皱皱眉头："你待会儿自己打个电话给李潮东那王八犊子。做老鸨做到我的节目上来了。"

"欸？选手吗？"盛威眼睛一亮，回头去看那后座上的人。

"嗯。"江一凛揉揉太阳穴，"4号。"

"哎哟，就是当众拒绝你的那个啊。"盛威笑着说，"怎么，拒绝你，你反而……"

"瞎说什么。"江一凛道，"这女人简直是个疯子，没兑的洋酒一大杯灌下去，喝多了冲进男厕吐，还……"

想起方才的清形，江一凛咬牙切齿："要不是我善良，我才懒得管她！"

"好好好。"盛威笑着道，"对了，今天那头发了些照片给我。"

江一凛猛地从副驾驶弹起来："赶紧给我看看。"

"瞧你……"盛威一面将手机给他，一面道，"对了，明天的采访，你该透出点新戏内容了，但也别提得太多。到时候提一下李老师，好歹是你的启蒙老师。"

"我说了几遍李大师不是我启蒙老师啊？"江一凛低着头道。

"得得得，我知道我知道。这不是那人我记不住名字嘛。"

"你能记住啥？"江一凛啐他。

盛威嘿了一声，但也没发作，暗自感慨他这经纪人当得可真是窝囊啊，助理的活，司机的活，找人的活，挨骂的活儿，全给他占了！

江一凛将盛威手机里的照片一张张翻过去，一边翻一边摇头。

他好像已经习惯这种失落了，甚至谈不上失落。

"都不是。"他将手机还了盛威。

盛威有些无奈，叹了口气："哎，人家可能都改名换姓了，但全中国多少人啊，虽说有这么个特征……但按咱这么找，得找到什么时候啊？"

江一凛半晌没接茬，然后也叹了口气，苦笑道："不然呢，不然还能有什么办法？"

"你有没想过，既然她不想背负……或许她现在已经过上了平静的新生活了呢。"

江一凛没有说话。

"还要继续找啊？"

"找！当然得找！"江一凛侧头看着他，目光如炬，斩钉截铁。

"找到了又怎样呢？"盛威无奈地叹了口气。

"找到了，就跟她道歉，直到她原谅我为止。"

"那要是一直找不到呢？"

江一凛调整了一下座椅靠背，闭目养神："找得到的。一定。"

盛威开大了收音机的音量，发动汽车，音响里飘出低低的京剧浅唱。

江一凛下意识抬了下眉头，却懒得吐槽盛威。

此时已是凌晨一点，戏曲频道里正在播《八珍汤》，本就悲伤的调子在夜里听起来更是声声泣血。

盛威也是最近开始听京剧的，江一凛对他这喜好实在难以苟同，每次都是报以"装什么伪票友"的轻蔑，可此时秋夜风凉，不知怎的，江一凛的心头像是被什么堵着，那一声声低吟浅唱，一下下地撞击着他的胸口。

"时逢这数九天何处奔？风如刀，雪如挫，夫儿不见、遍体伤痕！天不怜老，地不怜贫，怨只怨我这苦苦苦哇……"

车后座的唐秋眉头也皱了起来，那"咿咿呀呀"的音乐像是从另外一个世纪传进她的耳朵，就此记忆里的人粉墨登场。

可车前车后如斯近的距离，他们的头几乎挨在一起，却都不知道，对方正做着和自己一样的梦。

酒精早已将唐秋的意识捣成了糨糊，待到在停车场吹了点冷风，那滚烫如岩浆一般的脑子才稍许冷却。不知从哪里传来了"咿咿呀呀"的唱腔，涌进她的耳朵里，直达心底。

脑海里忽然出现了一个舞台，各色大脸谱登了场。

若是寻常日子梦见这些，她一定万分痛苦地想要醒来，但这个梦里，舞台上没有火光摇曳，只有一束冷冷的光照在她的小布鞋上。

二十几码的小鞋，红色的，是她幼年时最偏爱的那一双。

她的意识渐渐松懈，一段记忆在体内游走，她仿佛听到一个声音在叫她的名字。

"袁歆！下雪了！"

她仿佛回到了多年之前。

南方还在飘着落叶的时候，北方某个小小的山城正在酝酿一场初雪。

那是十八年前的某个夜晚，袁敬意的戏班子驻扎在一个叫锰扎的北方小镇的某间民宅里。屋内烧着火炉，那时候她还不怕火，因为手脚冰冷靠得很近，一不留神就会烧到手。

外屋有打麻将牌的声音，那个叫柳叔的男人的声音很大："碰！哎，敬意，你不打一把？"

正在擦着身边的砌末的男人回头应了一句："不打，总输。"

柳叔嘴里叼着烟，笑道："你丫就是小气，牌局就是有输有赢啊！"

袁敬意拿起一个虎形饰件，小心翼翼地擦，那饰件旧极了，他却如对待一件珍宝似的仔细。

七岁的袁歆，手悬在火上，眼珠子却盯着那黑白电视机不放，电视上正在放林正英的僵尸片，她看得专注，一颗心怦怦乱跳。

她身后不远处，有双眼睛也牢牢地盯着她的后背，时不时倒吸一口凉气。

柳叔探出头看了外头的两个孩子一眼，向着袁敬意压低声音道："小丫头快上学了吧？"

"嗯。"袁敬意应了一句。

"那咋办？学还上不？上了学总不能还跟着咱戏班子这么走南闯北的吧。"

袁敬意放下手里的物什，凝神思考了一下："不打紧，在融城上着就是了。我们该跑戏跑戏。"

"那怎么成？"柳叔皱眉道，"丫头就你一个亲人，那么一点的小人儿，没人照应着？吃啥喝啥？"

"隔壁七姐儿会帮忙看着。跑得近一些……"袁敬意也皱了眉头，咬着牙说，"不跑戏，又吃啥喝啥？"

柳叔对面的田章打出一张牌，向着袁敬意道："现在活儿难接，价格也谈不上去。你看，咱戏班子现在就剩下咱几个人了……咱都是老玩意儿了……"

"老玩意儿怎么的？"袁敬意的脸色难看起来，"老祖宗传下来的东西，难不成还不是好东西了？现在搞'非遗'，指不定会扶持咱们。"

"得。为啥搞'非遗'？就是因为快灭了！"

这话一出，柳叔就知道不好，回头一看，袁敬意果然恼了："怎么就快灭了！懒得跟你们说！就是因为你们，咱这老祖宗传下来的东西才不见好！

"对了，老钟，你说门口那娃娃是你儿子，我咋瞧着不像呐？"

"啥儿子哦，我捡来的。"老钟压低声音道，"去年冬天，大雪天的，这娃差点冻死。没辙了，就搭把手，这一搭吧，跟口痰似的甩不掉了。"

袁敬意看了一眼屋外那浑身脏兮兮的小男孩。

老钟继续说道："你别看那小子个头还没你姑娘高，九岁了！捡来的时候身量跟五岁的小孩似的。皮包骨头……啧啧……你可别觉得我亏待他。这年月，咱们这行不好过啊。"

老钟是柳叔叫来的朋友，现在戏班子不好做，人越来越少，原来的旦角净角都跑去做别的营生了，戏班子就靠袁敬意和柳叔撑着。有时候拉个野角儿凑个场，实在不行，袁敬意一晚上唱三场戏，生旦净末丑，全给承包了。老钟是来帮忙的，戏班子现在的情况，一个人得有分身术，老钟不但要抹彩勾脸，还得管账。

袁敬意擦好了一切物什，起身到屋外，从口袋里掏出一张钱，朝着正看着电视的袁歆道："过来。"

袁歆恋恋不舍地过去，全然不觉自己的衣裳已经被火炉烫了一个洞。

袁敬意也没瞧着，将钱给她："丫头，去外头打两斤二锅头来，赶紧的。"

袁歆接了钱，看了眼屋外，此时小山城已经入夜，外头又冷又黑，她回头看了一眼那黑白电视里蹦蹦跳跳的僵尸，登时就寒毛一竖。可袁敬意已经进了屋，屋里呛人的烟味冲过来，她猛地一咬牙。

旁边窝着个满脸脏兮兮的小男生，她走过去，轻轻踢了脚他身下的垫子。

那小孩茫然地抬头看着她，袁歆不喜欢别人盯着她的脸，原因是她眉心中间有一大块红胎记。

"喂，起来。"她撇过头，凶巴巴地说，"打酒去。"

男孩指着自己的脸，有些狐疑。

"对，就是你，陪我打酒去。"

那小孩儿有点儿犹豫，已经走到门口的袁歆回头催他："快点！你怕啥？"

下巴一抬："这世上没鬼的，要是有，我帮你打！"

说得有些心虚，外头的冷风一下袭来，身边已经多了一个人。

袁歆不太记得自己是几岁的时候开始跟着她爸到处唱戏的，好像从记事儿起就这样，或者更早，被她爸背着，往戏台子边一丢，台上就"咿咿呀呀"唱了起来。

但袁歆所看到的戏班子，跟袁敬意喝了点酒轻飘飘地絮叨的不一样。他说："你是不晓得，那时候戏班子热闹，热闹到什么劲儿呢，一个村里搭了个台子，隔壁村，再隔壁村，隔壁好几个村的人走几个小时来看戏，票都不够卖，板凳也放不下，围着戏台子，里里外外的好几层……"

袁歆自然不懂，她讨厌喝醉后的袁敬意，也讨厌京剧，讨厌生旦净末丑、唱念做打、手眼身步，包括在寒冷的雨夜里，在看了一半的恐怖片之后，走一里路去供销社打酒。

幸好戏班子里多了个跟她差不多大的孩子，她自觉能使唤使唤，没想到对方还挺听话的，这下有些后悔，应当把钱给他，让他来跑这个腿。

她穿着一件新的棉袄，但身后那个孩子只穿了很薄的旧棉衣，有些大，松松垮垮地挂在他身上。他脸上脏兮兮的，一双眼睛却又大又清亮，看人的时候有些怯生生。不像她，看人的时候总是老气横秋的，这都是跟着戏班子里的柳叔他们学的。

可再怎样，她不过是个七岁的孩子而已。远处的山后头传来一阵像狼嚎一般的声音，细碎的干稻草上不知是什么爬过，窸窸窣窣。

风开始大起来了，突然之间吹斜了细雨。她一扭头，在路边的杂草堆里瞥见了一个废弃的坟冢。然后她的心里忽然响起了"噔噔噔"的声音。是僵尸在跳，穿着清朝服饰的脸色惨白的人，已从黄土地里爬出来。

脚顿时有点打颤，她走不快了，突然停下来等身后的人，那陌生的连对话都没几句的小孩，一脸怯怯地看着她，也不走了，像在等她发号施令。

她静了静自己的心绪，想让自己的声音不露出一点害怕："喂，你走这么慢，是不是很怕啊？"

不待他反应，她下巴一抬，伸出手来："那我牵着你走吧。"

只见那孩子一怔，双手忽然伸到身后，使劲地摩挲。她忽然又有些后悔，但伸出去的手缩回来岂不是很丢人？她哆哆嗦嗦地说："真的，这世界上是没有鬼的，你信我。你别怕啊！把手给我！"

她冰冷的手上忽然覆上了一层暖意，抬头看到那孩子，脸上是局促的笑："刚才，脏。"

原来他是在使劲把手搓干净啊，袁歆忽然心里就笑了，觉得这个小孩还挺逗的。

两个孩子就这么牵着手在路上走着，风声依旧很大，可那个"噔噔噔"的可怕声音却好像被隔离出去了。

她问他："你叫啥？我叫袁歆。"

他声音小小的："小尘。"

"小陈？你姓陈？陈什么？"

"卞……卞小尘。"

"卞？大便还是小便的便？"

明明是很欺负人的一句，却听见卞小尘"咯咯咯"地笑了起来，袁歆莫名地觉得自己心情也好了一些。

"卞小尘。"袁歆叹了口气，大概是觉得他的话太少了，自己要多说些，"我们现在要去供销社打酒，我爸他们就喜欢喝点酒，但那酒可难喝了。辣嗓子。他也不敢多喝，怕明天在台上唱不了。我明天也要上台呢！

"你也听过戏吧？哎对了，你不是那个老钟叔叔的儿子吗？那你怎么不姓钟啊？"

卞小尘没说话，咬着嘴唇似乎也不知道该怎么回答。

"那好吧，你爱姓什么姓什么呗。那你上学了吗？你怎么这么脏啊？

"小尘你以后会跟我们戏班子一起吗？你喜欢京剧的话我可以让我爸教你，我也可以教你。你别看我小，我其实学好久了……"

一里路，在袁歆絮絮叨叨的讲述下很快到了头。她是个聪明孩子，虽然卞小尘的话很少，问三句答一句，可看着他害羞的笑容，她知道自己可以多说一点。

供销社到了，她把钱给了那被电视上的小品逗得咯咯笑的老板，老板找回了一张小钱。袁歆犹豫了一下，咬牙问："老板，有大白兔吗？"

她称了一小袋的大白兔奶糖，递一颗给小尘。他脸上有受宠若惊的表情，拿着那颗糖，却半天没剥。

"你吃啊。"袁歆剥开糖丢到嘴里，含糊地催他，"别舍不得，可好吃了，吃了还有。"

卞小尘闻言，却还是不动。袁歆急了，一把夺过来，剥开，往他面前一送："张嘴。"

卞小尘乖乖地张了嘴，奶糖入唇，甜在舌尖开，他看着袁歆的眼神更加亮了，然后伸手要抢袁歆手里的酒，支支吾吾的。

"哟，不用，我能拿！"小袁歆摆手拒绝道，将大白兔的塑料袋递给他，"你拿这个。"

卞小尘接了过来，又伸出来一只手掌，眼神期待地看着她。

"你还怕呢？不用怕！"袁歆抱着那酒壶，晃晃脑袋，"有啥好怕的，你是男子汉！不怕鬼！"

"你不怕吗？"卞小尘含糊地问她，奶糖可真甜啊，软软糯糯的，奶味十足。

"我有啥好怕的！"她翻了个白眼，"走吧！"

卞小尘便眯着眼睛一笑，跟上她。袁歆抱着两斤酒，走得却飞快，还催着卞小尘。

气温突然骤降，地上的雨水结了霜，回去的路比来时更难走了些。小道旁边是田埂，枯柴满地。袁歆心里还在想着刚才卞小尘伸出来的手，他的手小小的，却比她的要暖一些，他说他有九岁了，但他瘦巴巴的，看起来还没自己强壮呢。但她还是觉得有些高兴，她甚至毫不吝啬地把自己的大白兔奶糖分他一半。

这是七岁的袁歆第一次交到的朋友，听说从此以后他也可能会在戏班子里驻扎，那真好啊！

"袁歆，下雪了下雪了！"卞小尘在身后吭哧吭哧地追着袁歆，一面大声地喊着，袁歆停下了脚步。清冷的夜色之中，隔好几十米才有一盏昏昏暗暗的路灯，这个时候仰头看去，雨丝不知道什么时候变成了雪片，慢慢地往下落，落在她的肩膀上，也落在身后卞小尘那星星一样的眼睛里。

然后她的脚底下猛地一滑，整个人就往路边上的山坡滚了下去……

"袁歆！袁歆！袁歆！"

她滚下山坡，怀里的二锅头碎了满怀，她闻到浓重的酒精味道，只觉得腿部一阵剧痛，然后听到有人大喊她的名字。

"袁歆！袁歆！"

她听到树枝压断的声音在耳边不断炸开，抬头看到那人正在连滚带爬地找她。

她说："我在这儿呢！你别嚷嚷了！我爸说了，晚上别大声嚷嚷！孤魂野鬼会被你唤来的！"

卞小尘满脸惊慌地循着声音过来："你不是说没有鬼吗？"

她一时语塞："是没有啊，但万一呢！你别瞎嚷嚷了！"

卞小尘过来扶她，她起不来，满头是汗的一把推开他，脚上是撕心裂肺的疼，手上也是——滚下来的时候，酒罐子的碎片扎进了手心。

袁歆再也不能控制自己，号啕大哭起来。

雪忽然下得大了起来，卞小尘站起来要走："我去叫叔叔来。"

可是袁歆一把抓住了他的胳膊，边哭边嘶哑着嗓子道："我害怕……"

田野里静悄悄的，世界黑黝黝的，雪大片地唰唰落下。

卞小尘似乎犹豫了一下，背朝着她道："你圈住我脖子，我背你回去。"

然后他回过头来，异常坚定地说："袁歆，不要怕，我力气、其实很大的……你快上来！"

那条来时还算顺畅的路，她不记得卞小尘背着她走了多久。

她只记得漫天的霜雪片片落下，身前的小小少年步履蹒跚，却没有停下一步。

那是个腼腆又胆小的孩子，是个因为她落难而大哭的孩子，也是个说"我不会骗你"的孩子。他叫卞小尘。他不是那个光鲜亮丽，一脸傲慢的大明星。

那年，袁歆命大，除了身上被酒瓶子划伤，左脚脚踝处脱臼，没有其他大碍。卞小尘把她背回了家，柳叔伸手给她掰了回去。

袁歆发出了杀猪一样的嚎叫，抬头看到袁敬意的脸，父亲问："那明天她还能上台吗？"

柳叔骂了一句："老袁你闺女都成这样了，你担心明天的戏？"

"那明天少个角儿，这戏怎么演？"在袁敬意心里，戏才是最重要的，袁歆早已习惯了自己的待遇。

柳叔有些恼他，坐到一边一言不发。一直演老生的刘爷接了句："是啊，这出戏，小青衣可少不了。可你瞧着这娃娃刚崴了脚，让她下地会留下毛病。"

明天可以不用上台了。她瞧着袁敬意那发急的红脸的样子，心里莫名有一股爽意，她愉快地吃着奶糖，伸手递给了卞小尘一块。卞小尘抬头，朝着她笑了笑，轻轻地说了声："谢谢。"这一声登时让几个大人同时将目光锁定在卞小尘脸上，他有些怵地低了低头，刚剥开的糖纸又给盖上了。袁敬意见他满脸蒙尘，从旁边水缸里捧了水就给他擦脸。卞小尘不敢躲，任由他擦。

擦去脏兮兮的尘土和泥渍，露出的皮肤比雪还白，卞小尘眉眼清秀小鼻小口的，此时正怯生生地看着这满院的大老爷们儿。袁敬意情不自禁露出一个笑容："他身量跟歆儿差不多，脸蛋比歆儿还俊俏呢！"

卞小尘一脸不知所措地看着老钟，老钟有些犹豫道："不是，敬爷，小尘他虽跟着我跑戏，但你让他唱？他又没学过……"

"不打紧。"袁敬意这时看着卞小尘的脸仿佛看一样宝贝，"我连夜改改词，尽量将台词改少。但……"

他蹲下去，看了卞小尘一眼，又看向两个腮帮子鼓鼓舔着糖的袁歆："丫头，吃完糖，教教小尘那句……"

"哪句？"

那天晚上，窗外下着鹅毛大雪，屋里的小丫头盯着卞小尘那张漂亮得有点不像男生的脸，学着大人拿腔作势："卞小尘，虽然今天你救了我。但从现在起，我就是你的师父了，学得好了就有糖吃。不然就要挨板子哦！"

男孩不知道自己怎么就认了个师父，但他还是瞪大眼睛恭恭敬敬地点了点头。然后只见坐在炕上的女孩起范儿，那眉眼像是突然变了个样，"哒哒哒"三声，从袁歆嗓子眼冒出来。他痴迷地望着她，仿佛她所在的地方就是一个戏台子，仿佛有不知名的雾气绕着她稚嫩的手指。

"老祖宗不知今日风光，旧事里闭巫山。小儿郎不知天高地厚，当日里锁清秋！"

那是上个世纪末的秋末冬初，袁歆第一次教江一凛唱戏。不知天高地厚的稚子将这一段往事锁了记忆之中。当年，她可是他的老师，如今，他却一脸陌生而冷酷地"教育"和"批评"她。人生，真是有趣。

此时夜凉如水，唐秋下意识将手指轻轻触到眉心，那里曾经有一大片红色胎记，如今早已消失得无影无踪。然后她翻了个身，继续昏昏欲睡。

"一凛！一凛……"盛威已经将车开到了江一凛现在住的公寓楼下，叫醒了旁边的江一凛。他像大梦初醒一般猛地弹起来，抬头看了一眼盛威，竟有恍如隔世之感。他解开安全带，顺势看了一眼身后的唐秋。

"后面这个怎么办？"盛威问道。

"你自己想办法，把人送回去。"江一凛打开车门，回头又道，"你跟李潮东讲一句，他搞什么我不管，别卖人卖到我头上来！"

Chapter3
星空烟火

"喂？李制片……对对对，这是我号码。那个……你那个4号女选手，她家住哪儿来着？喝多了……对对对！那个，一凛让你以后注意点影响……狮子洞，几号来着……"

盛威回头看了一眼后座的唐秋。

妆花了，但还是看得出漂亮，总的来说，虽然五官算不上精致，但组合起来，有股劲儿，一种盛威也说不上来的劲儿。

该不会是能让江一凛动心的那种吧。江一凛身边围着多少美女啊……不过盛威转念一想，这也难讲，一凛那家伙眼光独特。

盛威笑了笑，可惜，一凛眼里心心念念的人可只有那个十年前的小女孩，即使她在十年前那一别之后就销声匿迹了——盛威并没有见过她的真容，只是在江一凛仅有的一张小学六年级单人照里，看到过一个眼神有些骄傲的黄毛小丫头，两眉中央是一道红色胎记。

如今，他也是凭借这胎记替江一凛大海捞针地寻找这个孩子，当然，得瞒着老爷子。

江一凛是有执念的，他说这是他以前相依为命的好朋友。与江一凛深入相处后，盛威才渐渐知道，他现在所有的身份履历都是假的，从前他被人贩子拐卖，甚至做过流浪的乞儿。那个女孩就是十年前那场纵火案死者的女儿。至此，他倒有些理解相依为命这个词了。

表面上看起来一路顺遂的江一凛，内心里却是支离破碎的，之前甚至患过抑郁症，现在虽好些了，但仍旧是常靠着安眠药度日。

盛威叹了口气，打开了雨刮器，晏城开始下起瓢泼的秋雨。

他不会想到，那个他和江一凛都"众里寻他千百度"的人，此时正躺在他的后座。

为了跟那不堪的回忆撇清干系，她改头换面，改名换姓，成为一个叫唐秋的女人。

唐秋醒来时已是次日早上，她头疼欲裂，坐在床上老半天才回想起昨天的情形，又想到马上要和江一凛一起录三天节目，不由地叹口气。

床头边是周蕊帮她收拾好的行李，不过想到录完三天节目后，刚好能赶上大哥回家，她心里还是很高兴的。

下了一整夜的秋雨，唐秋出发的那个早上，天突然放晴，气温却已降下来，即便是太阳底下，也有些发寒。

唐秋交代了周蕊一些事后，简单扒了点饭就拖着行李箱出了门，瞧不出任何的激动。

唐秋兜兜转转，总算买到了下午上山的票，坐在大巴上呼出一口气。

盘山公路风景很好，路况却是一般。目的地是一个新开发的风景区，跟她同车的基本上都是游客。不少人扒在窗户上看着外面的风景，一开始兴致勃勃，过了会儿就脸色苍白地晕车了。

她在位置上小憩，无心关注窗外风景。

原先她以为自己可以坦然面对他，坦然面对一切，然后一笑了之，扮演好自己的角色，就此当作一场正面别过。

但事实上，她必须得承认她做不到。可她却必须面对，面对接下来可能跟他相处的点点滴滴。

不知开出了多久，车子突然一个急刹，唐秋猛地回过神来。

原来是车子抛锚了，司机叫了维修公司上山来修，只是再怎样也要耽误个把小时。乘客们怨声载道。唐秋查了下手机，离她的目的地倒是只有两公里的路程了。于是她决定自己走上去。

这是个错误决定，因为山上下过雨，路上坑坑洼洼的水渍未消，旁边的青苔更是又湿又滑。再加上也不知道周蕊给她装了什么，行李箱重得要命，往上走，还真是个体力活。

也不知道昨天晚上断片前，她到底有没有讲不该讲的话，酒精可真不是个好东西。

这么想着，她没注意脚下，脚底约莫踩上了青苔，就此一滑，也幸亏是扶住了刚才被她嫌弃的行李箱，有了一个缓冲，不过膝盖还是狠狠地抵在了一块石头上，唐秋半晌没站起来。

城里还没太多落叶，可天明山上已是红叶漫天了。
阳光都被枫叶染得发红，如火如荼。

唐秋总算到了别墅门口。

"摘星别墅"，烫金的漂亮字体和深蓝的底幕倒是很搭。

选这里作为开场第一个拍摄地，自然是有原因的。这个别墅曾是电视剧《秋叶将红》的固定场景拍摄地。江一凛对《摘星》来说，就是那颗星。而《秋叶将红》在他的演艺生涯里，算是非常有代表性的作品。江一凛沉寂多年卷土重来，就是这部戏将他重新拉回公众视线。剧中江一凛扮演的是一个大财团的花花公子，英年才俊忽然被诊断罹患绝症，打算在这座别墅里度过为时不多的余生，却和来照顾他的女护士秋叶产生了爱情。

这部剧被称为中国版《蓝色生死恋》，可谓是赚足了眼泪。江一凛在里头扮演的温柔霸道总裁沈继楠，是个风流却悲壮的人物，细腻又浪漫的情节让他圈粉无数。而饰演秋叶的新人演员叶晨曦也在这部剧之后火遍大江南北。

唐秋当然也看过这部人气爆棚、一举将江一凛重新送上巅峰的剧，拜周蕊天天念叨"沈继楠"所赐，她也算是受荼毒颇深。只是这时，她忽然想起之前他的嘴脸，不禁嘲笑，观众多傻啊，角色和人能一样吗？人和人……同一个人都能不一样呢。

她耸耸肩，跨进了别墅。

唐秋毫无疑问地迟到了，门口都没有了工作人员。

"这台摄影机放这儿也太明显了！摆开摆开！嘉宾明天到，对对对！鲜花……这鲜花什么配色啊！你是怎么挑的！"李潮东满别墅地跑，满额都是汗地想要保证每个环节都不掉链子，这时一看到唐秋，他愣了一下，压低声音咬牙切齿地走过来："怎么来这么晚啊！你都最后一个了，给人印象多不好啊？"

唐秋假笑了一下："那个……午高峰！"

"山上还午高峰呢？"李潮东气呼呼地白她一眼，一旁的摄影师已经凑了过来，对着唐秋一阵拍。

唐秋有点儿不自在，但也顶不上什么用，毕竟摄影机在旁环绕的时间，日后天天都是，这时她只想快速先回到房间休息休息。

"没事儿了吧？那我住哪儿啊？"

"Hello！"唐秋听到楼梯拐角处一声甜腻而热情的招呼，抬头看到一个浑身粉红的女孩儿已经一个箭步冲到自己面前来。她睁着一双大眼睛，笑却是冲着镜头笑的。

"那个，我是你的室友，我叫沈欢！"这个叫沈欢的姑娘初选的时候唐秋见过一次，但没说过话。当时唐秋心里堆满了事，没太留意身边的情况，这个时候恍惚想起，这个小姑娘当时好像想挤进齐思思那个小圈子，结果活生生碰了一鼻子的灰。

别的选手唐秋可以不了解，齐思思和庄叙如可是这个节目最大的两个看点。庄叙如参加这个节目其实有些降低身价了，她虽没涉足过电视剧，却是个实在的电影咖，并且风格百变，演技颇有灵气，媒体也曾对她大肆报道。她这次来参加当红的选秀节目《摘星》，也不知是节目组特地请来作为亮点选手的还是什么别的……反正庄叙如是一枚实力不可小觑的深水炸弹。

至于齐思思，那来头就更大了。一方面是她小有名气的钢琴演奏家的身份，另一方面是她的父亲齐如海，他可是鼎鼎大名的娱乐公司——柯丰的总裁。柯丰曾捧红无数明星，多少人为了和柯丰有一纸合约而挤破头。《摘星》虽不是柯丰投资的节目，但齐思思的身份依然受人关注。唐秋倒没见过齐思思演戏，只是在候场的时候见着过。从小就受艺术氛围熏陶的齐思思自然是举止优雅，只是眉目里有些骄傲和娇嗔，显然是齐如海对这个独生女宠爱有加。

这个时候唐秋低眉，冲着沈欢也笑了笑："我叫唐秋，我们住哪个房间啊？"

沈欢刚想说话，旁边的李潮东突然提到节目流程。

"先别急着回去，我们有个小环节要弄。"

"什么环节？"

这个小环节就是每个入住的女演员都需要打开行李箱进行拍摄。

唐秋一听，忍不住嘀咕："这么老土的环节？"

她倒没什么不可见人的，于是洒脱地面对了镜头，拉开了拉链。

然后她就惊呆了。

万万没想到周蕊这个缺心眼的，给她装了满满当当的零食不说，其中几样东西上还扎着粉红色的便签，上面写着"To：一凛哥哥"，后头还画了个江一凛的卡通头像。

所谓最怕空气突然的安静，唐秋抬头和沈欢面面相觑。而镜头残酷地对准她，一旁的李潮东笑中别有深意。

沈欢一把夺过其中的一袋"礼品"："啊，唐秋你好用心啊，我还以为你不是江一凛的粉丝，你连他喜欢吃大白兔奶糖都知道啊！"

唐秋只觉得头皮一紧，猛地把箱子合上，抬头看向李潮东，低声道："你会剪掉吧？"

李潮东报以一个讳莫如深的诡异笑容，然后冲她抛了个狡黠的媚眼，唐秋的心一沉。

完了。周蕊这丫头，回去看不揍死她！

拍完了令唐秋尴尬的行李箱，总算是到了房间，没了摄像头的桎梏，沈欢将门一关，小嘴就噘了起来。

"这是怎么了？"唐秋经过刚才周蕊给的秘密暴击，还没缓过劲来。

"你是不知道啊，她们一来，就拉帮结派的！"

搞得她像没有拉帮结派似的。

"二人间，不是挺好？"唐秋笑笑道。

"好什么呀。"沈欢急了，"只有我们一间是在一楼的，别人都在二楼，山景房！你看我们房间多简陋啊！而且……江一凛也住二楼！"

原来是因为这个啊。

"你难道不知道，有句话叫距离产生美吗？"

"可不还有句话叫近水楼台先得月嘛。"沈欢瘪着嘴道，"万一江一凛跟她们……"

那还有一句叫兔子不吃窝边草呢。姑娘，你是来参加选角，又不是来相亲的！唐秋默默在心里吐槽。

"不会的，你那么可爱。"唐秋笑笑道，瞅着那包大白兔奶糖，"跟个大白兔似的，多好啊。"

沈欢脸一红："真的吗？我喜欢他很多很多年了。其实你不知道，我还是他应援会的成员呢……你不也喜欢他吗？说起来，你比我还用心呢……"

唐秋也不知道该不该跟沈欢解释，这大白兔奶糖不是她装的……是她那个号称江一凛死忠粉的缺心眼妹妹周蕊。

"不过……你也喜欢江一凛这件事我倒是挺高兴的。放心吧，唐秋，我不会把你当情敌的！而且，其实很多人都给江一凛准备礼物了！"

唐秋倒是对这个在沈欢口中"最次"的房间很满意，像是被别的房间抛弃一样位于走廊的尽头，却显得特别安静。这个时候终于可以坐下了，她的腿酸胀得不得了，也不知道膝盖怎么样了。

"其实我这次晋级，真的是好高兴的。你对这群选手熟悉不？"

熟不熟重要吗？唐秋心想。

沈欢嘴上不停地说："庄叙如你知道吧？不用我介绍了吧？不过她这个人挺难相处的，我听说她在采访里公开怼了江一凛的演技……啧啧。可真气人。对了，她和那个刘悠悠一个屋，刘悠悠就是那个沈宽的亲侄女，沈宽你知道吗？演了好多家庭剧的！不过刘悠悠演技比他叔叔差一大截呢！还有周纯，她吧，就是整得有点过了，人倒是蛮和善的，像个大姐姐。百科上说她的年纪跟我们差不多，不过我听说是改的，她都快30了呢！她和那个叫樊小的一个屋，樊小我就不大喜欢了，长得很凶，我觉得她不适合这次的角色，她根本就是个女反派的长相嘛。还有齐思思，她身边那个苏韵可讨厌了……"

沈欢还真是知道得挺多的。唐秋笑了笑，把扣子解开。她穿的是一条牛仔裤，紧紧地包裹着腿，这个时候拉扯下来，碰到了伤口，疼得她倒吸一口凉气。好不容易褪到一半，就看到膝盖上已经渗了血，一大片淤青惨不忍睹。

"那个苏韵啊！她根本就是仗着齐思思来狐假虎威的小人！你都不知道，她拍齐思思马屁拍得呀……等着吧，《摘星》播出之后，估计很多人得骂她！对了，唐秋，你喜欢谁呀？"

唐秋对这些人兴趣都不大。她只想能多留几期，几期通告费合起来能还李潮东一部分，以后接活儿履历上也能写得漂亮点儿。

至于江一凛，唐秋盯着自己的伤口，黯然想，纵使他记得自己又怎样，现在他已经变成一个讨厌鬼了，在他身上她可找不到一丝丝卞小尘的痕迹。

她谁也不喜欢，谁也不想喜欢，却还是笑着回答："我觉得你挺好的，我挺喜欢的。"

"真的吗！哎你太有眼光了。"沈欢咯咯地笑，"以后我们就是好姐妹了！你是几几年的呀，哪儿的人？"

下午没什么流程，唐秋累得够呛，休息了一会儿，醒来的时候看到别墅外太阳已经西沉了。

睁开眼睛那一刻，她有些恍惚，几乎没反应过来自己在哪儿。

几秒过后，人清醒过来，才发觉沈欢不在屋里。

唐秋刚要起身，发现脚上一阵痛，她掀开被子，定睛看着膝盖上的伤。

得上点药吧，若是平时也就罢了，怕是这几天拍东西得费不少体力，她可不想掉链子。

唐秋想起刚进来的时候，别墅客厅里的大壁橱上是有放着一个挂着红十字标志的盒子的，可能是医药箱。

她打定主意，晚点出去找找药。

过了会儿，沈欢火急火燎回来，翻箱倒柜地开始化妆，一脸兴奋地让唐秋也快点化妆。

唐秋轻描淡写地补了补妆，换了件稍隆重一些的长裙，相比之下，沈欢可是要重视多了，还让唐秋帮忙夹了头发。

"对啦，秋姐，你的眉毛画得真好看！能教教我吗？我每次啊就是眉毛画不好！"沈欢忍不住说了一句，递出一支眉笔来。

"我给你画吧。"唐秋笑着接过来，蹲下，一脸认真地给沈欢描眉。

描眉她倒是很擅长，她眉毛极疏淡，最爱美的少女时期，她那眉毛是空前绝后的稀疏，衬得额头上的红色胎记更加明显。

科技改变命运，她侧头看到那镜子里的脸，忽然想起这一茬儿。红色胎记可以因为一场意外而修复，而她原本那极稀的眉毛也是经过后天不断的努力终于变得正常，她少时的心结之一竟成了沈欢口中的"好看"。

"好了。"唐秋收了笔，沈欢看向镜子里她给自己画的眉毛，"哇"一声惊呼。

"秋姐，你太棒了！"

这时李潮东已经派人过来催了，窗外夕阳已经没了底，粉红色的天空暗下来，晚宴时间到了。

找了个借口让沈欢先走，唐秋想等人都走光了，过去偷偷把药箱拿过来。

晚宴在别墅后院，下午的时候沈欢就去看过了，唐秋倒是只在电视上看到过。别墅异常的漂亮，还有一个泳池。在《秋叶将红》的剧中，开头便是一场泳池戏码。因此这次节目组将真人秀录制的开始场景安排在了这里。

此时，她正踮着脚尖，攀在架子上用眼睛寻找那小小的医药箱。

工作人员似乎已经退散，她倒没避讳客厅里安着的摄像头。

药箱去哪儿了呢？明明下午看到过的。唐秋正眉头一皱，忽听到身后一阵轻咳，她立马转过身来，见来人竟是江一凛。

他的目光奇怪地审视了她一下，嘴角轻扬："唐小姐找什么呢？这里可没什么宝贝。"

话问得倒是没什么，只是那表情仿佛在说"做贼心虚"哦。

唐秋不想跟他解释，避开他眼神走到门口。

江一凛却没有让步的意思，低头挡住路："昨晚的事儿，这么记仇啊？"

低着头的唐秋，忽然抬起头来，脸上挂着让江一凛捉摸不透的冷淡笑意："是啊，记仇。我这个人特别记仇。"

下一秒，便见她忽然抬腿，直接从他鞋上踩了过去。江一凛瞬间吃疼，正要一把揪住唐秋，她却已经快步走进了院落，回头冲着他笑道："江一凛，晚宴开始了，赶紧的呀，你可是主角呢！"

她脸上笑得天真，他简直都有些愣住了。

这个女人是个疯子吧？他看着自己皮鞋上的印子，咬牙切齿："给我等着。"

泳池边已被布置得极其奢华，与前些天的开场大秀用的幕布一样，从三楼铺下来的大幕以藏蓝为底色，正中摆着烫金的"摘星"二字，在灯光折射下宛若无数星辰。

周围都是工作人员，机器围绕着正中的一张欧式白玉长条桌，除唐秋之外，所有人都已经落座。

沈欢看起来不太高兴，她只抢到最后面的位置，这时见到唐秋，马上扬起笑脸："唐秋！这里这里！"

这时旁边的李潮东听到唐秋的名字，抬头正看向她，唐秋迅速地蹿到了沈欢对面。

拉开椅子的时候，旁边的樊小颇有些不太友善地看了她一眼。

她抬起头去看向正中央的位置，那自然是江一凛的位置，回想起刚才，她不禁失笑。

沈欢却顺着她目光看去，以为她在等江一凛，解释道："一凛可不是耍大牌啊，是导演要求的，说让他最后出来。不然制造不了那种偶像剧男主角的登场效果。"

樊小淡淡地给了沈欢个白眼，沈欢约莫是看到了，脸上写满了不悦，用餐具弄出了点动静。

随着灯光亮起，坐在长条桌前的美人们都躁动起来，正对着灯光的翘首，背对着灯光的优雅回头。只有唐秋，像跟她无关似的盯着面前精致的冷盘发呆。

只听到站在镜头前的李潮东气沉丹田："欢迎大家出席本次摘星别墅的晚宴，现场的都是明日之星，我们在此处开场，也会在残酷却有趣的各种竞争中决出最后那一名天之骄女，与江一凛共同演绎一段旷世爱情！姑娘们，准备好摘星了吗！下面，我们将请出我们的男主角，也是今夜摘星别墅最闪耀的那颗星！"故意拖长的声调，让唐秋皱起眉头。

"江——一——凛！"

话音刚落，便听到一阵掌声，坐在对面的沈欢都快把手给拍红了，哪里还有之前的骄矜。紧接着烟花燃放的声音骤响，唐秋抬起头来，看着那漫天的华彩，眼睛里忽然有了笑意。

真好。天明山上可以放烟花。

镜头先扫过桌上精致的菜肴，再扫过选手们精致的脸庞和名媛般的吃相——大家都对镜头极其敏感。

旁人都在努力地抢着镜，唯唐秋一个人吃得认真，吃得热忱。

方才的烟花让唐秋有些瞬间的失神，很多念头往脑子里，她专注在食物上，用填充的方式来堵住它们。

暴饮暴食，常是受挫者调整心态的办法。

吃饭当然占不上什么戏份，李潮东出来，向众人介绍接下来的"节目"。大幕上忽然投影出 VCR 来，选手们之前的镜头轮番地放。再有意境的 VCR 轮放 12 遍也会让人觉得有些乏味。唐秋心想，观众看到这里不知会不会换台？

唐秋是最后一个，她的自我介绍也是最短的。

李潮东之前也是预料到了大同小异的 VCR 会让观众起疲乏感，于是对这群介于素人和明星之间的选手进行了小部分的筛选和贴标签。

唐秋身上的标签自然是狮子洞里自强不息的女主角，凭借自己的努力在竞争激烈的娱乐圈站稳脚跟……也不知自己发什么神经，之前居然答应了，现在听到那番带着"鸡汤"的话，唐秋觉得有些恶心。

她忽然就笑了。

这个笑，被一旁也心不在焉地看 VCR 的江一凛捕捉到了。

这个女人，可真是奇怪。

几个破冰游戏之后，气氛已经没那么拘谨了，姑娘们也开始放松，庄叙如敬了江一凛一杯香槟，起了个带头作用。齐思思不会喝酒，江一凛很绅士地表示她可以用果汁代替，惹得众人都羡慕不已。

所有人都敬了酒，唯唐秋坐着不动，仍旧在吃，吃得忘乎所以。

沈欢叫她："唐秋！唐秋！你还没敬酒呢。"

她猛地抬头，半个蛋糕跌在碗里。

这算什么套路，是新人结婚吗？还要打个通关？

可她才不想做那个与众不同的人，于是应着起身，端着酒杯过去："很荣幸能和……"

话都没说完，江一凛忽然伸出手来："别动。"

手指挨到她的脸颊上，轻轻一拂。

唐秋一怔，抬眼看他的眼睛，那真是一双随时在放电的桃花眼，他是生来就有这样的眼睛吗？从前好像并不是这样的，从前那双细长的眼睛里盛着最干净的岁月，可现在呢？

这个暧昧的动作，让一旁的人都呆了一呆，却见江一凛淡淡一笑。

"沾上奶油了。"

哦？是吗？明明提醒一句就可以了，他却偏偏要做这么暧昧的举动，她知道他那看似绅士的笑容下是一肚子坏水，心里却莫名起了波澜。

那一声声的"突突突"的心跳声，让唐秋有些面红耳赤，她将那杯子放到唇边，一口饮尽。

就此打住吧，她不要跟他争执，也不要去看他的眼睛。

她能感受得到那十一位选手——不，更多人，投向她的那意味深长的目光。

江一凛，真的挺毒。

他知道怎么置一个女人于死地，那就是让她被嫉妒。

这段应该不会播吧？也是，她怎么能抢了齐思思和庄叙如的风头呢？

这么一想，忽然放了心，那原先有些恼怒的眼神，瞬间回了温柔的光，盈盈一笑："我喝完了。"

就此，唐秋回避了跟江一凛的对视，镜头之外给他一个"对你的挑衅我不屑"的笑容，直接回了座位。

场面有些微妙。但很快就被远处推出来的足足三层的蛋糕车给拉了回来，蛋糕顶层是一个正在弹钢琴的女孩，众人很快明白过来蛋糕是为谁准备的。

而此时，方才坐着极力掩饰自己的不悦的齐思思，慢条斯理却极其优雅地站了起来，下一秒却给到镜头一个惊喜到想要落泪的表情。

此时，已经没有人再留意唐秋了。

所有目光都被吸引，唐秋看到刚才还故意冲她"放电"的江一凛，此时正将那推车接过来，目光深情地看着已经快哭出来的齐思思。

而这时，负责主持的李潮东向大家宣布，今天是齐思思的生日，她一直和家人一起过，今年难得她为了自己的理想，不能和家人在一块儿……因此江一凛特地去她最喜欢的那家蛋糕店订了蛋糕。

现场有了些欢呼声和祝福声，但谁也不知道这其中有多少真心，多少实意。

沈欢悻悻地回到唐秋旁边，向她嘬着嘴道："齐思思生日明明要好久之后……哼，关系户。"

唐秋无奈地看她一眼，指了指沈欢胸前的麦。

沈欢凑近她轻声道："我关了！"

唐秋撮了一下自己的小蜜蜂，抬头一脸无奈地说："我的刚才没关。"

沈欢一脸呼天抢地的表情，唐秋轻轻侧头看向那一侧的热闹，粉色蛋糕前，一个着白色礼服，一个着西装，可真叫一个郎才女貌，那满脸的笑意一定会让荧屏前的人们觉出些甜蜜吧。

唐秋淡淡地笑起来，姑娘们开始齐声唱生日快乐歌，她也伸出手来打着节拍。

今天是不是齐思思的生日，不重要。

她忽然想起来，她也今天生日，只不过她身份证上写的是四月。

不过也不重要，她很久都没有过过生日了。

其实她小时候也很少过生日。袁敬意全心是戏，哪里会在意小丫头的仪式感。有时候是在戏上跑，她要是提，袁敬意就会给她点零钱让她随便买点儿什么。

零钱自然是不够买整个蛋糕的，只能买一小块。有时候去的村落偏僻，连一小块儿蛋糕都买不到。后来，大概是被父亲冷淡惯了，她也不再提。但再怎样，她都是个小姑娘，表面上不在乎，心里却在乎得要命。不知是什么时候在杂志上看到一篇文章，说是生日的时候对着流星许愿很灵。可流星是难遇的，因此那作者编了个"对烟花许愿可以代替"的浪漫谎言。

可袁敬意说什么也不让她放烟花。他打从心眼里讨厌烟花，他们这一行最忌讳这种不太吉利的东西。烟花易逝，易冷成灰烬，只有一时绚烂，就是不吉利。

不让她放，她偏要放。可烟花也不便宜。

她记得很清楚，最后一次和卞小尘一块儿放烟花，她兴致未了，口袋里却没有了半毛钱。卞小尘低沉着脸，陪她走回家的时候，忽然拉了拉她的手。

"袁歆，以后我有了钱，每年过生日都给你放个够。"他举起手指朝天，斩钉截铁地说，"我发誓。"

此时，那个曾经跟她说过这句誓言的人，正在陪另外一个姑娘切蛋糕。

郎才女貌，百般般配。

他会想起来么？想起她的生日，想起他的誓言。不会吧，他早就连她都忘得一干二净了。

唐秋坐回自己的位置，做个与喜庆气氛格格不入的人，低头吃刚才掉在盘子里的形态有些蔫了的半块蛋糕。

有什么好气的。小孩子才那么相信誓言，才那么怕背叛。

而她，早就长大了。

第一期开场虽是不温不火，用一个蛋糕宴来瓦解了冰冻，但很快，李潮东就代表节目组宣告了接下来的流程。

"今天大家所在的这间别墅，两年前是《秋叶》的常驻场景。而两年前，饰演秋叶的叶晨曦也和你们一样还没有成为人气新星，但初生牛犊不怕虎，你们也将成为这样的人。

"关于节目的流程，大家是不是一头雾水？是的！没错！一切都在变数之中，就像一凛还没公开的这部戏，我们谁也不知道，谁更适合演那个未知的女主角。那么，也就代表着谁都拥有无限可能！"

李潮东明明平日里是个急躁的胖子，难得这一番话讲得极好，竟让唐秋都觉得有些莫名的振奋了。

"明天早上，真正的赛制才会到你们手上，而今夜，我们不醉不归！"

众人正面面相觑，又听李潮东继续说："刚才大家都没怎么吃饱吧？赶紧多吃点儿，接下来的三天，可是没有厨师的。"

"什么意思？"有人问道。

"就是接下来的三天，生活在别墅里的只有12位选手和江一凛，所有的餐饮都要各位自行解决。"

江一凛的眉头也皱了下，他似乎也不知情的样子。

"那摄影师呢？"

这就是节目的噱头，为了达到"真人秀"的效果，节目组已经安装了无数的摄像头在别墅的各个常驻场景。跟拍摄影师只有一个人——当然，李潮东自己是不会走的，只是从此不在镜头前出现。而要自己料理饮食，这群基本上十指不沾阳春水的大小姐们，自然会产生不错的化学反应。再加上工作人员退散，制造出一个无工作人员的状态……

人群里忽然由惊喜变成了惊吓，唐秋只觉得刚才的淑女们变成了五百只鸭子，各个都开始担忧。

"那我们没饭吃的呀。"

"对啊，我发现这里离市区远，连外卖都叫不到！要是有个什么三长两短的……"

"冰箱里有许多肉类食材，后头呢，有个园子，是别墅主人种的一些蔬菜。所以这三天，是大家自给自足的三天。希望大家好好表现！在晚餐结束之后，我们就会退出别墅。希望大家能度过愉快的与世隔绝的三天时光！"

感谢周蕊！感谢那一行李箱的食物！唐秋在一众有些忧郁的女演员里顿时显得精神抖擞。

那些为了保持体重不敢多吃只吃了三分饱的女演员们面有悔色，这时看着面前的食物，站在了吃还是不吃的十字路口前。

毕竟就算吃，也不能顶过三天吧。

"早知道这样，就带些吃的了。"苏韵道。

"算了，权当减肥了。"齐思思斜睨她一眼，"这不天天要上镜的，吃多了也不好。"

庄叙如这时站起来道："可是……我们中间有人会做饭吗？"

一句话问到点子上，全场顿时鸦雀无声，众人面面相觑。

庄叙如抬头看着李潮东："没有人会做饭。那我们咋办？"

"那就不能……"庄叙如看了一眼摄影机，出着主意，"就留个师傅在这儿，不露面，然后还是做这样的节目效果。不然闹得鸡飞狗跳的……还怎么比赛啊……"

嘿，傻姑娘，这不就是要你们鸡飞狗跳吗？李潮东摇摇头："咱真人秀总要真实一点嘛，这可不是弄虚作假嘛。"

一旁一个叫陆潇潇的姑娘也站了出来："叙如说得没错，我们倒还好些，江一凛怎么办啊？"

"就是啊……你们饿着我们就算了，饿着江一凛算怎么回事！"

眼瞧着为个吃饭的问题争执不下，齐思思款款起身："叙如姐，也没这个必要的。要么我去把我家的大厨请过来。"

谁不知道齐思思出身豪门，这一番话说得仙气十足，却被李潮东瞬间打脸："这可不行，不符合节目规定。"

"我让做了送过来都不行吗？"齐思思脸上微微发红。

"咱这是封闭式的拍摄，当然不行。而且大家手机都得上交的。"

"那大不了不吃了。"齐思思有些愠色，但还兜得住，"反正……三天不吃，也饿不死。"

这时，唐秋忽见沈欢站起来，一脸喜笑颜开地借花献佛："大家不用担心，唐秋带了好多吃的！"

沈欢一脸笑意，并没有留意到旁边唐秋的眼神里有想要掐死她的杀气。

唐秋不得不强颜欢笑地看着大伙儿："呃……欢迎大家到我屋里觅食。"这话说得尤其的不甘心，唐秋恨不得咬断自己的舌头，但在这之前，她得先掐死沈欢。

这时，却见一直都没说话的江一凛优雅地喝了口水，望向唐秋："我一个大男人饿几天倒没关系，可不能饿着大家。"

见江一凛卖着关子却看着自己，唐秋明显嗅到了阴谋的味道，还来不及揣测，就听到他笑眯眯道："明早赛制就会宣布，但眼下，毕竟是三天的自给自足，我们需要分工。对了，我记得唐小姐VCR里说才艺是做饭吧？"

唐秋缓缓抬起头，目光如炬地盯着他。

果然是不肯放过她啊。

镜头的光折射过来，唐秋上一秒还有些阴沉愤懑的脸瞬间又豁然开朗，她眯着眼笑着说："是啊，我做饭还不错。十几个人的菜量我也是做过的，只是太精致的菜品不会，希望大家见谅。"

众人吁出一口气，先前看唐秋嫌弃的那些眼神也瞬间写满了感激。

江一凛看着唐秋的眼神却有些古怪。

"那食材什么的……"

"食材？没事的。"唐秋耸耸肩，"人也不多。没问题的，包在我身上。"

他其实……原先是想给大家分下工，偏偏这丫头大包大揽了。

眼见着唐秋揽了活儿，姑娘们有些坐不住了，虽然大家都不乐意干活儿，可也不能让唐秋全抢了"勤劳"的风头啊，于是几个人又闹开了。

"那我负责什么？我们三个人洗碗吧。"

三个人洗碗？唐秋轻轻一笑。

"那我负责叫早。我每天醒得很早的。"

"那我跟你一起吧？"

……

也算是很可爱了。

大家抓紧吃饭，回到别墅是八点过后。李潮东见唐秋过来，阴沉着脸。

唐秋竖起一根手指头，压低声音说："我做这么多工作，一个人头一顿算五十，算抵债了啊！"

"我呸！"李潮东气得要命，本来还想看大伙儿为了推卸责任不情不愿又不好明说的化学反应呢，结果唐秋直接以自己的勤劳把人家给秒了！

"还问我要钱！你倒是挺能表现啊？我告诉你，到时候厨房我一个镜头都不给你！"

唐秋眯着眼笑："不给我就不给我咯，大不了不还钱！对了……晚上那烟花，还有没有剩下的？"

"你要烟花干吗啊？"

"放呗，还能干吗？"

"你不会是知道那烟花挺贵的，想带回去卖吧？"李潮东一脸惊悚地问道。

唐秋简直无语了，她家虽然开杂货店，但……李潮东的脑回路，把她抠门的人设也做得太足了。

"没了，本来还剩几个。"李潮东道，"但说是被拿走了。"

唐秋闻言，咬咬嘴唇，耸耸肩："那算了呗，可惜了，还以为能改做烟花生意了……"

李潮东无语地白她一眼："我给你剧透一下啊。这次的赛事，是……"

李潮东话还没说完，挨了唐秋一脚，顺着她眼神回过头去，便看到江一凛已经换了便装下楼，看着他们俩凑在一块儿说话，露出了一个……不太好解读的表情。

或许是讥诮，或许是别的什么，反正是个讨人厌的表情。

李潮东自然不便给唐秋再开小灶，故作此地无银三百两地夸了夸唐秋为人民服务解决了大家的心腹大患，然后快速地悄悄说了一句："反正，别得罪江一凛啊，他话语权最大……指不定真给你个角色呢！"

然后李潮东便走开了，他还有一大堆工作要做。毕竟，他现在可是"留守儿童"了。

唐秋抬眼，看江一凛已经上了楼，心里揣摩着李潮东的话。

也是，节目就算有黑幕，也是在最后的"花魁"之争，前面的大家其实都差不多。这档选角真人秀，自然是以江一凛为中心，而他的选择，也就决定了谁能陪他走下去。多录几期，多出几次镜，到时候还能弄个什么什么节目前几强……

唐秋不置可否地笑笑，耸耸肩，走进了厨房。

此时，灯火已经通明，人员已经退散，可摄像头正像一只只眼睛代表观众盯着他们的一举一动。

唐秋侧头，看着那只眼睛跟着她移动，心里一笑。

真人秀在这个时候才是真的拉开了帷幕。

哪里有什么真实啊，不过生活里也人人戴着面具，她又有什么资格去说别人呢？

次日才会知道自己的每日任务，而今天的拍摄虽亮点不足，但规定的目标也的确完成了。

唐秋要不来烟花，回屋换了件便装就进了厨房。

冰箱里的确有食材，烤箱微波炉也都一应俱全。做饭的确是难不倒她。从小家里没个女人，戏班子里虽然有大人做菜，但有时候大人没时间，她也会赶鸭子上架。做的东西算不上极好吃，但弄个普通菜肴是没问题的。

明早做什么呢？总是要提前弄好的，毕竟十几个人仰仗着她。

膝盖越发的疼，但只要想到狠狠踩了某人一脚，心里又稍显舒服一些。她自嘲地想，自己还真是个邪恶的小人呢。

其他的选手们基本上都聚集在客厅的软沙发上，热络地聊天，顺便"谦虚"地互相吹捧，表示了一下对演员这个行业和对未来的期许，和谐得基本上没有什么看点。

难得沈欢也能挤进话题。齐思思居然对她和颜悦色的，登时她心里乐开了花。庄叙如倒是一个人在一旁捞了本书，和旁边的人有一搭没一搭地聊。

她看的书是全英文的。不少人心中腹诽：装逼。面上却是一脸的艳羡："叙如你英语好好啊。"

庄叙如倒是不为所动，只淡淡抬了抬眼皮："皮毛。"

却有人附和了一句："叙如是高才生。"

苏韵偏偏不识趣，拉着齐思思来了句："思思可是在国外长大的，会四国语言呢。"

那之前附和庄叙如的便是樊小，她冲苏韵笑了笑，语气友善，却有些绵里藏针的意思："那的确是优秀呢，可惜了，我们只听得懂中国话。"

场面一下子有些剑拔弩张起来，只是当事人之一庄叙如像跟这一切无关似的。而齐思思面上稍有些愠色，但很好地掩饰住了，这个时候她忽然想起什么似的，问道："欸，对了，唐秋呢？"

晚宴上，江一凛的举动和唐秋居然一点儿都不推辞地应了厨娘的职责，更让众人留意到了这个本以为不会是对手的 4 号。

这时庄叙如微微一笑，接了齐思思的茬儿："估摸着在厨房拍舌尖上的中国吧。没人去帮个忙吗？"

这可是个做"友爱"人设的好机会啊。与其在这里十多个人共享一个镜头，何不过去跟唐秋分一杯羹？

众人正蠢蠢欲动间，樊小问道："就是啊得帮帮她，一个人准备十多个人的饭，多累啊。叙如你要不要……"

庄叙如却一把合上了书，耸耸肩道："不了，我不喜欢干活。"

她伸展着纤细而比例极好的四肢上了楼，活脱脱一个大写的"有种"。

众人想想，索性都作罢，毕竟大家谁也不喜欢干活。

十点左右，唐秋把明天的早饭备好了。想了想，她掏出火腿肠来切成小段，装上了一小盘。

来的时候，她注意到别墅外头的墙根有几只瘦巴巴的流浪猫。

这厢刚端起盘子，身后忽然传来一个慵懒男声："唐小姐，明天早上麻烦你给我做一个油煎银鳕鱼、水果粥、松露肉丸……最好还……"

江一凛调笑的话还没说完，只见唐秋回过头，言简意赅地来了句："不会。"

"不会？"

"对，没听说过。"唐秋端着盘子走过去，到他身边，抬眼看到这家伙穿着一身水银灰的真丝睡衣，大刺刺地双手插袋地靠在门框上。头发大概是刚洗过，还没吹干，更显得唇红齿白，竟是比她们一众女选手都要好看。

这时江一凛忽然伸脚拦了她一下，见唐秋骤停，他脸上有得逞的幼稚笑容，眉眼一弯，笑容清浅。

真是个妖孽。从前怎么没发现呢？那时只觉得他像个天使。

"怎么？"他盯着她的盘子，"吃独食呢？"

说罢，就伸手往盘子里抓了一小块，往嘴里送。

"怎么这么快就答应？"他咀嚼得有滋有味，问道。

"答应？"唐秋反应过来，是说她接受做饭这个苦差吧，"方便给你下毒啊。"

"喂。"他倒像也习惯了她的毒舌，耸耸肩，"摄像机可没关哪。"

提醒她说话注意点儿是吗？她也笑了笑，又重新说了一遍。

"方便给你下毒！"

……

江一凛从身后忽然掏出一张信笺，正是白天周蕊往她行李箱放的那一张。

"你这爱慕我的方式，有点特别啊。"

唐秋却也不尴尬，只笑了笑，诚实地说："我妹是你的铁粉，麻烦我带来的，那个……她吧，啥都好，就是审美不行。"

"你……算了，今天日子好，不跟你计较。"

江一凛忽然凑近她的耳朵："你这人真是怪。干吗呢，用这种方式来引起我的注意？显得自己与众不同？"

"怪什么？不识趣是吗？"唐秋笑了笑，"我就这样，您位高权重，何必和我过不去呢？"

语罢，唐秋已经一下越过他去。

江一凛倒也没拦着唐秋，见她径直端着盘子到外头，他有些好奇，慢条斯理地走到门前去。

窗户微微开着，他眼见唐秋猫着腰，她小声地模仿猫叫。倒是温柔。

江一凛忽然反应过来。他刚才是跟流浪猫抢食了？

唐秋好像召唤到猫了，跟个蘑菇似的蹲在路灯下。

会是什么猫呢？这人对猫倒是很有耐心。要不，去看看？

他勾勾嘴角，忽然无语地笑了起来，正要起身，却见身后，齐思思正拿着一本书站在他面前，眨巴着眼睛冲他道："一凛哥，你还不睡啊，可不可以帮我……"

江一凛立马打了个哈欠，抬起头来冲她抱歉地说："昨天没睡好，要不，我们明天再说？"

回到屋里，沈欢敷着面膜已经睡着了，只开着一盏小夜灯，唐秋小心翼翼地替她将面膜摘下来。

沈欢的睡眠挺好，睡姿也是，应该是个没什么心事儿的人吧。

她洗漱了一下，关了灯，躺到床上。

窗帘露出一角，外头有微光漏进来，不知是月亮还是路灯。

唐秋没什么睡意，便索性盯着窗外的光线发呆。

若不是沈欢提醒，她也忘记了今天是她的生日了。不过也没什么，反正也不会有人记得了。周蕊和周子豪倒是会很热络地把她到周家的那一天定为她的生日，有蛋糕，有鲜花，非得这么过。

她其实算是知足的了，上天克扣她很多，却也补偿得不少。即便是后来周子豪进了监狱，也总是会有卡片及时到达。

　　唐秋微微闭上眼睛，脑子里几个画面却不可抵挡地轮番上演。

　　一个是在她12岁的时候，满以为他忘了自己生日的那个雨夜，她独自生着闷气，却见他忽然从身后拿出烟花来，神神秘秘地说："我们出去放吧，省得被师父知道了要挨骂。欸，你刚才不高兴……你傻不傻，我怎么会连你生日都记不住？"

　　然后是十年前，当走投无路的她在人群里哭喊着"小尘"时，他脸上那冷漠的表情。

　　他跟记者们说："我不认得她。"

　　如果按照那时候他的演技，能拿奥斯卡影帝吧。

　　那时候的她如此无助，被逼到生活暗无天日的死角里，他的养父亲口告诉她："抱歉，一凛现在有自己的生活，你也不愿意拖他下水吧？"

　　她当然不愿意拖他下水了，可是在那一刹那，那一句话，让这最后一根救命稻草转成压死骆驼的稻草。

　　现在回想起来，却也没有什么意义。

　　人生，本来就没什么意义。

　　唐秋迷迷糊糊地睡着了，梦里仿佛出现了卞小尘的脸。少年的脸上有伤，却还是干净好看，他左手捧着一大卷烟花，右手拉她的手。

　　"走，今天是你的生日，我带你去看烟花。"

　　唐秋迷迷糊糊地听到烟花绽放的声音，她微微地睁开眼睛，被风卷起的窗帘外，夜空忽然发出光芒。

　　像是慢动作一样，一大朵绚丽在天空炸开，火星抛物线似的落开，紧接着……又是一朵。赤橙黄绿青蓝紫。

　　半梦半醒的她，喃喃道："真好看啊。"

　　此时的天台，江一凛在寒冷的秋夜里，看着天空上一朵朵的烟花炸开。他只披了一件薄薄的外套，拿了一杯酒，坐在那儿，盯着天空，然后给自己点了一根烟。

　　"欸儿，生日快乐。"

　　江一凛毫无睡意，寒冷让他无比的清醒。

　　不知这个时候，她睡了吗？有人陪她放烟花吗？她会不会哭？从前，她总爱哭鼻子。他以前答应过她很多很多事，可是现在，却只能在每年她生日的时候，给她放烟花。他是自己弄丢她的。刚开始那三年，他夜夜梦到她，梦到她说她不会放过他。梦到她在火里……死了。

听说那场大火烧了很久很久。拖出来的袁敬意成了一具焦黑的尸体，听说那时候，袁歆看着袁敬意的遗骸一滴眼泪都没有掉。

那是她唯一的亲人，她还能仰仗谁呢？她只能来找他，他却装作不认识她，任由两个身强体壮的保安将她架出去。

那天下着很大很大的雨，那天晚上没有月亮，世界很黑，比现在要黑多了。

那是他这辈子最关心的人，可他却生生推开了她，从此以后，彻底失去了她的踪迹。那之后，他没放过自己，他甚至用刀锋对准自己的手腕，但他并不是真的想死。他只是想让自己清醒一些，记得更深刻一些。

可是，在心理医生的无数次治疗后，他竟连她的样子都开始模糊，他开始忘记那个梦，忘记自己曾经多么不可饶恕。只记得她额上的胎记鲜红，她眼中的泪死活不掉，她恶狠狠地说，我永远不会放过你。

他伤害了她，以他的冷血无情，以他的背信弃义。

时间在黑夜里走得极慢，他从口袋里掏出那张照片，那是他仅有的袁歆的照片。

小学六年级的她瘦巴巴的，眼神倔强，气场强大，凶巴巴，却总爱哭。

烟花，彻底地冷却了。人生，如同虚妄。

夜重新归于寂静。

落地玻璃窗上倒映着他颀长的身形，江一凛忽觉得那倒影出来的人面目可憎，他恨恨地将手里的酒杯砸过去。

握紧的拳头青筋暴露，却在一声破碎之中又松懈开来。他颓丧地坐着，嘴角有淡淡的苦笑。

"江一凛，你真是个没用的东西。"

再次抬头，他仿佛看到那个看似体面却实则窝囊的自己旁边又站着一个小孩儿。

那小孩儿脸脏脏的，眼睛却很亮，怯生生的拿眼睛瞧人。

那是很多年前的卞小尘，被如今的江一凛尘封在过去的卞小尘。有时候，江一凛会想，他得有多孤独啊。他将卞小尘和袁歆一起封存在过去的琥珀之中，却没能将他们绑在一起……

九岁的卞小尘已经不记得，自己最初是怎么被人贩子拐走的了。他的记忆力着实算不上好。他想不起来自己亲生父母的样子，一点儿都想不起来。

他只是记得，人贩子将他绑在后备厢里，那逼仄到不能呼吸的感觉，也还记得那沾了辣椒水的皮鞭抽在身上的滋味，即便到后来成为江一凛，他的背上还是有淡淡的伤疤。

于是他跑，不停地跑。幸亏他的亲生父母给了他一副好皮囊，人贩子也爱美丽，觉得把他这样漂亮的孩子弄残缺了挺亏的。

他被转手过好多次，从南到北，从北又到南，到后来，他已经不记得，自己是在北方还是南方被拐的。

卞小尘这个名字，是后来他被转手给了一个男人后，那个男人随手给他起的。

那个男人姓卞，是北方一座小城里的货车司机，几年前老婆难产死了，就此独身一人。买了卞小尘回来，算是图个老有所养。他出活是跑外地，常常一去就是大半个月。卞小尘记得自己当时五岁，每天拿着他给的钱出去买吃的。那可能是他童年最安稳的两年时间。

直到有一回，那群他视为恶魔的人贩子又回来了，他们告诉他，他那个"爸爸"死了。所以他又回到了他们的手里，成了能再度利用的商品。

可七岁的孩子没四五岁的好卖了，卖不出去就去要饭，他幸免于"断手断脚"的灾难，凭着一张可怜巴巴的小脸，能要到足够的钱来保全自己。

风餐露宿，摇尾乞怜。幸好有一次警方追捕贩子团伙，卞小尘趁乱逃脱了"眼线"，上了一辆火车。因为逃票，也不敢多坐，没过多久就下了车。

那时候是冬天，因为下雨的时候整件棉衣全湿了，卞小尘差点儿冻死，然后他被老钟捡到了。

老钟比卞爸爸小上几岁，但面相差不多，不太讨女人喜欢的那一种。但他心肠不坏，没有为难卞小尘，老钟问他啥他就哭，说自己是个孤儿，叫卞小尘，爸爸没了。

妈妈呢？

他摇摇头，就没见过妈妈。

老钟没辙，给他煮了碗面，换了干净衣裳，这小孩便甩不掉了。

老钟那时候跟戏班子四处跑，演些不入流的戏，什么都演。

秦腔、京剧、昆曲，也有南方的越剧、黄梅戏、花鼓戏……有时候大杂烩、木偶戏也演，偶尔还演小品，就捎带了这个孩子。

卞小尘那时候沉默寡言，极其听话，因为明白老钟要是不要他，他就得去要饭。要饭倒还好些，就怕再碰到那群人贩子。

后来，老钟进了袁敬意的戏班子，他碰上了袁歆。

那是次年冬天，一直在台下跑跑停停，是戏班子拖油瓶的卞小尘被赶鸭子上架。小袁歆教了他一晚上，他也发不对声儿。卞小尘见袁敬意急得要命，他也急，怕袁敬意生气了，让老钟不要他。

越急，声音就越哑。让从气腔里发声，可气腔在哪儿？他哪里听得懂？

直到床上伤了腿的小瘦丫头突然开口说："我有个办法！"

办法就是，卞小尘来演，她在幕布后面替他唱。

袁歆可真聪明啊，卞小尘佩服地想。

那出戏她演了上百次，俨然已经熟悉了节奏和韵律。隔着帘子，他听到她的声音出来，对着口型，几乎天衣无缝。

他没有搞砸，甚至在下台的时候被激动的袁敬意紧紧地抱在怀里。

他听到袁敬意跟老钟说："这孩子有舞台天分，你瞧他那小眼神儿，他那小身板儿！至于唱，唱咱可以慢慢学！他比袁歆要强！"

那是卞小尘第一次知道自己是有价值的，不是那个死掉的"卞爸爸"搁在家里的小饭桶，不是老钟屁股后面的拖油瓶，也不是那群人贩子口中的"价格"。

他是有价值的。

然后他看到袁歆一瘸一拐地到他面前，幽幽丢给他一个白眼："喂，你今天表现不错，待会儿给你吃糖。"

尽管这个丫头比他还小两岁，性格也古怪别扭，可他却觉得无比高兴，他心甘情愿地讨好她，就连袁敬意喝高兴了丢给他的两块钱他都悄悄地塞给了袁歆。

因为那是他人生中的第一个朋友。

他跟随老钟他们来到了大伙儿的老家。那个叫融城的地方，是一个仿佛停在 80 年代的小县城。

可那些年京剧不好做，摩登时代早就来临，只是小县城的流行有些滞后。戏班子还在演，可外头能接的活儿却越来越少。

再加上因为袁歆要上学，戏班子出门的时间便越来越少。戏院成为他们的驻扎地。一周两台剧，观众却越来越少了。剧院要营生，票卖不出去，就得轧戏，现在讨喜的是新编剧，各种大杂烩，在袁敬意口中，是愤愤四个字——

"媚俗！浮夸！"

卞小尘有时候会想，自己会不会是个灾星。卞爸爸出车祸死了，他一来这戏班子，戏班子撑不到大半年就散了。

最初，解散是柳爷提出来的。他家里有老小，靠着戏班子，靠着信仰，靠着和哥们儿的情谊，喂不饱他们。他打算去南方做生意。

袁敬意当天摔了一夜的盘子，他和老钟在旁边的小窝棚里，听了一夜的哐啷声。

老钟抽了一夜的旱烟，跟在床上也吓得睡不着的卞小尘说："娃娃，你袁叔是个执着的体面人，可柳爷何尝不是？人嘛，总要活下去，才来谈什么理想抱负。你说是不是？"

他哪儿懂，可他却不敢拂了老钟的意思，点头如捣蒜。

次日，老钟也要走了。

是柳爷请他来的，柳爷走了，他也没必要留。老钟的家在陕西，跟融城算不得近，收拾了简单的行囊，也不敢亲自去辞行，让卞小尘去。

卞小尘走进那满地碎瓷的屋，满屋子都是烟。袁敬意就靠在那炕上一根接一根地抽，抬眼看他，眼神里尽是荒凉。

"老钟也走是吧？你也要走？行，走吧，滚蛋！一帮没信仰的玩意儿！京剧到这地步，都是你们害的！"

他的眼泪哗一下就下来了，站在那局促得要命，从里屋蹦出来一个女孩儿，一把抓过他的胳膊，就往外拉，拉到门口，却忽然变成了推。

袁歆满脸眼泪，压低声音："走吧走吧！我也不想见到你们了！"

卞小尘瞧她哭的样子，也绷不住，"哇"一声哭开了。

"袁歆，我会回来的，我真的会回来看你的！"

载老钟的摩的在门口鸣了笛，卞小尘跑了出去，"噗通"一声摔了跤，回过头看到袁歆又跑了出来，往地上的他怀里塞了东西，说了句："路上吃啊。"

是一袋子的糖，大白兔。

她抬头看着他说："真的还会来看我吗？"

他举起手，跟她拉钩："小尘不骗人。"

卞小尘的确没有骗袁歆，半年之后，他坐了一路的火车，再搭了一路的车，又一次回到了融城。

那天，袁敬意和袁歆都不在家。

他就蹲在门口默默地吃着走之前老钟往他身上塞的馍。

倒不是他履行诺言，是命运又一次把他给推过来了。

老钟对他其实是真不错，当年在雪夜里给他捡回一条小命，好赖也算是个救命恩人。后来一路带着他……大概也是好人有好报吧，回了陕西老家之后，还真有姑娘愿意嫁给他。

不过，那人是个寡妇，带着两个孩子，一个比卞小尘大，一个比他小，嫁给老钟唯一的要求是他得把这个跟他没啥瓜葛的孩子给丢了。

丢哪儿都行，反正家里养不起那么多个孩子。

老钟思考了好几天，给了他几百块钱，这已经是这个单身汉子的大手笔了，又让他拎了几大袋的礼品，把卞小尘送上火车，让他去找袁敬意。

毕竟，老袁不是挺喜欢这孩子的吗？而且，瘦死的骆驼比马大，老袁有本事，多养一个当学生，挺好的。

他没敢给袁敬意打电话，心里却祈祷，这娃娃不要回来了，袁敬意要是不心软，他就得心软了。

卞小尘当时的心情格外复杂，他虽然是被抛弃的，但他却觉得，这是他期待，甚至向上天求来的。

他那么想念袁歆，虽然有时候很怕袁敬意，可他却又很敬他。

父女俩很晚才回来，袁歆身上脏兮兮的，像是和人打了架。袁敬意闷声不吭，看到门前坐着卞小尘。

卞小尘开心地叫道："袁师傅！袁歆！我回来了！"

黑着脸的袁歆瞬间绽放出尖叫，袁敬意却有点儿不祥的预感。

果然，一听到卞小尘的来意，袁敬意就把他轰出去了，一边骂一边拨电话给老钟。

"老钟这玩意儿也太不够意思了，当我这孤儿院啊！"

电话拨了一夜。卞小尘在外头跪了一夜。袁歆在屋里也跪了一夜。

此时此刻，江一凛跪在地上，将碎片一片片捡起来，有一片扎破了手心，疼痛让他从那股茫然无措中清醒过来。

角落里站着一个人影，他凛声问道："谁！谁在那儿！"

唐秋其实根本没打算躲，只是看到江一凛的那一刹那，她的身子有点儿僵，然后她稳了稳情绪，走了出来。

江一凛看清眼前的人，迅速收起了方才脸上的悲伤，换上一副冷冷的表情："你干吗？"

"烟花……是你放的？"唐秋问道。

瞥了一眼面前的烟花筒，显然唐秋问了一句废话。

"为什么……放烟花？"或许是因为半夜山上天冷，她的声音微微有些颤抖，"你放烟花干吗……"

他见她讲话难得的软，于是答非所问道："你上来干吗？"

见她只穿了一件睡衣上楼，宽大的睡衣包裹着她应该很瘦的身子，看起来有点儿像件戏服。

"想冻死吗？何况，穿成这样……"江一凛冷冷笑了笑，"注意一下，还是有男人的。"

"为什么……大半夜放烟花？"唐秋打完喷嚏，却仿佛执着于这件事不肯罢休，目光如炬地看着他。

不知道唐秋到底发什么神经，见他不答，她忽然又厉声问了一遍："我问你话呢！"

江一凛失声笑了一下："唐小姐是习惯性管这么多，还喜欢这么凶巴巴地质问别人？我放烟花很奇怪吗？我半夜睡不着，刚好节目组有剩下的烟花在我屋里，我放个烟花陶冶一下情操怎么着了？"

唐秋似乎一怔，那盯着他的眼睛黯淡了下去，嘴唇嗫嚅着："这样啊。"

"你干吗这么激动？"这回，轮到他盯着她。

"因为……"唐秋愣了一下，无措的表情瞬间又冷静下来，"我睡着了，被吵醒了！"

理直气壮，好像他放的是震天响的鞭炮。

江一凛咬咬牙："那不好意思了。"

见她脚步一挪，江一凛伸出手去拉她。

"小心点，地上有碎玻璃。"

唐秋盯着他的手，手离开她的睡衣的时候，她清晰地看到了一点血渍。

她抬起头来："你……手怎么了？"

"哦，不小心打破了个酒杯，划破了。"他漫不经心地答，"没……"

"事"字都还没出口，手掌就被抓过去掰开看，莽撞的动作让他的伤口一阵疼，刚想发脾气，却见她一脸气恼："你在这儿别动！"

他回过神来的时候，见她已经"噔噔噔"下了楼，走路跟生了风似的。

江一凛皱起眉头。这个女人怎么总是大呼小叫的？你说别动就别动，你是谁啊？

他低头走了几步。我偏要动！

几分钟后，唐秋"吭哧吭哧"地扛着医药箱上了天台，二话不说直接把江一凛摁坐在天台的躺椅上，一把揪住他的手给他上药。

鼻尖是碘酒的味道，渐渐地盖过了烟火的余味。夜风袭来的时候有阵阵的凉意，唐秋认真地拿着棉签扫着他的手掌。

他可真没对自己留情，碎片划得不算浅。

唐秋的棉签忽然弄疼了他，江一凛倒吸了一口冷气。

"别动！"

"我……我哪儿有动？"

低头却看到这丫头凶巴巴地瞪着眼，像是警告，然后继续低着头，一脸认真。

那一刻江一凛忽然觉得自己莫名其妙平静了下来，心里那头猛兽像是突然蜷起了身子。

"你总是对人这么大呼小叫吗？"

"怎么的，从小没人对你大呼小叫，这么不习惯吗？"她讽刺道。

江一凛被怼得没话说，无奈地笑了笑。

他忍不住低头道："你这个人真是怪。"

"怪什么？"她头也不抬，"怪漂亮还是怪可爱？"

哟，脸皮还真是厚，要不是现在伤口在她手上，他真要怼她几句，可现在，他只想笑。

"不是讨厌我吗？"

"是讨厌你。"

"那干吗……"

"救死扶伤。"她抬抬头，"何况，你要是伤着了，感染了，死了，《摘星》怎么拍啊，我怎么红啊。"

"很实在。"江一凛无奈地摇摇头，"那可以问一句，你为什么讨厌我吗？"

"怎么的？"唐秋皱皱眉头，"你是人见人爱还是怎么着？讨厌你还要出具一份论文说明吗？"

"行行行。"他丧气地道，"讨厌就讨厌吧，淘汰你的时候，可别说我小心眼……"

唐秋没说话，将一块创可贴打横盖在他的伤口上。

伤口不浅，但幸好创面不大。

"不要沾水。"

江一凛听着她的声音，配着这风声，莫名有些清冷悲凉。

"还有不要再半夜放烟花了，吵得很。"

合上医药箱，唐秋弯腰去捡地上的碎玻璃渣。

江一凛本想说一句注意，见她那副小心翼翼的样子，还是将这句关心给咽了下去。

夜里风大了些，卷起唐秋的衣角，白色睡衣上他的血渍有些显眼。不知怎的，江一凛觉得她可真是瘦，瘦得他有些担心一阵风就会刮跑了她。

江一凛有些说点儿什么的欲望，他清了清嗓子："那个……其实我放烟花，是因为今天是我好朋友的生日。"

唐秋的手顿了顿。

江一凛会错了意。

"不是齐思思。其实今天的蛋糕也不是我准备的。"

"哦。"唐秋继续捡，可手却莫名有些发抖。

只听到唐秋"哎呀"一声，江一凛从椅子上站起来冲过去。

"怎么了？你不是也扎着了吧？"

唐秋捂着自己的手，低着头。

"差一点儿。"

她抬起头，脸上是弧度恰好的笑。

"让我看看？"他皱眉，伸出手来摊在她面前。

"我说了，没伤着。"唐秋语气很冲地道，"你别管我！"

江一凛不知道自己做错了什么，抬头看着她生气恼怒的样子，莫名也有些窝火。

"你这个人……真是奇奇怪怪。"他一把拖起她来，冷冷道，"别弄了，你先下楼睡吧。"

唐秋的胸膛剧烈地起伏着，她望着身前这个弯下腰去的男人："你跟我说这些干吗？"

风声轻轻地席卷她的耳朵，她几乎能听到自己的心跳剧烈，有什么东西像是重重地踩在唐秋的心上。

10、9、8、7、6、5……

她咬着牙，几乎就要叫出那个名字。

此时，江一凛忽然回过头来，清冷的眼睛看着她。

那是一双陌生的眼睛。

"我也不知道干吗跟你说那么多。你就当没这回事吧。也不是多大的事。"

他站了起来，颀长的身子背着月光，影子罩在她身上。

"还有，抱歉弄脏了你的睡衣。"

唐秋想，他会讨厌她吧？在他眼里，她应该是个很情绪化又有毛病的女人。

她站定，然后笑了笑。

"哦，好。"

她转过身去，将月亮抛在身后，连同那个她差点儿喊出名字的男人。

他弓着身子，一块一块地捡地上的碎玻璃，可唐秋却觉得，自己那颗好不容易修复的心此刻也有些碎。

下楼的时候，她微微地战栗，侧身扶着墙，被冻麻的四肢有些飘。什么意思？到底是什么意思？他明明在十年前就将她撇得一干二净，他明明已经做了他想做的江一凛，将他那前半生的污点抹得无影无踪，他现在是什么意思？

唐秋的胸膛剧烈起伏着，像是有什么东西要破土而出似的，她大口地深呼吸着，想让自己平静下来，可眼泪却随着呼吸不受控制地滑落。

"这不过是一个怜悯你的仪式。"她恶狠狠地掐了自己一下，"唐秋，你好不容易……好不容易走到今天，不要因为他的一点点怜悯和愧疚就丢盔弃甲。"

因为那颗好不容易表面复原的心里，其实住着一个软弱、不堪，又天真的傻瓜。

还因为，你不配。

Chapter4
各怀心事

从早晨开始，江一凛的地位像是王子直接继承了帝位，一出房门就感觉踏入了后宫。

原因当然是和早上众人接到的任务卡和比赛规则有关。

这第一个关卡，考的是女演员们的临场发挥，到时候以严苛闻名的章生河老师会亲自来给女演员们出题面试打分，跟海选有点儿相似。但……这只是其中一项。江一凛手上有三个信封，信封里是他在《秋叶将红》里的三个经典场景片段。他将"随机"挑选三名女选手与他对戏。相比临场发挥，有剧本傍身自然是最保险的，而且他还有一朵永生蓝色妖姬，得到它的人将获得一次免死金牌，直接晋级。

这项权力无疑让江一凛从香饽饽变成了金饽饽。三楼有大型练功房，三个场景也已经搭好。江一凛很快把三个场景分了出去，按照个人意愿进行选择。

第一场是秋叶刚到别墅不久后，二人醉酒共度良宵话真心。

第二场则是沈继楠时日不多时，为了不让秋叶伤心，而要将她赶出别墅。二人发生争吵。

第三场戏，则是沈继楠在病情加重之后，秋叶向他求婚。

这样的三场戏，明眼人都瞧得出第二场冲突最足，第三场虽平淡却也是可以做到动人的，唯第一场用在影视作品中尚好，作为舞台剧，怕是很考究演员的分寸感。

阵营很快就确定了下来，大多数人选了第二场戏和第三场戏，唯庄叙如和唐秋没表态。

"你们选哪个？"江一凛挑挑眉头。

"我尊重剧本，三场戏，我都想试。"庄叙如傲慢地抬抬头，"三场戏，哪场我都能驾驭。"

庄叙如这番话说得有些狂傲了，圈内虽不少人知道她有演技傍身，但对于观众来说，她仍旧是张生面孔，这样大放厥词自然会招来冷眼。

不过庄叙如无所谓，比赛还长着呢，有的是机会打她们的脸。

江一凛淡淡一笑，没回应她的态度，转向唐秋："你也是这么想的？"

唐秋缓缓抬起头来，耸耸肩："我……我选那个……"

唐秋话都还没说完，齐思思便脸色不大好地打断了她的话，却又极其甜美地转向镜头和江一凛："既然叙如这么觉得，公平起见，大家抽签决定。"

"好啊。我同意。"有人附和道。

庄叙如也表示同意，淡漠地笑了笑。

这个决定一出，自是几家欢喜几家忧，原先指望着在强者厮杀中做漏网之鱼的几个女选手也只能希望自己手气好一些，不要抽到和庄叙如或者齐思思一组了。其他人都还有胜算，这两人一个有实力一个有背景，还真不好对付。

"我抽到第一组！"齐思思亮出号码牌。

"二组。"庄叙如跟着亮。

"啊……我也是二组。"有人垂头丧气道。

"我也没好到哪里去……你看我……"

唐秋相对幸运地被分到樊小、苏韵以及朱娜娜所在的第三组，说实在的，其实四人逐一位，评委又只有江一凛一个，不就是江一凛的喜好决定了一切吗？

唐秋瞧着他几次冷眼撇向她，就知道自己是彻底把他给"开罪"了。他是注意到她了，但是那种不太好的注意，她心里默默叹了口气。

站在她身边的沈欢要哭了，她被分到了齐思思那组，几乎是认定自己要输了。

看着沈欢垂头丧气，唐秋叹道："那我跟你换吧。"

"大家把号码牌交上来，然后分别领剧本啦！"李潮东催促道，"剧本呢，是《秋叶将红》的原剧本，大家可以自行给自己加戏，让自己的表演更有个人风格，但是呢，前提是既不影响剧情节奏，也不能动男主角的台词。请各位选手尽情地发挥吧！"

毕竟大家都不想打无准备的仗，被一向严苛的章生河刁难，指不定得在节目上出糗。何况今天李潮东找了三位摄影师集中拍摄，众人都使尽了浑身解数。

除了唐秋。

一圈下来，尽管只是给一些指导意见的江一凛也是累得够呛。他感慨跟一群女人打交道，真比在剧组里连熬三个夜还累。

总算闲下来已快到午后，虽然选手们也是来来去去——毕竟要修改剧本，却一眼都没再见到唐秋。

唐秋此时正一个人窝在厨房里，一方面是为了准备待会儿的午餐，另一方面是她没什么心思面对江一凛。

心理建设这玩意儿，做好了又塌，她实在是怕在镜头前兜不住。加上早上江一凛没来前，她也不知道自己哪里招惹了齐思思，这位大小姐看她的眼神颇有些不爽，几次话里带刺，这么下来唐秋明显感受到自己被孤立了。

唐秋心里有数，齐思思针对她，是因为昨天江一凛当众故意给她擦蛋糕，小公主当时没表现出来，心里却对她生了不满。可后来，自己还做错了什么？

这个时候，唐秋猛地想起来，她从天台跑下楼的时候，看到过一个人影，但当时自己哭花了眼睛，以为是看错。

那么，是齐思思听到了她和江一凛在天台的对话？

该死的。唐秋心里一阵烦躁。想起江一凛，唐秋恼了片刻，又冷静下来。

她现在还是搞不清楚自己在想什么，正如搞不清楚他心里的想法一样。她心里有股好奇，有冲动想要探个究竟，烟火像是让她本死了的心又复燃了，可却又有一个理智而冷静的声音告诉她："你何必。"

唐秋心烦意乱，拿起菜刀"咚咚咚"地切着菜，将心里乱麻一样的声音给盖过去。

"想什么呢？还不如想点儿实在的。"

江一凛此时已经在厨房门口，见唐秋跟中邪似的跟砧板杠上，冷不丁地道："怎么连砧板都跟你有仇啊？不去楼上？"

唐秋愣了一下，放下菜刀，回过头，见刚才让她心烦意乱的始作俑者就在眼前，心里的结登时就得更厉害了。

"我不做饭谁做饭！大家等着喝西北风啊。"声音有些暴躁，但到了尾音，似乎是想起摄像头还在盯着自己呢，又软了下来。

江一凛见她认怂的语气，无奈地笑了笑："虽然镜头会剪辑，但你也不能这么给自己加戏吧？暴躁的煮妇设定？"

唐秋索性将菜刀重重搁在砧板上："那你咧？下来做扶弱助贫的暖心人设吗？"

江一凛无奈摇摇头，叹了口气，走了进来，背着镜头，表情是冷冷的，声音却很温和："辛苦你了，有什么需要我帮忙的吗？"

唐秋还没反应过来，见他一把拿起桌上的淘米箩："我洗米。"

"算了吧。"唐秋压低声音道，"你会吗你？"

"你可别小瞧我。"他拉长声调说，"我小时候是过苦日子长大的。"

唐秋心里一怔，抬头瞥向他的侧脸："有……多苦？"

江一凛也侧头看向她："苦不堪言的苦。做演员需要体会各种人生，不是么？"

这时他刚把水打开，手还没碰上呢。唐秋忽然凶他："我让你别碰水！"

他一愣，便见唐秋过来，怒气冲冲关了水。

"我说了你是不是就不听啊？"

这是拿他当儿子教育呢！他沉住气，把淘米篓搁回桌上："喂，这是我的手，我想沾水就沾水。"

"行吧。"唐秋面无表情将水龙头打开，"沾吧，最好泡着，最好你截肢。"

有这么严重吗？

人人都爱慕他、敬他，你瞧瞧人家沈欢。虽然这不是粉丝见面会，但她抽到要跟自己吵架那一段，红着脸半天说不出话，好不容易铆足劲用专业素养演了吧，一喊"cut"还跟自己礼貌道歉，生怕自己生气……

即便是庄叙如，那个个性酷得要死的丫头，对自己虽然比不上别人热络，也是礼貌的。

江一凛想用涵养控制住自己的脾气，却见唐秋横着眉挑衅地看着自己。他实在有些无奈。想到厨房里正在工作着的摄像机，江一凛起身将摄像机遮住，再把自己胸前的麦揭下来，表情不善地走到唐秋面前，将麦一撂，道："说吧。"

"说什么？"

"讨厌我的理由，需要一篇论文。把麦关了。"他还是很有专业素养的。

"还没想好。"唐秋一愣，见他居然跟自己较真了，一边把麦关掉，一边硬着头皮道。

"现场想！"江一凛冷冷地道，"概括！"

"啊？"唐秋忽然像只纸老虎，抬起头来，又委屈又生气地看着他，"讨厌你是因为……"

脑子里百转千回，一时竟除了真话找不出别的东西了，因此气鼓鼓地随口说了句："你演技不好！"

"你……"江一凛半晌没回过神来，万万没想到，唐秋居然敢直戳他的演技，但他还是憋住了，淡定地问，"我演技怎么不好了。"

"就是不好。"她生硬地道。

"跟谁比不好。"江一凛嘴角带着揶揄的笑，"哪方面不好，有个参照物，我好认清事实。"

唐秋犹豫了一下，索性来了一句不讲道理的话："就不好，不好不好就是不好。"

"不讲道理。"

"就是不讲道理！"唐秋伸长脖子，跟个发威的小猫似的。

"你简直不可理喻。"江一凛翻了个白眼。

"你就是演技不好，靠脸吃饭。"唐秋已经不想用大脑思考了。

"我靠脸吃饭？"江一凛话都没说完，忽然唐秋又翻了脸。

"你长得也不好！"

江一凛有些稳不住了，凑近一步："你再说一遍，我哪里不好看？"

江一凛的脸近在咫尺，唐秋被迫贴在壁橱上，身子往后缩了缩。

那的确是一张说不出哪里不好的脸啊，剑眉星目，微笑时如沐春风，现在凶巴巴的，也是轮廓如刀锋。

是一张从小好看到大的脸。

唐秋听到自己的心跳声，突突突。

"眼睛不好看，眉毛不好看，睫毛不好看，鼻子不好看，脸型不好看……"

江一凛没等她说完，忽然失声笑了。

"好了。"他退了一步，"各退一步，你跟我道个歉，我不跟你计较那些了。"

"凭什么我道歉？要道歉你道歉。"唐秋气呼呼地道。

"我道什么歉？"

"反正，要道歉你道！"

江一凛一时竟接不上话。和女人讲道理，他到底是发什么疯。可他莫名又觉得有趣，笑了起来。

"那也行吧。"他忽然伸出手来，在胸前一放，一脸温和的笑，"我道歉，你接受我的歉意吗？"

唐秋缓缓抬起头，目光如炬地看着他，足足有三秒钟。她的眼角忽然滑过一丝自嘲式的笑，有些局促地低低头，忽然转移话题道："李潮东让你下来的？"

哟，还知道找台阶下。不过还真不是李潮东让他下来的，是他自己犯贱，想着一早上都没看到她，不知道她脑子里在想什么。而李潮东现在忙着在上头替他应付十一个女人，还要想一些花絮和有趣的片段让她们"演"，哪里顾得上他。

"是。"江一凛道，"不然到时候你一个镜头都没有，安排个插播，楼上鸡飞狗跳，你倒是岁月静好地上演《舌尖上的中国》。"

唐秋抬头指了一指这时候已经"阵亡"的镜头："哪儿有《舌尖上的中国》专拍人脸的。那得叫'脸盘上的中国'。"

他笑了笑，又问道："干吗和沈欢换？"

"你看到了？"

"何止我看到了。你下楼之后，好几个女选手也提出要换。"

"然后呢？"

"没人愿意换，就你大度。"江一凛道，"干吗，半放弃状态？觉得昨天惹我不高兴了，我会淘汰你？"

"你……"唐秋愤愤看他一眼，"你也太看不起人了吧。"

"你倒是自信。"江一凛皱皱眉头，毕竟她性格分裂。

"你不是还有朵玫瑰嘛。指不定你就送我了。"唐秋故意刺他，她可不希望拿到那朵玫瑰，否则那群姑娘可不知道得把她想成什么样呢。

"你想要啊？"江一凛却像是猜中了她的心事，"那好啊，给你好了。"

脸上有得逞般的笑容，似乎在等着看她怎么接。

唐秋刚想张嘴，忽然脸色一冷，眼神看向门边。

庄叙如此时正似笑非笑地半倚在门框边，笑得有些狡黠："上头都在等你呢，齐思思还说，你累了，让你好好休息一会儿。没想到在给人开小灶呢。"

她边说边走进厨房，看到一块抹布趴在摄像机上，回头望着二人："这是干吗呀？怕观众看到开小灶哪？"

江一凛脸色冷凝，他不想辩解什么，也觉得没有必要跟庄叙如辩解，于是一本正经地对唐秋说："你还没排练，下午抓紧一点。"

江一凛倒是走了，庄叙如却一脸诡谲地盯着她，盯得唐秋都有些心里发毛了。

唐秋朝着摄像头努努嘴，正准备把麦打开："要帮忙吗？"

庄叙如忽然伸手阻止了她："别啊，我有话要问你呢。"

"哈？"唐秋心想，不会庄叙如也觉得她在讨江一凛的好，把她当作假想敌了吧，于是解释道，"你误会了，江一凛不会把玫瑰给我的，他跟我开玩笑呢。"

"玫瑰？"庄叙如仿佛听到了一个冷笑话似的，打量了一遍唐秋的眉眼，"你觉得我会在意那种东西？"

庄叙如气定神闲地帮她摆起了盘，一面淡淡地道："你跟江一凛认识吧？而且，你有秘密。"

唐秋迎上她的目光，笑了笑："谁还没几个秘密呢？你非觉得我跟江一凛认识，是怕他把我潜规则了？"

庄叙如煞有兴致地盯着唐秋的脸，似乎在揣摩她这句话的真实性，然后突然大笑起来，笑得让唐秋心里有些发毛。唐秋莫名觉得眼前这个女人身上有袁敬意的影子，她看过庄叙如演戏，戏路十分广，而且……有点戏疯子。

庄叙如笑起来，揽住她肩膀："哎哟丫头，我真没这个意思。我就是从小就很喜欢表演，因此呢，很喜欢研究别人的眼神。"

庄叙如继续说道："演员嘛，眼神是最会骗人的。可生活里，眼神却是最不会骗人的。"

所谓知己知彼，百战百胜，庄叙如进选拔之后，将所有选手的资料都看过一遍，唐秋是里头履历算得上……最不漂亮的一个，庄叙如也就对她多了几分关注。

然后，她发现了一件很有趣的事——唐秋的眼神。

尽管唐秋总能迅速收回自己的目光，可她总觉得，她偶尔依附在江一凛身上的目光是带着复杂情绪的。

绝对不是沈欢那种害羞的花痴，旁人那种想要亲近的欲望，以及齐思思想要吸引他注意却又屡战屡败的假装不在意。唐秋的眼神总是很短暂的一瞥，那一瞥里，却带着些庄叙如说不出来的复杂，像藏着很多秘密。

庄叙如忽然低下头来，换了个话题："早上我看到你在练功房压腿，你是不是学过啊？"

唐秋低眉回答道："大学学的是财务管理，跟表演打不着关系。小时候学过……"

"学的是舞蹈吗？"庄叙如歪头问道。

"不是。"唐秋笑了笑，"健美操。对了，你不用太把我放在眼里。我的履历、资质，都不是你的对手。"

她不想成为别人的眼中钉，更怕庄叙如那些歹毒地想要揭开她面具的眼神。

"怎么，你不想赢吗？"庄叙如问道。

"谁会不想赢呢。"唐秋笑了笑，"但是我有自知之明。"

"你这样，倒是让我很没兴趣啊。"她甩甩手上的水珠，耸耸肩，冲着唐秋露出了一个明艳的笑容，"那就让我们在节目里好好相处吧，我不讨厌你，起码还是能上演一段塑料姐妹情的。对了，那个齐思思……可比我难缠多了，不过我不介意站在你这边。还有啊，小心伤口啊。"

唐秋愣了一下，便见庄叙如潇洒转身，顺便把麦重新打开："我先走了，我真的好讨厌干活啊。"

江一凛没去人人争分夺秒的练习室里受哄抢，而是回了自己的房间。

他的房间被安排在最右边的主卧，当年，他拍《秋叶当红》的时候，还真有很长一段时间是住在这里的，此番回到这里，也算是故地重游。

江一凛打开了电脑，虽说真人秀是封闭式，但事实上，节目组是允许江一凛带通信设备的，一来咖位有别，二来他和编剧苏塔需要沟通。

剧本出来已经几个月了，但江一凛却依旧在吹毛求疵，苏塔倒也不生气，不厌其烦地改。

Facetime那头出现了苏塔的脸，加州的阳光让她看起来更黑了些，笑容灿烂。

"Hi。怎么这么没精打采的？"

"劳动人民。"江一凛懒懒地伸展双臂，双手环抱在胸前，"封闭式拍摄，苦不堪言。"

苏塔笑道："怎么样，我的女一号有着落吗？"

江一凛眉头皱起，直起身子，从刚才轻佻的样子瞬间又变回严谨。

"有几个演技还不错。有个叫庄叙如的，挺有文艺气质，也算是什么角色都能驾驭，只不过……没有让我有眼前一亮的感觉。"

"你啊你啊。"苏塔是习惯他了，笑道，"哪儿有完美的角色，不都是塑造嘛。舒小眉这个角色，本来就是咱们凭空造给阿寰的。"

江一凛叹了口气："若是能找到比我更合适的人演阿寰，我也甘心……"

"你可算了吧。"苏塔回击道，"现在市场上文艺片本来就难做，卡司还不请大牌点儿……你也别没有信心啊。听说，投资人那边有意向捧齐思思，你什么想法？"

江一凛听到这个话题，似乎有些不屑："那又怎样，比赛就是比赛，我只选我心里想选的人。"

"那你现在已经笃定想选我们的红衣女孩了？"

江一凛没有回答。

"还有一个人……我倒是觉得她挺有意思。"

苏塔在那头等着他的下文，却听到江一凛像是心血来潮问了句。

"你说，为什么人和人之间会有一种似曾相识的感觉？"

"之前有个科幻电影说过，可能在另外一个平行时空，你们彼此相识。怎么，你说的有意思，居然是这种意思啊？"

江一凛笑着摇头否认道："不是，就我们这儿有个女选手，很古怪，但最古怪的是，我居然对她的古怪并不反感，倒还挺好奇她本性到底是怎样的。她有时候像我那位朋友，虽然大多数的时候完全不像。"

"哈！"苏塔在那边差点跳起来，"是像那个 Miss.袁！我们主人公阿寰的女儿欸！"

"对。"江一凛点点头，又摇摇头，"不过不可能是她啦。"

"哇，为什么不可能？要是冥冥之中注定呢？"苏塔虽然在工作中是个严谨的文艺工作者，却很信中国的缘分一说。

"如果是她的话，我不可能认不出来。她的眉心是有胎记的，这个我跟你说过吧？"江一凛道，"而且她是个什么样的人我太清楚了，心里藏不住事儿的。不可能装作不认识我的样子。"

"可是，一凛欸……"苏塔皱着眉头说，"你不觉得，你这个想法有点儿武断吗？十年啊，十年可以改变一个人的。包括容貌，胎记这种东西，现在激光手术这么发达，一下就祛除了。"

江一凛叹了口气。

"好了，别叹气了。"苏塔幸灾乐祸地笑起来，"也是，哪儿有这么巧的事。你也别太操心了。起码咱们这个剧播出后……她一定能看到，看到的话，没理由不来找你吧。"

"是。"

江一凛简单地说了一下这三天真正的主题，他在无数不同的沈继楠之中切换……累得够呛不说，对他本身也是个考验。

"你是受累了。"苏塔耸耸肩，"知道你是在为我们的投资着想，我一定会竭尽所能的。那个，我过几天就回国了，到时候一起去上门拜访那位京剧老师？"

"好。"

江一凛关掉了屏幕，重新打开剧本，打算再看一看。

他满脑子全是袁敬意的样子，可奇怪的是，他想不起袁歆的模样了。

她唯一那张相片还是小学六年级的，一直都在他的抽屉里放着，即便小心收藏，却还是泛了黄，起了毛边儿。

剧本的开篇便是《霸王别姬》的片段，这段戏太出名，苏塔用它做开篇，自然是别有用心的。

他起了个范儿，对着屏幕里自己的剪影，冷冷地笑了下。

不像。

他有点儿担心，自己根本演不好阿窦，师父在九泉之下看到会失望吧。

他坐在转椅上，窗外的阳光正好，可惜秋天总是让人觉得感伤。

他想起自己是怎么再次走进袁家家门的，想起袁敬意是怎么收留的他，然后手把手教他唱戏的。

十五年前，北方乍暖还寒的日子，跪在门口的卞小尘昏了过去。

袁敬意原打算硬着心肠，不管两个孩子怎么求，径直躺到炕上去睡。但听到动静的第一时间，他还是爬了起来。

袁歆的腿都跪麻了，几乎是爬过去把门栓打开，身后的父亲冲过来，一把把倒在地上捂着腹部的卞小尘给抱进了屋子。

见他还有意识，只是表情痛苦，袁敬意将他平放在炕上。

这孩子一天一夜没吃东西了，幼年时本就饥一顿饱一顿，胃十分脆弱，如今是饿坏了。

袁敬意叹了口气，见旁边的闺女还杵着，一副吓坏了的样子，厉声命令道："去烧点儿吃的。"

"烧啥？"袁歆眨巴着一双泪眼，"爸，康师傅好不好？"

这傻丫头，平日里都舍不得泡的泡面这个时候乐意拱手相让，袁敬意心里莫名一暖。

"烧米粥吧。你再给他喂点泡面，他估计得上西天。"

那天半夜，一边打着哈欠一边扇着火的小袁歆给卜小尘煮了一碗粥。这粥像是奇迹一般挽救了少年那备受摧残的胃。他喝下之后，身子暖了起来，坐在那炕上巴巴地看着不停抽烟的袁敬意。

"咋回事，说吧。"

小家伙声音小小的，把老钟的事说了一遭，又很懂事地说："师父，实在不行的话，我会走的。但我能不能天亮了再走？"

袁歆拽了拽袁敬意的衣角，听到耳边弱弱的一句："我怕黑。"

"走去哪儿？"袁敬意不耐烦地甩开了闺女的手，厉声问卜小尘，"人老钟好不容易找个媳妇，你别回去给人搅黄了，他这人心软！不像你柳叔……"

卜小尘立马开口解释："我不会回去找钟叔的……我知道他媳妇不喜欢我……我可以去……去要饭。"

"出息！"袁敬意腾地站起来，吓得卜小尘脸更白了，甚至不敢抬眼看他。

"这屋里没你待的地方，今晚你自己看着办。"袁敬意摆摆手说，"不过明天，跟歆儿去把院子里那间棚屋收拾收拾，你先住着吧。"

袁歆发出了一声欣喜的尖叫。

"不过……"袁敬意又冷冷地说，"别喊我师父，我不收徒弟。"

外头鸡已经打鸣，卜小尘又惊又喜地从炕上一骨碌爬起来，朝着袁敬意磕了个头。

"谢谢师……谢谢袁叔。"

一转头，就看到一脸困意下一秒就能昏倒的袁歆朝他招手，打着哈欠压低声音催他："快走……省得他一会儿反悔了！"

在小袁歆和卜小尘的印象中，父亲的形象是完全不一样的。袁歆从小没有母亲，从旁人口中得知，母亲是因为父亲太过痴迷于京剧而离开的。后来，她曾经很多次来找袁歆，但每次都是被袁敬意给"威胁"跑的。因此，对于父亲，她是带着股怨恨的，也从不觉得他好。他从来都是个刻板的形象，在"逼"她学京剧的时候更是如此，毫不手软地让她各种练习，各种学技，学不好抽板子都是常有的事。

可卜小尘不一样，他从小漂泊不定，不过比袁歆虚长几岁，却很知道看大人的脸色。

何况，非亲非故地寄人篱下，他记这份恩情，更是怕袁敬意一个不高兴会赶自己走，因此极力地表现着自己。

就这样，十一岁的卞小尘被收留了，袁家名不正言不顺地多了一双筷子。

那时候小小的县城还没有那么严格的户籍制度，袁家多了个孩子这件事，也就很快被周围的邻居接受。

那年，袁歆上小学二年级，除了经常跟班上和街坊里那群讨厌的男孩打架之外，成绩还算不错。

袁敬意在剧院上班，剧院是他的祖父建成的。祖父也是京剧大家，只是他父亲那一辈逢了战乱，一家人逃难到了融城。几十年之后，有了袁敬意，祖父隔代传艺给了他，袁敬意也极其争气，竟对京剧爱入骨髓。

袁敬意的人生可谓是高开低走，据说他曾经在北京城里师承一位大师，但后来不知为何，又回了老家，算不得衣锦还乡的那一种。柳叔是他的发小，少时也受过袁老先生的指导，因此在他离开时，袁敬意才那般生气。此后，柳叔打来的电话，一律不接。

那时候，剧院已经逐渐衰败了。没活儿的时候，袁敬意便喝酒，喝得烂醉，从前风采盎然的小生喝出了啤酒肚，人却还是瘦，瘦得眼窝凹陷。

若说袁歆对父亲是又恨又怨的话，卞小尘就是又敬又怕。他年少的岁月里，常见袁师父酒后唱戏，因为久没活儿，倒不再抹脸子，只是套个宽宽的戏服，大水袖一甩，开口一句"劝千岁杀字，休出口"，这是《甘露寺》；也开口一句"未曾开言我心内惨，将身来在大街前"，这是《苏三起解》；也唱"心中无限期，懊懊怀才遇"，卞小想，这是师父的心里话。

可男可女，袁歆倒是习惯了，听得直打瞌睡，可却听得卞小尘一愣一愣，觉得眼前这人，太妙。

十岁开头的男孩，在一个成年男子身上看到的并不是那醉酒的失意，而是酒后忘乎所以的恣意，他听到他跟自己说，用戏曲的腔调："小子，你……给我记着，这人生苦短，选了一件事，就不要撒手，就做到底，就横到底，管他妈的世人议论，管他妈的世态炎凉！你要恣意人生！"

然后他痴笑着，捧起少年的脸。

"真好，是一张能成大器的脸。"又松开，大笑道，"可惜，可惜不是我的孩子……"

十余年后，当他从当年的弃子卞小尘变成了身价千万坐拥无数粉丝的演员江一凛，他不知道自己是否真成了袁敬意口中的"大器"，但总觉得自己从未做到过鲜衣怒马，恣意人生。

只是在午夜梦回的时候，常常想起那甩着水袖的酒醉男人，声音时高时低，像有着阴阳面的神奇妙人。

那个爱戏如痴的男人，在他活着的时候，江一凛不曾为他做过什么。而今，他离世已快十年了。十年前，他在得知消息之后，不顾一切地回到融城，江父拗不过他，陪着去了，才知他已经烧死在火海之中，而袁歆竟也不知所踪。

江一凛翻开了苏塔之前传过来的一些剧本片段。

他现在要做的剧本是三年前从袁敬意曾经的老师———一位名为李念真的京剧大师处得来的，袁敬意的遗作。

想来也是巧合，三年前江一凛复出的时候，第一部戏他演客串的男三号，其中就有几出传统剧目的场。李念真虽已不能再唱戏，却作为戏曲指导来到剧组，竟发现江一凛有戏曲功底，因此极为高兴。当年李念真常唱武生，嗓子极肉，现在唱不了了，竟觉得痒，酒后冒险高嚎了一段，唱的是袁敬意写的那段"愚人梦里说痴话，何必唯我又独尊"。

这话像是勾起了江一凛深藏在心的记忆，他酒杯坠落。

"李老师，这句词……"

李念真也是高兴，当下一筷子夹菜，道："是我一徒弟写的。"

"您的徒弟……他贵姓？"

"不是什么名家，姓袁。"

"你倒是有兴趣？"李念真撂下筷子，顾不上吃。

"词有些顺耳，想听一听。"江一凛知道这一路走来不易，江沧海替他安排的一切都已是定数，他也不会蠢到酒后随便就交浅言深，于是笑着说，"写得出这样的词，定不是俗人。"

"以他的水准，这词其实一般。"李念真更加客观些，"我这徒弟……我跟你说说吧。"

说句实话，遗作算不上惊艳，却充满了袁敬意对京剧的执念。李念真向江一凛说，从未在袁敬意活着的时候，演一出学生送他的戏，这是他此生最大的遗憾，他曾对袁敬意恨铁不成钢，却在袁敬意死后，痛不欲生。

"那小子嗓子好，天分也高，明明算不上师出名门，但那嗓子啊，小生旦角都能唱，武生的肉嗓也能来两下，虽然跟大师们还是没法儿比，但在同辈里已经算出挑的了……"

李念真曾教出不少名徒，袁敬意未必是他最喜欢的一个，但在李念真的记忆里，这孩子根本就是个戏痴。在校的时候，他可以整宿不睡地排戏，唱得嗓子都哑了，为着一个角色而苦苦地熬。那时候，理想主义已经不再吃香，对一件事执念太深，对艺术是好处，对个人的人生却全然是相反的。

在戏校里他是个边缘角色，只有李念真瞧上他那股子劲儿，那股子他鲜少能看到的执念，因此护他，保他。虽难以立为传人，但再怎样，在京剧行当里混口牢靠饭吃，没什么问题。可偏偏在一场重要戏的关头上，因为意见不合，他把自己的大师兄给打了。他大师兄是不到八岁就被立为 X 派传人的名家出身，谁也保不得袁敬意，而袁敬意也死活不肯屈服道歉，直接就走了人。李念真惜才，却也知道袁敬意的倔脾气拉不回来，因此没再挽留。但他仍记得这孩子走的时候一脸义愤填膺地跟他说："反正现在行业里尽是混子，我不混也罢！我去土台子里唱，也能唱出一番成就！师父，一日为师，终身为父，我袁敬意不混出点儿模样，不会再来找您！"

那之后，李念真再未得到过袁敬意的消息，只是偶尔会收到他写来的书信，一派古旧作风，提到过他有了个女儿，讲他在北方的小县城里跑戏班子，后来也搭了自己的戏班子，到处唱。戏班子人不多，配一场戏紧凑，他有时候一晚上唱几场，酣畅淋漓……最后一封信，是李念真在离袁敬意老家最近的市区排一出大戏之前，袁敬意手写了厚厚一沓纸稿，竟是李念真曾和他聊起的一出原创剧目《痴人愚梦》，那时候袁敬意便预料到自己的余生吧。他这一生，竟如他戏中所写一般波折不断，最后的谢幕竟是葬身火海的一曲挽歌。

而当时，并未太当一回事的李念真虽觉得这剧本不错，但过于沉重和悲壮，并不讨市场的喜欢。票友们对经典剧目有归属之感，新戏大多扑街。加上这里头唱腔丰富，还真不是现在随便一个人能挑起大梁的，李念真也不行。到后来，李念真因患了咽喉癌而告别京剧舞台，这出剧便压了箱底，偶尔想起，只能遗憾告终。

当时的江一凛复出不过是顺水推舟的事，那天晚上，江一凛却好像走到了命运的拐点，从一只线在江沧海手上的木偶，活了过来。除了找袁歆，他好像有了一个早就注定好的使命。

多年以后听到了关于袁敬意的事，和他记忆中的有些出入，可却慢慢地重叠。

袁敬意的那些故事是起了毛边儿的，不像这个时代的。从前袁歆不爱听，已经学会了自动左耳进右耳出，不过脑。当年的他却不得不听，听得多了，也觉得很有意思。

倒不是他比袁歆多了点"什么"，是因为少了点"什么"，反而听得进去。

袁敬意有时候会讲他的祖父辈，祖父的大师兄当时是在府里做书童的，后来被府里喜欢听戏的老太太送进了戏班子，祖父其实也是被捡来的。

说这话的时候，他若有似无地瞅了卞小尘一眼，这一眼，机灵的孩子便起了兴趣。

捡来的。

下意识就觉得那人像自己，只是不同时代而已，袁敬意的祖父可以，他卞小尘也可以，因此拼了命地努力讨他欢心，包括给那些故事做倾听者。

故事已经没什么人要听了，袁敬意的戏班子散了之后，他身边就再没一个体己的人。

袁敬意一边喝酒一边说："我学功夫那会儿，先有了武生的底子。小子你是不懂啊，那些年戏可真好啊。那时候我还留着碟，那杨小楼的戏是文武相间，唱得长啊，可嗓子越唱越亮。民国八年的时候，杨小楼新排了《楚汉争》，杨小楼演项羽，尚小云演虞姬，英雄美人啊！那之后，才有了《霸王别姬》！"

他一边说一边笑，笑得有些苦了。

"若是我生在当时多好啊，能临台前听一曲，吸吸大师的仙气儿，我估计也混不成现在这副样子。那些年戏多好啊。现在，我唱虞姬，被小孩儿骂娘娘腔倒不是我最疼的。"

卞小尘见他捶胸口，眼中有火光。

"我疼的是，唱得不像，唱得不如，唱得配不上！"

那时候卞小尘连梅兰芳是谁都不知道，他瞪着眼睛说："我觉得师父您是最好的，哪里会不如！哪里会配不上？"

他是骄傲的，却只有在酒后露出姿态来。

他说："你真觉得我戏好？那是你没看过好的戏，我这就是矮个儿里选高个儿。时代变了啊，要是换以前，我哪里撑得起一个台？那时候各个角儿都是活把戏，真功夫，搁现在，在哪个戏班子不是名角？不，现在哪还有几个戏班子啊，不行咯。都是些边角料了。我得撑啊，我爱这戏啊……"

他叹了口气说："我不是学成精了，我是着了魔。着了魔你懂吗？"

与其说他是在跟卞小尘说，倒不如说他是在跟自己说。

他又说："我想让歆儿学，可她不情愿。这孩子比我当年有灵气，学戏多快啊。她可是块戏料，我生了这孩子，圆了我的梦啊。小尘，你是不是觉得，师父很自私啊？"

卞小尘愣了一下，又慌不择地摇头。

"师父，我愿意学的。你的梦，袁歆不想圆，我来帮您圆！"话说得怯生生的，是为讨好，却也有少年意气的成分。

江一凛记得很清楚，那天，这句话得到的回音，是袁敬意的一声长笑，笑得令他费解，笑得有些苦。

他的酒喝光了，他撂下杯子，用武生的嗓子唱了一段。

别的他不记得了，但李念真唱的这句"愚人梦里说痴话，何必唯我又独尊"，却一直在他已经模糊的记忆里。

很久之后，他才知道袁敬意在火灾中去世的事，而更久之后他才知道，那场火灾中，袁敬意被污蔑为纵火凶手。而他一直找，却再也没有见到袁歆。

纵使他如今已成长为一个面如刀锋见过风浪的青年，对大多数的事都能云淡风轻，即便谈起那曾令他觉得惶恐的、编出来的母亲车祸案，也是驾轻就熟，关于少年时的海外经历更是信手拈来。可这一段往事，却是他放不下，也拿不起的。

这么多年，他最值得安慰的是，他如今有这个能力来做这件事。

是苏塔和李念真建议这个东西可以往外延伸，以袁敬意为原型，以遗作为蓝本，讲一个京剧才子梦起高楼，却被现实击败，本要郁郁而终，却在将死之时，得以涅槃的故事。苏塔重新给男主角起名为阿寰，但从商业角度考虑，得创造一位女主角。他从未见过袁歆的母亲，他姑且该叫师娘的那一位，也鲜少听到袁敬意提起她，但凭着苏塔的手艺，捏出一个来问题不大。

做这出戏，遇到了太多困难，他不过一介戏子，要搭这样一个班子，还是很受限的。因此，他接受了投资方做一档真人秀选角的提议，除了为资本考虑，也有想要造势的隐衷。

他未见袁敬意起高楼，也未亲眼见他楼塌了，但时至今日，他仍要为亡人搭一个梦。

唐秋自然不知道江一凛的剧本是跟京剧有关，甚至是跟袁敬意有关的。其实在场的十二个女选手，全都不知道。保密措施从一开始就做好了，为了吊人胃口。

下午的时候，唐秋还是遵守原则去排了戏，但力不从心的表演让江一凛有些失望。

别说江一凛了，她自己都有些失望。

重逢之后，她有些找不到自己的心了，骨子里有怕，有怯，变成了一个放不开的人，要控制那债张的情绪，要控制自己不露出马脚，却又变态地希望对方能瞧出她的端倪来。

她有些不知道自己在做什么。

下午的竞演，江一凛很快就有了结果。第一组里，他没选唐秋也没选齐思思，而是选了另外一个女选手，这事儿惹得齐思思差点儿暴走，不过他还是很"守规矩"地将免死金牌的玫瑰给了她。李潮东把这场面安排得顺理成章，尽管齐思思心里有不服，却也表面和谐地接受了。第二组毫无悬念是庄叙如夺魁，第三组，沈欢也和同台的机会擦肩而过，回来跟个小女孩似的大哭了一场。

一日紧张的排练让众人都有些疲乏，加上次日还有更为严苛的考核，选手们都早早地去养精神去了。

唐秋没睡，蹲在门口继续喂流浪猫。

昨天有两只，一只小黄，一只小白，今天却只有脏兮兮的小黄孤零零地过来。

唐秋将盘子放在地上，莫名有些失落，傍晚的时候下了一场急急的秋雨，地上湿漉漉的，小黄昨天还有些警惕，今天却过来边吃边蹭唐秋的鞋。

她叹了口气说："小黄，我明天晚上可能就不在了。你……还会在这里等我吗？"

小黄忽然毛一炸，转身就跑进了黑暗里。唐秋还没反应过来，江一凛已经走到了她跟前。

"你是有多寂寞，跟猫聊天呢？"

话里有揶揄，唐秋将视线从小黄消失的方向移回来，有些恼："你吓着它了！"

江一凛倒是习惯了唐秋对一切都温柔只对他横眉竖眼的本性，也不再生气了，他狡黠地盯着唐秋："你来这个比赛到底是干吗来的？"

唐秋一愣，又听到他低沉一句："说实话。"

她抬起头来，看着面前的人，看不太清楚脸，她吐字很慢，却很清晰："我说不清楚。"就算说得清楚，也不能说。

江一凛对这个回答，显然不太满意："你最好搞搞清楚。不然，随时可能会被淘汰。"

"你不是巴不得我被淘汰吗？"唐秋讪讪笑了一下。

"我有这么说过吗？"江一凛勾勾嘴角，忽然附身凑近她，"你为什么总不敢看我的眼睛？"

清冷的夜里，白月光照在他的身上，远处有猫叫声，叫得有些凄凉，而这句话像是一滴冰冷的液体滴在她常温的心上。

她有些无措，刚想开口掩饰，却听到他缓慢开口道："是怕爱上我啊？"

唐秋忽然有些啼笑皆非，竟一时没了话，她无可奈何地后退了一步，选择更无耻地怼了一句："是怕你爱上我。"

他忍不住笑了起来，头撇向一边，似乎是预料不到她会这么无耻。果然这么一笑，她便红了脸，一副恶狠狠的样子。可又莫名想起那天喝了酒之后的事来，竟觉得有些违和。

江一凛心生了想要逗逗她的念头，于是耸耸肩，一脸无所谓："那，我们赌一赌？不过你要我爱上你的话，起码得多留几期吧。"

见她没说话，江一凛清清嗓子："昨天，谢谢你给我包扎。"

她没什么好气地说了句："不用。"

"不过我现在还是不太明白你为什么生气。"江一凛凑近看她的表情，见唐秋的样子像某种小兽，依旧躲闪他的眼神，又追问一句，"真是因为我吵到你了？"

"是的。"她咬着牙说了句。

唐秋紧咬的牙没有挡住那到喉咙的话："你……你的那位朋友，是……是你很重要的人吗？"

"哦。"江一凛的笑容僵了一下，表情忽然有些落寞下来，"是的，很重要。"

他背过身去，向着天边那轮冷月，有点儿像自言自语："可以说，是我这辈子最重要的朋友。只是很久很久没见了。小时候她每年的生日愿望就是能放烟花,她爸爸嫌烟花贵,寓意又不好,所以从来不给她买。我很小的时候就答应过她,以后有钱了,每年都给她放烟花。"

江一凛低垂下眉眼,淡淡地却有些丧气地道:"其实做这个也没有什么意义。她根本看不见。"

"谁说看不见了?"身后的唐秋忽然扬声来了一句,"烟花,是在天上绽放的,是会和星星相遇的。相传烟花就是遗落在人间的星星,放烟花,其实就是把星星放生回天空。既然我们都看着的是同一片天空,那她就一定能看得到。"

江一凛猛地回过头去,看着面前的女孩抬起眼睑,目光如炬地看着他。

"哪儿相传的?"

"传说里。"

"很好的答案。"江一凛笑了笑,"但是我不信。"

"不信就算了。"唐秋有些诧异地抬起头来,不明白他的话,"看不看得到也没有那么重要吧。"

"我一直在找她。"江一凛也不知道为什么,他此刻很想宣泄自己的情绪,他的声音微微有些战栗,"找了十年。"

唐秋的身子一僵。

"你知道找一个人找十年是一件多绝望的事吗?但是我一定会找到她,一定。"

"那……祝你顺利。"她假装漫不经心地说完,身子却已经转了过来,"我先回去睡了,晚安。"

唐秋眼眶里凝着的泪,一直到屋中,关上门才落下来。

沈欢已经睡着了,唐秋没有开灯,也不敢出声。

她还是没忍住,问出了自己想要知道的问题。可当她得到的答案跟预想的完全不同的时候,她却觉得心里又心酸又高兴。

她捂着嘴蹲了下去,大颗大颗的眼泪往下砸。

黑暗之中,那些旧回忆一点点地袭来,月光之下,她竟从江一凛身上重新找到了卞小尘的影子。

卞小尘也是那样的。朝着一个目标去做,不达到就不罢休。

她还记得,小时候他们被年长的孩子欺负,他去打了十次,全输。到了第十一次,他满身伤痕地回来,笑着跟自己说:"袁歆!我打赢了!"

在她每每逃离袁敬意的时候，他总是气呼呼地说："袁歆，你不该这样，你看我想学，我却没有资格！你不该浪费这样的机会！谁说京剧没指望了！你明明可以赢的，你却不信！"

他们曾是那场雪中一起踽踽而行的孩子，一步深一步浅。

那时候收留了卞小尘，其实有很多实际要解决的问题，比如他的户口，因为来历不明，加上有人刁难，他一直没能落户。落不了户，便上不了学。袁敬意后来恼了，有人来查就说这是老钟的儿子，过来住一段日子，啊，要身份证明啊？好，过几天我让老钟寄过来。一拖便是很久。

上不了学也是好的。袁敬意戏班子倒了之后，就在剧院里待着，有戏就上，没戏就等，积蓄很快就花光了。袁歆一个人的学费，就够他受的。他又不肯屈尊去唱一些他瞧不上的戏，觉得那些戏班子不入流，就这么扛着。

袁歆上学，卞小尘便在家学戏，晚上回来，袁歆教他文化课。卞小尘可真聪明啊，有时候她这个老师都没理清楚的问题，他三下五除二就给她解出来了。而且有了教他这一茬儿，学戏的时间就少了。父亲再也不缠磨着她练功了。有了卞小尘，她的人生好像豁然开朗了，从前只有戏，只有练功，现在却有了个小人与她相依为命。昏黄的灯光都柔了起来，她也不再那么抵触学戏了。

其实她的骨子里并不是真的讨厌京剧，甚至觉得那是她骨血里的东西，从小耳濡目染。只是她生来就觉得和父亲有仇，那仇是日积月累的，是说都说不清的。

很小的时候，她就常常问，妈妈呢？

袁敬意骗她，说她妈妈生她的时候难产死了。

后来又说，她妈妈不要他们，跑了。

她就连带妈妈也恨上了。柳叔与她亲，见她伤心就常说，你妈妈怎么会不要你呢？你妈妈啊，有自己的苦衷。

她当然不懂什么叫苦衷，可从小别人都有妈妈，她只有个不疼她只逼她练功的臭脾气爹。她觉得输别人一截了，因此谁也不搭理，搭理了就好像得输。因此，袁歆几乎没有朋友。

可突然来了个卞小尘，让她成了个优越者。卞小尘才是真正可怜的，她好歹有个家，他却什么都没有。大她两岁的卞小尘是多么让她心疼啊，恨不得把自己的好东西都给他。而他虽然一无所有，却也是掏心掏肺地对她好。

那时候还太小了，不知道彼此怎么就成了彼此的心肝宝贝。她每每抱怨自己不够好看的时候，他总是皱着眉头说："你哪里不好看了？"

袁歆指着额头："胎记，丑死了。"

他摇头说："怎么会丑。我觉得，你最好看的就是胎记了。"

他可羡慕了。以前在街上要饭的时候，有个老爷爷来找自己的孙女，说她孙女的后背上有一块胎记。

他于是轻轻地叹了口气说："我要是有胎记的话，可能他们能找到我吧。"

袁歆不知道该怎么安慰他，虽然卞小尘说起这些，其实倒不伤感，可她就是觉得心疼。可越心疼越不想表现出来，于是假装开心地说："那太好了，以后我走丢了，你也可以凭胎记找到我。"

卞小尘忽然生起气来："你不会丢的。"

然后他抓住她的手，像是发誓一般地说："我永远不会把你弄丢的。我们长大了就结婚。那群讨厌鬼不是说我是你们家童养女婿吗？长大了，我就娶你。"

唐秋哭着想起这一段，也不知为什么会是这一段。她的手指轻轻摩挲过自己额上曾经胎记的位置。

她现在已经做了十年的唐秋，将这些曾经让她痛苦的记忆都抛在脑后。

她到底为什么要哭，为什么要难受？难道她还想要走到他面前，看着他惊愕地认出自己，然后质问一句为什么吗？

她明明都知道为什么。

他的"父亲"早就给过她答案了。很残酷，却很有道理。他好不容易走到这一步，她不该毁了他，不是吗？

那凭什么，到现在她放弃了，他又要虚情假意地惦记，她要他的愧疚做什么呢？

唐秋忽然迷失了，她不知道自己想要什么，她甚至不太知道面对此时此刻的江一凛的人，到底是唐秋还是曾经的袁歆。

她这辈子恨的人不多，一个是袁敬意，一个是江一凛。

对这两个她生命中最重要的男人和男孩的恨，占据了她到现在为止的一生。

此时，在别墅的小屋中，憋着哭声的她忽然意识到，这恨或许还会跟随她很长很长的日子。

像那久久不肯离开的梦，大火烧遍她的青春，还将一直烧下去。

而离离原上草般的恨，春风吹又生。

Chapter5
劫后重生

章老师果然严苛，各种刁难女演员的手法可谓是信手拈来。最后搞得除了拿了免死金牌的几位，其他人都心有戚戚。

　　庆幸的是，最后唐秋和沈欢都如愿以偿地进入了九强。

　　另外，当场给出九强名单后，因为考虑到演员档期——其实主要是江一凛的档期，节目并非连着录制，中间会有一个空当。只是在这之前因为要进入网民参与环节，所以九强选手，每个人都有资格跟江一凛"炒CP"。因当年叶晨曦便是因为荧屏情侣而迅速走红，如今让网友和粉丝接受评选，人人都可以做江一凛的主角。最初盛威还有些担心江一凛会讨厌这种方式，可谁料到这家伙爽快地答应了。

　　拍摄地点在附近的燕子山，路途不远，加上栈道有铁索，只需要拍几个镜头充数，所以赶得上在天黑之前拍一组日落大片。

　　就这样，别墅的拍摄告一段落，众人回屋收拾行李，不必再回到这里。

　　沈欢这次能晋级，唐秋觉得算不上意外，她虽然人不靠谱，但戏还不错。小丫头分外开心，一边哼着歌一边收拾行李，还时不时抬头向唐秋道："唐秋，我们都进了，这是天意！"

　　唐秋笑了笑。

　　"我们接下来，还是要住一起哦！"

　　"好。"唐秋点头。

　　唐秋的行李比沈欢少多了，她三下五除二就收好了，拎了起来："我先上车等你，你快点啊。"

唐秋第一个上了小巴车，反正不过九个人，所以她也就随便在一个位置落座，将随身的行李搁在脚下，望向窗外。

小巴车停的位置靠边，从唐秋这一侧看出去，仿佛悬崖峭壁就在窗下。她眼皮微微一动，心里忽然明白，若她视过去如深渊，那此时根本是在下一着险棋。

她原本宁静的心登时又躁了起来。

几个女选手们都上了车，大家客套招呼一阵，各自相伴落座。

这时沈欢和樊小有说有笑地上了车，唐秋正要冲沈欢打招呼，却见她有些尴尬的笑。

"那个，秋姐，我能……樊小有事要跟我说。"

唐秋已经看到她们挽着的胳膊了，大抵知道她要说什么。

原先二人一室，双数好分配，而眼下是单数，按两人一座，自然有人要落单。

唐秋倒不是很在意一个人坐，于是点点头："没事儿的。"又不是上个厕所都要结伴同行的高中女生，何况她从小就独来独往惯了。

人员到齐，司机发动了车子。唐秋正准备把脚上的行李拎到旁边原给沈欢留的位置上，车门开了。

一条长腿迈上了车，戴着墨镜的江一凛出现，扫了众人一眼。

众人还没反应过来，却见他迈开腿，一屁股坐在众人中唯一落单的唐秋身旁。樊小此时肠子都悔青了，心里想着没事儿怕什么寂寞啊！

唐秋从他落座那一刻就愣住了，偏这个惹事儿精跟没事儿人似的，用胳膊肘蹭蹭她："喂，挪挪。"

"我胖。"她从牙齿缝里低低地挤出几个字眼，低头斜眼瞪他。

见他笑得不怀好意，她将脚下的行李包拎起来搁在二人中间，这才一挪屁股。

本来就窄的空间登时更加局促，江一凛抬头看着眼前这个象征楚汉分界的包，气得瞪着她："你不嫌脏啊？"

"不嫌，你嫌脏坐最后一排去啊。最后一排不是有位置吗？"

"让我坐最后一排？"他皱皱眉头，将墨眼镜下移了一点，瞪着她，"我晕车。"

然后索性长腿往过道一放，整个人一点儿都不客气地压着他嫌脏的行李包，顺道挨着她的肩。

唐秋已经感受到无数炽热的目光注视着她脑后的椅背，这家伙清楚得很，他是故意要坐她的旁边，不是要跟她亲近，而是……

为了让她成为那无辜的出头鸟。

唐秋想也没想，抓着行李就要站起来，却在刚准备直起膝盖的时候，手掌被他扣在座椅上，然后听到那家伙懒洋洋地道："又没多久，忍着吧。"

他的手是冷冰冰的，一瞬间的触感让唐秋怔了一下，竟忘了挣脱，就这么乖乖地不动了。江一凛反而有些诧异，他缓缓回过头，看向唐秋的眼睛。

这时，自诩"老江湖"的他居然有些不太好意思，将手松开："抱歉。"

唐秋从鼻腔里发出了一声"嗯"，就此别过头去。

焦灼仿佛不见了，手掌传来的冷意一点点地扩散在她的体内。

唐秋有种说不上来的感觉，在他身旁竟不再如坐针毡。车子发动，窗外来时的风景不断倒退，竟有种时空往回走的感觉。

她将手轻轻地放在胸前，在心里跟自己说："哦，原来你这么贪心啊。"

时间掐得正好，从索道上山，一行人浩浩荡荡抵达山顶时，太阳刚准备落山。但日落时间不长，要拍九个人的照片，肯定早一些为妙。万一耽搁一下，晚的人只能靠调曝光了，众人自然都想要最好的光线。何况 pose 有限，为了保证不重样，自然是先拍先得。因此大家也顾不上谦让。

燕子山山顶风景不错，能够俯瞰到整座晏城的风光。烟波桥上已经零星亮起了微光。路上甲壳虫似的车辆缓缓移动着，如同星轨。这样看，东西岸尽收眼底，竟是两派风景。

齐思思率先拍了一组照片，光线甚好，齐思思斜眼看向江一凛时眼神娇媚。摄影师摁下快门那一刹那，直夸好，偏偏这位大小姐做了先驱还不肯作罢，非要再来几张。众人虽有意见，但也没说什么。

那之后，苏韵一个箭步冲上去，走的是她擅长的妩媚风，显得江一凛像个未经风月的漂亮少年。那之后是庄叙如，大家原觉得二人特别不搭，但夕阳这么一照下，削去了她身上的锋芒，难得露出一丝温柔，与江一凛竟是出乎意料的般配。李潮东在一旁大叫"好好好"，一面走到唐秋旁边："你赶紧啊。"

唐秋一怔，忙不迭点着头，却不知道该怎么赶紧了。

摄影师效率很高，接下来的沈欢和樊小忽然在"抢先"中有了摩擦，虽没真枪实弹地杠上，但樊小的一句"你抢什么啊"还是伤了这小丫头的心。她生气地走到唐秋身旁来，委屈巴拉地跺着脚。

"过分死了。"沈欢道。

转而众人都拍完了，夕阳也落得差不多了，摄影师高喊着："抓紧抓紧，还有哪个选手没拍啊！"

唐秋推沈欢一把："你赶紧去吧，你先。"

沈欢原也跃跃欲试，但唐秋这么一推，倒有些不好意思了："天快黑了，要不……"

"所以你赶紧的啊。"

沈欢笑起来，满眼的"还是你最好了"，迈着小碎步跑到江一凛身旁，结果吧……

这个小迷妹一看江一凛在夕阳下的笑，整个人居然就石化了，姿势不知道怎么摆，肢体也僵硬，整张脸的笑容也尬得不行。

摄影师和李潮东都急了。

"怎么的呢，太阳要下山了，还有人没拍呢！"

沈欢急得快哭了，越急越不自然。

江一凛不发一言，他全程就是个人偶模特，这时越过众人，清冷的目光落在唐秋脸上。

可纵使众人心急，沈欢却还是表现得非常不自然，幸亏摄影师经验老到，直接给沈欢调了个动作，恰到好处地抓拍了一张才算了结。

这时总算轮到唐秋，她低着头走到那"模特"身旁去，自己想的几个姿势都被用光了，她正在盘算该用什么姿势，什么姿势又不尴尬，又好看。

只听那头的摄影师忽然语气不好地叫了李潮东。

"李制片，不行啊，现在的光线出不了好片子了。"

唐秋猛地抬起头来，背着夕阳，看到她和江一凛的影子，投在面前，看上去像是紧紧地依偎在一起。

"那怎么办！"李潮东急了，投过来一个眼神让唐秋自己体会。你瞧着吧，活该！

"那就随便拍一下吧。"唐秋轻轻提议道。

江一凛这时忽然轻声说了句："你这么随便？"

不然有什么办法呢？唐秋正想反驳，江一凛忽然伸手将她掰向自己，两人面对着面，他朝着摄影师道："既然光线不够，拍剪影吧。"

"欸？"

摄影师和李潮东同时道："那不是看不到人脸？"

"又不是选美，是选 CP 感，照片，还是看感觉。"江一凛漫不经心地道，"试试吧。"

然后他压低声音，嘴角轻轻弯起："反正你说了，随便拍一下。"

唐秋有着北方女孩的标准身高，这样与他站着，眼睛抬 45 度刚好能直视他的脸。

他的脸仿佛镀着一层淡淡的金色，见他的瞳孔里倒影的自己，她竟莫名心中一悸。

他看着她，看得很深，笑意却很浅。

"听说光线是最好的滤镜，这么看你，果然顺眼多了。"

"咔嚓。"摄影师摁下了快门。余晖在那一秒钟像是发了力，越过人像遮挡的缝隙，朝着镜头涌来。

照片上两人的脸上像是有细细的光茸覆盖，像彼此戴着一个金色的面具。

节目暂时告一段落，除了隔三岔五的宣传。十二个人里，永远只有那么两三个能让人记得住，唐秋的镜头少到可怜，所以并没有对她的生活造成任何的影响。

假期有三天，完全是根据江一凛的行程而定，因为正正经经的明星只有那么一个。李潮东督促剪辑的同时，还让唐秋自己好好想想，接下来有什么爆点，可以一并做个宣传。

见她没太大反应，有点儿气急败坏。

节目其实不过录了三天不到，可唐秋却觉得像是做了一场很长很长的梦，回到现实里的自己竟分不清那些起伏有些夸张的情绪到底是真是假。

重新回到了一地鸡毛的生活，最值得高兴的事是周子豪的刑期将满。

可这高兴因为早就预支，反倒显得真的来的那一刻平凡无奇了。

周子豪出狱那天晚上，周蕊和唐秋都没有去接他。

一个人拎着行李的周子豪有些忐忑地走进自己家的杂货店，却没瞧到人："人呢！秋儿！小蕊！"

货架那头探出两个脑袋，周蕊一边拎着一个箱子，一脸诧异："哟，哥回来啦！"

唐秋更无情："回来了还不过来帮忙？"

周子豪脸上的笑容垮了一半，嘟囔着："俩没心没肺的小崽子，不来接我就算了，居然这个态度啊？"

但他还是搁下包，朝着唐秋走去。

气氛就是这样，好像周子豪只是出了趟不近不远的门，走了差不多两三天，一切都没有变似的。

唐秋回头看向他，牢狱生活没让他走形，虽然瘦了不少，但眉眼间，倒显得有精气神了。不得不说，改造有功。

"真是感觉到自己不太受欢迎啊……早知道不回来了，一回来就让我干活！"

唐秋正在扛一个箱子，装作拿不稳，周子豪立马加快步伐，"欸欸欸"地叫："我来我来我来！"

语气里微有埋怨，眼神里却还是从前的心疼。

唐秋忽然忍不住"扑哧"一笑，看向身后的周蕊，后者跟个小猫一样蹑手蹑脚地走路，从柜台底下拿着一个大应援牌，此刻高高举着，嘴上挂着个生日宴会上用的喇叭。

"这箱子里是啥啊？咋这么沉呢！"周子豪刚开口问道。

3、2、1……

随着一声"嘭"，无数彩条从身前身后袭来，捧着箱子的周子豪听到喇叭的巨响，眼前的唐秋忽然从身后变出一个巨大的蛋糕。

身后的周蕊大喊着："欢迎周子豪改造归来！"

货架后头，出现几个脑袋，赵睿还有其他几个周子豪曾经的小弟，都穿得人模狗样的。周子豪那不知该怎么安放的表情有些发涩。

他忽然骂了句："搞什么破把戏！"

大家并不受影响地继续笑着，周子豪咬了咬嘴唇："真他妈矫情啊！这箱子里到底是啥啊？是给我的礼物吗？"

唐秋忽然一愣："啊，不是。是要卖的罐头。"

"没礼物吗？"周子豪问，脸上却绷不住笑，"抠搜得你们。"

这个时候，他放下箱子，见他的两个妹妹走到面前，两个人同时伸出手来紧紧地抱住了他。

周子豪忽然觉得有点儿想哭。太矫情了，这也太矫情了，人生怎么能这么矫情啊。

那个……矫情的感觉，还挺好的。

入夜。周子豪摆弄着一个听曲儿的 App——流行音乐他以前就不爱听，随意点开了戏曲频道。

唐秋和周蕊给他铺的新床很软，软得他有些怕，翻来覆去睡不着。

周子豪坐了起来，打算抽根烟，打火机竟没油了。

他蹑手蹑脚地下了阁楼，生怕吵醒两个妹妹，到了一楼，拧了灯，在收银台前随手拿了一个。

点上烟，深呼吸一口，吐出一个烟圈。

忽听到一声略带迟疑的"哥"，慌得周子豪一把把烟掐了，差点儿把自己给烫着。

这才反应过来，他是安全的。

他抬头，将灭到一半歪了脑袋的烟重新塞进嘴里，露出一个傻笑："秋儿，睡不着呢？"

唐秋裹了裹睡衣，走过来："到底谁睡不着啊？"

周子豪一笑："认床。"

唐秋翻了个白眼："行，改明儿，我让人把你的床从里头给搬出来，行不？"

周子豪斜着眼看着唐秋："行行行，哥解放了，兴奋得睡不着……怎么，吵着你了？"

唐秋摇摇头。

周子豪轻轻地弹了下唐秋的脑袋，然后叹了口气说："我听小蕊说，你见着那个人了？"

唐秋一愣，低了低头："见着了。"

"要哥帮你……"

恶狠狠的"弄他"还没说出口，唐秋愣了一下，道："过去了。我现在是你妹妹，跟过去的那个人一点关系都没有了。你别没事儿就想着动手，再闯祸，我可不去看你。"

"行行行。"周子豪点头如捣蒜。

"抽完烟，早点儿睡。虽然三年没抽了，也不能今天把三年的量全补齐，不是什么好习惯。"唐秋指了指他的烟，"我先上楼睡了。"

"睡吧。"

周子豪从来都不是一个多愁善感的人，但这三年，他有太多的时间了，不得不分一部分来伤感。在里头的时光不算太难熬，但最开始的时候，是如同地狱的。

他疯狂地想家，想周蕊和唐秋，想他的兄弟。后来，他忽然在狱中大梦惊醒时，意识到自己想念的居然不是在东岸的那个房子，那个被他口头上称为唯一的家的地方。而是他的童年。

曾经那个叫容县的地方，那个弄堂里的 33 号是他想抹去、想彻底遗忘的地方。回忆蒙着灰，很脏的那种灰，他连手都懒得去抹。

但在狱中，大概是因为太空了，他空得抹开了那层灰。灰底下，竟有他想不起来的干净地方。

那是在痛苦之外的快乐，被痛苦掩盖着，掩盖了十多年。但大概也因为这层掩盖，因为不被想起，这快乐竟是如此地纯粹。纯粹到他那样的糙汉子，在一扇小小的铁窗前，不争气地潸然泪下。

他那一刻，真的，很想最初的那个被称作家的地方。

他瞧着唐秋的背影，忽然会想，她会不会也想家？会不会也在某个时候，想起那灰之下的"干净"的角落？

这个时候，烟灰落在了睡衣上。

如果说牢狱之灾对于周子豪来讲能有什么教训的话，倒不是别的，而是三年前入狱的时候，周蕊和唐秋在外头为他担惊受怕，他在里头更是担心得要命。周子豪今年三十岁，出生的时候母亲没了，父亲续了个弦。十岁那年有了妹妹周蕊，周蕊还没满周岁的时候她妈就跑了。也的确是该跑，那时候她父亲欠了一屁股的高利贷，还不起，做了老赖。最后，酒后翻进了阴沟里，父亲没了。家里兜底的所有东西都被拿走，那年周蕊才四岁，周子豪便从一个店里偷了点钱来到了晏城。

那时候的晏城东岸，游荡着一群无业青年，其中一个叫树爷的见他一个十多岁的小子，带着一个四岁的小女孩，就收留了他。树爷对他好，把他当半个儿子，也不让他沾太险的事。后来东岸严打，树爷也是树倒猢狲散，只剩周子豪带着一帮兄弟挺他，树爷却还是没逃过那劫。

干这个行当，钱来得不正当，所以即便来得快，去得也快。但他也干不来别的。就这么一日一日地过，二十岁那年，他在烟波桥下捡回了唐秋，那时候，他还是烟波桥附近一带的地头蛇。他虽然总带着一股蛮劲和狠劲，但正如他会收留唐秋一样，骨子里却是一个讲情讲义的人，而且这辈子最怕的就是女人。

收租怕女人，无论是年轻貌美的还是年老色衰的，但凡是女人的债，他基本都是要不回来的，就怵。回家怕两个妹妹，三年前严打，他也是被两个妹妹逼着金盆洗手的。

没逃掉，是命，幸亏他为人可以，街坊邻居和昔日兄弟都帮忙照应着，再加上唐秋，她虽然才二十出头，看起来又孱弱，但骨子里居然跟他一样有股亡命之徒的味道。三年前他刚进去的时候，就有仇家乘虚而入找上门来，倒不图什么，就是趁着老大不在，欺负一下两个妹妹出口恶气，结果周子豪后来才知道，唐秋扛着菜刀冲出来，大喊着谁敢碰他们家的一针一线！

后来有人告诉他，当时唐秋那眼神是真要杀人。还问："你这个远房妹妹，到底什么来头啊？"

周子豪回答不上来。

唐秋……不，那时候她还不是这个名字。唐秋这个户口是他问亲戚买来的，当时他那个远房表妹溺死在了湖塘之中——这是后话。

他还记得十年前的那个晚上，下着瓢泼大雨，他从桥西往桥东回家，手上还拎着给家里丫头买的馄饨。给她送完馄饨，他就得去干一票大活，给树爷报仇。他找到了害死树爷的人，打算去伏击对方，就算弄不死丫的，好歹也要弄残他。

周子豪当然知道这件事要是东窗事发会有什么后果，但他顾不上。他觉得人活一辈子，报恩最重要，报不了恩，报仇也行。

二十出头的毛头小子把命搭在了这上面，但捧着馄饨往回走的时候，心里却软成了泥。他要是出事儿了，周蕊怎么办？那被自己弄死的家伙的人找到周蕊，会怎么对她？

周子豪止步在桥上，任由冰凉的雨水浇在他的身上，像是命运给他抛了一个巨大的难题。

然后，他看到了桥上的一个人影。

远远的，也看不清，他心里一咯噔，该不会是什么人要自杀吧。

他再走近一点，看清楚那是个女人。刚想开口喊的时候，那人已经如风筝一样栽进了烟波河中。

得亏周子豪是个水性好的，也得亏救得及时。

他万万没想到，跳桥的不是什么失恋的女青年，而是一个比周蕊大不了几岁的小女孩儿。

女孩呛了不少水，拖上来的时候已经昏迷了。他当时脑子一片空白，抱着这个简直没什么重量的人往附近的医疗站跑。

跑到一半的时候，怀里的人忽然醒了，呛出一口水，然后死死地抓住他的衣袖，示意他死也不要去医院。

就这样，周子豪鬼使神差地把她带回了家。溺水加上淋雨，让这个本来看起来就孱弱的孩子在床上躺了两天。她额上有一道创口，伤得挺重。周蕊一面好奇地张望，难得乖巧顺从地熬药，一面好奇地问他："这小姐姐，脸上的划伤会不会留疤啊？她是不是个哑巴？"

是的，最初他们怀疑她是个哑巴，甚至还可能是个傻子。面对救命恩人，她一句话也不讲，连眼神都没有对视，每天喝了药就背过身去睡……问她什么都没反应。

要不是周子豪那时候不是什么正经青年，估计早就报警了。

周子豪当然没能去完成他那个计划，没给树爷报成仇，但不知是不是天意，有人告诉他，那个人暂时没有离开晏城。就在那天晚上，周子豪给树爷上了香，躲在厨房里磨他那把刀，磨刀倒不是为了开锋，而是一种仪式。大半夜的，磨刀霍霍向猪羊的感觉，会让人觉得神志清醒、醍醐灌顶。

然后，在清冷月光下，一个人影突然出现在他面前，吓得周子豪刀都掉了，差点儿砍到自己的脚。

那被捡回来的小孩儿瞪着一双眼睛看他，大概因为一直都没能顺利退烧，她嘴唇起皮，脸色惨白得有些吓人，额上一道疤，像鬼门关提前来接他的小鬼。

小鬼忽然张了张口："你要去杀人吗？"

周子豪一怔，一时竟不知道该怎么撒谎，眼前这小孩有双大人一样的眼睛，让他不能像哄周蕊一样骗她。

他没说话。

"杀了人，是要受到惩罚的。"那小鬼突然说道。

周子豪"嗯"了一声，他当然明白。

"我也想杀人。"那小鬼又说了一句，斩钉截铁的。

"你想杀谁？"周子豪不知道一个十几岁的孩子能跟谁有什么深仇大恨，他几乎忘了自己也不过才刚满二十，"杀个屁啊！你不是说了，杀人是要得到惩罚的？还杀杀杀！"

"那你还去吗？你去了，你那个妹妹怎么办，她好像只有你。"她忽然坐到他面前来。

月光下，小女孩脸上的伤口很深，眼睛却很清亮。

"你要是得到惩罚了，那你妹妹呢？"然后她嘴角浮出一个冷笑，"她会恨你。"

周子豪猛地心里一冷，这些话树爷生前也跟他讲过，劝他惜命，不为他自己，只为了周蕊。可说得再多，却不及此刻这个被他捞回来的小孩讲得那么扎心。

他手里的刀在月光下发着寒光，他听到那个孱弱的声音问他："不过……坏人，会得到惩罚吧。"

"会。"周子豪答道，"一定会。"

她从鼻腔里忽然发出一声冷笑，然后说："但愿如此吧。"

"你脸上咋回事？"周子豪问她。

"忘了。"她耸耸肩。

周子豪叹了口气："小鬼，多大事得去死啊。你爸妈得心疼的。"

"不会的。"

"怎么就不会呢。你这个年纪的孩子就是叛逆！"周子豪像个长辈似的苦口婆心地说，这才多大啊，估摸着就是跟家里吵架。

"不会的。"她重复了一句，"真的不会，死人怎么心疼？"

周子豪猛地一怔，问她："什么时候死的？你是哪里人？怎么会在这儿？"

连续三个问题，对面那孩子却只用两个字回答了——"忘了。"

然后她抬起头来，冲他露出了一个近乎纯真的孩子的笑容。

用两个字可以概括周子豪收留她的原因，那就是"天意"。

诚如那个晚上他们的对话，几天之后，周子豪得知，本来要取其狗命的那个家伙被抓了，因为藏毒被警方拘留，后来顺藤摸瓜揪出一条线，判了无期。

也算是证明了那句"恶人自有天收"。

他给树爷上香回来那天，看到眼前这个他从死神那儿捡回来的小孩，跟周蕊一起擦那个已经蒙灰很久的窗户，回头的时候叫了他声哥。那样子根本没有那天晚上跟他说话时的沉重和邪气。

周子豪明白，那天晚上不止是他救了她，她也同样在某种程度上救了他和周蕊。

后来他送她回家，可这孩子一路上都沉默，到了那小县城里，身子抖得跟筛糠似的。

她不允许他跟着，跟他弯腰致谢，然后就走了。可周子豪没走，他在火车站蹲了下来，潜意识里觉得自己该等一等。

就在火车站，他打听最近发生了什么事。杂货店的老板面色戚戚地向他透露："最近啊，小镇出了个人命案，一个男人放火烧了他们镇上的剧院，把自己烧死了，还有两个娃娃浑身烧伤。其中有一个抢救无效没了。"

他将烟头丢在地上，问那老板道："放火烧剧院？"

"是啊！凶残吧！"那老板咋舌道，"那男人是个疯子，还有个女儿呢。那小孩儿本来都被抓起来了，后来居然跑了。"

周子豪心一紧："抓小孩干吗啊？"

老板说："父债子偿呗。两户人家孩子受了伤，那死了人的一户家里头还挺有背景的，能放过她啊？"

周子豪的身子一抖，眼神一凛，讪讪笑道："对对对。"

老板又好奇道："你是外乡人吧？来这儿走亲戚？"

周子豪点点头："对，接我表妹。"然后他将那烟钱一摺，回头跟老板问道，"你们这镇子，有多大啊？"

县城不大，周子豪没费太大劲就找到了袁歆。当时她蹲在无人的巷子里发呆，眼神像是没了魂，抬头看到他，一句话没说。

他一把将这孩子拽了起来，说："走吧，别没魂了。以后跟哥混。"

他弯下腰，平视她的眼睛："你怕啥，以后你跟这个破地方就没关系了，晓得不？从现在开始，把那些事都给我忘在这儿，别给我想着死死死的。以后咱好好地活。我拿你当我亲妹妹，你拿我妹也当亲妹，行不？"

她摇头，挤出了一个难看的笑，声音嘶哑如裂帛："他死了。他妈说，我跑不了的。我跑到哪儿都没用，他们会把我找出来，把我碎尸万段的。"

十几岁的孩子说这段话的时候，语气凉薄，似乎已经接受了命运。

"找他妈的大头鬼！碎他妈的尸万段！"周子豪恼了，"也不看看你是谁罩着的。"

"我会连累你们。"她缩回了手。

"连累个屁！"周子豪说，"我告诉你，我周子豪有的是办法让他们找不着你！就算找着你了又怎样，他们敢碰你一下？"

然后他不由分说地拖着她走了，顺便啐了一口这午夜鬼魅一样的街道。

再后来，他便替她买了个远房亲戚的户口，那个原本叫唐秋的女孩跟她同龄，溺水身亡，却没有注销户口。于是，她以唐秋之名成了他的家人。

而那些如同鬼魅般叫嚣着的人果然没有再找到她。

窗外，忽然起了雷声。

周子豪想起，他出狱的这一天，是一个非常非常重要也非常非常残酷的日子。

他重重叹了口气。

这一夜，兄妹三人其实都没有睡。

周蕊抱着电脑非要跟唐秋睡，说什么外头打雷，她有些害怕，见唐秋不信，她又说今天天儿冷，给她暖脚，然后也不等唐秋答应，就一个激灵扎进被窝。

其实天冷是假，怕打雷也是假，周蕊是高兴。

窗外顷刻间就大雨瓢泼，唐秋去将窗关上，雨水横扫进屋檐，她用手轻轻拂去。

这个靠着三个年轻人搭起的小家，曾经风雨飘摇，到了今天终于团聚。

她也高兴，只是这高兴里夹杂着一丝莫名的惆怅。

生活的风雨暂时过去了，可心里的风雨却像是从来都没有停过。

她微微闭了闭眼，然后爬上了床。周蕊本想再跟唐秋聊一会儿，见她用被子蒙住了头，只好悻悻作罢。

老房子隔音并不好，今日的雷声显得格外的大，穿过雨帘、穿过窗，又穿过半薄的棉被，毫不留情地钻进她的耳郭。这雷声和雨点有节奏地把她往睡眠里送，在失去意识的那一刻，唐秋只觉得胸膛像是压着一块石头。

唐秋又一次做起了那个梦。

最初是大雪，却不觉得冷，她和卞小尘走在大雪之中。她光着脚，卞小尘非要把他的鞋脱给她。她怎么拦都没有用，后来找了个折中的办法："那好，你一只我一只，冻坏了，我们加起来还有一双脚。"

可是不知道怎么走着走着，他们就走散了。

她的眼前出现了一场大火，那火迅速地在雪地上蔓延开来，将她环绕其中。有无数剪影出现，生、旦、净、末、丑，咿咿呀呀，或铿锵或婉转、或如鬼泣的声音交叠。她感觉到蚀骨的痛意，不是火烧的痛感，而像是有无数尖刻的寒冰往她的体内钻。

脚底的鞋不见了，连路也不见了。

满地烧成灰烬的焦土，还有她父亲曾经视为珍宝的各种头饰。

像是一个被炮弹轰炸过的梨园，在她的梦里，没有尸骨却到处都是幽魂。

然后她看到了卞小尘，她下意识低头去看自己的脚，脚上空空荡荡，全是伤痕。而卞小尘穿着镶满钻石的鞋子，嫌弃地躲过她满是泥泞与鲜血的手。

她向他伸了手，她喊："小尘，救我。"

他说："你是谁，我不认得你。"

然后火海里伸出无数双焦黑的手，将她往后拖。

她大喊着："你怎么会不认得我，卞小尘！你说过，我化成灰你都会认得我！你为什么骗我！"

大火开始蔓延，像是从旁伸出无数根滚烫的舌头，朝着她舔来。她站在那大火之中，有人兜头浇下来一桶油，听到无数人的声音。

"烧死她，让她给他父亲赎罪。"

"是啊，烧死她！"

有个人影从远处朝她走来，烟雾之中他的声音沙哑。

"跑啊，歆儿，你赶紧跑啊。"

她听出是父亲的声音，心头一恸，抬起头来："爸……"

眼前的人却浑身起火，大喊着："歆儿，跑啊！"

她一边哭一边喊："爸，是你放的火吗？不是对不对！不是的！"

大火里的人始终没有回答她。

人的记忆很奇妙，真正发生过的事如若反复拿出来咀嚼，定起毛边，若能添油加醋一番，或许到了最后是模糊的一团。

那年她上初三，托给卞小尘上课的福，她的成绩不差。那些时间余下来，够她把高中课程都先看一遍。

只是相当孤独。

卞小尘是三年前离开的，在那之前，他们都以为彼此永不分离了，那似乎是袁歆人生中仅有的鲜活岁月。人真的很奇怪，生来孤独倒没什么，等到突然有了那么一个伴儿陪着自己，再失去，就好像这孤独有些苦楚起来。

尝过糖的人，吃苦就难了。

卞小尘在袁家，自始至终都是"没名没分"的。稍熟稔一些的人只当他是老钟的儿子，和袁家父女俩感情好。

但要上学就有些麻烦了。先是要办户口。给卞小尘办户口并不容易，这是个来历不明的孩子，办事儿的人一个个推诿，把袁敬意气恼了。后来听说可以走孤儿院那一道儿。但县城里的孤儿院已经破败得不行了，民办的几乎都被取缔或者被上头接管，这事儿就得走一个个的关卡。

申请递上去，就此杳无音信。卞小尘看着袁敬意奔波，灰头土脸地不敢说话，他红着眼睛说："袁师父，他们说，我是黑户，我……"

袁敬意瞪了他一眼，说："黑户怎么的了？还给你消灭了不成？就这么着，学咱不上了。还省一笔学费呢，让袁歆回来教你！"

即便这好像不太合理，但在当时却顺理成章，可谁也没料到，会有一天成了那解不开的环的最初一结。

他渐渐地活成了袁家不可或缺的一部分。

直到四年之后，一个男人走进了袁家的大门，指着卞小尘向袁敬意说："袁先生，这个孩子不是您的儿子吧，我想收养他。"

卞小尘是争气的，虽然算不上天分十足，但他十分努力。而且他何等聪明，从前袁歆教他功课，有些自己都讲绕了，反而是他这个"学生"反客为主地给她解开。聪明好看，又刻苦，四年间他从比袁歆还矮一个头到如今渐渐蹿高，成了漂亮得不像这个小镇养出来的孩子。

江沧海是在戏院的后台看到这个孩子的，其实他并不喜欢京剧，他当时刚回国不久，之前在国外做一个偶像明星的经纪人。

江沧海对"人"很敏感，对"钱"很执着，眼睛毒辣的他自认为一眼就能瞥出势头。表演团当时是几个唱民歌的歌唱家公益办的，聘他为顾问，江沧海给个面儿，但私下里却觉得，接下来的世界，这些老玩意儿都得喝西北风。民间艺术？别跟他谈艺术，值钱的那才叫艺术。

所以，当袁敬意赌上筹码，从邻县已经退休的戏班子借了人来，再带上自己精心栽培的两个孩子上台，颇有些用力过猛地"咿咿呀呀"的时候，台下的他，打起了哈欠。

大人和小孩的戏都不错，行外人也能听出个名堂，但江沧海一点兴趣都没有。

不过……细看了一下，画着大花脸的两个孩子看起来眉眼不错，让他忽然起了点兴致，坐定。

那一次，是袁敬意好不容易放低姿态说服了戏院最大的管事儿人，也是时任县里的文化部主任的游天霖，加他这么一摊戏。

戏院最开始是私人的，是袁敬意的祖爷爷传下来的基业，后来几辈下来，他的份额越来越少，但仍是最大的股东。但说白了，再怎么是大股东，享有的也只是那块地，戏院演什么戏，什么时候开张，在他戏班子彻底玩完的时候就已经没有任何话语权了。

游天霖自然是瞧不上袁敬意的，当年他们关系还不错，全看在柳老三的面儿上。柳老三聪明多了，同样是戏子，他知道识时务，也知道见坏就撂摊子，去了南方下海。

柳老三也慢慢有了钱，逢年过节回来的时候，就请他们吃饭。可是每次袁敬意都不来。偏柳老三还惦记着他。游天霖也碍于这层情面，给袁敬意发个工资，保持体面。

这一回，袁敬意提出给多挪点股份给游天霖，这对游天霖来说当然是件好事，但前提是让袁敬意上戏。袁敬意想着能加入民间艺术团下乡巡演的队伍里表演给领导看，是莫大的荣幸，况且来人里有一位京剧票友领导，若是能打动他，让他拨款扶持，或者哪怕有个由头坚持下去，也是好事。

游天霖打算拼一把，但是是拼袁敬意"不行"。

游天霖拼赢了。那天，那位老领导吃坏了肚子，进了医院。

那天下台之后，袁敬意心情差得很，回到后台半晌没卸妆。袁歆和卞小尘见他阴沉个脸，也不敢问。同台的几个叔伯下了台说要回去，家里还有一大堆活儿要干。只有袁敬意像是一尊雕塑，坐在那儿不肯走出来。

他有种被背叛的感觉。

被整个时代。

袁敬意忽然意识到，自己并不像年轻时那么意气风发，觉得自己好像承载着什么，命中注定与京剧有一定的密切联系。那个时候，不唱戏是会死的。但时过境迁，他好像离这件事越来越远了，他自己都知道，今天即便那位老领导来了，他也会表演失败的。

他的演出没了魂了，若是李念真知道，该多失望！

然而他一个回眸，却看到身后的两个孩子，那一刻，袁敬意像是发现了沙漠里长出的两根嫩芽。他栽培两个孩子，从前只想着要他们辅佐自己，但他忽然意识到，他们是他的希望。

于是他猛地站起来，头上的凤冠还没去，他情绪颇有些激动地叫住了两个孩子："等等！等等！"

他不知从哪搞来了一架机器，走到扫地的老太太身前，声音激动地说："王妈，麻烦你帮我们拍个东西。"

王妈接过那机器，诚惶诚恐，也有些不知所措："我要扫地呢！"

"帮我个忙吧。"袁敬意难得恳求地说，"场地我们来打扫。"

袁歆已经不太记得自己当年跟卞小尘在台上唱了些什么，只记得灯光晦暗，身后暗红色的幕布为底，像是一种征兆。

空荡荡的戏院大厅里，没有乐器伴奏的声音高亢地盘旋，王妈干瘦的胳膊举着一台相机，而一旁的袁敬意的眼睛里写满了欲望。

次日，袁敬意便带着他们去找还在逗留的领导。老领导不在，江沧海碰上他们了，得知他们的来历，对两个孩子尤其感兴趣，却让袁敬意将那连夜拷贝的录像带交给他，由他转交，顺便有些急功近利地让两个孩子唱一段。

袁歆有些不情愿，别别扭扭，但嗓子极好，举手投足，眼神练得那叫一个绝。更难的是这个小男孩，瘦得有些弱不禁风，却站得像一棵松，只是眉眼里有些怯意和顺从，乖巧得让人心生怜意。那一刻江沧海就怔住了，这样的小孩会让多少女人想要保护，想要去疼爱啊！这简直是一块不可多得的璞玉！他只要稍加雕琢……江沧海来了精神。

"两位都是您的孩子？"

袁敬意愣了一下，然后点了点头。

他现在神态里多少学会了恭敬，还夹带着一些他从来不齿的讨好，只是看上去有些别扭。

江沧海心里有些可惜，觉得这位父亲恐怕不太可能把这个孩子交给他。他好好地审视了这两个孩子一眼，然后微笑着说："我会转交给老领导的。辛苦您了，怎么称呼？"

在袁歆的记忆里，那个叫江沧海的男人有跟自己父亲不一样的温和眉眼，他衣着光鲜，非常绅士地蹲下来给她糖吃，还顺便夸她唱得不错。当时已经十二岁的她觉得自己是个大孩子不该吃糖了，但还是忍不住接了过来。

后来，她还问过卞小尘，喜不喜欢那个叔叔。

卞小尘摇摇头说："不喜欢，我觉得还是袁师父好。"

人的记忆往往是碎片式的，受各种限制，关于卞小尘的离开，袁歆的记忆里是恨足了袁敬意的。

她并不知道，在他们见过江沧海之后，江沧海在四处打听小尘，在得知他是个孤儿之后，异常兴奋，直接上门要人。

袁敬意开始以为"希望"来了，得知他本意以后，翻脸砸了东西，表示没可能。在他威胁之后，阴沉着脸。又在江沧海苦口婆心之后……陷入沉默。

他说得很有道理。

他说："袁先生，您的戏我已经转交了。但老先生看了没过多的话。可以看得出……并没有打动他。但我倒觉得，那个小男孩不错。我听闻他是你家的养子……

"袁先生，你能给这个孩子什么呢？你连个户口都给他办不了，这个孩子连学都上不了不是吗？

"袁先生，我知道你已经没什么钱了，剧院的收入已经不足以维持你们的生活了吧？您要明白，现在的时代已经变了，靠着老把戏是发不了财的，甚至温饱都难，袁歆的学费都拖了好久了吧？

"而且，我知道您曾托孤儿院走程序，想把这孩子收养过来，但后来不了了之了。其实孤儿院已经对他建档了，只是因为后来接管问题没来联系您。所以，我其实只要走孤儿院那道程序，就完全可以带走这个孩子。但我给您一个面子，我出一笔钱，不但这个孩子可以过上更好的生活，袁歆的学费我也包了，您看如何？当然，希望您对外保密我收养这个孩子的事。"

然后他微笑着说："袁先生，您开个价吧。"

袁敬意始终沉默。

他像是被拔掉了羽毛的公鸡，阴沉得有点儿可怕。

江沧海可真是个有耐心的人，他微笑着等待他的反应，足足等了好几分钟。

袁敬意抬起那个本来骄傲的头颅来，目光如炬地看着他："你干吗非要领养他？你想干吗？"

江沧海咧嘴笑了起来："袁先生，京剧我是不懂的。但是这个孩子，我可以把他打造成大明星，让他过上人人都羡慕的生活。这孩子有艺术气质，有星相，是能够成大器的，他会有很多很多人喜爱。我惜才，并且擅长于此。这样，大家都可以体面一点，不是吗？"

袁敬意当时并没有深思江沧海的话，他如星火的目光忽然变得涣散。

"星相……大明星……呵呵呵呵……"

他苦笑起来。

他何尝不想站在大舞台上，台下有无数的观众，被很多很多人喜爱。

他喜欢京剧，可他也知道自己的喜欢并不单纯。他景仰着那些大师，他希望自己像他们一样，在台上唯我独尊！

可是这么多年了，这梦都已经不再鲜活，他就像是舞台上退下来的边角料，在角落里积灰。

袁敬意回眸去看那不速之客，他要从他这里拿走的其实不仅仅是卞小尘，还有他的自尊。

他没说什么，但仿佛每个字都带着鄙夷。可袁敬意却觉得，他践踏得很有道理。

他不如从前了，他力不从心了。

他忽然意识到自己对卞小尘算是什么呢？收养之恩？可他连个身份证都没法给他搞定。

他并未表态，却起身送客。

江沧海也没恼，他深谙袁敬意这个人犟，想要一次从他这儿用钱买走一样"东西"并不容易，急不来的。他甚至有些想从那个孩子身上下手。孩子比一个茅坑里的石头一样的大人，要好诱惑得多。

两人才走到门外，两个孩子也刚回来。江沧海微笑着看向两个孩子："你们好啊！"然后又非常绅士地蹲下来给糖他们吃，离开前还对他们挥手致意。

这个时候袁歆不由得感叹了一句："这个叔叔看起来真好啊。"

语气里带着艳羡，但袁敬意仿佛听出了她对自己的嫌弃，那一窝已经酝酿许久的火顿时蹿了上来，他冲着袁歆吼道："那人好，你他妈跟着他走啊！做他的孩子去！"

袁歆被他吓了一跳，见喜怒无常的袁敬意拂袖回屋，她嗫嚅着对卞小尘道："你以为我不想吗？"

卞小尘挤出一个笑容："别胡说。"

"小尘，学费都要交不起了，他还对我们那么凶。你说，我们不会要出去打工吧？"

"不会的。"他说。

"不会才怪呢。"

她跟在小尘身后走进那屋子，看到袁敬意在黑黢黢的屋子里的身影，她喊了一声："爸，班主任说了，要是学费再不给……就……"

她话还没说完，身旁的小尘忽然拉她一把，朝着她嘘了一下，然后神神秘秘地从床底下掏出一个盒子。

盒子里有一堆脏兮兮的纸币。

袁歆的眼睛亮了一亮，听到小尘笑着说："你别担心，我会给你凑齐的。"

"哪儿来的？"袁歆惊喜地道。

"有一些是捡瓶子。"他抽抽鼻子说，"还有一些，是我在游戏机厅帮别人代打给的……"

"捡瓶子吗？"袁歆皱起眉头来，"多脏啊。"

"怕什么。"卞小尘无所谓地耸耸肩，"我以前还要过饭呢。我长这么帅，捡瓶子也是帅的哈哈哈哈。"

不知为何，这话说出来云淡风轻，却让袁歆鼻子一酸，更让门后的袁敬意心头一痛。

然后那个捡瓶子很帅的少年忽然拉了一把袁歆，把椅子让给她，蹲了下去，将她的裤腿卷起来，认真地说："我看看你摔伤了没有，蹭破皮了……"

"没事儿，不疼。"

"把你能的。"

"真不疼。你胳膊也划破了啊，你疼不疼？"

"我是男人。"

卞小尘说出"我是男人"这句话的时候，仿佛和从前那个孱弱胆小的少年已经完全不一样了。从前他总是被欺负，寄人篱下让他瑟瑟微微，从小的经历更让他没有安全感。袁歆就拼命地激他，她本来就遗传了父亲的强势，再往后，压得他没了脾气，唯她马首是瞻。可小男孩终究还是长大了。在无数次打架之后，他终于可以保护她了，他抬头看她的眼睛，看她眉目之间的胎记，忽然就笑了。

捡瓶子算什么？他们是他的家人，他几乎没有过真正的家人，要他为他们做什么，他都是心甘情愿的。

此时，袁歆却忽然想起什么似的，道："小尘，你说，如果那个人真是你爸爸……我是说啊，是你亲生爸爸！那该多好啊！"

"怎么可能呢。"他轻轻地给她用碘酒擦着伤口，"不可能的。"

"哎你说……"她追问道，"小尘，你不想吗？如果那个人是我们爸爸，你愿意吗？"

她问得一脸天真，却不知自己一语成谶。

卞小尘是怎么回答的？她其实已经不记得了，不过就算记得又怎样？

愿意，不愿意，都由不得他们。

那时候已经破败的剧院还未化成灰烬，也未化作她内心里的魔，它像是一个古老而被嫌弃的存在。

她有些恨那间剧院。

卞小尘离开快满三年了，他真的成了那个叫江沧海的男人的儿子。

这件事说来魔幻，一个在自己身边活生生的人，以为永远都不会离开的人，就这么离开，杳无音信。

对外，这个本来就来历不明的小少年被解释成回到他亲生父母身边去。除了游天霖觉得奇怪，着手查了查但毫无发现之外，人们将信将疑却也不会太过关注。

但对于袁歆来说，那个凭空消失的挚友是父亲交易出去的。

他把她的好朋友卖了，她肯定，如果她能够比小尘更漂亮一些，卖得价码更高一些，她那个六亲不认的戏痴父亲也会把她给卖了。

最开始的时候，卞小尘换来的筹码供她交了学费，甚至进了县城里新办的私立学校。而袁敬意错失的剧院股份也被重新高价买了回来，甚至超过了原来最有话语权的游天霖。

戏院虽然已经萧条，但他手上的钱够他置办足够的东西，从外头外包进戏曲选手，搭个草台班子每个月唱个几场完全没问题。那原本已成了昨日黄花一般的京剧事业竟回光返照一般地辉煌起来。

四城八乡曾经的戏班子成员慕名而来，原本微薄的工钱突然丰厚了起来，人人扯开嗓子重新唱起戏来，惹得那些已经修身养性无戏可看，只能下下棋听听电台的老票友们又振奋了一番。

可惜，好景不长。

倒不仅仅是当时京剧式微，其实各城都有本地班子，也不乏所谓的名家，可袁敬意谁也瞧不上。开始还谦卑忍耐的他，还是露出了他那曲高和寡又完美主义的审美来，他容不得台子上的任何不好。

而袁歆上了初中以后，仍旧听话，骨子里却有股劲儿，等待造反。

当时的袁敬意在戏院树敌无数，和游天霖的内斗，他并没有太放在心上。

原先好不容易建起来的戏班子，袁敬意觉得水准太差，他严苛地要求每一场演出达到他的要求，但娱乐至死的时代已经初露端倪。高雅艺术这件事本没有错，可过于严苛的要求对于这个慵懒的北方小镇来说，太过不合群。游天霖则恰恰相反，他人前总是温吞又和善，又懂得用舆论把这把刀，何况他对戏院其实并没有太多感情。

虽出身于世家，但游天霖更像一个游刃有余的业界商人。他不仅仅是在抢地盘，而是抢这看似已经萧条的戏院背后的蛋糕。

袁敬意正将自己的"规划"做得如火如荼，他在戏台子上再次风光了一把，事必躬亲，他想要"梨园"重新开花结果，京剧是不能死的，也是不会死的。

他难得听了柳叔的一个建议。在那之前，他们这对曾经的戏曲搭档几乎老死不相往来。

柳叔给袁敬意说："要不，你办个班吧。一个人的力量怎么可能完成那么大的事业？你要懂得传承。"

袁敬意当时气得要命，他能不懂得传承？这东西可是祖祖辈辈传给他的，要他这个叛徒教他？但话还是听进去了，柳老三讲得没错，办班是该提上议程了。

袁敬意虽然脾气拗，但人不蠢，也知道第一步是宣传，难得低着头颅去走关系。最后，他在袁歆所在中学的百年校庆上，拿到了资格。

学校的戏自然得学生上，他连夜写脚本，可手上能用的人却只有自己闺女一个。这个时候，他便想起了卞小尘。在那一刹那，心中无限遐思，若是小尘在，与袁歆搭档，双人反串，多有看头！又不禁难过，如果一年前登台，他能让两个孩子有如今的配置，而不是那些不入流的草台班子，或许结局就不一样了吧。或者，他当年硬气一点，人穷志不短，非把小尘留下……他内心里不是不后悔的。然而袁敬意知道那后悔是可耻的，自私的。那

—— 097 ——

不是他的孩子，他不能强迫他成为自己的艺术品。

袁敬意投入了大量的时间准备，选的是相对耳熟能详的名曲《锁麟囊》，这出戏袁歆从小就听，是著名剧作家翁偶虹 1937 年编写的，讲述的是一个富家小姐在富贵无常的时代里，如何因当年的仗义而得到报恩和救助的感人故事。袁敬意如痴如醉地沉浸其中，却也不禁艳羡着翁偶虹，若是有一日，他能写出这样的作品，并被众人所看到，听到，那该有多好！那便是此生无憾了！

抽屉里，是他打磨了数年的原创手稿，旁人只觉得他执拗偏执，想唱戏想疯了，袁敬意自己心里却是有明灯的。

他是一定要混出些名堂的，千古留名不奢望，起码在这京剧史上留下自己的一寸脚印！

而此时的袁歆和父亲之间早已沟壑无数。袁敬意沉迷在他的"事业新高度"，对这个"不懂事"的女儿也是失望透顶，她不愿唱，他便也不再勉强。从前便水火不容的父女二人没了卞小尘这层润滑剂，一个偏执中年男人和一个叛逆少女，心结几乎无从打开。

不被在乎，不被珍视，这是袁歆当时的唯一感觉。

袁敬意反串了程派名剧《锁麟囊》的女主角薛湘灵，虽效果无法与从前比拟，但也足够让他脱颖而出。人们竟无法将他和台下曾经胡子拉碴的阴郁中年人联系在一起，舞台上，他一举一动、一颦一笑，整个人都发着光。

"是个男人吧？"

"是啊，是八班那个袁歆的爸爸。"

"啊？爸爸？八班那个……丑八怪吗？"

"丑八怪"三个字，是袁歆到了新学校之后，得到的"外号"。到了新环境，眉间的胎记，她用长出来的刘海盖上了。从前还开朗的少女，那之后几乎很少说话，独来独往，从不与人打交道。新学校也有部分旧同学，袁歆也不知自己招谁惹谁了，其中一个叫谭福的胖男生，忽然在升旗仪式的时候，众目睽睽之下，伸手将她的刘海撩了起来。

她当时一怔，便听到那胖子冲着众人笑道："我说过的吧，她是个丑八怪。"

少年人的恶意师出无名，可偏偏袁歆也不是好惹的，她一脚踢在谭福的裆部，然后伸手在他脸上挠了一把。谭福猝不及防嗷嗷叫，她回过头去，恶狠狠地瞪着身后笑得合不拢嘴的游鸣道："你给我等着。"

游鸣是游天霖的儿子，空有一副好皮囊，加上家里有钱，颇有些不学无术的纨绔样，偏偏得姑娘们芳心。

但父辈的不和让他们彼此看不顺眼。袁歆也不是省油的灯，甚至颇有些恶毒，几次反击，将游鸣弄得十分狼狈。

而袁敬意在台上惊艳亮相时，游鸣在台下轻飘飘地说了句："娘娘腔。"

袁歆不过离他几米远的座位，听到这句话，她的身子动都没动。

那天的袁敬意分外高兴，有一位开发商老板，特别欣赏袁敬意的演出，到后台亲自找到他，表示自己愿意出资，供他把自己的京剧事业做大做强。他还告诉袁敬意，他家祖上便一直深爱着京剧，和首都最好的戏剧中心更有一层关系。他说："袁大师，你的表演实在是不该在这里屈就，你该去更大的舞台！我愿意出钱养活你的戏班子！"

若再早一些，心高气傲的袁敬意怕是不会信他一个字，可这么多年的低潮，碰上这句"大师"，他一边欣喜着知遇之恩，一边谦逊地说"哪敢哪敢"！

老板姓程，的确懂些门道，谈起京剧也是头头是道。他出手阔绰，当下便包了全镇最好的酒楼，叫上了一众人，让袁敬意把他的戏班子、家人都带上，说今个儿高兴，要请大家好好喝一顿大酒！

这么多年，离开了年轻时学艺的师父后，想要一同打"江山"的兄弟一一离开，组建起的戏班子一直是游击队般人员涣散，就连自己的女儿都背弃他，突然有这么个人，满眼赏识，唤他大师，袁敬意顿时觉得扬眉吐气。

那天的饭局是小小的少女第一次深刻地体会到，人是有好几副面孔的。

当游天霖揽着她父亲的肩膀称兄道弟地敬酒时，她看到父亲那高贵的头颅低了下来，脸上的神色虽然有些难耐，却没有矢口否认。

袁歆忽然觉得十足的恶心。

程老板说："听说你们家千金从小习戏，唱得极好？要不，露一手？"

她将目光求助似的看向袁敬意，袁敬意竟带些哀求的眼神看着她，或者说，是温和的胁迫。

那个曾经严词拒绝别人要求她来一段，认为那是杂耍的父亲，忽然就像变了个人，俗得令袁歆觉得害怕。

她缓慢放下筷子，用一双少年执拗的眼睛很生硬地说："我不会唱那种随时来一段的杂耍。"

那天回家以后，袁歆和袁敬意爆发了一次剧烈的争吵。这对水火不容却骨子里极像的父女，像点燃的炮仗。袁歆歇斯底里地将已深的积怨发泄。那天她恨死了他的父亲，她翻出了所有的旧账，从她那素未谋面的母亲，到相依为命的卞小尘，她高喊着说："你根本没把我当作你的女儿，我就是你养的一条狗，卞小尘是另外一只，你随时可以卖掉我们，只要你愿意！现在，你还要卖你自己！"

她挨了袁敬意的一个巴掌。

袁敬意那剃了胡须的脸，也不知是因为酒精还是因为恼怒而涨得通红，他浑身颤抖地骂了一句："孽种！"

那巴掌打得她好疼。那一声"孽种"，骂得她心碎。

袁歆从小没少挨打，但袁敬意是头一次甩她耳光。袁敬意从小就说，棍棒底下出孝子，但他们都是要吃台上这碗饭的，打人不能打脸。

当晚，袁歆含着泪整宿没睡，她准备明早天一亮就走，走去哪儿呢？走去哪儿都好，反正卜小尘当年还是被拐的呢，不也活下来了吗？或许她可以做下一个卜小尘，兴许会有好人家收留她。

就算漂泊流浪，也比待在这个家里受屈辱要好。

次日，袁歆大概是太累了，一睁开眼已经是上午十一点多。

不过袁敬意还没回来，于是她翻身准备开始收拾行李。

她第一次离家出走，没什么经验，不知道该带些什么。抽屉里有一些钱，她全部拿走。拿了书包装了几件衣服，掂了掂，分量轻得让她觉得自己有点儿可怜。

然后她雄赳赳气昂昂地走到门口，走出几米远的时候，忽然有人叫她。

"袁歆是吧？上学去呢？"

那是镇上的 EMS 邮递员，他将一封信交给她，笑得十分和蔼。

"刚好有你的信。"

"外国寄来的呢。"他还补了一句。

袁歆盯着那信，发了一会儿呆，站在日头底下，一时有些找不着北。

她回头看了一眼来时的路，咬了咬嘴唇，绕了道，找了个背阴的地方，把信拆了开来。

她呼吸有些急促，甚至有些虔诚地盯着那信封发了会儿呆。

那封信字写得可真漂亮，卜小尘是难得的字如其人，怕是看他这字，就没有人会相信他从来没有上过学。"袁歆"两个字，他写起来，都好像好看起来了。

他甚至是优雅的，天知道他怎么没从那颠沛流离之中学到几分贫贱的习性。

当然袁歆也知道，这和她父亲脱不了干系。她那个父亲虽然脾气差，但举手投足都要强迫自己有涵养的。袁敬意教的是体面，起码是如何做一个看起来体面的人，尽管后来他被这虚妄的体面折磨得体无完肤，但十四五岁的卜小尘，却和这虽然中空却很好看的体面浑然一体。

"歆儿，展信颜。"

只看那几行字，袁歆的鼻子就猛地一酸。

又见他问父亲可好，她鼻子抽了一下，憋回了眼泪。

袁歆太迫切想要知道他在哪儿，过得怎么样，听他解释为什么不告而别，为什么杳无音信。可才看了几行字，她的手就慢了下来，那颗躁动乱跳的心像是被什么安抚了一般。

她一个字一个字地看，时间都好像慢了下来。

他在信中告诉她，他现在在维也纳学音乐，当初他跟江沧海一走，去了首都，然后没多久就出国了。他说，江沧海对他很好，他现在住在很大的房子里，到了欧洲以后，他每天都要学很多东西，不过他有基础，只是这基础也常常成为阻碍，那些老师要他改掉习惯里的京剧腔。好在他学东西挺快的。他才到那边没多久，那里主要讲德语。德语发音挺难的，但他也会几句。维也纳很多人都会用英文，所以他基本上用英语和人家交流。他还说，袁歆，字母表，还是你教我的呢。所以，你是我的启蒙老师。

信上还说，他改了名字，现在的名字叫江一凛，以前的名字，江沧海说不能提了，要成为秘密了，因为江沧海说，要给他一个新的人生，得把过去抹掉。

看到这里的时候，恰好要翻页，袁歆的心紧了一紧，什么叫把过去抹掉呢？她也会被抹掉吗？手指猝不及防地翻过去，看到的字让袁歆的嘴角慢慢扬起。

"但是我的过去是抹不掉的。是你和袁师父，是老钟伯伯还有很多很多人，让我成为今天的我。不管我叫卞小尘还是叫江一凛，或者叫别的张三李四，袁歆，我永远是你最好的朋友。"

袁歆紧咬着嘴唇，眼泪在眼眶里打着转，并不算大的眼睛瞪得史无前例的大，生怕稍微一眨，眼泪就饱和溢出。

"歆儿，现在是维也纳春天的晚上，我难得有空余的时间。信纸简陋，没有选到你喜欢的颜色，你不要生气。我上个星期去了一次巴黎，和我们从前在电影里看到的不大一样。高楼很多，垃圾也不少，但往高处看，还是很漂亮的。我想我应该更勤奋一些，按照江爸爸说的，我以后可以赚到很多钱，就有机会带你和袁师父来了。歆儿，原谅我当时没等到跟你说一声就走了。你就当小尘在维也纳捡瓶子，你要好好照顾自己。信可能比较慢，不知道到你那儿是什么时候。"

此时，他的字迹潦草了起来。

"我会不定期来信，我这里不方便收信，但我有一个电子信箱，地址是：……"

"你读什么呢？"

手里的信纸一下子被抽走，袁歆像是回了魂，眼前人正是一脸吊儿郎当的游鸣，身后跟着的几个男孩。一个是当日当众羞辱她的胖子谭福，还有几个袁歆叫不上来名字。但她认出一个苍白孱弱的男孩，叫周一定。之所以认识周一定，是因为他和自己一样，都是单亲家庭长大，他没有爸爸，而她没有妈妈。

对于游鸣的找碴儿，袁歆向来是不理的，惹急了会狠狠反击，也绝不拖泥带水。可不知为什么，他总是狗皮膏药似的黏着自己。此时他握着那封信，又打量着袁歆身后鼓鼓囊囊的背包："去哪儿呢？"

"还我。"袁歆的眼睛不大，但很有神，瞪人的时候像某种不自量力却可以跟你拼命的小兽。

游鸣慢悠悠地将手里的信纸准备打开，一面讥诮道："哟，难不成是情书？"话都没说完，游鸣一个趔趄，被猛扑过来的袁歆险些按倒。

身后的谭福过来扶他，伸手就推袁歆，这家伙似乎记性不大好，脸上的疤还没好透彻呢："找死呢你！"

袁歆二话没说，一巴掌甩开谭福的手，再次高抬音量："还我！"

毕竟从小唱戏，这声儿又尖又细气又长，眉目间露出一丝狠意。她再次扑上去，疯了似的抢夺他手里的信。游鸣高她许多，对付袁歆这样的小个子本不在话下，偏偏身后的周一定挡了他一下，游鸣便一个不小心摇摇晃晃差点儿跌倒。袁歆趁其不备，一把将信纸夺过来。

"周一定你他妈想死啊？"游鸣骂了一句，只见周一定唯唯诺诺却没辩解，谭福这个时候一把抓住了袁歆的肩膀，邀功似的喊："老大，我抓着她啦！"

游鸣脸上露出恨恨的歹意，他恶狠狠地咬牙道："把她的信抢过来，我今天就看看是哪个眼瞎的给她写情书！"

袁歆当时脑子里空白了两秒钟，谭福的手重重地抓着她的肩膀，她知道自己挣脱不开。信……信……她猛地想起里头小尘写的秘密。她要替他保守的。于是她几乎没有思考，将那纸团塞进嘴里，然后回过头去，望着那正撸起袖子准备过来的游鸣，她嘴角勾了一下，用她那小兽似的牙齿大力啮咬。

纸张在口腔里有一股难言的味道，令她有些作呕，她加快了咀嚼的力度。看傻的游鸣愣了两秒钟，大概是意识到袁歆拼死要保的信里，有了不起的信息，他伸手接过谭福手中的袁歆肩膀，大力地摇晃她。

"吐出来！吐出来！"

袁歆结束了最后的咀嚼，将那团被濡湿变软的纸艰难地吞咽了下去。

然后她像是获胜者一样挑衅般地对游鸣道："吐、你、妈。"

黑幕降临的时候，挂彩的袁歆背着她的行囊，一步一步地往回走。

尽管看起来有些狼狈，她却坚定得像个女战士。

小尘的邮箱她还没来得及记住，就被她吞下肚去，所以她不能走，她要留下来，等他的再一次来信。

不是有个词语叫卧薪尝胆吗？她可以的。

那封信仿佛让她已经冰冻三尺的青春岁月有了期待。漂洋过海的信盖着邮戳，迟到却不会太迟地告诉她他生活的面貌。那个从前开玩笑说捡瓶子供她上学的少年，似乎凭借这薄薄的纸重新回到了她的世界。

这是单方面的交流，那被吞下肚的秘密里也夹带着她向他倾诉的通道，全部被嚼碎了。他却没有意识到，疏忽忘记了再把邮箱报一遍。

不过这样也好，她偶有情绪懦弱的时候，倒不必跟他说，这样的一地鸡毛，他远离是好事，不是吗？他说，歆儿，我在维也纳赚到了第一笔钱，给人家客串拍一个短片。我因此还受到邀请去了伦敦，见到了好几个英国名人，不过隔得很远。父亲——我是说我现在管他叫父亲，他答应我，很快我就可以回国，出道顺利的话，我可能可以成为明星。到时候我就可以来见你了。

袁歆真想看看那短片。

随信难得有一张他的照片，袁歆凑得很近去看，有些讶异他的变化。稚嫩的孩子气不见了，照片上背后是凯旋门的少年笑得露出皓白的牙齿，眼睛微微一弯，身上背着一把吉他，穿着一件学生服，笔挺，英俊。

和从前是不一样的，从前那个孱弱的、有些不自信的少年，好像被他摁进了骨子里去。袁歆的眼泪吧嗒吧嗒地开始掉。

她不知道自己是高兴还是不高兴，心里有些发酸发涩，好像又在为自己而难过。

然后她努力地笑了笑，伸出手去轻轻摸了摸那照片上的人。

"你可真好看啊。"

镜子里她看到自己的脸，灰扑扑的脸上，五官还没有长开，唯一值得骄傲的饱满额头却要因为胎记而被刘海遮盖。因为那胎记，她从小就知道自己不是漂亮的孩子，但这一刻，却真正有了少女的惆怅。

从小在戏班子里和一群老爷们儿一起生活，在袁敬意老式严苛的教育下长大，别的女孩喜欢的洋娃娃和漂亮裙子，袁歆眼里是看不到的。

她骨子里是有股男孩的劲儿的。而卞小尘是清秀乖巧的，站在她身边，比她更像个女孩，上台了也是。第一次小尘顶了她的位置，演小花旦演得那叫一个像。后来两人同台，便常常是双双反串。否则袁歆一个人顶着女装还好，站在小尘旁边，反而成了陪衬。

早些时候，一直是她护着他。卞小尘刚来的时候总是被欺负，邻里的几个小孩子淘气，他似乎是习惯了被欺负。可袁歆不习惯，她是要十倍奉还的。打得过，还能不露痕迹，小孩爱告诉家长，三天两头袁敬意就要接到"投诉"，于是袁歆会再挨一次打。这个时候卜小尘倒不像平日里孱弱了，红着脸站起来，义不容辞地替她顶罪，然后会被袁敬意吼回去："你骗谁呢你，就你能给人打成那样？一边儿去！"

后来跟大孩子打，打不过，可越是打不过袁歆就越恼火，越拿出拼命的架势来。卜小尘也没辙了，于是也上了手。开始的时候，卜小尘总是怵，出手的时候犹豫，打人也非讲一个分寸，满脑子都是要是打坏了还得赔。他赔不起。

直到有一天，那个一直被她保护的卜小尘忽然变了声，他瓮声瓮气地跟袁歆说，"歆儿，以后你别动手了。我来。"

那是什么时候呢？好像当时她还躺在病床上，腰上挨了一刀。

袁敬意为此黑了好久的脸。

这一刀，比挨在他身上还要疼似的。卜小尘觉得非常内疚，内疚到一夜变成了个大人，说："袁歆，因为我是个男子汉，该我保护你的。"

那一次，是他们俩在火车站附近买东西。袁歆忽然发现卜小尘不动了，他整个人都在发抖，拳头紧握，像是随时都要咬破自己的嘴唇。

她吓坏了，问他怎么了。

他那双总是露出小羊羔眼神的眼睛此刻像只小狼崽子。他向着人群冲过去，一副豁出去的样子。袁歆傻了眼，但还是跟了上去，悄咪咪地问他盯着的那个人是谁。

卜小尘说，就是他，他卖了我好几次。

后来，她必须承认，十岁左右的她的确是大脑还没发育完全，再加上，她可真是有些倒霉。

那人贩子其实早就已经不干那行了，化身一个眼红的赌徒，四处逃窜。瞧见两个孩子鬼鬼祟祟跟着他，哪儿还记得自己前些年造下的孽呢，正凶巴巴问他们俩想干吗。袁歆张口就是一句伸张正义，然后高声大喊救命，把卜小尘都喊蒙了。那人在小胡同里脸一凉，见两个孩子拦住，急红了眼，掏出一把防身的匕首。

刀子直直插进她的小腹，一声高而尖细的救命卡了一半。

卜小尘见血，蒙了几秒钟。血像是召唤令，将那个曾经跟狗抢食物的流浪儿唤了出来。他跟疯了一样地去抓那人的匕首，一拳砸在那成年人的眼眶上，力道大得出奇，那人竟被揍得眼冒金星。

而袁歆此前的尖叫招来了火车站边巡逻的保安，那保安将那起身准备跑的歹人擒住，一声口哨，吹得整个小镇都听得到。

— 104 —

那坏蛋其实并不想伤人，只是狗急跳墙，因此那刀子避开了脾脏，袁歆没有生命危险。

醒来的那一刻，麻药退散，她咬着牙，满眼的泪，骂一句："痛死了。"

一旁的卞小尘真恨不得替她疼，眼泪流得比她还多。她气鼓鼓地要骂，可一用力伤口就疼，只好气若游丝地道："喂，卞小尘你哭什么，挨刀子的人是我欸。"

"坏人抓住了吗？"她眨巴着眼睛问道。

他点了点头。只可惜，那个混蛋也没能招出些什么，甚至在面对"审判"时，他还一脸无辜地说："我又没抢孩子卖，都是要饭的小孩呢。何况，我早就不干了，也没拿多少钱啊。"

人之恶的最大无奈，就是恶人竟不知自己犯下恶行。

当时躺在病床上的女孩露出笑脸，道："那我这刀子，挨得值！"

"值你个大头鬼！"进来的袁敬意臭骂了她一通，袁歆刚还特别豪气的小脸上登时写满了吃瘪，嘬嘴不敢说话了。

卞小尘很意外的是，袁歆被刀子捅了之后，袁敬意都没有揍过他，他有时候真恨不得师父打他一顿。袁敬意表现得很淡定，顺道把银行里的钱全部凑到一张卡上，来到了医院。也不知是不是担心医生不尽力，他四处求医生，求护士，他小心翼翼得好像他一步不到位就会让他的女儿殒命。

直到袁歆宣布脱离危险的那一刻，这个一直表现得过于淡定的父亲，忽然腿就软了下去。他蹲在手术室的门口，捂着自己的脸，无声地边笑边哭。

然后他擦擦泪，从口袋里掏出钱，递给六神无主的卞小尘道："去买点歆儿喜欢吃的东西，我也不知道她喜欢吃啥。歆儿醒了，肯定喊饿呢。"

卞小尘离开之后，袁敬意咬着牙进了手术室，看到他那已经苏醒的女儿，却气不打一处来。

"一天不给我惹事你就皮痒是不是？现在舒服了吧！啊？你这死丫头！学人家做英雄见义勇为，你也不看看你几斤几两！"

一脸倔强的丫头挨了骂虽然怕，脸色惨白惨白的，却还是不忘偷偷拿眼睛瞪他，嘴硬地说："我死了算了。我还不如被拐卖了呢！"

这个死丫头，跟他一般德行。他差点儿失去她！

"医生，我闺女特别疼，你能给她上点麻药吗？"

"麻药伤神经的，用多了不好。"

"啊……这样啊……那反正麻烦你们，药都用最好的。"

"进口药都贵啊，不能报销的。"

"不报就不报呗。没事儿没事儿。"

劫后重生
Chapters

这个在外低声下气的男人回到病房里，却凶他明明爱得要死的闺女。

"你知道住院多贵吗？你还不给我赶紧好起来！你这败家丫头。"

卞小尘都知道，可袁歆不知道，她好几次红着眼眶说："我恨我爸，我还不如被刀子扎死算了。"

"其实师父很疼你的……"他鬼鬼祟祟地看了一眼门口，然后目光如炬地看着她说，"以后，我不会让你受伤了。"

他掀开了她额前的碎发，在她眉心胎记上，轻轻地用嘴唇碰了一下。

"我发誓。"

很久以后，当她站在镜子前，后知后觉想起那个吻，忽然耳根子都红了。

以至于她弄不清楚自己是什么时候明白了"喜欢"这两个字，是很久以前就蛰伏的，还是在少女时代因一张漂洋过海的相片而产生的情愫。

和他在一起的时光不过四载，可不知为何，就好像只有那岁月是鲜活的，只剩它们有色彩。

那封信告诉她，他日夜头悬梁锥刺股的努力有了回报。他接到了一份邀约，即将启程回国。

她不禁雀跃，在那缓慢变美的道路中变得有些急躁。

她的小金库有了一笔钱，她去问了美容诊所去掉眉心的胎记需要多少钱，等哪天她悄悄地就去做掉。虽然没有这胎记，她也不算什么大美女，可这是她唯一能做的了。

让自己漂亮一点儿，哪怕稍微漂亮一点点儿。

然而，她却不知道，她那独自等待的漫长岁月正逐渐被瓦解，在她自以为接近曙光的时候，会一把将她拖进黑暗。

极夜即将来临。

Chapter6
声声皆慢

当卞小尘出现在大荧屏上的时候，没人将他和这个小镇扯上任何关系。

　　江沧海费了很大劲来包装他，一个从小在艺术氛围中长大的孩子，贴上自幼丧母的伤疤，配上他那清瘦得有些忧伤的气质，太合适不过。

　　江沧海眼睛毒辣，他的第一步棋下得很稳，选了一个必火的影视剧，凭借几个老戏骨前辈的提携，加上江沧海的把握分寸，以年轻鲜嫩的少年面貌惊鸿一现，宛若一股清流，将他和这个市场接上了轨。然后，是不疾不徐地保持神秘，透出的小道消息让人们对他产生兴趣却无从了解，最后，让他接受了口碑极好的一家公司的专访，少年沉稳地坐在红色沙发上，脸色微微苍白地杜撰一个悲情的故事。

　　营销、技巧、手段、眼泪，包装出了一个有故事的少年。

　　而他这个孩子是多么聪明乖巧啊，他将火候拿捏得恰到好处，江沧海要求的眼泪一颗不少一颗不多，笑容的弧度六十分悲伤四十分治愈。他那双眼睛既清澈又饱经沧桑！加上角色刚好与江沧海为他安排的"经历"无缝连接，翩翩少年，温润如玉，心头有疤，眼中有泪，他很快就成了姑娘们心头的软肋。

　　十七岁那年，他回到了袁歆的世界。

　　那天中午，袁歆在小卖部喝下一碗泡面汤，看着那几个比她年长比她漂亮的小姐姐们花痴尖叫的模样，嘴角带着笑，她甚至原谅了那些不怀好意的眼神和话语。

　　她懒得跟他们计较。

她们算什么？她可是和电视上那个男孩一起长大的人，是他最好的朋友。尽管她已经很久没有收到他的信了，但她可以理解，现在小尘是明星了，明星都很忙的。

现在的粉丝都很强大，她知道了他接下来的几场粉丝见面会的行程，有一个距她比较近，于是她决定今天晚上就收拾好行李，天一亮就出发。

不过她有些遗憾的是，她祛除胎记的任务夭折了，那存钱罐里的钱拿去补贴家用了。

是的，她过了没多久的好日子，袁敬意的人生又一次跌到了谷底。

那位程老板最初的确是帮了不少忙，让袁敬意体会了一把什么叫作资本，哪怕他骨子里讨厌这些，但为了他心里头的梦想，为了这日子的体面，都是可以暂且委屈的。那时四里八乡的人都知道程老板的名号，知道他要在这一片做一个度假村，知道他财大气粗，还喜爱京剧，连带着袁敬意都受到尊重了起来，没人觉得他附庸风雅。但很快就有人往歪里想。

开始有那些传言的时候，袁敬意很恼，他几次酒后气鼓鼓地说："程老板是我兄弟，是知音，哪怕说是伯乐也能凑得上。那些嘴巴肮脏的人到底是怎么回事？就这么见不得人好？"可那些话太脏了，像是往你的耳朵里丢了腥臊的钉子，直接往心里去。

袁歆假装不往心里去，两点一线地念书，一成不变独来独往。敏感内心外长出了一个厚厚盔甲，闭目塞听，满脑子只有长大和自由的念头。

袁敬意爆发在一个早晨，他带着一桶油像个疯狂的战士浇在程老板的办公室里，准备点燃的时候被人制止。据说他当时眼睛冒火，恨不得眼中的恨意就变成火引，将程老板杀死，将眼前人全部都杀死。

这些都是袁歆听来的。事情发生的时候，她在图书馆里看书。那天从图书馆出来，她记得夕阳如火，有人对她指指点点。

她已经习惯了那些指指点点，但那一日特别多。

她尚且不知道，那场未遂的火终有一天会来临，将一切还在撑着的体面，将一切希望，悉数烧尽。

兴许她和袁敬意的人生，很早很早以前就注定了。

那之后，她的日子便不好过了。他们说，袁敬意疯了，不仅疯，还很肮脏。

其实之前就有人说那位程老板将袁敬意像戏子一样豢养，说他们的关系亲密到一张床上去了。

两个男人啊。这就像一颗炸弹炸在小镇上，人人露出惊悚的表情，对那未经求证的"绯闻"无限作呕。而袁敬意失控的行为像是捉奸在床的佐证，人人都在那个故事里添油加醋，似乎在场一般地说：

"难怪呢，我就说这人古怪！原来有断袖癖好！"

"两个男人……啧啧啧，话说那袁敬意不是有过老婆吗？还有个女儿！他为了钱可真是豁得出去，卖艺的，连身都卖上了！"

"记得不，之前还有个娃娃，不会他有那个癖好，对那男娃娃也做了脏事儿吧？"

"谁知道呢！"

"听说是程老板不打算再给他花钱了……他恼羞成怒呢……"

他们在背后议论纷纷，眼神一点儿都不避讳地写着鄙夷。

袁敬意不再去戏班子，也不可能再和程老板有任何的瓜葛，他没有辩解，整个人脸色灰了下去，眼窝深陷，像是没了魂。

那时候，年轻的袁歆也看不起她的父亲，她看《霸王别姬》，她理解蝶衣和段小楼，但艺术搁到现实里却是两码事。在那场焦灼的丑闻之中，她深陷其中，却把自己撇成一个旁观者。

又不仅仅是旁观者，她不知道，她有时候的眼神像刀。

那刀是刺向她极其想摆脱的生活的，那刀像是威胁时间快点走的凶器，它的确有所成效，却是以她始料未及的方式。

记忆里的画面一帧帧加速度地划过，天空一直是灰蒙蒙的，直到红光冲天，将整个小镇都点燃了一般。

剧院着火的消息不胫而走,打算回家收拾行李的袁歆茫然地随着人潮冲向事发的地方。

记忆里，天空是红色的，像血。她号啕大哭着要冲进去，被人拦腰抱着，哭昏过去。再醒来的时候，她在这世间唯一的亲人已经成了一具焦黑的尸体。

而幸存的游鸣的指控，让那死无对证的尸体成了纵火案嫌疑人。他们说，袁敬意想放火，他不高兴戏院被拆掉，他如愿以偿毁了它。

他们还说，袁敬意这是想要报复程老板，因为是程老板要拿下这块地，想要建一个新的电影院。他愚蠢地用自己的方式一把火烧了这里，而事发的时候，游鸣带着谭福和周一定想要阻止，可火势蔓延得太快了，他们根本来不及跑。

浑身烧伤的周一定和谭福被抬了出来，游鸣却因为站得远，惊魂未定却毫发无损。

这案子太大了，大到满城风雨，群情激愤，大到那个曾经救过她和卞小尘的巡逻保安都加入了进来，声讨得面红耳赤。

周一定和谭福都被送进了医院，烧得太厉害了，周一定还有知觉，谭福直接就休克了。而即便抢救过来，怕也是永远都要背负这恶魔一般的伤疤了。

似乎所有人都不想去计较这"真相"里的矛盾。袁敬意为什么要烧掉戏院，烧掉对他又有什么好处？而最后，他为什么又要把自己给烧死？谭福和周一定真的有勇气去阻止他吗？

没有人去思考这些，包括袁歆自己。

她只是个十五岁的孩子而已。

父亲的遗体就这样被摆在灵堂里，四处都是人，袁歆耳朵里却只有耳鸣。猛地，她被一只脚给踹到墙上，额头磕出血来。谭福的母亲披头散发，如同一个恶魔一般大喊着要她偿命，周一定的母亲在一旁号啕大哭。

她面如死灰，眼睛里只剩下绝望。

人群的激愤让她四面楚歌，浑身战栗。她被保护了起来，与其说是保护，不如说是圈禁。

她被安置在一个潮湿阴暗的屋子里，每天会有人给她送饭。一问父亲的事，那些人就三缄其口，沉默而且冷漠。第三天的时候，当袁歆从门缝里看到给她送饭的那个矮小男人往她的汤里吐唾沫的时候，她心里那仅剩的烛火也好像被浇熄了。

那天晚上，她趁着看门人不备，跑了出去。她不知道的是，那时候柳叔正风尘仆仆地赶了回来，他和管事儿的人说，这孩子是他兄弟的遗孤，他要带走她，他负责她的一切。

然而这颗烫手山芋已经跑出了那小屋，她还在柴房里拿了一把刀。

双目血红的少女第一个要去找的人是游鸣。

是他指认的，她要一个真相。

是啊，一个被烧死的孩子，一个被烧成重伤几乎不成人样的孩子，还有一个侥幸逃脱的孩子瑟瑟发抖地指认杀人犯。

另一头，是躺在那棺材里不会说话，但生前性情古怪，酗酒、偏执的戏疯子。

一定是戏疯子干的。他们都这样说。

所有人都相信是她父亲干的。

她不信。

尽管父亲的最后一句话是叫她滚，她还是不愿意信。

其实去找游鸣这件事，本身就很冒险。

她在游家门口蹲了很久，游鸣一个人出现在她面前，被她手里的刀吓了一大跳。

她眼睛是血红的，脸白得吓人，她听到自己的声音从嗓子眼里发出来，那都不像是一个少女的声音了，低沉，而且可怖。

"我劝你去跟所有人说出真相，不然我杀了你。"

面前的少年稳住了情绪，看清楚了来人，他的情绪似乎比她还激动。他将伞一丢，忽然指着自己的脖子说："来啊，你爸杀人，你也杀了我啊！杀了我！"

秋雨越下越大，豆大的雨点迅猛地砸在两个少年的脸上和身上。

游铭好像在哭，他一边哭一边朝着她喊："杀了我啊，我求你杀了我！"

猝不及防间，她手里的刀被撞落，腹部猛地一痛，那面前的少年已如猛兽一般地冲上来，伸出手紧紧地掐住她的脖子。

"你杀不了我！你这个杀人犯的小孩！真相！什么是真相！真相就是你那个疯子爸爸杀了人！你知道吗！活活烧死！我也差点儿被烧死！"

她几乎喘不过气来，耳膜被他的声音仿佛要刺穿。

先刺穿的是心。

"袁歆，我告诉你！你也别想活着！你爸杀了人！你要偿命！我要杀了你！"

游铭将她狠狠地按在地上，她彻底喘不过气来了，那种窒息的感觉真可怕。她徒劳地抓起什么，用力地朝着他脑袋砸去。

身前的人从她身上翻了下去。

她重新有了呼吸，雨水冰冷地打着她的脸，世界仿佛重启，待她看清一切，却发现还是那么地灰暗、冰冷，和绝望。

她听到身边人的哀号，心里却有极端的恐惧，她不敢去看他一眼，从地上迅速地爬起来，朝着一个方向开始狂奔。

风雨交加的夜晚，她麻木地奔跑，浑身湿透，气喘吁吁，停下来的时候，颤抖到几乎站不稳。

远处有灯火，有人的哭嚎声在夜色中传来，宛如鬼魅。

雨夜之中，前方便是火葬场附近的灵堂。

她父亲的遗体就摆在那里，因为涉及刑事案件，他的遗体也只能摆在那里。或许，在她被"保护"的日子里，他每天都受到家属的唾骂，想拉他起来再死一次。

她慢慢地靠近那个地方，仿佛感觉不到心痛了，十五岁的少女像是失了魂魄却还会恐惧的行尸走肉。

她跪在了黑暗之中，朝着父亲的方向磕了个头，然后挺起胸膛，面无表情地回了头。

她朝着来时的路狂奔，又在中途转了个方向。

这一次，她跑向了火车站。

火车站，很多年前，卞小尘带着一堆土特产乘着火车来。而现在，她偷偷地逃票上车，一路辗转去找他。

那是她黑暗世界里的最后一丝光芒。

那丝光像是梦境的出口，一点点地朝她摇曳，又像是火苗。她不想困死在这里，她拼命地跑，跑得比火车还要快。

猛然惊醒过来，窗外晚秋落雨，豆大的雨点砸在窗棂。

浮生像是一场梦，梦中几乎无法呼吸，她甚至有些想不明白，这梦里到底哪一些是真，哪一些是假，哪一些是被自己错过，哪一些又是被自己放大。

她忽然有些佩服自己，这么大的事，她说逃就逃了，她此刻就顶着唐秋的名字，就好像真的活成了唐秋。

只是……骨骼里发出沙沙的声响，像是什么在破碎瓦解的声音。她后来总算信了那句"基因是有密码的"，否则为什么过去了那么多年，每次这个日子，她都会被那火燎一般的痛苦所啮噬？

身旁是周蕊徐徐的呼吸声，像是提醒她自己还活着的一股生气。

她的心跳缓慢下来，翻身下了床。

此时，一辆黑色的 SUV 正在从东岸的疗养医院往西岸开去。

车子开得不慢，雨刮器轻轻扫着雨水。

江一凛的手机一直在响，他的心情极其烦躁，屏幕上显示的是盛威。方才在医院和江沧海"吵"完后，心情不畅的他直接抢了盛威手里的车钥匙就走了。后视镜里那家伙一直在跳脚。

也是，几年前车祸以后，他就很少碰车了，出门都有车接送。私事儿不论大小，盛威都会亲临当司机，这个经纪人做得也是不容易。

他的车子一直开得畅通无阻，烟波桥上却突然多了个打伞的人影。江一凛猛地踩下刹车，总算在那人面前及时刹住，却慌得他心脏差点儿跳出来。

灯光扫射下，那估计被他吓得够呛的人从伞下抬起一双眼睛来。

江一凛打开车门下车，朝着半晌没动如同鬼魅的人吼道："你大半夜的站在路中央干吗！"

唐秋一怔，然后语气淡淡地回答他："我在过马路。"

雨水打了江一凛一身，他愣住了，"嚓"地走到她伞下。

"你大半夜过什么马路？"

"你大半夜开什么飞车？"她一点儿都没客气地回敬他，顺便将伞往自己身后一侧。

雨水再次顺着他的后脑勺滑进脖颈，凉得他整个人一个激灵。

江一凛咬牙，伸出手来将她的伞掰正，恰好握住了她的手。唐秋一脸抵触地抬头瞪他，却见他口气松软下来："真的，下雨天这么冷，你干吗呢？"

干吗？

唐秋一个恍惚，她刚才在这里烧了纸钱。此刻在的地方就是当年跳河的位置，她也弄不清自己这送寒衣，是送给袁敬意还是送给自己。

猛地心头一疼，她垂了垂脑袋。

"饿了。"确定收拾好了自己眼睛里的情绪，又抬起头来，"出来觅食。"

江一凛的眼神在她的脸上扫了一阵，忽然一把夺过她手里的伞："我也饿了，走吧。"

唐秋眼睛一瞪："打劫呢？"

"你要是再一个人晃下去，劫的就不是一把伞了。"江一凛翻了个白眼，"走吧，我刚好也想去吃点儿东西。"

"不去。"唐秋站在那儿，伞一离开，头顶便湿了一片。江一凛没辙，只好把伞撤回来，低着头看她那莫名其妙的倔强。

"你不是饿吗？"

"饿归饿……"

"走吧，我今天刚好心情不好，想有个人陪我说会儿话，拜托。"语气里倒是一点都没有拜托的意思，可他却避开她的眼睛，眉眼里微有一丝隐忍的忧伤。

唐秋心头忽然有些异样，她好奇起来，他的心情不好，跟她的……会是同一个理由吗？就此一怔，手腕被他抓住了，一路带到副驾驶门前，车门已被打开。

鬼使神差，她起身攀着车门，回头看着他为她撑伞的样子，没什么表情。

"小心头。"他淡淡地叮嘱了一句。

车子里开了暖气，吹在原本已经微微冻僵的身上，血液的温度缓缓地攀升。

"你不是……要找个人说话？"唐秋忽然轻轻道，"那你干吗不说？"

他头一大："开车要认真。"

"哦。"

正如唐秋弄不清楚自己为什么要上车一样，江一凛也不明白，他为什么突然就需要一个人陪他说说话了。

但好像冥冥中有股什么东西把他们聚到了一起。

江一凛的夜宵自然不是随便找个饭堂子。

虽然他还称不上人人都认得，但街头巷尾隔三岔五好歹也是能看到广告的。

———— 114 ————

他在一间非常隐蔽的居酒屋停了下来。

此间，他们一句话都没说。

车里的气氛有些微妙，唐秋只觉得自己有千言万语，可说不出，也说不得，她低头时忽然苦笑了一下，揉了揉自己的衣角。

出门的时候随便捞了一件衣服，是件旧的，上面起了毛球，这时，显得有点寒碜。

"到了。"一旁的人淡淡地说了句，打开车门。

窗外的雨已经越来越大，几乎瓢泼。

她反应过来，刚想下车，却又听到他凶巴巴的一句："等下！"

车门啪嗒关上，他撑着伞绕过车头，到了她这边，车门打开时，伞已经挡住了瓢泼的雨。

江一凛一手拿伞，一手把住车门："下来。"

唐秋顺从地从车上下来，却没有看他的眼睛。

伞不大，两个成年人要并排走不贴着着实有些困难，但江一凛始终跟她保持着距离。

这家店叫"食+"，是他的一位餐饮界好友开的深夜馆子，基本不对外开放，主要用来接待一些朋友，所以一般不用担心会碰到粉丝引起骚乱。

这时，身着便装却一脸英气的老板已经从门帘后头出来迎他们，见江一凛身旁带着唐秋，讶异了一下，但很快收起了表情，没有多问。

"来了？包厢给你准备好了。老地方。"

江一凛认识程锦琛已经多年，两人关系虽不错，但从不过问彼此的私事儿。对于江一凛来说，这个朋友知分寸，且从不把他当作一个异类来看待，不过分殷勤也不提出任何要求……是让江一凛觉得舒服的存在。所以他心烦时便习惯来这一隅待一会儿，喝点儿酒，吃点儿东西。

他们家的东西做得极好，并且已经熟知了他的口味。

一般人，他不告诉。这地方也只有盛威知道，现在……他怎么会带她来？

江一凛眉头一皱，收了伞，抬头瞥了眼唐秋，轻声说："便宜你了。"

"你说什么？"唐秋忽然皱着眉头问。

耳朵这么好啊。江一凛这时直起身，道："饿死了。"

包厢里点着香薰，是中式风格的坐榻，中间一个胡桃木小方桌，摆着茶盅，榻上搁了干净的毯巾。

程锦琛从移门后探出一个脑袋："吃什么？"

"老样子。"江一凛看了眼唐秋，"你也不用看菜单了。他们家菜单看不出什么花儿。"

"喂喂喂，菜单可是初一亲自画的！你再埋汰她试试？"老板音量稍高，笑着辩驳道，语罢他冲唐秋一笑："先拿毯子擦擦头发吧，干净的。大老爷们没事儿，姑娘可别受凉了。"

话说得讨喜，却没有油腻感，果然还是得看脸。唐秋忍不住回了好几次头，礼貌地道谢。

"看什么你？"江一凛捞过毛巾，见她这样，忽然不爽道。

"帅。"唐秋眼睛不看他，慢条斯理、理直气壮地蹦出一个字。

"能有我帅？"

"你在不爽什么？"唐秋直起眼睛，耸耸肩。

"我有什么好不爽的？"江一凛白她一眼，"我是觉得你的审美令人堪忧。"

"那你忧的事儿未免有点多啊。"

刚才那些尴尬的气氛，在几句你来我往中略微缓解。

这时唐秋已入座，老板亲自端过来几道小菜，做得却没有她想象中那么精致。大概是看到她讶异，他解释道："这家伙吃惯了那些东西，来我这儿，非要吃点儿看着糙的。"

虽然算不上精致，但要论糙……

"我们能做到的糙，只能到这个地步了。"程锦琛笑起来还真是好看，惹得刚才一直脸色都有些郁郁的唐秋经不住也笑了下。

这笑落到江一凛眼里，心头颇有些不舒服。

"你就自夸吧你。别撩了。"江一凛抬了抬手，一脸的"请他出去"，顺便将酒满上。

听到程锦琛道："你不是开车来的？"

"你代驾。"江一凛将杯中酒一饮而尽。

程锦琛退出包厢。

此时二人一时竟没了话。时间好像有些凝固了。这里隔音极好，听不到外头的雨声，那原先的情绪又慢慢地聚拢了。

江一凛并没有太注意唐秋，今夜他的心潮和唐秋一样并不平静。

江沧海如今的状态不太好，一年前诊断出癌症之后，一直在治疗，用了最好的抗肿瘤药，情况被控制住，却仍不算好，因此转到疗养医院住最好的病房。院长是他的好友，私底下告诉他，江沧海可能时日无多了。

江沧海从得知自己生病那天起，其实就已经不是当年他遇到时的那个体面男人了。他有十足的火暴脾气，江一凛向来都是顺着他的心意走。但江沧海提出出院要回公司，江一凛拒绝了。谁料江沧海拍案而起，青灰色的脸上青筋暴露，斥责他忘恩负义，是要将他江沧海一手带起来的公司给撬走，说他是自己养大的白眼狼。

这话连盛威听着都觉得太重，江一凛阴沉着脸，不再让江沧海指鼻子骂下去，极其果断地拒绝在出院申请上签字，一把夺过了盛威手里的车钥匙便离开了医院。

盛威只道他是生了气，却不知江一凛心中其实五味杂陈。

情绪是累积的，在知道江沧海的身体可能扛不了太久之后，他忽然想起今天是什么日子。

十多年前抚养他的人就是在这一天殒命的，再往前追忆，再往前十年，那个他几乎不怎么想起来的卡车司机也是在夜里从公路上翻下山去，尸骨无存。

他忽然觉得头皮一紧，医院的味道和面前江沧海失去理智的脸都让他觉得有些窒息。他开车的时候，脑子里几乎一片空白。

现在的人大概不喜欢谈"克星"二字，也不再那么相信八卦宿命论，可他在经历这样三番五次的生离死别之后，开始怀疑是否真的存在所谓的"克星"。

此时他已经几杯酒入肚，面前的女人没有阻止他，她只是时不时地抬眼看他一下，仿佛知道他有情绪要靠着这酒精宣泄似的。

不得不承认，在差点儿撞上唐秋之前，他真的想过一头撞死算了。

他更不得不承认，他此时已经平静了下来。

那退潮的心海一片残渣，但再不济，那疾风骤雨好像都过了，尽管破坏力强大。

唐秋平静地吃，不疾不徐，倒不像她先前说的"饿"。

他把人叫过来，总要有点说辞，便开口道："那天在天台，情绪不大好的时候，跟你说了些话。"

"唔。"她抬起一双有些无辜的眼睛。

江一凛与她四目相对，呼出一口气："我也不知道为什么要跟你说那些。"

"就不怕我转头卖给狗仔？"唐秋的声音明明有些颤，却还是笑了笑。

"怕。"他顺着她的话头说下去，"真要卖，卖得高一点儿。"

"哦？料值那么多吗？"

"料不值。"他放下酒杯，目光紧紧锁在她的脸上，"秘密值。"

秘密……

"我满以为……像你这样活在公共视线里的人是没有秘密的。"唐秋低头避过他的眼神。

江一凛轻轻一笑，半开玩笑半认真的语气："我的秘密怕是比他们知道的一切都要多。你信不信？"

"信。"她不假思索地答道。

这话答得快了，他猛地一皱眉表示疑问，唐秋适时又补了一句："不过，为什么要有那么多秘密？讲出来不就好了吗？"

"有些秘密挖出来，会把你好不容易披上的假面连皮带肉扯下来。"江一凛做了个撕的动作，苦笑了一下。

"扯下来又会怎样？"唐秋说。

江一凛一愣。

会从高空坠落，会有一刹那快感，绝处逢生的时候会解脱。尽管这只是一件"说不说"的事，却一直压抑在他心头。

他无奈地摇摇头，然后用玩笑的口吻说："要不，试一试？"

"怎么试？"

"真心话大冒险吧。"江一凛忽然将手一摊，"猜拳。赢了的问输了的人一个问题。"

"好啊，那试试吧。"她也张开手掌。

几乎是一刹那，她想起从前与卞小尘常玩这个游戏，赢了的人可以让输的人做一件事。卞小尘总是先出石头，永远输给她。有一次，她忘记套路出了剪刀，难得输了一把，他开口却是一句："啊，那你想我让你做什么？"

那时候的卞小尘像是环绕她这颗有些烫手的小太阳的温柔月光。

下意识想起来，她嘴角一弯，手已经摊开。

她出了布。

他则出了石头。

"输了呢。"他讪笑了一下，"你问吧。"

"今天……为什么心情不好？"

"家事。"他很敷衍地给了一个答案，见唐秋没罢休的眼睛，索性直说，"家父生了重病。"

唐秋心头一块腾空的石头仿佛落地，落地却更不好受。

江一凛喝了口酒，心里含着一句"还有很多原因，不告诉你为好"。

"再来。"

这一次，换她输了。

他想了想道："你到底是不是真的讨厌我？"

"不算。"唐秋回了两个字，典型的有问必答绝不多答。

问亏了，江一凛想。

江一凛又一次输了。

唐秋似乎想了很久，然后缓缓开口道："你快乐吗？"

这些年，你过得快乐吗？

没想到她最后脱口而出的是这句话。

问什么呢？以袁欢的名义可以问一万个问题，可作为唐秋，她能问些什么呢？除了家父生病的这一夜，除了为我放烟火庆生失神的那一夜，其他的日子你过得快乐吗？

脑子里有些乱，她仿佛又回到了那奔跑的梦里，身后的火舌正在拼命地追赶她。

那时候她坐了一天一夜的火车，到了他巡回见面会的城市，正是晏城。那时候他们都尚且不知道自己会和这个城市产生那么深的缘分和纠葛，他们都是第一次来到这个有座烟波桥的城市。

一天一夜的火车让十五岁的少女分外狼狈，她身上没有半毛钱，本来就穿了好几天没洗的衣服淋了雨又干了。她发着低烧，整个人跟跟跄跄，眼睛却格外地亮。

带着一种失怙小狼的狠劲，她偷偷潜进了那个她根本买不起票的会场。

那场发布会已经开始，他刚出了第一张专辑，整个人像是发着光般地站在台上，冲着他们笑。他像是浑身发着光，换了一个人似的闪烁逼人。

他站在那舞台上，被无数双少女的目光灼得更加明亮，和台下那个挤在人群中脏兮兮的她仿佛不是一个世界的人。

他身上那件西装可真好看，剪裁如此贴身，衬得他单薄却挺拔的身材如此修长，头发梳得一丝不苟，却没有丝毫的造型感。哪里像从前，他的衣服少得可怜，要不就是太小了，袖子短了，要么就是太大了，因为那是袁敬意给他的。偶尔几件合身的，他几乎舍不得穿，穿了就怕蹭脏、蹭坏，只在重要的日子里穿，穿完了立马叠起来。

那是寒酸到她都不忍回忆的岁月。

可现在不一样了，他摇身一变成了洋生洋长的少年，贵族派的西装仿佛天生就是他的装扮。

十五岁，即便是大难已经来临，心神俱疲的她仍旧在那一刻觉得想哭。

想替他高兴，这才是他该拥有的生活，他选的路是对的。

其实当时她真的有想过，如果她不喊他，不逼迫着他进行一个仓促的选择，或许一切会不一样吧。

可当散场的时候，她看到他跟江沧海二人马上要消失在视线里，就好像一线光要再度在她的世界里熄灭。

所有人高喊着"江一凛"的时候，她焦急地边哭边跟着喊。可他什么都没有听到，在一浪高过一浪的欢呼声中慢慢地往前走。

她当时脑子里一蒙，拼尽全力地大喊了一声："卞小尘！"

"江一凛！江一凛！江一凛！"

"卞小尘！"她又喊了一句。

她看到他回过头来，她的心脏差点儿停止了跳动。他的视线让人群静谧了一秒钟，她趁着这一秒又喊了一句："卞小尘！我是袁歆！我是袁歆！"

人群混乱了起来，人人都听到了这一句，无数目光朝她投了过来。

她泪眼模糊，伸手向那根稻草攀去，可人群太厚了，她和他仍旧隔得好远。

她看到他的表情一慌，抬头质询一般地去看他身旁的男人。那个作为他的父亲的江沧海俯身跟他说了几句话，然后拿过话筒冲着台下有些失控的她说："小姑娘，你怎么了？"

"小尘，是我！"她以为是因为自己现在脏兮兮的，所以他认不出她，她声音哆嗦，指着自己的脸，"是我，我是袁歆……"

好奇的记者开始八卦，朝着他问："一凛看来有很疯狂的粉丝哦，你认得她吗？"

她大概永远无法忘记他当时的表情。

他已经收起了那张略带惊慌的脸，恢复了平静，然后她听到他说："我不认得。"

十五岁的她可能不能理解他的选择，但是二十五岁的唐秋懂，因为她知道生活有时候就是这么现实。他能怎么做呢？在那舞台上跟她相认，跳下台来抱住脏兮兮如同一个乞丐的她？然后告诉大家，我所有的一切都是假的？他好不容易才有的现在啊，光鲜亮丽，衣食无忧，万众瞩目。不再是孤零零的一个人，一颗寒冷而寒酸的星星。她理解了他的选择。

"我的意思是……"被他的眼睛盯得发毛，唐秋意识到自己的话有些突兀，她重新修整了一下这话，让它听起来更符合情境，"做明星，快乐吗？"

江一凛原本那目光如炬的眼神收紧了一下，他讪笑道："原来……"

放下酒杯，他眉头微微皱起，然后又松开。

"做明星……走在大街上，都能被人认出来，可以满足很多虚荣心。你开始变成一个举足轻重的人，你开始有了分量，有了意义，并且有了很多和付出不成正比的钱，你可以买很大的房子，装修得像皇宫一样，买你想要的很多很多东西。你说，快乐吗？"

"当然快乐。"他忽然露出了一个极其灿烂的笑容，衬托得这四个字，更有分量。

然后他仰头饮尽一杯酒，喉头滚动，撂下酒杯，唇角带着自嘲。

唐秋闻言，心中戚戚。

快乐。那就证明你没选错吧。挺好的。真的挺好的。如果那一切灾难都没有发生，多个卞小尘又会怎样呢？也许，后来他们依旧会被现实打散，多的是两个为生活的不堪买单的可怜人。

两个人里，总要有一个快乐吧。

"还来吗？"他再度伸出手。

"不来了，我饿。"她低头扒饭，眼眶中涩涩然，却没有了眼泪。

待程锦琛再度进入包厢时，江一凛已经趴倒在桌上。此时老板已经披上厚外套，见状愣了一下。

"要走了吗？"唐秋扶着桌子站起来，却见程锦琛露出抱歉的神色。

"唐小姐，你会开车吗？"

"哈？"

"刚老朋友过来，我喝了些酒。"他哈了一口酒气，"怕是送不了一凛了。"

"那……"

"也不好找代驾，这家伙可是个名人呐。"他笑了一下，"不过你要是不方便，我打个电话，让我朋友过来……"

唐秋回头看了一眼江一凛，这家伙已经纹丝不动了，咬牙道："不用了，我送他回去吧。不过老板你知道他住哪儿吗？"

"嘿……"程锦琛咧开嘴，"赶巧我还真知道，我们加个微信，我把地址发给你。"

程锦琛帮着把江一凛抬到副驾驶，他居然已经是不省人事了。

唐秋想起上一回，两个人还真是互不相欠。

程锦琛轻轻敲了下车窗，提醒道："我送过他几回，你直接开到地下停车库，74号是他的停车位，旁边就是直达他家的电梯。"

"送过几回？"唐秋问道。

"都记不得几回了。"程锦琛说，"不过这家伙也就在我这儿会喝多。往常都是一个人喝醉，今天倒是头一遭呢。可见您是他很信任的人了。"

抬头看着唐秋的反应，程锦琛笑了笑："这家伙很少信任别人。我们俩都算是幸运的。"

是吗？这倒是和从前没变，还以为时过境迁，他会好一些。看着一旁醉酒的江一凛，唐秋重重地叹了口气。

唐秋没想到，江一凛所说的"装修很豪华的大房子"是眼前这副样子。

的确不小，在这寸土寸金的城市里也不便宜，可里头简陋得几乎没有什么人气。

江一凛虽然已经喝多，但并没有喝死，唐秋半扶半拖地将他送进了卧室。

他酒品倒是不差，喝多了后很安静，完全没了平日里的棱角。

她将他扶到床上，顺手摁亮了墙头的台灯，光线柔和地照在他微醺的脸上。

唐秋退出了那间屋子，回到客厅的时候，脚步却停住了。她下意识地把灯打开，灯光一亮，更显得屋子空旷。茶几上有一个烟灰缸，里头都是烟头，地板倒是干干净净。客厅里有一个巨大的书架，零星地放着几本书。旁边是酒柜，开了一扇，里头是各色酒瓶，旁边则摆着几个白色的瓶子。

唐秋好奇地走过去，拿起那瓶子。

瓶子上写着艾司唑仑，是安眠药。

另外几瓶是抗焦虑的特制药，都吃得只剩下一半了。

唐秋拿着那瓶子，半晌没放下，表情变得有些凝重。

这就是他说的"快乐"吗？明明在她想象中，该夜夜笙歌的年纪，为什么他要屡次一个人喝闷酒到醉呢？像他这样的人，谁不想跟他喝酒，要叫个伴还不容易吗？

又为什么要靠吃这些白色药丸来生活？他在焦虑什么，在为什么而痛苦？

踩在这冰凉地板上，她心里忽然生出一丝恼怒与悲凉。

突然间，卧室里传来什么东西打碎的声音，在空荡荡的屋子里显得特别响亮。唐秋猛地跑过去，见那盏昏黄的灯打在地上，外头包裹着的玻璃，已经碎了大半。床上的人仍闭着眼睛，但似乎在摸索着什么。

"喂……你……"

唐秋跑过去，听到他声音嘶哑。

"渴。"

"你别动。"唐秋果断用上了警告式口吻，"我给你拿。"

也不知他意识是否清醒，她顾不上那些，本想烧些热水，可连屋里的烧水壶都找不到，只能去冰箱里找了一瓶矿泉水，然后将床上似乎仍因被酒精灼烧得异常痛苦而闭眼的他半扶起来。

他原本总是低于常人的体温此刻有些烫手，不知怎的就仿佛烫到她心里去了。唐秋紧紧地扶住他，不知怎觉得鼻子一酸，灌下水去他似乎是好受了一点儿，重重地吁出一口气。

这时，那垂死挣扎的灯忽然猛烈亮了一下，又迅速地熄灭了。卧室里暗了下来，只有半关着的门缝隙里透进来一点光。唐秋的心里咯噔了一下，怀里的脑袋轻轻一动，手指忽然握住她的，声音沙哑地轻轻说了句："谢谢。"然后，他很本分地努力侧了侧头，容她收回自己的手臂，躺回到自己的枕头上。

"麻烦……帮我把门关好。"

这半醉的人还挺有礼貌。

"再挪挪。"唐秋推了他一把，"你坐到我起球的毛衣了。"

这家伙来了个鲤鱼打挺。

唐秋没走，她从外头找到了扫把，将地上的碎玻璃渣一点点扫干净。

她动作很轻，开了手机的电筒，生怕遗漏。

电筒的光在床下照着，她看到一个黑色钱包摊在床边缘，她伸手捞起来。

也不是故意的，只是瞥见那钱包里险些跌落的照片，她一刹那呆了。

回到东岸的家中，已是凌晨三点多。

唐秋坐在超市的货架旁，从包里拿出剩余的纸钱，纸钱里包着她的照片。那是十二岁时的她。十二岁的，还像一棵没长开的小豆芽的她。

噩梦醒来没哭，一个人跑到桥头去给袁敬意烧纸的时候没哭，在看到他满橱的安眠药的时候也没哭，却在看到钱包里的这张照片时，眼泪开闸。她不敢哭太响，怕吵醒楼上的人，只能捂住嘴巴，牙齿打战地咬着自己的手。泪眼蒙眬间，照片上的人既熟悉又陌生，那年轻又带些怨气的眼神，不太高兴的嘴角，刘海被捋到一边，露出眉心红色的胎记。

就是这张照片被放在他的钱夹里，这么牢牢地贴身带着，这件事让唐秋原本以为已经坚硬的心软成了泥。她边哭边说，难怪你认不出，我都快认不出自己了。

认不出就认不出吧，挺好的……

一夜秋雨过后，气温果然骤降，冬日已初露端倪。

唐秋起得晚了些，今天周蕊倒是勤快，问了才知，原来是掐着点看江一凛专访来的。

见唐秋出来，她便异常激动地说："姐，节目组公开了电影的类型，这次是个文艺片，跟京剧有关！你可是有基本功的！赢定了！"

唐秋一愣。

"跟……跟什么有关？"

"京剧啊，你不是有戏曲功底吗？"

"我没有。"唐秋硬生生地否定道。

"姐，你经常哼曲儿你当我聋啊？"周蕊话说到一半，却忽然意识到不妙，唐秋小时候常哼曲儿没错，可每次到戏曲台的时候，她都会有些负气地迅速转台。

"没有就没有嘛，没有你也能学啊！你学东西快！"

唐秋的头有点儿疼，这时候看了一眼屋子，问了句："子豪哥呢？"

"一大早接了电话就出去了。"周蕊道，"不知道忙啥。"

虽然有些担心周子豪，但毕竟他是个心里有数的成年人了，她总不能跟个老妈子似的对他苦口婆心吧。

"姐，你明天又要录节目去了吧？"

"是啊，你看着哥些。他刚出来，没事儿做，估计闲得慌。"

"欸！没问题。"周蕊满口答应，一面笑嘻嘻说，"我跟哥讲了，节目马上开播了！你是马上要成为明星的人，我们是明星家属，得谨言慎行，以后出门，指不定我都有狗仔跟着呢！"

"你没睡醒吧。"唐秋笑道。

"那啥，我现在可盼着节目赶紧播了。今天晚上，不是东南盛典嘛。我听说这次票选，江一凛拿最佳男主角的可能性超级高！"周蕊围着唐秋不停地转，激动得跟什么似的。

"好了，别转了，我晕。"唐秋拿过扫把开始干活。

周蕊捧着 iPad，接着看专访去了。

过了几分钟，周蕊忽然咯噔咯噔地下楼。

"姐！电话！"

"谁啊？"她抬起头来。

"不知道，陌生号码。"周蕊将手机递给她，总算有良心地接过她手里的扫帚，嘟囔道，"一接起来就劈头盖脸问我有没有看到他钱包。"

唐秋脸色一变，接过话筒，那头人似乎等了一会儿了，她"喂"了一声。

"唐秋。"声音有些沙哑，但还是听得出来是江一凛，估计是昨天喝酒，有些伤了嗓子还没缓过来，"你昨天……"

唐秋没答，心里想着该怎么演过去。

却怎料那头犹豫了一下说："昨天的居酒屋，你过来，我在这儿等你。"

"啥？我现在在忙呢。"唐秋搪塞道。

"那我过来找你。"那头不依不饶，似乎是非要找出照片的下落，可唐秋总不能先开这个话匣吧。

"别别别，我现在过去。"唐秋只能投降，"我现在过去。"

唐秋随手拉了件衣服，总算看清楚自己昨天穿的毛衣有多寒碜了，那球都可以下跳棋了。她不禁叹了口气，将那张从江一凛处"偷"回来的照片小心翼翼地锁进抽屉，然后出了门。

宿醉后的江一凛倒没有什么颓废神态，只是声音没缓过来，沙哑无比，这时正在喝程锦琛特地给他泡的润嗓茶，抬头瞥见唐秋来，他放下茶杯，正色道："昨天你看到我钱包了吗？"

唐秋早已在路上就想好对策了，这个时候眼神夸张："怎么的，丢了？丢卡还是丢钱了啊！不会把身份证丢了吧？"这话回得跟此地无银三百两似的，她自己都捏了把冷汗。

"不是……"江一凛似乎被这么糊弄过去了，有些自言自语般地说，"估计是不小心掉了吧。"

话说得不咸不淡，倒让她有些不悦，忍不住追问一句："什么东西？"

"一张照片。"他倒没遮掩。

唐秋一时竟不知该怎么回，但又觉得自己无比迫切想要知道："很重要的照片吗？"她想要知道这张照片的重要性，他刚才这么急着打电话来问她，又放在钱包里，明明是很重视。

"还好。"他淡淡地道。

唐秋的心一沉，喂，什么叫还好？

心里正炸起了毛，忽听到他又补了句："因为有很多备份。"

噗。这一惊一乍，让唐秋很是不适应。

"既然来了，坐下吧。今天有空运来的海胆，请你吃。"江一凛把一旁空的碗碟推向她，"吃完，我要去参加盛典了。"

"哦。"唐秋乖顺地坐了下来。

"昨天，谢谢。"江一凛言简意赅道，倒觉得没什么谢的诚意。

"不客气，一报还一报，你也送过我。"

"盛威送的。"这家伙显然是想把天聊死。

"那个。"他忽然耸眉抬头，"你不好奇照片上是谁？"

"好奇死了。"她顺水推舟地问，"是谁啊？"

"是一个女孩。"他晃了晃杯子，眉头松开，大大方方地道。

"哦……"唐秋莫名有些心慌，低头看着碟子，幸亏这个时候服务生端着新鲜海胆进来，唐秋迅速调整好脸上的表情，"什么女孩儿啊？"

她敢保证，自己此刻的眼神里尽数是好奇心和八卦欲："女……女朋友？"

"特别好的朋友。"江一凛想了一下措辞，"就是那天在天台上，我放烟花给她过生日那个。"

"一定很漂亮吧？"唐秋笑了笑。

"唔。"江一凛犹豫着敛眉。

他居然犹豫！什么意思啊！气得她喝口茶压压怒气。

"比你漂亮。"许久，江一凛忽然这么来了一句。

唐秋差点儿将口中的茶喷出来，一脸讪讪。

行吧。行行行。你说了算。

江一凛瞥她一眼，欲言又止："还得谢谢你给我打扫房间。"

"要么你也给我打扫回来？"唐秋此刻的心情真是无法形容，讲话也不由得有些阴阳怪气，这时语气稍缓，问了句，"我看了专访，说是《摘星》最后要拍的电影是京剧题材的。"

"嗯。"江一凛点点头，"你了解京剧吗？"

唐秋想了想，还是摇了摇头。

江一凛似乎并不奇怪："现在的年轻人除了专业学这个，好像大多数都不太了解。不过无碍，这个角色不需要太多京剧技巧。"

唐秋心里酝酿着一个问题，不知该怎么开口，她刚要问时，却见江一凛看了一眼手机："我得走了，你慢慢吃吧。点了二十个海胆，都是最新鲜空运的。你需要别的吃的，点就是了。"

唐秋眼巴巴地看着他起身离开，看着那满桌的海胆，一时竟说不出话来。

可把你大方的！

几秒过后，她腾地站起来，冲着那已快要消失在门廊处的人喊道："喂……"

她控制住没叫他的名字："今天，加油！"

当天晚上，周蕊在电视前发出尖叫，江一凛站在领奖台上玉树临风。

周蕊激动地一把抱住身旁的唐秋，一边嚎一边说："姐，他拿了！他拿了！你知道我们粉丝等了多久吗！你知道他有多不容易嘛……呜呜呜呜！"

唐秋微笑着看着屏幕上的人。

周蕊激动得快哭了，一面听着江一凛的获奖感言，一面一脸心疼地说："哎哟哟，一定是累着了。这不又要拍你们真人秀还要拍好几个代言呢，都瘦了，嗓子都哑了……"

这时周子豪才刚回来，两姊妹从电视前移回目光，见周子豪满面春风的样子，诧异问道："哥，你这是去了哪儿？去了一整天啊。"

周子豪神秘一笑："哥要开始做事业了！"

"哈？"唐秋腾地站起来，半挂在她身上无尾熊似的周蕊一下子从沙发上滚了下去。

"什么事业啊？"

"瞧你担心的样子。"周子豪边笑边倒了杯水，"合法的！你放心吧！今天，哥带你们出去撮一顿！"

东南盛典颁奖典礼上，江一凛走上舞台，无数台摄影机对着他。

东南盛典并非全国性的奖项，如它的名字，只在东南区域予以票选。最佳男主角的头衔在这个资本市场里差不多等同于"最受欢迎男主角"，同时入选提名的几人也是小有名气，如之前几次被国际表演奖提名的林瀚。因此江一凛斩获此奖，虽算意料之中，却也是侥幸，毕竟说白了，这些年林瀚演的剧和电影比他的要更上得了台面。只是粉丝数不敌流量小生，因此落败。

此时，坐在他旁边的林瀚正微笑着面对镜头，彰显大度，毫无失落地鼓掌。从台上下来之后便是采访，自然要提起马上要开播的综艺《摘星》，江一凛回答了些关于节目和这次获奖的问题后，难以避免地在台上又被提及母亲，他脸色一僵，便匆匆结束了采访。

不料，江一凛在洗手间和林瀚狭路相逢。相比在颁奖典礼现场的假装大度，下了台的林瀚见左右无人，不想掩饰，索性摘下面具，露出他惯有的谁都不屑的轻蔑表情。

林瀚当年是江沧海公司的签约演员，与小生派的江一凛路线不同，走的是硬汉路线。前些年他发展不算顺利，在公司接的偶像剧里，常常饰演男反派，大多数都为绿叶。林瀚心气大，几次与江沧海提要求被拒后，索性与江氏撕破脸，称被江氏无故雪藏。最后官司没打赢，倒是攒了不少同情。

也不知林瀚是不是真和江氏相冲，原先不温不火，一离开江氏之后就遇到个伯乐导演，备受赏识。这些年忽然戏路开挂，饰演的几个硬汉电影口碑甚好，短短的时间内便走进了男主角行列。因此，这反而成了江氏雪藏他的佐证。

他与江一凛早年间便已不和，面上笑笑，私底下再无交情。

眼下突然遇到，二人都是一愣。林瀚抢先笑起来，用一种特别阴阳怪气的嗓音道："哟，我们的最佳男主角。"

江一凛勉强动了动嘴角。

"江老板可好？听说身体不如从前了？"

倒不是江一凛敏感，林瀚脸上的笑带些幸灾乐祸之嫌："所以嘛，人得服老，又不是有皇位要继承，你说是不？"

林瀚伸手拍了拍江一凛的肩膀："珍惜啊，某人可能这辈子也只能拿这么一个小奖了。"

江一凛并不恼火，只是笑着拍了拍自己刚被林瀚拍过的位置，像是掸灰，然后他抬起头，直视对方眼睛："听说林师兄给组委会送礼被拒，本想着您面皮薄，颁奖典礼不会来了。没料到您如此大方，竟能亲临现场。"

林瀚脸色一变："江一凛，你讲话给我小心点儿！谁知道你们塞了多少钱！让一个流量小生拿奖，简直贻笑大方！"

"组委会公正与否，怕是林瀚师兄最清楚。"江一凛走到洗手台前，洗了洗手，慢条斯理地直起身，对着镜子里脸色阴郁的林瀚道，"师兄可要爱惜自己的羽毛，光靠着笼络娱记，不好好规整自己的行为，怕是总有一天要翻车的。我江一凛是个小角色，凑巧抢了您的风头，不足为惧。师兄不要和我区区一个流量计较。"

眼看林瀚咬牙要冒火，江一凛忽然脸色一变："有人来了。"

林瀚的表情卡到一半，回过头去，见身后空空荡荡，而江一凛此时用刚洗过还湿着的手拍了拍他的肩膀："瀚哥别尿嘛。"

二人错肩时，江一凛侧过头，露出了一个初雪一般的笑容，随即转身，双手插进裤袋里，大刺刺而去。剩林瀚看着自己肩头湿掉的手印，咬了咬牙："臭小子，你给我等着！"

"撮什么撮！你不晓得今天什么日子吗！"

东岸，周子豪提出出去撮一顿，却受到了周蕊的无情抨击。

"你这个人，在里头呆傻了吗！怎么这么没眼力见啊！"周蕊气呼呼地说，"今天是什么日子！你再给我好好想想！"

周子豪一脸蒙，眨巴着眼睛看看唐秋，再看看周蕊，只见两人都一副邋遢样子，能是什么日子？然后他一拍大腿。

"嗷嗷嗷嗷！今天那什么星开播是不是？哎我这记性！"然后他脸色又一变，"周蕊你跟你哥怎么说话的，翅膀硬了是吧？哈？"

说话间，周蕊那台 Ipad 上的提醒亮了起来，三人屏气凝神，齐刷刷盯着屏幕。

《摘星》首秀开始了。

也不知是托了李潮东的福，还是自己开场那难言的隐衷导致的尴尬场面足以博些眼球，唐秋的镜头比想象中要多得多，看得她几乎有些羞赧。此时镜头上的自己有些紧张，镜头外的自己也有些紧张。她怕周子豪瞧出什么，幸好周子豪神经粗，加上剪辑的缘故，他看得入神，然后一脸嫌弃地跟周蕊说："这就是你粉的偶像？这小白脸啊？"

"哪儿小白脸了！"周蕊炸毛，"你说谁小白脸呢，你这个大黑脸！"

"你这丫头！真是皮痒了不是！你大饼脸！"

两兄妹打闹起来，周蕊像个小孩子，周子豪像个大孩子，唐秋一边笑，一边望向屏幕。

屏幕里的江一凛正徐徐起身："唐小姐你好，初次见面。"她忽然觉得眼眶一热，深呼吸一口气，这时在心里补了一句："江先生你好，初次见面。"

就当……那一次是初次见面吧，就此将所有的前尘旧事抛开吧。那遇见的人是唐秋和江一凛。不再是袁歆和卞小尘。过去的一切云雨成烟，都消散了吧。

Chapter7
王冠之下

次日晚上，唐秋到了节目新场地。

节目播出，选手们脸上都有些扬眉吐气的感觉。这次住的酒店是新开的剧组酒店，暂时没接别的客人，每个人都可以独占一间。听说这次要分开录制。节目组邀请了不少嘉宾，几位资本方的大佬也来了这里。但因为大家到的时间点不一，没有安排晚宴。只在一楼的自助餐厅凭票用餐。

唐秋没见到江一凛，听人说他还没有到，心中有些不安。

颁奖典礼之后，铺天盖地的新闻已经席卷了微博，最开始是各种祝贺，加上《摘星》的热播，江一凛的热度一瞬间登顶。甚至连对手林瀚也转发了《摘星》节目的视频，为小师妹庄叙如鼓气，话说得漂亮，说期待最佳女主角的诞生。这话本是讨巧，粉丝却炸了起来，更有人听出林瀚话中有话，登时为林瀚鸣不平，甚至有人开始担忧中国的影片未来，认为资本控制舆论市场，实属不幸。

两方粉丝就这么掐上了。也不知林瀚的经纪人为什么要冒头，发了一条暗指江一凛贿赂主办方的微博，言论含蓄却又愤愤然，被买了热搜，一时间一石激起千层浪。

虽然林瀚及时制止并勒令删除，但风波已起。

正应了那句"你当初被捧得多高，就摔得多惨"，江一凛被捧太高了，加上粉丝群体年龄偏低，低龄化的辩驳更成了对方粉丝的把柄。

这头粉丝越炸，那头脏水就更多。

周蕊和后援会的一帮人愤愤不平地帮着江一凛在网络上吵了一架，她还算不上资深粉，都气得快哭了。唐秋一到酒店就接到她电话，周蕊在那边鬼哭狼嚎表示自己无心画画，只想吵架。

"姐，江一凛看到这些，不得伤心死啊。我希望他不要上网！"

"他一个男子汉，一个偶像，这点都撑不过去吗？"她安慰道，"他会证明自己的。"

周蕊抽抽鼻子说："可网上有人传，他几年前就自杀过。"

"欸？"唐秋皱眉，笑了笑，"怎么可能啊。"

"真的！"周蕊认真地道，"很多很多年前了！粉丝有实锤，他手上一直都戴手表，左手！一直有传这个谣言，据说是为了挡一道疤，但是他也没澄清过！要不，你接下去录节目的时候……看看到底……"

"那我就跟他说，你的表真好看，可以借我戴戴吗？"

"姐！不是开玩笑的！"

你瞧瞧，有真爱粉真好啊，万千少女担忧着你的喜怒哀乐，替你担心，哪怕打着绣花般的拳头也要替你朝着世界抵抗伤害。

真的很好。

"你放心吧。"唐秋叹了口气道，"即便是有，你也说了是很多很多年前的事情了。可能疤都不见了。你不要担心，你看我，我十年前还自杀过呢。现在不是……"

"好好的"三个字还没出口，那头忽然咆哮起来："唐秋！我要去告诉我哥！"

"不提，不提了好吗？祖宗，你能不能……我得交手机了，你给我安分点儿啊。"

挂掉电话，唐秋跟李潮东申请说手机还有些用，躲在一边搜江一凛的照片，一张一张地翻过去。

江一凛左手手腕上还真的全戴着东西。即便是曾经客串的一个古装，手上也是系着一条红绳。

直到李潮东催她，她怅然若失地回过神来，笑着将手机递过去。

饭后，据说几个投资方在楼下茶室和选手们谈天，沈欢也去了。虽然她之前吃饭的时候，也一脸忧心江一凛的模样，并表示这边怪冷清的，问唐秋晚上能不能跟她一块儿睡。

唐秋当然说好，告诉了沈欢她的房间号，不过无心陪她下去谈天说地，便独自回了房间。

回到屋里才九点，又被没收了手机，唐秋百无聊赖又心情烦躁，打开机顶盒随便地乱翻，翻到了《霸王别姬》。

唐秋的手指停住，愣了一下。

一九九三年，《霸王别姬》上映，段小楼和程蝶衣红遍大江南北，一个演生，一个演旦，配合得天衣无缝，一出《霸王别姬》誉满京城。一个入了戏而人戏不分，一个深知戏非人生，就此酿成悲剧，天人永隔。

戏外的人生更是如此。二〇〇四年的一跃，张国荣成了每年四月一号的祭奠仪式，从此世间无倾城。

即便如此，众人看他，怕仍是看戏中人。

可对于唐秋来说，却不太一样。

这部戏太火，火到少时，袁歆和卞小尘翻来覆去看了无数遍。那时候他们还是孩子，哪里懂那么复杂的情愫。只知兄弟情深，戏面人生，台下残酷。那时候，她恨段小楼的背叛。

怎么能够背叛呢？那是生死与共之人，怎么就能背叛呢？

袁歆看得号啕大哭，卞小尘慌慌张张拿纸替她擦，一边擦，她一边哽咽着问他："你会不会以后娶了老婆也不跟我玩了啊。你会不会有人逼你，你也背叛我啊？"

他说："不会！"

斩钉截铁地举起手指："我不会！我不娶老婆！有人拿着枪顶着我我也不背叛你！我永远只和你玩！"

"叮铃。"屋里的电话忽然响了，唐秋猛地晃了下脑袋，眼前的虚景没了，只是心头像是有股轻飘飘的念头，被用力吹开。

想什么呢！不是说好了，不想过去吗？

她接起电话，那头传来一声刻意的咳嗽，然后又是刻意低沉的嗓音："到酒店后头的花园来……咳咳……"

"干吗？你到了？"

"聊聊。"

然后对方就挂了电话。

怎么的，敢情迷上了跟她聊天，把她当知心姐姐随叫随到啊？

她不知道江一凛发什么神经，但还是腾地跳起来，推开门，呲溜一下跑出去。

外头挺冷的，唐秋走出大堂才意识到自己没披外套，一路鬼鬼祟祟地绕到花园，才见戴着口罩和帽子只露出一双眼睛的江一凛孤零零地站在那儿。

周围当然没有人，江一凛站着的地方也是个楼上视线的死角。

他双手插袋看着她，眉一弯，然后摘下口罩，冲她笑了笑。

唐秋莫名脸一红，看着他的脸，想要从他笑容底下瞧出些什么。

"这么看着我干吗？"

"把我叫下来干吗？"唐秋从他的脸上移开视线，去看他的手腕。

腕上戴着一只表，表下……有没有网上说的伤疤？再联系起之前在他家里看到过的抗焦虑药和安眠药，唐秋的笑容有些装不住。

"没什么事。"江一凛耸耸肩，"就是刚在二楼茶室，所有人都在，就你不在。"

唐秋一愣，原来不在席也会这么有存在感了。

"你怎么不来？"他说，"今天二楼可都是《摘星》的投资人，比之前李潮东给你安排的局靠谱多了。"

"那你怎么不在那儿待着？"唐秋皱眉道。

"结束了。"他笑了笑，"何况，我需要吗？"

这话听得……有些轻狂，但唐秋却觉得莫名放心下来。

"哦，差点忘记了。"她也笑了笑，伸出手去，"恭喜你。"

江一凛用戴着表的手握住了她的，很有仪式感地晃了晃。唐秋的视线锁定这表，怎么都移动不开了。

"你盯着我的手表看干吗？"

"你手表好看。"唐秋义正词严地道。

江一凛一乐："这么喜欢，送你一个好了。"

"说了送就送。"唐秋伸出手，朝着他摊开。

"我是说，送你一个新的。"

"我就要你手上这个。"唐秋抬着下巴，"衣不如新，表不如旧。"

不知怎的，看她这副样子，江一凛莫名觉得心里一舒，仿佛之前弥漫在心头的那些雾气一下散了，却还是哭笑不得地说了句："你真是变了。态度更差了。"

"我膨胀了。不行吗？"唐秋将手缩回来，塞回口袋，真冷。膨胀个屁啊，她冷得都要萎缩了。

"这么一下就膨胀，以后红了你还了得啊？"江一凛却突然卸下自己脖子上围着的围巾，一把将唐秋拉过来，将围巾披在她肩上。

唐秋一怔，支支吾吾道："给我这个干吗，怎么不脱衣服啊？戏里戏外差很多欸！"

唐秋揶揄江一凛在戏里的角色常给姑娘脱衣服御寒。

江一凛道："我里头就一件 T 恤，脱了外套给你，明天就啥也不用拍了。"

却就势拉她一把："到这边来，这边背风。"

然后见她一脸不满的样子，作势要脱："你真要我脱啊？"

唐秋不想和他玩笑，裹紧围巾道："你胆子也真大，这么叫我下来，被拍到怎么办啊？被看到怎么办？我可不想到时候拿了冠军被人黑说是因为跟你关系匪浅啊。"

"又让我脱手表又让我脱衣服，这关系确实不浅啊。"江一凛眼含笑意。

唐秋一愣，撇过脸："叫我下来，就跟我耍流氓啊？"

江一凛沉默了一下，然后道："你是看了网上的料吧。所以……才盯着我的手腕？"

唐秋徐徐回转脸，和江一凛目光对视，见他笑了笑，然后说："想看也行。"

他目光如炬地看了她一眼，然后动手将表摘了下来，一面说："网上的黑料是真的。"

他伸出手，左手手腕上，唐秋看到一道清晰的疤。

唐秋的心跳猛地慢了半拍，她几乎是情不自禁地一把抓住了他的手，然后抬起头，看向他，然后恶狠狠道："你是不是有病啊？啊？有什么想不开的？"

被她猛地一凶，江一凛倒是愣了一下，颇有些不好意思地道："很久以前的事了，那时候我才十七八岁……"

他的手被猛地抓紧，然后唐秋一把甩开他的手，一脸憎恶地看着他："真烦人！"

"大概是上帝打了你的一扇门，就非得从里面顺点什么东西走吧。"江一凛笑着道。

"你可拉倒吧。"唐秋气呼呼地说，"上帝才不稀罕你的东西呢。"

看到那手腕上的一道疤痕，唐秋心里忽然猛地一痛，她很生气，也很害怕，害怕他真的差点儿就没了。

唐秋大口呼吸，想吐出自己心里的难受，忽然听到他说："唐秋，你还是很关心我的。"

她迟疑地回过头，看到他脸上挂着一个开心的笑容，明眸皓齿，星眉剑目。

忽感觉到江一凛猛地拉她的手，唐秋一面避开，一面抵赖道："关心什么啊，我只是瞧不起不珍惜自己生命的……"

嘴忽然被蒙住，江一凛猛地将唐秋捞进怀里蹲了下来。

而这时，有脚步声越来越近。

空气里有清冽的玫瑰香气，捂着自己嘴的手掌慢慢松开，但他的下巴抵着她的。

灌木丛不高，唐秋下意识地缩了缩身子，也不敢弄出太大动静，然后拽了拽他的衣领，示意他往下一点。

不管来人是谁，要是见他们俩跟偷情男女似的蹲在这荒郊野地的花园里，还是半夜，他俩估计得吃不了兜着走的。

他听话地更加躬了躬身，这样，二人却更近了。

这恐怕是万千少女梦寐以求的时刻吧，被江一凛揽在怀中，他的呼吸近在咫尺，可唐秋却攀着他的手腕，手指清晰地感受到那道疤。

她心里有万千的庆幸。

庆幸他还在，还在呼吸，还在发着光，哪怕这光有时候会灼痛她。

脚步声轻踱着，在几米开外的地方，透过灌木的缝隙，她看到了苏韵。

苏韵大半夜到花园来干吗呢？看样子，是在等人。

几分钟之后，有另一道脚步声传来，苏韵带些埋怨道："你还知道下来？"

灌木丛的二人都竖起了耳朵，那第二个脚步声是《摘星》其中一个制片人。

这才真的是关系匪浅呢。

那两人也似乎很是小心，说话声音并不大，听不太清楚，但断断续续传到耳朵里的是苏韵的埋怨。

"你不是说了让我跟齐思思搞好关系，镜头就会多吗？最后我镜头还是那么少……你再这样，我去敲江一凛的门了！"

傅制片说："别啊宝贝，你不知道他是那个吗……"

苏韵："啊！他真的是吗？"

"还能有假？我给他送过姑娘，全被他给退回来了！"

身后的人明显一僵，唐秋差点儿"扑哧"一声笑出来，侧过头抬眼去看他的脸。脸色……不大好看啊。

这出戏，还真是无趣得紧。

腿都快蹲麻了，那两人才彻底走远。唐秋刚准备起来，忽然听到身后的人冷冰冰地来了句："假的。"

唐秋回头，看着他，忍不住想笑，故意问："什么假的？"

江一凛绷着一张脸："他说的都是假的，胡说八道！"

"那姑娘退还是没退？"唐秋逗他。

江一凛老老实实回答："退了。"

这时唐秋从他胳膊底下钻了出去，腾地站起来，似笑非笑地看着他："柳下惠啊。"

江一凛也站了起来，不知道为什么，看到唐秋这样揶揄他，他觉得很可爱。

就在刚才揽着她的时候，他觉得心跳莫名加速，只是弄不太清楚到底是因为紧张，还是因为别的。

他突然从草丛里拎出一个刚才唐秋都没留意的袋子："给你。"

"什么东西？"唐秋一愣，看到袋子上的名牌标志，抬头看他，"你送我？"

"今天来的时候凑巧看到，跟你那件颜色一样。"他云淡风轻道，"不过，这件不起球。"

唐秋的脸更红了，低着头捧着那毛衣。

"你经常送女生礼物吗？"

"嗯，经常。"也不知这话是真是假，唐秋抬头没看清他的表情，"回去吧。一前一后回，你先走。"

"那好吧。"她刚要摘掉围巾，他却制止道："你围着吧。这条围巾也没人看我戴过，不分男女款的。你就说是你的，也没人猜得到。"

唐秋会意，重新把自己裹了起来。

"那我走了。"

江一凛看着她跨过灌木，走得轻快，却忽然脚步一滞。停了两秒钟后，她回了头，遥遥地望着他，低声，但用他能听到的音量道："喂，别搜网上那些乱七八糟的评论，现在的人……有些很坏的，别在意。以后只去在意那些你在意的人的想法吧。晚安。"

唐秋的背影消失在拐角，夜风从远处的荒地吹来，脖子空空的，江一凛身上一冷，脸上却莫名挂上了一个笑。

她说得对。

还有，他好像搞清楚了。刚才的心跳加速，不是因为紧张。而是因为，他居然有些心动。

唐秋穿绿色毛衣真的挺好看的。起球的也好看。

苏韵一回到酒店，先折到楼下大堂买了热饮上楼。热饮是给齐思思带的。

苏韵其实受不了齐思思那小姐脾气，她总是颐指气使地让她做这做那，就好像自己是她家丫鬟一般。

比如现在，她耽误了一点儿时间回来，齐思思拉着个脸训她："苏韵你怎么这么慢啊，叫个外卖都比你快"的时候，她好脾气地说："哎哟宝贝对不起嘛，大堂太大我走迷路了呢。"

"笨死了。"齐思思斜睨她一眼，接过热饮，又递还给她，"打开。"

苏韵"欸"了一声，拧开瓶盖递给她，还补了一句"小心烫啊"。

幸好饮料不烫，不然小公主又要埋怨，苏韵心里松了口气，见齐思思又皱起眉头，抱怨了行程太赶，简直不把她们当人。

苏韵笑了笑，附和："就是嘛。"

齐思思"欸"了一声，瞪大眼睛跟她道："第一期出来，你看了吗？"

"看了啊。怎么能不看呢！"

"我的镜头也太少了。"

得了吧。苏韵想，镜头全给你霸占了，还不行吗？

"是啊，我也觉得！"

"不知道第二期会怎样，我改天跟剪辑老师说一声吧。"齐思思道。

那敢情好啊。苏韵巴不得呢。

"那个，你觉得庄叙如怎么样？"齐思思抛出了一个问题。

"庄叙如肯定不如你啊。"顺道还配合了一个"哎哟你瞎想什么"的表情。

"可是我看了第一期的评价，他们都说庄叙如大气，长得又有特色。还有人转她之前拍的东西……好像是一个小众电影。根本就没火！"

"你也说了，她根本就没火啊。那证明就是不行！"苏韵"真诚"地道，"思思，我觉得你特别有演戏的天赋，形象又好，气质又佳。"

"怎么，你不想拿女主角吗？"齐思思反问道。

"哟，没有那金刚钻我哪儿敢揽瓷器活啊。"苏韵道，"能多露个脸就很好啦，不像你，你是可以走到最后的人。那个……我跟你说啊，你就是不太会来事儿……"

"我不会吗？"齐思思脸上露出狐疑的表情，"怎么才叫来事儿啊。"

"我跟你举个例子……"苏韵刚想压低声音跟齐思思支个损招儿，忽听到门外有人说话。

门没关紧，但沈欢的大嗓门也实在有些不太注意。

"唐秋你去哪儿了？你出去了吗？我敲你门好久，哎，你跟谁出去啊，我刚看傅制片也刚回来，你不会和他……"

声音突然没了，紧接着一声关门声。

苏韵抬头，和齐思思面面相觑。

"这就叫会来事儿是吧？"齐思思忽然嘲弄地笑了笑，"沈欢会来事儿，捅人不费劲啊。唐秋更会来事儿，夜会傅制片……"

苏韵讪讪一笑。

"你知不知道，傅制片可是有家室的人，现在的姑娘为了搭个便车怎么这么不要脸啊。"

齐思思说完，低头看苏韵没什么反应，心头有些异样："怎么了？你不觉得吗？"

苏韵有些不悦，尴尬地说："或许人家不知道呢，或许……"

"你怎么还为这种人找理由呢。"齐思思傲慢的脸上透露出些许鄙夷。

"东岸出身的人嘛。"苏韵也不知怎么的，此刻只觉得身上黏着什么似的，想把这一切都甩给别人，因此破罐子破摔般地将唐秋往里头套，"从小在那种环境下长大，可能……会目的性更强呗。"

谁料齐思思眼一瞪："东岸怎么了？"

她出身好，因此特别忌讳出身这事儿。

"出身又不代表什么，你看我不也在这儿从零开始吗？用出身来做托词太差劲了。我觉得很恶心。出身不好，凭着自己的本事争取不行吗？非要搞这些肮脏的小动作。"

"你说得对。"苏韵抬头笑得特别真诚。

生活在象牙塔的齐思思仿佛不知道，她是出生便有车票的人，因此能将那些蹭车者、逃票者看得比什么都不如。却不知，那被她所不屑的车票，是苏韵、唐秋等人拼死拼活弄到手，却随时可能丢掉的宝贝。

苏韵黯然地想，你说得对。我也觉得我够恶心的。但是你以为你就不恶心吗？

她忽然觉得，有股夹带着酸楚的恨在心头萦绕。

隔壁房间里，唐秋真是被沈欢气得够呛。

一把将没心没肺的丫头拖进来，估摸着沈欢也意识到自己的错误了，捂着嘴一副大惊失色："我是不是喊太响了？不会都听得见吧。"

唐秋笑了笑："也没有，估计楼上的还是听不到的。"

"哎，那可怎么办啊！"

见沈欢那慌张的样子，唐秋实在有些头疼却不忍苛责她："总不能你出去再嚎一嗓子说我是无辜的吧？"唐秋硬着头皮道，"算了。"

这种事儿，可不能出去辩解，要真是辩解了，反而此地无银三百两。她想起苏韵，本来还以为知道了人家的秘密，结果差点儿给人家顶包了。

"对不起！"沈欢委屈得快哭了。

"好了啦。"唐秋笑了笑，"别太内疚了，我接受你的道歉。你找我干吗？"

"哦！"沈欢反应过来，想起自己的本来目的，瘪着嘴道，"我也没什么事儿，就想找你聊会儿天……哎，唐秋你说我是不是太不会来事儿啊？"

得了吧。你那还叫不会来事儿啊？你只是把祸都搁我头上了啊！

"怎么了，想来事儿啊？"

"节目不是播了吗？我做影视的朋友跟我说，我没什么存在感！"沈欢说得一脸委屈，"我这不是紧张嘛，见到江一凛我就紧张，他一跟我说话，我就……就止不住脸红！"

"你演技挺好的。"唐秋安慰她说，"不然也留不到这一步，下一期播出，观众会记住你的。"

"真的吗？"沈欢受宠若惊，"我觉得你才演得好呢！比庄叙如也不差，甩齐思思就更……"

唐秋压压手掌，无奈地提醒她注意音量。

沈欢只好压低声音："这破酒店隔音咋这么差呢，以后怎么聊剧本啊！"

这一句倒是逗乐了唐秋。

两人正聊着，电话又猛地炸了起来。唐秋看了一眼沈欢，也不知该不该去接。犹豫了几秒，还是捞起了话筒。

那头的人声音低沉："到屋里了？"

她眼瞧着一旁丫头干瞪眼，淡淡道："嗯。"

"那我挂了，你早点睡。"

"嗯……"

刚一挂电话，沈欢就贼眉鼠眼地问她："谁？"这次声音压得够低，够贼。

她不会怀疑是傅制片给她打电话吧？唐秋笑了笑，拉长声调道："是江一凛。"

"哈？"眼见沈欢跟被点了笑穴似的，"哈哈哈哈哈哈唐秋吹牛不打草稿！"

"真的是江一凛。他可爱给我打电话了！"唐秋面不改色地道，一面看沈欢笑得快趴下，一面想，哎，什么年代啊，说真话没人信，谣言传得却比什么都快。

这次因场地原因，录制的时间会比较久，因为江一凛已然透露的电影细节，加上获奖事宜，节目热度被一炒再炒。这一期的规则，最终是淘汰三人救活一人。

网上CP投票渠道已经开通，不过唐秋还没去看自己的票数。一张剪影怕是PK不过那些漂亮的脸吧。

这天一早，她们就接到了任务卡，然后被拖到化妆室里开始装扮。九人将各成一组，在装扮成特定角色后，前往闹市区达成自己的目标任务。按完成目标速度排名可加不同的分数，速度快的可以前往戏曲中心优先挑选在接下来的比赛分组中的角色。这场预热的小剧场比赛，选手们独立自成一组，在节目组所备的人设中挑选并完成表演，分数前三者将得到后续正场比赛的加分资格。

这被称为抢分赛，所加的分数对能否留下来至关重要。谁也不知道接下来要表演的内容，但戏份、人设，能够先到先得，自然是一个很大的诱惑，因此人人争分夺秒。

唐秋这次手气一般，抽到的角色是在闹市区扮演一个借路费回家的流浪哑女。她的任务是凑齐五百块路费。而在这过程中，将会有一位摄影师跟着她进行秘密拍摄。选手必须遵循角色规则、达成目标，若有违人设，则视为失败。

唐秋此时站在影视基地附近一个闹市区的街上。

周遭人来人往，戴着口罩的摄影师装作路人，在不远处用隐形摄像机对着她，唐秋非常敬业地开始了她的"表演"。

她身上穿着一件有些大的、微薄的脏破风衣，脸色有些苍白，还加了些特制的污渍，她本来就瘦，套在那风衣里，还真有些惨兮兮的感觉。

先不说大家愿不愿意给，这个时代带现金的人不多，有小年轻表示问她能不能微信支付，唐秋只能讪讪摇头。

亦有中年人略感嫌恶地看着她，议论纷纷地将她定论成有手有脚却只会伸手的乞丐。总而言之，还是挺磨损自尊的。

但胜在她容貌清秀，这个看脸的时代，做"乞丐"也是颜值优先。在她豁出脸面咿咿呀呀的比画下，没太久，她手里还是攥满了钱。

但凡事好像都差这么临门一脚，离目标数额还差一点点的距离。这时，像是周遭的人都爱心售罄。

唐秋被一次次不耐烦的拒绝弄得有些疲了，整个人的精气神垮了，有一瞬间甚至不明白自己是为了什么。是啊，想在比赛中突出重围没错，可是她为什么扮演成这样在街头消费别人的爱心？

正当她思忖间，忽见自己那磨得发白的衣角被人捏住，那是一双小手。唐秋抬起头来，看到一个穿着蓝色运动服的男孩，衣服上的字母告诉她，这是一件……山寨到不能再山寨的阿迪达斯。男孩长得清秀，很瘦，约莫七八岁的年纪，皮肤有些苍白，一双眼睛在小小的脸上大得有些出奇。

见唐秋抬起头来，他忽然笑了一下，脸上又有些紧张，然后在她面前做起了手势。

是手语，他似乎不太熟练，做一个就要想一下。

唐秋当然看不懂手语，只能巴巴地看着他，一脸的"啊？"

那孩子反应了过来，他下意识地问了句，小声翼翼地，像是怕惊到唐秋似的。

"你听得到吗？"

哦，大概是把她当作聋哑人了，而不只是一个人设上的小哑巴。

唐秋配合地点点头。

"还需要多少钱？"他瞪着大眼睛，指着她手里的钱道。

这孩子应该已经观察她很久了，否则不会知道她没凑够钱。

唐秋摊出那钱，眉头微皱，一时不知该怎么反应。

那孩子却忽然咬了咬嘴唇说："算了，都给你吧！"

语罢，这孩子往她怀里猛地塞了一把东西，然后就一溜烟跑开几米之外，回过头来，冲她灿烂一笑，然后站定，指了指她，又比了个手势。

唐秋依旧没有看懂，但那一刻心里涌着一股暖意。刚才那小男孩往她怀里塞的钱基本都是零钞，有钢镚儿也有缺角的小额，像是攒了很久的。

不知他将这些钱"取"出来是要干吗，却阴差阳错地全到了她的手里。

她只觉得眼角一热，拿着那钱数了一数。那孩子给的钱刚好补贴了她任务数额，甚至还多出了几块。

她一面向那一旁的摄影师"打卡"，表示自己完成了任务，一面又觉得有一股深深的负罪感涌了上来。

五百多块在这个年代不算什么巨款，只是她觉得自己还是有诈骗的嫌疑，哪怕顶着"节目"的名义，却还是有些不好受。

毕竟，骗的都是些好人。

而这时，江一凛的车就停在旁边。刚才经过广场，他一眼便瞥见了唐秋，让司机把车停了下来。

隔着暗色的车窗玻璃，戴着墨镜的男人远远地看着唐秋穿着破衣服"行乞"，眼见那往日里傲娇的姑娘跟变了个人似的，心里滋味莫名。

"走吧。"眼见着唐秋似乎是完成了任务，江一凛吩咐司机道。

车子刚准备启动，从刚才就心里暗暗八卦的盛威忽然叫了声："唐秋这是要去哪儿呢？哎……"

江一凛顺着他的视线看过去，只见唐秋跟在一对男女身后，那男女频频回头，面有不悦，似乎想要甩掉她。可唐秋似乎不依不饶，甚至想上手拦住二人。手刚一伸出来就被那男人一把推开，唐秋一个趔趄差点儿摔倒，却立马站稳，又跟了上去。

江一凛皱了皱眉头，猛地拉开了车门，朝着唐秋走去。

不远处，唐秋几米开外，一辆公交车停了下来，那对男女加快了步伐，迅速上了车。唐秋也加快步伐，跟了上去。

这时江一凛看到车头的那妇人怀里抱着一个孩子。

他小跑起来，经过那似乎也没搞太清楚状态，犹豫着要不要跟上去的摄影师旁边，一把揪下了耳朵上的口罩，然后在车门几乎已经关到三分之二的时候，迈上了公交车。

此时车上人并不多，除了因江一凛上来时差点儿被夹腿而颇有微词的司机之外，车厢内其他人都没有留意到江一凛。

因为他们都齐刷刷看着车后排的三人。

不，四人。那对看上去五十多岁的中年夫妇，怀里还抱着个襁褓中的婴儿。婴儿粉嫩粉嫩的，长得极其清秀好看，此时正在号啕大哭。那中年妇人一身黑色棉袄，脸上有着看起来要比实际年龄还要大许多的纹路，嘴唇有些微微发白，用带着外地口音的普通话安抚着孩子。

那男人拦在前头，指着面前的唐秋，先发制人："你跟着我们做甚！"

说真的，唐秋原先也只是猜测，在跟工作人员对接要走的时候，这对老夫妻神色莫名有些紧张地从她身旁走过，见那怀里抱着孩子，她心下有些不安便叫了他们一声。谁料，两人防备心极重地回头凶她，问她有没有事。唐秋便撂下摄影师，走到了他们面前，装作随口问了一句："这孩子，是……"

　　"是我们外孙女，怎么的了？"

　　对方急于回答的样子让唐秋疑窦更深，见他们要走，伸手拦了一下，想再问几句，却被那男人大骂了一句。

　　那女人神色匆匆，拉扯着男人劝他快走，怀里那原本沉睡的孩子似乎被惊醒了过来，发出了一阵哭声。

　　眼见着二人要上公交车，唐秋也顾不上和身后的工作人员解释什么，拔腿就追，幸好她赶上了公交车。

　　不过她并不在意这些，走到那男人身后，开口道："请问你们这孩子……"

　　"不是我们的难道是你的！"那男人凶巴巴地抢答道，眼见着车厢里的人纷纷投向他们的目光，男人凶神恶煞的脸神色一变，有些尴尬，指着唐秋向众人解释道："这个小姑娘从刚才就在跟踪我们！一直想要抱孩子，我们不给抱，她还不依不饶了！"

　　这显然是倒打一耙，车厢里七嘴八舌地议论起来。

　　"不是人贩子吧？"

　　"哎，现在好像真有那种，假装喜欢你怀里的孩子，抢了就跑呢！"

　　眼神跟钉子似的扎着唐秋的后脑勺，她神色平静，不紧不慢道："我没有要抱孩子。我只是希望二位……"

　　那男人再一次打断她的话匣："你这个女娃娃怎么回事，你不是人贩子你盯着我家孩子干吗？"

　　"我有权利怀疑这孩子跟你们的关系。"唐秋也毫不客气地加重了语气，向着身后那将她怀疑成人贩子的妇人们道："这二位从刚才我撞见他们神色匆忙后一直在闪避这个问题。"

　　乘客们的眼神闻言又是一变，像是墙头草似的，言论又倒向了唐秋这边。

　　"哎哎哎，对欸。"

　　唐秋回头，看到车头坐着的"全副武装"的男子，虽然看不清墨镜下的眼神，但她心里猛地一动，像是忽然有了后盾一般，对那对夫妻说："我希望你们出示一下身份证，或者能证明这个孩子是你们的外孙女。"

　　那男人恶狠狠地回答道："你是谁啊？警察吗？凭什么怀疑我们是坏人？"

　　"那是因为……"唐秋刚想解释，那男人气喘吁吁道，"我们看到你想跑，是因为我们怀疑你是人贩子，我们就这么一个宝贝外孙女，被你抢了还了得？"

"我一个人还能抢得过你们？"

"谁知道你有没有同伙！"那男人道，"你看我们像坏人？我看你还像咧！"

这时车上有人替唐秋说话，是个年轻的女孩："可是你们穿的，跟孩子……好像……"

中年夫妇穿着粗布褂子，脸上是面朝黄土背朝天的黝黑肤色，和怀里那白嫩穿着时尚婴儿服的孩子如此不搭。这话一出，众人的情绪又像是被点燃。

"哎哟，还真是的咧。"

那女孩被旁边的议论助力，冒出一句："谁知道你们是不是偷来的？"

"简直要冤死人了！"那女人忽然拍着腿，大着舌头用不大标准的普通话嚷了起来，"你们这些年轻小姑娘，真的是太过分了！我闺女在城里上班，我们夫妻俩好吃好喝供她上学，舍不得吃舍不得穿的，来城里给她带孩子。楼下小区保安要查我们一道，带孩子出来买点东西，又要被人盯上。我们农民脑门上是贴了人贩子标签了吗？人心都是肉长的！"

这一哭嚷，可真是演技叫绝，若是没有之前的戏码，唐秋都要信了，那埋怨得叫一个质朴真诚啊。

那男人啐了一口："别瞎嚷嚷了，不带了，等下就把孩子送回去，谁爱养谁养。真是的，出来还要被人嫌，回去种田去！"

他朝着唐秋和那年轻女孩喷着唾沫星子："你们瞧不起我们乡下人是吧，行行行，我们乡下人都是人贩子！"

那男人从怀里掏出一张身份证，在唐秋面前晃了晃，还来不及看清，他已经收回，用怒气冲冲的声音说："满意了吗！"

这番情绪高昂自暴自弃的举动，倒是让车上其他几位阿姨辈的乘客产生了共鸣，其中一个中年女子立马跟着说道："我家也是，给小的吃好的喝好的，我们老人衣服破了都舍不得买新的。还不是为了小辈儿好？偏我家那个小祖宗哎，现在的孩子都没什么良心啊！"

"就是就是！"

"好好的外公外婆被埋汰成人贩子，能不气吗？"

那女人还在嚷，孩子哭哑了嗓子只发出令人心疼的呼吸声，这时唐秋落了下风，也不想再言语。

反正不管他们怎么演，今天这事儿她管定了！

"还是麻烦两位陪我一起去附近的派出所吧，找孩子的妈妈来……"唐秋斩钉截铁地道。

"你这个小姑娘，简直不要太过分！"

唐秋已然落了下风，坐在那妇人旁边的中年女子一脸正义感地站出来替他们说话："身份证不也给你看啦！你这样得理不饶人，什么事情要上派出所啦？"

唐秋才懒得跟她理论，一双眼睛紧紧锁着那抱着孩子神色戚戚的妇人。

偏偏这时，一旁大着嗓门的阿姨看清了她的脸，一副恍然大悟的样子："你你你……"

然后她激动地指着唐秋跟现场的"围观群众"道："哎哟哟，这个小姑娘才是骗子呢！她刚才啊……刚才在广场上要钱咧，装哑巴哦！一句话不讲的咧！我还看到有人给她钱咧！"

说罢，她居然动手过来翻唐秋的外衣口袋："骗的钱在哪里欸？"

唐秋咬着牙，一把将她的手从口袋里拿出来。

"阿姨，您……"

这个动作似乎惹恼了中年女子，她忽然跟被炸了一下似的，整个人歇斯底里地咆哮起来："你还打我咧！简直没天理了咧！"

她一把揪住唐秋的手，向着身后颇有些搞不清楚事态走向的乘客们道："她是真的要进派出所啊！"

"就是啊！年纪轻轻有手有脚要饭！真是该教育教育！"

唐秋的手被箍得极疼，一直在旁坐着静观其变的江一凛坐不住了，腾地站起来，这时公交车到站，报站声响起。

那先前凶神恶煞的男人眼见此时唐秋这块牛皮糖被另一块黏住，腾地站起来，催促那妇人赶紧起身。车门洞开，唐秋眼见他们要下车，伸手去拦，手却被那"正义使者"给牢牢扣住，见她想要挣脱，竟伸出另外一只手来抓她头发，嘴上大喊着："抓骗子啊！抓骗子啊！"

头皮一阵疼痛，唐秋顾不上那些，反手掰开女人的手。江一凛正要过来，却见满车原本坐着的妇女涌上前去，一副要好好教育现在的小年轻的凶悍样子。

那先前帮腔的女孩弱弱地看着，不敢动弹，只能看着那泼辣的大妈们涌向唐秋。

唐秋这厢被紧紧抓住，身后的江一凛心焦地想过来帮忙，却被几个大妈一下挡住了去路，眼看着那两人下了车，车门马上要紧闭。

"别管我！"唐秋大喊了一句。

江一凛头皮一紧，掉了个头，车门正要关上，他伸出手一把插进缝隙里，被猛地一夹，吃疼地倒吸一口凉气，司机大骂了一句："不要命啦！"

车门打开，江一凛从前门下了车，看到那对夫妇正朝着一条小路走去，他迅速地拔腿追了上去。

这一头，唐秋拼了死命一把推开了那向她伸出九阴白骨爪的阿姨，还有那些假装劝架却顺势在她头上挠一把的群众，也不知被生生拔下几根头发。她顾不上疼，直接朝着那关上又复开的车门冲了下去。

这一站叫矮人巷，四处都是密集的矮房子。唐秋下了车，不远处，江一凛正飞快地追着那对夫妻，眼见着他们就要跑进巷子里，她回忆起少时小尘跟她说的人贩子的手段，她心里猛地一寒，深知如果此时疏忽，就可能葬送那孩子的一生。

江一凛虽然腿长，但毕竟已经拉开了一段距离，唐秋想了一下，迅速地观察了一下地形，从另外一条小道抄了过去。

半分钟后，她气喘吁吁地和那对狂奔的人贩子面面相觑。身后的江一凛这时追了上来，一把掰住那男人的肩膀。

而那妇人此刻眼神里写满了狠劲，咬牙骂了句听不懂的脏话，蹲下身捡了块石头朝着唐秋砸去，唐秋躲闪过去，见那女人借着这间隙要从她旁边跑过，来不及反应，她便下意识地一把抓住她的胳膊。

那女人死命地踹唐秋的腿，唐秋猝不及防地跪倒在地，手指却紧紧地攀住女人的双手。其实她可以扑倒女人，可担心将那怀里的孩子伤到。

唐秋使了狠劲，此时她们纠缠的地方回到了大路上。她咬着牙地加重力度："你跑不了，赶紧把孩子放下！"

那女人阴狠地看了唐秋一眼，伸出手来狠狠地抓住她头发，嘴里歇斯底里地喊："放开！你这个疯女人！放开！"

唐秋疼得发出了一声低鸣。

身后江一凛本占上风，这时见到唐秋的惨状，心头一松，原被控住的中年男子忽然挣脱，经过那女人旁边，一把将孩子抢了过去。

唐秋见状，顾不上头上的疼，朝着江一凛大喊："别管我，快抓住他！快！"话音刚落，知道孩子已脱身，不需要再用巧劲儿，直接一把将那妇人撞翻在地。尽管头发还抓在对方手心，唐秋一巴掌打了下去，压低声音狠狠骂道："王八蛋！"

这时大路上，那男人抱着孩子跑得踉踉跄跄，前头是一排正郊游回来的学生，正高唱着歌。那男人眼看身后的江一凛逼近，红了眼已无处可逃，跟发了疯似的将怀里的孩子抛到了空中！

歌声稀稀拉拉地停了下来，那群少年乱了分寸，瞪大了眼睛看到那抛物线的物体飞到大路中央的半空，而有人腾空而起，斜斜地冲向那孩子落地的方向。

身后正有一辆大卡车呼啸着冲来，掀起旧柏油路上的大片尘土！

王冠之下 Chapter 7

千钧一发之际，那人双手稳稳接住了孩子，迅速地往怀里一塞，却因巨大的冲力猝不及防地向右边擦去，重重地摔在柏油路上。

　　身后的大车并未留意到前头的动静，司机正慢悠悠地哼着《在希望的田野上》，他的左侧是一片已经收割的稻田，有个仓皇窜逃的男人跳了下去，飞快地奔逃。

　　路旁的大树上落下几片残存的叶子，世界已经开始转冬。

　　冲到路口看到这一幕的唐秋几乎心跳骤停。

　　猛然哨声长鸣！

　　是带头的少年吹响了口中的哨子，几乎用尽了吃奶的力气。学生们大声地呼喊起来，跳起来朝着那司机招手。

　　江一凛眼前被尘土晃得有些睁不开眼睛，猛地有人冲将过来，将他囫囵抱住。

　　"妈的！"那司机猝不及防看着一排的人站在马路中央，猛地刹车，差点儿出了一身的冷汗。车子在离江一凛只有一米多的距离刹住了车。

　　飞扬的尘土落了地，慌得差点儿没了半条命的司机重新开始呼吸，打开车窗下车。眼见车前头卧着两人，差点儿以为是他撞的。然后，便见那群穿着校服的孩子齐声欢呼，奔向那地上"生死未卜"的人。

　　镇上的派出所，门口是一排学生，个个青春逼人。

　　唐秋制服那妇人后，三下五除二把人给一绑。正好有好心路人经过，一听情况就自告奋勇帮了她，顺便报了个警。

　　结果一出去，就见江一凛摔在路中央不动弹，而货车飞驰而来……几乎想都没想，唐秋就扑了上去。

　　这无异于多送一条命的螳臂当车的举动，让江一凛也蒙了。怀里的孩子又哭了起来，他那差点儿停掉的心脏总算又跳了起来。这时唐秋才抬起头来，像是用尽了浑身力气地从他身上起来，一屁股坐在了路中央。

　　警察来得很快，江一凛虽然摔得有些重，身上都是土，但幸亏是初冬，江一凛穿得厚，也没有大碍。唐秋也说没事儿，众人便带着孩子一起去了警局。几个少年都认出了那救小宝宝的英雄是江一凛，纷纷拿出手机对着他拍。江一凛虽有些哭笑不得，但也没力气阻止。何况这几个孩子还算是他的救命恩人呢。

　　两人去做了笔录，妇人被拘留起来，警方也调了监控找出那逃走的男人的头像进行追踪抓捕。原来，孩子是在广场附近的小区从婴儿车里被抱走的，孩子的妈妈当时进了传达室去取快递，一出来婴儿车还在，孩子没了，当场就差点儿崩溃，立马报了警。

小镇虽然就在影视基地附近，碰见明星不是什么特别新奇的事，但出了这么个有惊无险的大案，自然特别令人振奋。没多久这消息就传遍了，在影视城附近的记者们哗啦啦地全来了，警局门口异常热闹。

做完笔录，在年轻民警的陪伴下出来的江一凛和唐秋立马就被记者围住了，另一旁是等待签名的少年们，年轻的脸上写满了敬佩。

江一凛被话筒对着，蜂拥的记者们让他有些应接不暇。

"一凛是怎么发现他们是人贩子的？"

"人贩子好像有两个，你是怎么做到以一敌二的？"

江一凛硬着头皮道："这次发现人贩子的不是我，是我们节目组的一位选手。要说功劳，她才是……"

这时侧身，却发现身旁的唐秋已不知踪影，他下意识地围观，只见唐秋匆匆地朝着路那边走去。

江一凛愣了一下，记者们还在疯狂地提问，恨不得立马将明星英雄的头条写出来，立个大功。

"一凛之前的公益就有一项与拐卖儿童有关，是什么原因让你特别关注这个群体呢？"

他不紧不慢地继续回答着，心里却疑虑唐秋到底干吗去了。好不容易看到盛威他们的车开了进来，心想，这家伙越来越怠工了，怎么比记者来得还慢呢。

经纪人出马，匆匆结束了"明星英雄"采访的记者们只能作罢，眼巴巴看着江一凛上了车。

"祖宗。"上了车，盛威才露出那惊吓过度的神色来，将他整个人摸了一遍，确认他没少胳膊少腿后，总算呼出一口长气，"你这是瞎跑啥呢，哪儿有你这么逞英雄的！"

江一凛没理他，一把打开盛威的手。

其实他跑出去的时候是凭本能，当时哪里料得到唐秋是盯上人贩子了呢？

"盛威，让师傅沿着这附近街道慢慢开。唐秋不知道去哪儿了。"

唐秋此时正跟在一个小男孩身后亦步亦趋，都有些不知该怎么说话了。方才江一凛被记者们堵住，她识趣地到了一边。

门口围了太多人，唐秋环视了一下四周，几乎是一眼就看到了那个小男孩。

穿着蓝色运动服，对她做手语，并且将全部家当给她的小男孩。

此刻他眼神里写满了惊讶，惊讶之后，是极度的失落。

唐秋握着纸杯的手微微抖了一下，腾地站起来，向着那小孩叫了一声："那个……"

也不知为啥，那孩子和她四目相对一秒，忽然就转身跑开了。

唐秋拨开那拥堵的人群，朝着那孩子追去。那小孩跑得跟猴似的，明明那么瘦小一孩子，跑步却不带喘的。

她登时就杠上了，深呼吸一口，跟着那孩子跑进巷子。

这是个什么日子啊？她难道是来参加马拉松的？马拉松好歹是一马平川，她参加的是巷子跑酷吧。

过了一会儿，唐秋再也跑不动了，她脚步慢下来，朝着那孩子的背影气呼呼地喊了句："给我站住！"

这一声气吞山河，凶得把唐秋自己都给吓到了。

那孩子被吓得一个哆嗦，跟做了亏心事儿似的停了下来。

唐秋硬着头皮，顺着那语气继续道："你跑什么跑！你做亏心事了吗？"

然后她忽然又拔高了音量，指着自己的脸说："做亏心事的人是我！我都不跑，你跑个屁啊！"

此言一出，那叫一个义正词严，理直气壮得叫人三观震碎。

果见那孩子回过头来，一双委屈的大眼睛盯着唐秋，颇有些不够气势地哆嗦着说："你怎么能骗人呢？"

唐秋一时也不知该怎么说才好，轻轻地叹了口气。

她慢慢地走向那个小男孩，才发现他吧嗒吧嗒地落了泪。

这真是个很尿的小家伙啊。

唐秋蹲在他的面前，盯着他的眼睛说："钱我没带，但我明天来还给你，好不好？"

小家伙没点头也没摇头，只顾着哭，肩膀抽抽搭搭的。

"我的确不是哑巴，我在录一个节目。"她说，"节目要我扮演……"

话说到这儿，唐秋戛然而止。

从小她都不是一个爱找理由的人，错了要认，挨打要立正。她不能把什么都推给节目。

可是她却不忍心看到面前这善良的小孩眼里流露出来的失望。

若是不跟他解释，或许他会更伤心吧。

"我在录一个节目，所以……如果骗了你，你能原谅我吗？"

小孩后退了一步，似乎无法接受这个理由。

"我以后再也不会相信你们了。街上的都是骗子！"孩子边哭边说。

"你知道吗？"唐秋叹了口气说，"我跟你差不多大的时候，有一次在街上看到一个没有胳膊的人，他好像腿也有毛病，走路一瘸一拐的。当时我觉得他特别特别可怜，他脸上脏兮兮的，朝那些过路的人伸手的时候，我心里难受得要命。

"但我当时身上没有半毛钱，我就回家偷了我爸放在抽屉里的钱。我一路跑啊跑啊，恨不得飞到他面前。

"可是等我跑到的时候，天已经黑了，他都收摊了。"

唐秋淡淡地笑了笑："他从那截空空的袖子里，把他藏起来的手露了出来。然后站了起来。走得……特别好。"

那小孩抽噎着，却认真地听着唐秋讲。

"所以，我懂你的感觉，我当时觉得被骗了，特别特别生气。我觉得我就像个傻子一样。我攥着那冒着被我爸揍死的风险偷来的钱，边哭边回家。然后我在路上就碰到了出来找我的……"

唐秋想了想，该用什么措辞形容那时候的卞小尘呢。

"我最好的朋友。我当时好生气，见到他哭得更厉害了。他问我怎么了，我把事情说了一遍，我也说……我不想相信这个世界了，这世界上可怜的人居然都是骗子！他好久没说话……过了会儿跟我说，他当年就是靠着别人的爱心才活下来的。

"街上行乞的当然有不少骗子，我也碰到过。但是……万一真的有需要帮助的人呢？你没有做错什么。虽然我骗了你，但是我除了跟你说对不起，还要跟你说一声谢谢。正是因为有像你这么可爱善良的小天使，他才能不在街头饿死，后来才能成为我的好朋友。"

那孩子将信将疑地抬起头来。

是啊，她希望这些善良的可爱的人，不会因为上过一次当就对所有的人心存怀疑。她希望他永远保持着这份善良。

这个世界有很多坏人，却有更多的好人。当年的卞小尘是因为坏人而落入孤苦，却也是因为好人才完完整整地活在这个世界。

"他也在街上要过钱吗？"小孩瞪大了眼睛，"你的好朋友？"

"嗯。"

"那他现在呢？"

"他现在……"唐秋笑了笑，"他现在还是很善良，并且有很大的能耐来把自己的善良给更多的人。他很棒，很优秀，今天还陪我抓了个大坏蛋。"

"你抓大坏蛋了？你这么棒啊？"小男孩瞪大眼睛。

唐秋自豪地点点头："可不是嘛，所以，可以抵消吗？还有……从你这骗的钱，我明天来还你，好不好？"

他像是被说动了，迟疑了一下，点点头："那我原谅你吧。"

"你……本来是打算拿这笔钱干吗的？"唐秋好奇地问。

"买……买一顶帽子。"这孩子说到这儿，忽然露出了一个不好意思的微笑，有些兴奋，"我存好久了，我要给我的好朋友买一顶帽子的。但是……看到你，觉得你更需要帮助。"

他再次瘪嘴。

"谁知道你骗我呢。"

这时，巷子口传来了一阵车鸣。唐秋循声看过去，正是江一凛的车，他摇下窗户，正遥遥地望着她。

唐秋拉起小男孩的手，向着车子走去。

小男孩诧异地抬头看看江一凛，又看看唐秋。

唐秋指着江一凛说："认识这个哥哥吗？"

小孩儿摇摇头。

江一凛低头一笑，看来自己知名度一般啊。却见唐秋指着他说："这个哥哥刚才帮姐姐一起从人贩子手上把被偷走的小宝宝抢回来了。他是个好人，他还是个明星。"

小孩儿恍然大悟："我好像在哪里见过。"

唐秋笑道："这个哥哥会给姐姐担保，姐姐是在跟他合作一个电视节目……"

说罢，脸上笑容一收，朝着江一凛伸出手来："借我点儿钱。"

"哈？"江一凛一愣，直接甩锅给身后："盛威，借钱。"

盛威人在车中坐，锅从天上来，哆哆嗦嗦地掏钱包："要多少啊？我没带多少现金啊。"

"五十块！"那孩子伸出五根手指。

盛威都抽出一打钞票了，这时一愣。江一凛从他手里抽了一张一百块，递给那个孩子，抬头看唐秋，不知她闹什么把戏。

"太多了！"小男孩摆手不接，"我没有钱找。"

司机没有带零钱，周遭好像也没有可以破钱的铺子，可那孩子却轴得很，一直不肯收。

唐秋想了想蹲下来说："今天姐姐做了回骗子,应该要赎罪。所以呢,你买帽子剩下的钱,姐姐希望你能帮我……给那些需要帮助的人，好吗？"

他似乎已经从"行乞的人都是骗子"的认知中出来了，这个时候犹豫了一下说："姐姐，那你告诉我你的名字吧。我帮你捐款的时候，要告诉他们，是你给他们的。"

唐秋乐了，揉揉他的脑袋："好，我叫唐秋。你呢？"

"我叫刘金乐，他们叫我可乐。"可乐眯着眼笑着，和方才那个因为"被骗"而异常失落的样子，已全然不一样了。

他眼睛可真好看，那是一双很善良的眼睛，眯起来像月亮，睁大了里头全是星星。

和可乐告别，唐秋上了车。

江一凛半靠在坐垫上，已经在她和可乐的只言片语里猜到了大概，这时瞥着她嘴角带着笑。唐秋见他这样看她，原本平静下来的心潮有些起伏，避开他的眼睛问道："你们怎么在这儿？"

"回节目组，碰巧看到你。"江一凛收回眼神，淡淡地道。

前排的盛威一脸无语，心说，呸，找半天了都！还碰巧！哪儿那么多碰巧啊！

这时唐秋忽然一拍大腿，一脸后悔。

"怎么了？"江一凛直起了身。

"那个小孩，跟我比了一个手势，刚才追他的时候一直惦记着。结果忘了问他了。"

"什么手势？"

唐秋凭着记性比了一遍。

"你很漂亮。"江一凛淡淡地道。

唐秋一怔，颇有些不好意思地道："哎？谢谢夸奖。"

"不是……"江一凛无语地笑道，"我是说，手语的意思是你很漂亮。是那没见过世面的小孩安慰你的。"

"小孩子才不会骗人呢……"唐秋偷瞥了一眼后视镜，此时的她装扮狼狈，又这么打了一架，可以说是"披头散发"，跟漂亮好像真没什么关系。

江一凛忽然伸出一只手来，揉了揉她的脑袋。

这一下像是提醒了她头皮的痛觉，她顿时有些炸毛："你干吗？"

"没什么。"他恶作剧似的憋着笑，侧头看着她生气的样子，"头发还是很茂盛的嘛。"

刚才她可是差点儿被那女人贩子把头皮都掀下来，他还笑！唐秋气鼓鼓地瞪着他。

这时，江一凛突然定住，凑近她，目光如炬地盯着她的脸，伸出手来，掀起了她从耳际划下的头发。看到她脸上一道明显的指甲印记，他皱起眉头，轻声却有些担忧地问她："疼不疼？"

唐秋此时与他四目相对，脸忽然红到了脖子根："没事……没事！"

"别动！让我看看！"江一凛严厉地瞪她一眼。

"我真没事儿……"唐秋的气势忽然弱了下去，抬起的眼睛微有怯意。

"都划破了，还说没事儿！"

"真的，跟头皮比，简直跟挠痒似的……而且，我脸皮厚。"

幸好她头发可以说非常地……依赖主人了。

盛威在前排咳嗽了一声以示"警告"。

江一凛却置若罔闻，仔细看着唐秋的伤口："不深，但是待会儿一定要去消炎，之后还要上妆的。"

留疤就留疤吧，唐秋想。你不是说胎记、疤痕都是天使的印记吗？你的手上不也有疤吗？

唐秋侧头看到江一凛划破一大片的衣袖，心忽然紧了一下："你的手呢？疼不疼？"

"不疼。"他皱皱眉头说，"衣服穿得厚。"

她不信地看着他，却见他笑了笑说："真的没事儿，还能牵手呢。要不要牵一下啊？"

满以为讲了这句俏皮话会挨她一个白眼，他等来的却是唐秋深深的目光，然后她的嘴角一咧："谢谢你。"

"谢什么？"车子一晃一晃，他的气息轻轻地拂过她的脸。

"谢谢你今天……跟我一起出生入死。"

还有，谢谢你活得好好的，谢谢你的眼睛那么好看。谢谢你的眼睛里一直都有星星。

很多很多年前，当小小的袁歆为了一个骗子乞丐偷了袁敬意的钱后，他为了她不挨揍，想要偷偷地把钱给放回去，结果被袁敬意抓了个正着。

最恨坑蒙拐骗的袁敬意把卞小尘的手都抽肿了，她哭得昏天黑地，非要去跟父亲讲出真相，他却拉着她的手说："不疼，真的不疼，你看，还能牵你。"

这场见义勇为让唐秋在这场抢分赛中垫了个底。这倒还好，但拖江一凛"下水"这事儿引起了众人不满。但事发突然，加上性质特殊，又让大多数敢怒的人不敢言。当唐秋和江一凛一块儿抵达节目组拍摄地的时候，众人脸上什么神情的都有。

唐秋率先得到的是李潮东的一顿臭骂，开门见山地骂她不守规矩。而另外一边，是以齐思思为首的几个女演员冲将上来，对着江一凛嘘寒问暖。

真可谓是冰火两重天。

李潮东龇牙咧嘴凶唐秋，让江一凛脸上的表情沉了又沉。

唐秋倒是清楚李潮东的用意，上来骂她一通，反而是为了她好。先前别墅拍摄因为"人丁不兴"，李潮东是能做主的人，护犊子没问题。可现在上头派下来一个盯梢的傅制片，等于李潮东活儿照做，还得看人脸色。节目因唐秋而耽误了一整个下午的时间，听说当时情形还挺险，差点儿还赔上他们节目的宝贝江一凛。这事儿传出去，对唐秋没什么好处。唐秋他们回来之前，傅制片就脸色很不好地表示，这节目不能这么没规矩，大有要好好惩罚之意。

一旁的齐思思都听蒙了，朝苏韵使眼色。唐秋不是傅制片的人吗？怎么还……

苏韵尴尬笑笑。

李潮东之所以扮这个红脸，就是希望傅制片能看在他骂这么狠的分上高抬贵手。无论是把唐秋淘汰还是直接让她退赛，李潮东都不忍心。所以这骂里头倒是带了几分真情实感的。唐秋会了他的意，被他骂得直道歉。江一凛皱起了眉头，而这时识相的李潮东朝着傅制片道："要么，就算了？"

一旁的齐思思眼见江一凛对她的关心视若无睹，这时再看他破了的袖子，居然胆子一大，一把抓住他的手。

江一凛猛地收回了自己的胳膊，颇有些不满地看了齐思思一眼，然后礼貌地让摄影机放下。

"没伤着，穿得厚。"

"你要么去医院看看。"齐思思有些恼了，下午的时候就听说唐秋私自离开节目组，江一凛也不知怎么就跟上去了，陪着她做英雄就算了，现在袖子都破了，她敢肯定他受了伤。

"还是得做下检查，不是说摔了一跤吗？去医院看看吧。"傅制片也开口道。

"不必了，我没那么金贵。"

这时李潮东观察了下形式，回过头来又不疼不痒地低声训了唐秋一顿："看看你闯的什么祸。"唐秋不说话，低着头。

"唐秋闯什么祸了？"江一凛登时有些恼火，又只能兜着，他不想表现得自己和唐秋干了件多伟大的事，于是直刺刺地说，"这事不是唐秋一个人的责任。"

然后他向着一旁的众人道："先向各位道歉。不遵守规则，私自离开队伍，造成人力和时间的损失，确实要受惩罚。我虽然不是选手，却也是重要嘉宾。今天我们不管做了什么，都确实违反了契约。那按理说，我该跟唐秋一起受罚。"

好一句"我们"，听得人妒火中烧，齐思思的脸垮了下去，下意识地捏了一把苏韵的胳膊。

这时傅制片脸上也有些挂不住了，他能拿江一凛怎样？但规矩得立，不然他还有啥威严？于是清清嗓子开口说："一凛，这是两码事儿，她是在……"

场面就此僵持，江一凛看了眼破掉的表盘，抬头道："我还有个会要开，所以受罚的事，回来再讲了。傅制片，可否？"

傅制片只能点了点头，目送完江一凛的背影，直接甩锅给了李潮东："李潮东，你自己看吧，这事儿怎么处理。"

傅制片表面甩锅，却还是补了一句重要条款："毕竟节目组有规矩，是在加分赛过程中出岔子，没在规定的时间回来，也就是任务失败。这事儿就这么过了对其他遵守规矩的选手也不公平……"

言下之意，是要让唐秋放弃加分赛资格。李潮东也只能接茬儿了，但还是想博一把："公平性也不是对我们而言，而是在场其他八位选手。这样吧，选择权给她们，可以吗？"

目光落在了其他八个人的身上，大家面色戚戚，你推我推你的。眼见傅制片犹疑，齐思思向苏韵递了个眼神，大家都有意见，但似乎人人都不想做那个得罪唐秋和江一凛的人。苏韵接过了眼神，一副"我来"的架势，语气有些刺人地说："原本下午就能收工的，接下来的 24 小时小剧场大家都得争分夺秒，唐秋一个人耽误的是我们大家的时间。"

"我也觉得……还是得公平一点儿。"有人附和道。

一旁的樊小想了想也举起手来："我也觉得一码归一码，当罚。"

此时加上齐思思已是四票，齐思思抬起头向沈欢要了个意见："你觉得呢？"

沈欢惶然抬头，看了一眼唐秋，犹豫着："我觉得……"

一旁一直把自己高高挂起的庄叙如这时冷笑了一声道："刚才还对着镜头一脸关心说唐秋怎么还没回来，现在摄影机关了，大家还真是原形毕露呢。"

然后她冷眉一竖："我觉得不该罚。"

这时选手们显然有了阵营，唐秋跟在河边接受"到底要不要浸猪笼"审判的风流寡妇似的，真叫一个备受煎熬。

四对三，只剩下沈欢没表态，沈欢像被架到热锅上的蚂蚁，她咬着牙，声音细如蚊呐："我觉得……"唐秋忽然开口，打断了沈欢那支支吾吾的声音："别说了。"

众人回头看向她，见她笑了笑，耸耸肩道："我愿意接受惩罚。"

大家都有些惊讶，包括沈欢，她半晌没回过神。李潮东心里咬牙切齿，唐秋个死丫头，怎么这么容易认怂啊！

庄叙如深深看了唐秋一眼，勾了勾嘴角。而齐思思这时颇有些满意地揽了揽沈欢的肩膀，大有结伴的意思，沈欢的脸上写着三分窘迫七分掩饰，没看唐秋的眼睛。

就这么一瞬间，唐秋就知道了沈欢那没说出口的答案，心里微有些失落，但又觉得，这是情理之中。反而沈欢不敢看她眼睛，证明对方把这事儿往心里去了。

Chapter8
刹那心动

失去加分赛资格，算是损失惨重了。

虽名义上是加分赛，但其实是两场比赛的总分相加作为成绩，加分赛的最高比重有30分，以此类推下来，最低分也有10分。并且按照加分赛的名次，可以在下一轮分组正赛中优先，也就是说，唐秋因为这次的惩罚，把自己放在了末置位的危险位置，得比其他人在正赛中加倍地表现才行。

加分赛一共有十多个主题和人设，选手要在24小时内各自排出符合主题的三分钟小剧场，可以为独角戏，也可以在节目组请来的众多特约演员里挑选合作对手。

在别的选手都投入接下来的准备中时，唐秋痛失城池，倒是乐得清闲。

江一凛登上热搜比他们想得还要快，很快就席卷了各大娱乐网站，甚至盖过了之前的黑粉骂战。只是被节目组没收了手机，因此有点儿与世隔绝的感觉。

傅制片过来知会了她一声，大致的意思是新闻上既然没怎么提到她，就请唐秋也不要再在节目里提了。江一凛登上热点已经够分量了，加个唐秋，反而是抢了其他姑娘的彩。傅制片说得也是有道理，枪打出头鸟嘛，若今天跑出去的人是齐思思，眼下的情形会不会不一样？

想了一会儿，唐秋掐掉了自己的念头。何必庸人自扰。

身后是舞社工厂，并列着几个不大的T型舞台，彼此之间半拉着个帘子算作隔离。此时其他八名演员正在台上跟自己挑选的帮手一块儿开始研究剧本。二十四小时要排一个三分钟剧本其实并不算难，当然是在剧本没问题的情况下，可拿到手的台本却有些粗制滥造，大多数女演员都发现台词极其之尴尬，必须自己动手改，这可难倒了大多数人。因此不久之后场面就有些焦灼了。再加上特约演员数量有限，先挑选对手的占了优势，后来的却有些麻烦了，比如台本上是个同龄姐妹，最后只剩下个老头儿可选的苏韵，就心态崩了。

沈欢也没好到哪儿去，她选到的题是《姐妹同心》，选的高个儿女生比她大不了几岁，但她却觉得跟对方八字不合，简直可以称得上姐妹痛心了。

台词念不到几句，沈欢就有些抓狂了："你这台词怎么念的啊！"

"那你念念看？"那高个儿女生，虽然只是个小特约，但心气也高，被这么一指责，也有些恼了，"这么尴尬的台词，你还能让我怎么念啊？"

"什么尴，尴什么啊！"沈欢急了，哪怕是在拍摄现场别着麦克风也有些收不住脾气，"你怎么这么不专业！"

"你最专业了好吧。"特约被沈欢这么一激，也有些恼了，"以为自己演技很好吗？"

"你给我再说一遍！"

此时的唐秋正在一旁啃着盒饭。蹲的地方离得远，大有将自己自动隔离的意思。

忽然有人猛拍了一下她的背，唐秋猝不及防差点儿噎着，回头看到一脸急三火四的李潮东。

"你这什么表情？"

"你才什么表情呢！"李潮东拿着一沓稿纸，蹲在她身旁，"你都不着急啊？"

唐秋没说话，李潮东硬着头皮说："那个……之前不是没录吗？节目组到时候估计会给你定个违规处理……因为……新闻已经出来了，基本大头条都没你什么事。"

他又咬牙切齿道："傅制片还特地打了电话，怕几个合作的娱乐新闻公司写到你，你太突出了，就会有麻烦。"

"嗯。"

"你现在还不宜太过出挑，晓得不？物极必反，你一登上头条，一定会有很多黑子来扒你，你又没粉丝基础。而且周子豪不是刚出来吗，到时候这个东西拿去做文章，不合适。"

唐秋点了点头，心里不免一紧。她倒吸一口气，后知后觉地想，她先前怎么不知道怕呢？这样登台，若是有人认出她……

"唐秋，唐秋？"李潮东见她失神，连叫了好几声。她猛地回过神来。

"那个……"李潮东说得有些为难，"你被取消加分赛资格，总不能一个镜头都没有吧。这大概能剪个半期呢。所以……我有个计划。"

李潮东从手上的文件夹里抽出一沓稿纸，递给她。

是剧本。如果没记错的话，是沈欢选的主题剧本。

唐秋眨巴着眼睛，抬了抬手里的本子："这个什么意思？"

"这是沈欢拿到的剧本。那个……你跟她不是关系好吗？她跟特约演员杠上了。"李潮东低声道。

"哈？"唐秋没明白这个点在哪儿。

"这可是我私自给你开的小灶啊。她和她的搭档不在一个点上，估计二十四小时之后上台也是一出乱七八糟的戏……"李潮东的声音压得更低，"你待会儿找个机会过去，平平两人的火气，帮她改改剧本什么的，怎么调就看你自己本事了，然后自己也记一下，到时候，让特约临时有个什么状况，上不了台，你上去！"

"我上去？"唐秋瞪大眼睛，"不合适吧？"

"我跟傅制片打过招呼了，他没太大意见。"李潮东有些不耐烦唐秋的态度，"你干吗呢，这不是给你争取表现机会嘛。这不还有观众投票呢，给你选个沈欢，你上去演技碾压她，又能给她加个平均分，最后拿个不错的加分，何乐而不为啊？"

"这算什么？"此时，拍完片接受私家采访的江一凛将公司交给他的稿子抬了抬，冷冷地问盛威，"我倒是真能往自己脸上贴金。"

主持人正等在外头，盛威眼见江一凛这样，登时有些头大。

稿子上完全没有提到唐秋，讲述了江一凛是如何发现端倪，心存疑窦，一丝可能性也不放过，置自己的身份和安危于不顾，独立完成"英雄壮举"，然后自谦地表示这是一个市民应当做的。

这件事发生，江一凛公司的众人都高兴得要命，在这种万人黑的节骨眼儿上，这场突发事件简直是及时雨，再配上江一凛之前的公益宣传以及后续《摘星》剧组跟公益部门合作的几个流程，瞬间人物形象变光辉了。到时候多少跟风摇摆的网络黑子会黑转粉，高叫着"人品胜过一切"？盛威可是亲眼看到江一凛下车的,也知道这事儿唐秋可是头号功臣，但加了这一出，效果可就大打折扣。英雄救美这种粉红情节，哪里比得过单枪匹马斗人贩子？

这一期专访，找的是国内做访谈节目口碑一流的《翩翩》，《翩翩》出自翩翩君子，只做男性访谈。主持人是个温雅的女性，貌不惊人却非常知性，也非常擅长渲染和把握情绪，因此在业内，这是一档真实地说假话的节目。而对外，却是"真情流露"的典范。有趣的是，当年林瀚和公司解约，双方各执一词，林瀚的各色黑料层出不穷，就是凭借这一档节目挽尊，给大家营造出一个受尽委屈却悉数吞咽的铁汉形象，将他之前被骂得几乎触底的形象绝地反弹。

这次，江一凛不是不知道自己的危机。这么多年江沧海苦心经营自己的金字招牌，他从来都无比配合，撒谎撒得自己都分不清楚状况。

记得有一回忙公益项目，他其实只在灾区待了两天，却换了十几套衣服拍足了半个月的"戏份"。

说真的，他没少撒谎。

"我说不出口，这些话本来应当是唐秋说的。这件事她才是大功臣。"江一凛正色道。

他从来都是很听话的，可不知为何，年岁一长，他从前没有的叛逆却长出来了。盛威倒是倒了大霉，劝了半天才发现江一凛是真不打算配合了，心想着那个唐秋到底有什么本事，怎么江一凛自从碰到她以后就变得跟以前不一样了呢？

没事，他还有撒手锏呢。

"这么整，不仅是为你好，也为整个节目组好。唐秋在比赛初期就因为这事儿崭露头角没什么，但你也让我了解过她的身世，她跟自己家都不来往了，父母亲的职业也不是特别……光彩。而且，她那个相依为命的哥哥刚从里头出来……我能了解到的，那些网友不知道？他们可是有通天的本事！你护着她，只会给她惹麻烦，到时候怎么编排她家里人？"

没错，其实刚遇到唐秋的时候，江一凛就觉得不对，特地让盛威去查过她的过去。唐秋的过去，可以用一个字"乱"来形容。出生在穷乡僻壤，小学没毕业便辍学出来打工，和家里也没了联系。她母亲嫁了三次，唐秋是第二个孩子。唐秋的父亲甚至算不上父亲，只算情人。后来唐秋再没回去过，和她的远房表哥周子豪相依为命。命运也神奇转折，周子豪供她上学，十七岁那年，她通过自考考上了大学。

尽管励志，却还是难逃一个"乱"字。尤其是盛威追溯她的过去，发现她十四岁的时候在别的城市的夜总会上过班。

江一凛当时有些失望，原先盛威满以为知道这些，江一凛便不会多留心这个女选手了，但事实好像并非如此。

"一凛，你也知道舆论有多害人。这个时候，真的不合适。唐秋现在还没站稳脚跟，到时候真的有黑子，连个替她讲话的人都没有。你总要给她点时间成长再成名不是吗？"

盛威说得没错，"欲带皇冠必承其重"便是这个理，这个圈子比想象中要复杂和虚伪，言论自由的沉重感，是大多数从未碰到过的人无法想象的。

江一凛闻言，沉默了一下。

"但是我不想在这件事上撒谎，别的谎随便。但这个话题，麻烦删掉。"

然后他起身，整了整自己的衣领，目光中闪着冷冷的光芒。

"对了，盛威，和公司解约，我要赔多少钱来着？"

"啥？"盛威一怔，"你、你说啥？"

"没什么。"那冷峻的面孔瞬间笑了笑，回头"含情脉脉"地看着盛威，"我就是觉得，我有点腻了。"

腻？腻什么？

盛威还没摸着头脑，江一凛已经一步跨进了采访室。

夜幕降临之后，天空忽然变色，远处乌云滚动，不多久，应当就会有雷声和暴雨。

唐秋的心情莫名不大好，犹豫了许久徘徊在舞台边，却没有如李潮东的愿去找沈欢。无论是摊牌还是演戏，她都有些下不了决心。

沈欢也没有过来找她，只是她在附近蹓跶的时候，斜斜地瞥过来几个意味深长的目光。

那剧本唐秋一眼都没看，心事重重地回了酒店。

大雨像是闷在乌云里，包裹了整个天空的水汽，却一直咬紧牙关地关着闸。地上结起了冷霜，温度急速下降。

回到酒店的唐秋洗了个澡，卸妆的时候才发现脸上那道指甲印挺疼的，疼得她一个恍惚，擦掉那镜子上的蒸汽，看到自己的脸，愣了一下。

方才镜子里，脸上那条印子倒不明显，但恍惚间，她看到自己的额头上有一大片的胎记。

当下心中一紧，伸手在额上乱擦了一阵，才回过神。

是镜子上的一块口红印记，也不知是她和沈欢谁不小心抹上去的。

不过是巧合，包括今天发生的事。

唐秋有些焦虑地回到卧室，脑子里的念头却怎么都赶不走。此刻她如牛反刍一般地想起了大马路上的那场有惊无险。

看到江一凛重重砸落在马路上，远处的卡车呼啸而来，在那一刹那，她脑子里一片空白。

她当时想都没想就扑了过去。巨大的刹车声和孩子们的尖声叫停，她都听不到，耳朵里一阵嗡鸣，心跳快到像是炸弹的倒计时，直到那车停下来，将他们和死神拉开距离。

她仿佛被叫走了魂，那魂魄紧紧依偎着江一凛，直到怀里那孩子沙哑的哭声再起。

真是个可怜的孩子啊。

幸好，这个孩子要回到她原本的生活轨迹中去了。

时间是晚上九点半，江一凛回到酒店的时候，整个节目组还在舞社工厂那边为明天的加分赛加班加点。盛威临时有会赶去参加。所有人都在忙碌。

回到酒店房间，他拿出手机，给下午认识的林警官打了电话，询问那头的审讯过程。

林警官颇为无奈，说那被抓的女人称自己是第一次犯案，因为儿子开车肇事撞了人，家里困难赔不了钱，来城里向亲戚借钱无果，结果碰上了另外一个人贩子，鬼迷心窍地决定跟他干一票。女人在警局被抓后，戴着镣铐拼命磕头，一边磕一边哭。而另外那头，监控只拍到那个男人离开的背影，尽管已经发出了通缉令，但要抓到人，还没那么快。

唯一值得安慰的是孩子经过医院检查，并无大碍。

至于接下来的，他们会秉公办理。

江一凛说了句"辛苦你们，有情况记得打给我"便挂了电话，然后坐在床上发了会儿呆，想着林警官的话。

可恨之人的可怜之处，这并不能为他们的罪行开脱。他只希望这一次运气能好一些，抓到的那家伙背后能有一些蛛丝马迹，哪怕只是一点点，也是豁开冰山的细微力量。

他长叹了口气，手臂处阵痛起来，他小心地掀开自己的袖子。手上戴的表盘已经碎了，手臂一大截破了皮，渗出的血已经凝结，估计是砸在马路上时给擦的。手肘处已经肿了起来，当时倒没觉得太痛，现在关节都有些不太活络了。

他皱了下眉头："啧啧，还是有点儿惨烈的。"刚拿起电话想打给前台，念头一起，手指一停，电话拨向唐秋房间，也不知她回来了没。

这时，电话接通了。

"喂？"是唐秋的声音，呼吸有些重。

"是我。"他定了定神，"你现在帮我下楼问前台要个药箱，然后到 1907 来。"

"哈？"

"给我上药，我手受伤了。"那头没了动静，他清清嗓子说，"我下去也可以。"

……

"我上来！"那头迟疑了一下，迅速地道，然后挂了电话。

听到唐秋的声音，他莫名地扯了扯嘴角，然后挂上电话，呈大字形躺在酒店柔软的床上。筋骨放松开来，疲倦从心脏扩散向四肢。

他还活着，但如果不是那群孩子大声地吹哨示意那开小差根本没留意路况的司机，他现在可能已经躺在殡仪馆里了。

当时他稳稳地接住那个孩子，却因为冲力砸向地面，耳边一阵嗡鸣。还有卡车的轰隆声，少年们的哨声和尖叫，唐秋大喊着他的名字冲过来……

唐秋怎么会这么做呢？他后知后觉的心头猛地一酥。

这傻丫头，可真是太逗了。

唐秋拎着医药箱上来，猫着腰，像是做贼似的，眼神里满是怨念地盯着他："伤口在哪儿？"

面前的人却半晌没回应，抬起头来，看到他目光如星火，唐秋一愣，补了一句："喂！我跟你说，这是我最后一次给你上药！"

江一凛这时笑着露出了胳膊："不准凶我。"

唐秋看了一眼，倒吸一口冷气："肿成这样，你到现在才……"

"没事的。"他云淡风轻道，"关节没事儿，消肿就行。"

"为什么不去医院？"她手有些抖地打开药箱，抬起他的手，责备道，"真当我是护士啊？"

江一凛嗓子低沉，玩笑道："先前伤得不够严重，等严重了又晚了。"

唐秋无奈地翻了个白眼，手的动作却很轻，全然没有那夜替他包扎手时的手足无措。翻过他手臂的时候，发现他已经卸下了表，手腕处一条虽然不宽却很深的疤，颇有些刺眼。她愣了一下，不去看它。

屋内亮着一盏小黄灯，唐秋的头发还湿着，略有水珠滴下。

"你还没洗澡吧，先去洗，小心伤口。省得上了药待会儿又蹭到。"

这时她抬起头，见江一凛目光如炬地盯着自己，心里一慌，瞪着他道："你这么看着我做什么？"

面前的他离自己不过一寸距离，之前倒不是没经历过，可这一刻光线逆得刚刚好，遮住他半个脸颊，立体的五官落下了阴影，那目光炽热地在她脸上游走，将炽热传到她脸上。

她面红耳赤，心慌意乱："你盯着我干吗？"他却未收回目光，盯着她的整张脸，心里像是在思量着什么，眼神里却有些她能读出的哀伤。

"对不起。"他忽然道，"新闻的事，我……"

她抬起眼睛："无论是你还是我，做这件事的初衷都很纯粹……而且……该说对不起的人是我。"

"因为这个？"他抬了抬手，笑道；"喂，女英雄，别这么想好吗？今天的功劳，全在你。"

"你差点儿死了。"

"胡说。"他皱起眉头，"我命大得很。喂，你这什么表情啦？"

可是……唐秋低下头，不想再看她的眼睛，咬着牙，忍耐着心里想要抱他一下的冲动。

今天，她差点儿因为自己的冒失失去他了。

"你这是怎么了？"原先还想着或许因为新闻的事，这丫头会怪自己呢，但怎么自责成这样？他的心里一软，伸出手来拉她。

"别这样。你这样……我不知道该说什么了。"

唐秋摇着头，憋着泪，示意他什么都别说。

"唐秋……"他轻声道，"我当时……差点儿被车撞的时候，你跑过来扑到我身上……"

他看向她："我真的很感动。我当时还以为你爱上我了。"这话一出，眼见唐秋愤愤抬头，眼神认真，江一凛一愣。

"我是……开……开玩笑的，我先去洗澡。"他尴尬地一咳嗽，"那你……"

她站在那儿不动："我又不会偷看。"

"吹风机在抽屉里，你把头发吹一吹，大冬天的，别着凉了。"

江一凛进了浴室。

唐秋心里松了口气，暗骂一句："开什么玩笑！"

浴室里传来了水声，唐秋那自认为心如止水的脑海里忽然出了画面，登时脸一红，听到自己的心诡异地跳动，她忍不住捂住自己的心口，哀号一声。

"你怎么回事你，什么出息啊？"

可脑子里还是乱七八糟的，那浴室里像是有一幅春宫图，叫她坐立难安。

尽管重逢那么久，她还是头一次生出这样的狎昵念头……可这感觉太奇怪了，奇怪得像是她换了一种方式失控。

没错，她小时候是喜欢他，但那种喜欢后知后觉，并且干净到不可亵渎，那是一种对好朋友的喜欢，甚至可以说是爱也无妨。那是她生命里最重要的伙伴。后来的十年，这份喜欢变成了恨，恨变淡，再到参加《摘星》重逢时冲到顶峰，撕下假面，里头还是喜欢。这喜欢变复杂了，变扭捏了……可再怎样，也不该是此时此刻的这种念头！

越想心跳得越乱，想着一会儿江一凛美人出浴，她眼珠子都不知该往哪儿放了！她恨不得找个地洞钻进去，心慌意乱地打开抽屉，摸出吹风机，盖过里头让她想入非非的声音。

冷静，冷静！你怎么能对他生这种念头！

负离子吹风机吹出暖风，她开到最大，声音盖过了淋浴声。唐秋强迫自己平静下来，她可不允许自己在这个当口有这么下流的念头，何况，那个人……

无论是卞小尘还是江一凛，她都不应该。

这时，唐秋瞥见了旁边的电脑，她视力不错，一眼就瞥见娱乐新闻的评论栏。上头是网友们的留言，跃入眼前的第一条，便是骂江一凛贿赂主办方，零演技却拿最佳男主角，简直是对电影的侮辱。唐秋皱皱眉头，接下去几条是粉丝掐架，掐得狠了，全是不堪入目的脏话。有些评价毒到丧尽天良，她一直无法理解，发出这些的人，到底在生活里是怎样的，怎么会有这样大的恶意。

江一凛这时已经从浴室出来，见唐秋以一个诡异的姿势劈叉在电脑前，另外一头，吹风机还在吹着，一条线拉得笔直。

他咳嗽了一声，大概是吹风机声音太大，她并没有反应过来。于是江一凛走过去，从她手里将吹风机拿过去，将她往回拽了一点儿。唐秋有些猝不及防，一下子差点儿跌进他怀里，江一凛扶正她的脑袋，将吹风机对准她的头顶，一点点儿地吹。

她的脑袋此时半靠在他的胸前，唐秋只能硬着头皮，一寸一寸往外移。

"你手受伤了，我来吧……"唐秋小声地说。

江一凛也没跟她客气，直接把吹风机往她怀里一塞，拉了椅子坐在她面前："那你替我吹。"

此时他们面对着镜子，穿着宽大浴袍的男人看到唐秋脸上微微失神，瞥了一眼电脑，解释道："我偶尔会自己看，了解一下别人对我的看法，做好公关和反向打脸，才能在这个圈子里继续平步走下去。"语气里微有自嘲。

"那些人……你不用太在意，键盘侠而已，根本就不了解你。"

唐秋的手轻轻地碰到他的头发，吹风机温热地在她的手背吹着。她突然想到，那些人在生活里或许比比皆是，她想起了游鸣的脸。

接下来，便是要给他伤口上药。他卷起浴袍的袖子，递给她，一脸赴死的样子："来吧。"

"又不是要截肢！"唐秋埋怨他一眼，"以后，要及时治疗。伤口再不严重，也要及时。还有，你确定不用拍片？"

"真不用。"他说，"我自己的身体，我自己知道。"

唐秋小心翼翼地拿着棉签给他上药，顺便让他活动一下肘关节。

"明天还要录节目，你行不行啊？"

"可以的。"他忽然沉默了一下，"我听盛威说了，取消了你的加分赛资格。"

"没事"二字还没从唐秋嘴里说出来，便听到他叹了口气："李潮东和傅如澜这两王八羔子。"

"别这么说……"唐秋收了药箱，回头道，"其实李潮东人也不差。"

"你欠他钱啊？"江一凛玩笑道。

唐秋一脸认真地点点头。

"真欠？"江一凛反而有些吃惊，"欠多少？"

"很多很多。"唐秋伸出双臂，划了一圈，"还不起，所以只能给他做牛做马。怎么，你要替我还？"

这本是个玩笑，可江一凛刚想认真回答，忽听到外头一阵滚雷，回眸，就见一道刷白的闪电。

再回头，见唐秋正扣上药箱，要走。

他忽然心生莫名的不舍，伸手想拉她，又缩回来，咳嗽一声，道："他们都还没回来。"

"嗯？"唐秋回过头。

"所以，陪我聊会儿，没事儿的。"此时的江一凛坐着，抬起头来看着唐秋，眼神像孩子似的祈求。

"真把我当知心姐姐了？"

"知心不知心不知道。"他狡黠一笑，"你还真敢往自己年纪上添砖加瓦。说吧，有没有改年纪？就冲你这有故事的样子，指不定，还真比我年长。"

唐秋作势要踢他，以为他会躲，他却闪避都没有闪避一下，她便一脚踢在他腿上。

"呲。"他吃疼地抬头看她，抱着腿，"你还真踢？"

"没事儿吧？"她蹲下来，"别真伤到了，节目再因为我耽误进程，我可是得退赛了。"

"说会儿话吧。"他拍了拍身边的沙发，示意她坐下。

"说……说什么？"唐秋轻轻地问他。

此刻的江一凛像是变了个样子，气氛也不再微妙紧张，她原先紧绷的神经也渐渐松散下来。就像老朋友聊天。

江一凛幽幽望了她一眼，伸了个懒腰道："今天做采访，说了太多假话，想着说点儿真话就能平衡回来。"

"要说什么真话？"唐秋假装从兜里拿东西，"我拿录音笔给你录下来。"

"你为什么做演员？"他忽然回头问。

"因为……"唐秋被他问住了，低头想了想，可能是宿命吧，即便她成了唐秋，也还是会往这条注定的路上走，"我也说不清楚，你呢？"

"今天采访，主持人问了这个问题。我答，是宿命。"他淡淡地道，"不过，我连自己都扮演不好，还想着演别人。拿个最佳男主角，被人骂也是活该。"

真的，挺好的。

"你怎么会扮演不好？这么多人喜爱你。"她由衷地道，"别太在意那些话。"

"这么多人喜爱……"他像是在回味这句话，回过头来，目光如炬地看着她，"那你喜欢吗？"

唐秋目不转睛地看着他，好啊，既然是说真话，那就说吧。

"喜欢。"

此时窗外暴雨如注，雨水打在挡水棚上，仿佛无数蚕食桑叶发出的啮咬声。雷声轰鸣不断，闪电被灯光压下去，他却觉得这时光无限好。

江一凛曾以为，自己这颗心是不配心动的。

这一生他都会在奔忙和冷漠中度过，在虚假的面具之下，怀抱着自己那颗满是疮痍的心。他忽然在心里问自己，唐秋，到底是哪里吸引他。

撇开过去不谈，他在情感上是何等理智的一个人，尽管这么多年，要说万花丛中过片叶不沾身是有些夸张，但从来没有过此刻的感受。他像一个带着原罪属性的人，此时不想要赎罪，只想贪恋这一份温存。

这感觉让他心里头不上不下的。他还有那么多事没做，他有什么资格去贪恋？

可是唐秋那嘴角慢慢扩散的笑容却让他想抛开一切念头，就着自己的喜怒哀乐，任性一次。

"是……哪种喜欢？"他的眼睛炽热起来，这道目光让本已经稳下来的唐秋脸再度一红。

"我哪儿知道。"

见她避开自己的眼神，江一凛失笑："唐秋，你总是让我想起一个人。"

"谁？"唐秋猛地一紧张，抬头试探道，"是……你之前说的照片上的人？"

"嗯。"他点点头。

见他眼中并无他样，唐秋像是放了下来，故意跑偏问题："女朋友？"

"不是。"他摇头。

就这样？

"你喜欢她吗？把她照片放在钱包里，你一定……"唐秋有些迫不及待地问道。

"我不知道。"他皱了皱眉头，"但她是我最重要的人。"

"重要到，将来的女朋友都不能比吗？"

"嗯。"他坚定地回答。

唐秋愣了一下，她不知该怎么回应这个"嗯"，是该高兴吗？她可是他将来的女朋友都比不上的重要的人，可心里头却有股别扭的感觉。

"那你女朋友……可能会很不高兴吧。"她低下头道，"如果她不高兴，该怎么办？"

那头的江一凛像是陷入了沉思，他的侧脸埋在膝间，一个高大的男生蜷缩成一团。

像她记忆里的那个瘦弱的少年。

而此时，什么东西闪了一下，灯光剧烈变亮，然后顷刻之间，世界黑暗。

一阵雷声滚滚而来。

她突然慌乱，腾地站起来。

"没事，估计打雷断电了。"他忽然拽住了她的手，"酒店有自己的电力系统，估计没多久会来电的。"

唐秋的手微微发热，手心潮湿，此时柔软地握在手里，小小的一只。

"别怕，有我呢。"

"我没有怕。"唐秋道。这话在江一凛听来有点儿嘴硬，他笑起来。

"你笑什么？"她有些生气地抽出自己的手，"我真不怕。"

借着窗外闪电的光，他看清她的脸，见她小小的脸上，五官之间有份他说不上来的惊慌，像一只小兽。他忽然心里一柔。

他有一种莫名的冲动，让他想要确认一件事。

"你刚才问我的问题……回答之前，我想确认一件事。"话音刚落，她还来不及"欸"一声，他已将她揽进怀里，低头吻了下去。

那是一个让她目眩神晕的吻，其实不过十几秒，却像一个世纪那么长。她的手不知该往哪儿放，整个人像是石化一般，却又逐渐地酥软。她的手下意识地环住他，紧紧地将他抱住。唇齿相依间，唐秋竟有落泪的冲动。

尽管脑子一片混乱，浑身发烫，可心里却莫名感到安全。久别重逢，直到此刻她才真正地体会到他的温度。原来，他活着，他在她身边，他笑，才是让她觉得快乐的事。

不知过了多久，他松开了她，侧脸在闪电的光晕中如同泥雕木塑。

黑暗之中，他侧过头来，那双眸子在黑暗里仿佛发着光。

"确认了。"

然后他轻轻地抓住了她的手。

"很奇怪。真的很奇怪。"

奇怪什么？她脑子里嗡嗡一片，手指微微发抖。

他轻轻地问："那你……你会不高兴吗？"

像梦一样。那夜唐秋躺在床上望着天花板，只能用这四个字来形容。

无论是白天的经历还是晚上的，配上那初冬的猛烈大雨，一切都好像不太真切。她说不上来自己心里的感受，只觉得那个吻让她整个人都神志不清了。

狂喜过后，却是止不住的焦虑。

她真的可以和他在一起吗？哪怕这感觉跨越了友情，跨越了时间，她可以跨越身份吗？

命运真是有趣，十多年后她回到他身边，却彼此都改名换姓，过上了另外一段人生。

最开始她没打算骗他的，明明是他认不出她，可现在……将错就错，竟走到了这一步。

这让她高兴，也让她挣扎。

如果他知道了真相，他会高兴吗？他费尽心思找的人就在他的面前，或者，他会很生气吧，生自己的气，气自己认不出她，也生她的气，气她居然骗他。

可是，她要怎么开口？开口告诉他，她是袁欢，但她又不想面对过去。

此时夜已经深了，下了三个多小时的暴雨让全城小面积断电。

江一凛被盛威临时叫起，赶赴影视城城区的一家五星级酒店。

江沧海来了。

是盛威先接到通知，说江总来了影视城，让他带着江一凛过去一趟。

当时他还以为是老爷子知道了江一凛白天的事儿担心才过来的，他就在附近，便先过去了一趟。江沧海刚做完新一轮的手术，情况稍稍稳定，但离开医院还是有些冒险。见到盛威，江沧海脸色甚是不好，几乎是忍着怒气，只说了一句："你让那小子滚过来，我他妈还没死呢，我随时可以叫停《摘星》！"

盛威没敢怠慢，直接让司机开回酒店接江一凛，结果敲了他门，见江一凛这小子穿着个浴袍，唇角带笑，精神状态显得还挺好。

盛威说明来意后，有些忧心忡忡地问道："江总怎么突然跑过来了？刚也没说什么，就……就很生气的样子。你觉得，出啥事儿了？"

"大概是知道了吧。"

盛威猛地回头："知道了？知道什么了？"

江一凛没有回答。

知道他要做的电影与过去有关，知道他心里还放不下那段往事，知道他迟早……会和江一凛这个名字做个告别吧。他心里清楚，这一天迟早会来，只是没想过是现在。

是他那颗满是疮痍的心，刚刚因为一个女孩而得到一丝丝慰藉的暴风之夜。

父子刚一见面，江沧海就朝着他丢过来一个杯子，江一凛躲了过去，笑了笑："父亲怎么这么生气？"

"你他妈到底想干吗？"因为化疗的缘故，江沧海瘦了太多，整个人有些脱形，暴怒的样子和从前截然不同。

从前的江沧海是自带威严的，带着一股天生的傲慢和优越，精于算计，一切都在他的掌控之中。可查出肿瘤之后，那个非常完美的父亲形象就消失了，他变成了一个惶恐孱弱的中年小老头。不知为什么，江一凛却觉得，这个江沧海比之前的要真实。

"我放手让你做事，不是让你觉得自己翅膀硬了！"江沧海瞪着眼道，"你真觉得我死了，你就可以随便来了？好啊，你小子真是厉害，当初你说要做一个京剧电影，我就觉得不对！还真让我给猜着了！"

他快步走到江一凛面前来，从前江沧海比江一凛矮不了多少，可现在他因病佝偻，要仰头看自己的儿子。

"你想要干吗？"

"达成誓言。"江一凛声音很轻，却斩钉截铁。

"好，你要致敬当年一个纵火犯！你玩得真大！"江沧海咆哮道。

江一凛的脸色一沉："父亲，我说过很多次，袁师父他不可能是纵火犯。"

"这是板上钉钉的事实！好，就算你说得没错，那是个意外，你觉得你了解他，那你以为拍个电影，他就能被平反了？"江沧海冷笑着看着他，"根本没用！十年都过去了，你不过是把一个被千夫所指的罪人拖出来鞭尸！"

江一凛脸上写满了隐忍："我原先也以为是场意外，但事实上不是。既然父亲您今天问我，想来也是知道了内情。其他的我也不多说了。"

"呵。"江沧海冷冷的笑意更浓，"你以为你是救世主吗？我告诉你，你就是一个戏子，你知不知道你怀疑的人现在是什么身份？人家分分钟就可以让你在这个圈子混不下去！"

"混不下去？"江一凛闻言，忽然失笑，"那便不混了。"

"你敢！"江沧海拿起旁边的一个杯子作势又要砸，江一凛没躲，闭上了眼，任人宰割的平静。那一刻，江沧海心里猛地一沉，手垂了下来。

"臭小子，是不把我当回事了吗？我养了你十多年,就比不过那……"想了想，他将"杀人犯"三个字吞下去，"就比不上袁敬意把你当小狗养的那几天吗？"

江一凛睁开眼，目光如炬地望着江沧海。

"父亲对我有养育，也有知遇之恩。袁师父待我，即便如您所讲，如同小狗，也必定是视如己出的狗。他是冲动，但他对我好得也没话说。这么多年，我能为父亲做的，只是听话，听话地赚钱，但我活到二十七岁，还是想做点儿自己想做的事。"

"你这样做，没有好处的。"

"有没有好处我不知道。我想让歆儿回家，我想让她知道自己的父亲不是罪人。即便不能为袁师父洗掉冤屈，起码我也能兑现我当年的承诺，让他老人家九泉之下，看到自己来不及兑现的，得以安心。"

江沧海慢慢地看向他，心中竟百转千回，不知说什么好。

他重重叹了口气，撇过头去。对于江一凛，江沧海的情感是很复杂的。

江沧海第一眼看到这个孩子时，就瞧出了他未来可期。

果然这孩子没让他失望，在他漂亮的谎言下，表演得淋漓尽致。这是个有表演天分的孩子，哪怕是从那种底层地方捡回来，调教没多久就完全瞧不出那之前的习性。就像他撒下一个谎，这孩子就浑然天成地圆了他的谎，圆到他有时候觉得这根本不是一个谎。

这是他向上天许了个愿，上天替他达成了愿望。

江沧海太熟悉娱乐圈的规则了，他将孩子带在身边，用了很长时间一点点儿地把他教成一个谦逊的"贵族"。

眼前的，就是他创造出来的奇迹一般的"艺术品"。这不是江沧海的骨肉，却好像是他双手捏出来的漂亮陶瓷人儿，江一凛符合他所有的审美和期待，并且对他言听计从。

这真是上天赐给他的礼物，又经过他的包装之后，送给了世界。

江沧海是个完美主义者，并且相当偏执，在这点上他其实跟袁敬意其实是相似的。这大概也是他厌恶，甚至敌视袁敬意的理由。

他用了很长时间想抹去江一凛心中袁家父女的形象，却发现根本抹不掉。江沧海几乎倾其所有地给这个孩子一切，他却常常心念着那不过对他有那么点儿收留之恩的父女。江沧海是聪明的，尽管他有些恼怒，但他还是用很多柔缓的方式来限制江一凛去怀念过去。

他告诉江一凛，现在还不是时候，等他大红大紫，等他有了一定的成就，他想怎样都可以。他不可以毁掉这一切，那样，他的师父还有他的那个小妹妹会对他真正地失望。

并且，他太知道花无百日红的道理，盛极必衰，即便是他也无法预测审美的风向。他战战兢兢地捧着陶瓷一样的人儿，不允许任何人戳破他塑造的完美泡沫。

当一场大火将一个女孩的生活变成炼狱的时候，江沧海和他一手捧出来的"儿子"正被鲜花和掌声环绕。所以当那个衣衫褴褛的女孩，妄图用一声凄厉的"卞小尘"戳破它的时候，江沧海几乎血液冲上大脑。

无数的闪光灯像是提前来的审判，江沧海的手指紧紧地扣住江一凛，扣得他生疼，抬头去看他的父亲。江沧海微笑着接过话匣来，将台下那个女孩迅速地形容成一个失控的粉丝。然后他低头冲江一凛笑了笑，他轻声嗫嚅："你知道该做什么。"

江一凛知道，可他有些犹豫。

"交给我，知道吗？什么时候做什么，你该清楚的。"他放心地将他的手松开，在他肩膀上轻轻拍了拍。

那是他作为父亲的宽厚和信任。然后他听到，他的孩子给出了很标准的答案："我不认识她……可能是个粉丝吧。"

他适时地挡住了他的视线，眼瞧着保安将那孩子拖出去，那孩子眼中冒火地大喊："我永远不会放过你！"

江沧海并没有撒谎。这件事，他的确插手了。但那个叫袁歆的小女孩比他想象中难对付得多。他赶过去的时候，她已经将一个保安咬伤了。也不知道到底经过了什么场面，反正他见到她的时候，这蓬头垢面的孩子像只失控的小兽。

江沧海瞧着她的眼睛，竟让他一个成年人都觉得害怕。

他费了很大劲才说服她冷静，这孩子顿时像摊泥一样化开了，哀恸到让人心疼。

他意外地听到了那场大火，听到那孩子边哭边说"他们说我爸是杀人犯，他们冤枉我爸他们还要烧死我"。江沧海的脑子一乱，他就知道这件事没想象中那么简单。

要是让大众知道了江一凛的一切身份作假，那可不是功亏一篑的问题。这孩子刚登上云梯，他怎么能让眼前的人拖他下来？甚至毁了他！

然后他听到这个女孩嘶哑地说："对不起，叔叔，我知道我这样不对。可是我没办法，我没地方可去……"

他太阳穴胀胀的，他得想好一套说辞，而眼前的孩子，似乎比他想的要聪明。

对付聪明人……应该怎么样呢？

他蹲下来，屋檐滴着雨，眼前的孩子哭得梨花带雨。

"袁歆是吧？小袁歆，你的事让我觉得非常难过。可是你能让一凛做什么呢？他不是法官，也不能让你父亲活过来，不是吗？"

眼前的女孩蒙了，她微微张着嘴，看着眼前的男人。

他很温和，却也极其冷漠："袁歆，你要什么？你告诉我？叔叔都能满足你。当然，一凛那边……他拒绝见你。你要明白当年叔叔是给了你爸爸一笔钱的，从此，他跟你们家没有任何关系。他用了很长时间才变成今天这样，你要毁了他吗？你知道他有多害怕你们来找他吗？他为此一直噩梦不断，小姑娘，你还想让他和杀人犯扯上关系吗？啊？你不会说出去的，对不对？"

"我要跟他说话。"

"他不能出来见你。你没听到他说他不认识你吗，小丫头？不然他为什么不出来见你？他让我问你，你要多少钱，他给你。请你以后不要找他了，好吗？"

江沧海害怕眼前的小家伙会发疯，虽然他觉得自己或许摆得平这件事，可哪怕一点点儿风险，他都不想冒。

面前的女孩忽然崩溃，她疯了似的冲向自己，那双手死命地过来掐他。

江沧海猝不及防应声倒地，他几乎是一个巴掌把孩子甩了出去。

雨水打在脸上，他的西服全部湿透，体面尽失地坐起来，远处的孩子趴在地上，半晌没动。江沧海也怕闹出事来，他的心猛地跳动，他迅速爬过去："小丫头……小丫头……"

那不动的孩子猛地回过头来，那双眼睛像刀子一样剜过来，她额上的胎记红斑处已汩汩冒出鲜血，被雨水迅速地冲下来，又源源不断地冒出来。

"我送你去医院……"江沧海几乎心软了，他伸出的手却被袁歆猛地打开。

她眼中有滚滚的怒火，从口腔里硬生生冒出一句："滚。"

"你要多少钱？还是你要怎么样？我给你还不行吗？你跟他是朋友不是吗？小丫头，你说你要多少钱啊？"

江沧海从钱包里掏出了自己身上所有的钱，厚厚的一沓，他也不记得是多少。这原本是准备打点记者用的。此时，在狭窄的巷子口，他将钱塞到女孩的怀中。

"你去看下医生，剩下的钱，去给你爸办后事。后续你有需要，叔叔还会帮你。但是……你不要找一凛，我到时候会把钱都给你，好不好？"

女孩忽然大笑起来，也不知那表情是哭还是笑，然后她忽然将怀里的钱一扬，向着江沧海道："我不需要。"

那是秋天，街上行人不多。人们都聚集在那热闹的礼堂里，观看可爱的小明星的发布会。

忽然漫天飞洒的纸币，在风雨中飘得整个巷子口都是。

人们停了下来，车子停了下来，街铺里的人冲了出来，悉数弯下腰来。

而那个矮小的少女一瘸一拐地，蹒跚得厉害。

屋檐下掩映着一个男人的身影，他体面的西装已经有些狼狈了。他忽然朝着从里头闻声出来的保安喊了一句："快！抓住那个女孩！"

他当时在想什么呢？那时候他不像现在这么心软，他眼里只有算计。那天保安没能抓到袁歆，甚至还被她狠狠抓了一道。

那小丫头像是个随时会炸的定时炸弹，江沧海接下来的几天都派人在找她。

至于江一凛那边，他哄他说，人走了。

"怎么就走了呢，怎么会走了呢。父亲你不是说留她吗？"

"那孩子就是刚好来这边玩，这不，她爸爸催她走嘛，好像要赶火车去。"

"不是啊。"江一凛有些想不通，"可是她那天，她……浑身脏兮兮的。"

"有吗？"江沧海皱着眉头说，"我倒是没觉得。"

"而且，她情绪很激动。"

"傻孩子，看到你那么优秀，看到你有今天，她能不高兴吗？还有啊，她当时确实气坏了，但我也跟她解释了，说那没办法，你那不过也是逢场作戏地否认。"

"她……"江一凛眯着眼，有些迟疑地问，"她还生气吗？"

"她很懂事儿，立即就明白了。你别担心，等过几年，你到时候训练什么的都告一段落了，我亲自把她接过来，行不？"

"那……我可以给她写信吗？"

要瞒像江一凛这样的孩子多容易啊。只要纵容他每个月的一封信，江沧海就可以免去很多麻烦。那些信统统都被他拦截下来了。而与此同时，融城纵火案霸占了几天的新闻头条。

那个女孩再也没出现过。他有派人去她老家。但听说，那个女孩再也没回来过。他当时都没有细想，甚至并不关心那女孩是跑了还是死了，他只盼望着她别被炸出来，能够懂事儿一点，保全他的名声。

江一凛知道了袁敬意的事时已经时隔很久了，十七岁的少年一脸的无法相信，再一细思，才知那天袁歆来找他竟是那样焦灼的情况，江一凛就觉得一口心头血往上涌。

"你为什么要骗我？为什么？"江一凛哭得歇斯底里，已经长成少年模样的他拳头紧握，几乎要将手心掐出血来。

"我骗你难道不是为了你好！"江沧海摇着头道，"那孩子，我留了她，她跑了！我有什么办法？我也到处找她，找不着！何况告诉你你能怎么样？你能把你那师父的命给救回来吗？人都烧焦了，你能做什么！"

"人都烧焦了。"这五个字，江一凛就觉得自己无法呼吸，手松开来，手心沁出了血。

他发出一声低沉却悲恸的哀鸣，那是少年难以承受的痛。

那时候江沧海不能理解江一凛的想法，为什么他明明过上了这么好的日子，却还要为从前那些事心碎？他觉得，是他太过年少了。

十八岁那年，江一凛暂退了娱乐圈，这也是江沧海的权宜之计。

因为袁家的事，这孩子整个人阴郁下去，状态极差。江沧海尽管不甘心，但也知道这个时候不该逼着他前行，于是将他送到了美国。江沧海对江一凛倒没有放逐，除了对他进行心理疏导之外，各项艺能仍在继续培育，他就是等着某一天能够卷土重来。除此之外，他虽然也有在培养其他的艺人，可那些人来来去去，没一个真让他上过心。

对外，江一凛是他的独子，对内，他必须承认，自己年岁越长，越容易心软。可他满以为自己还足够年轻，可突然的体检报告却像是给了他重重一击。

他不甘也不平过，可结局就是如此。

此时的江沧海再一次深深地叹了口气，回眸看着沉默的江一凛时，忽然就想起了那个孩子。算了，由他去吧。

说来，他对那个孩子，也是无限愧疚。到现在她该几岁了？也二十好几了吧。她一直没再出现过，他以己度人的担心的敲诈和勒索，或者哪怕是意气用事的报复，都不曾出现过。

本来一切也都好像过去了，尽管他知道江一凛一直没办法对十年前的事释怀，私自回融城替袁敬意将被人蓄意破坏的坟修缮好，甚至托人给了那守灵人一笔钱代为照应。也一直都没停过寻找袁歆的踪迹。但江沧海都睁一只眼闭一只眼，随他去，他总觉得，年轻人心里那关不容易过，但时间会让这些事情在他心中的比重越来越轻。结果，他认识李念真之后就说要弄个京剧电影，当时江沧海得知李念真和袁敬意有这么一层关系，就觉得不安，但因为身体的缘故，也由不得他多想。没想到，这孩子执念竟那么深，非要闹出点儿事来不可。

江沧海此时有深深的无力感，感觉到他牵引着江一凛的线在一点点儿地从手中滑走。

真当拽着没用的时候，他却又有了种莫名的解脱感。

这段日子病榻缠绵，他想了很多，却更加不明白自己穷尽一生到底在图什么。

"一凛。"江沧海的声音无限沧桑，"你要做什么，我随你去了。我是个将死之人了，你们不说，我也知道。我只是不希望你被牵扯得太多。毕竟……"

毕竟他百目之间无一亲人，这天地里，唯有眼前这个"不孝养子"。

他回过头去，伸出手来拍了拍他的肩膀："要做就好好做，别砸了我的招牌。也别砸了你那袁师父的招牌。对了，那个周什么的，手术准备什么时候做？"

"快了。"江一凛答道。

"这可是个无底洞。他答应你了？"

江一凛没说话。看他表情就知道，江一凛其实没有十足的把握，但似乎也只能这么着了。

江沧海沉思了一下，摇摇头道："既然撇不清干系，起码也别在舆论上被牵着走，别太自以为是，别被人诬了。得小心些，人心很险恶的。还有，如果你非得拆我这么多年的台，那最好也留到我死了以后！"

唐秋整宿未眠，而沈欢一夜未归。她半夜起来的时候颇有些担心，冒着吵醒他被骂一通的风险给李潮东打了个电话，得知沈欢确实是回酒店了。

或许是怕打搅她去别的屋睡了？唐秋看着满屋子沈欢的东西，心里叹息。

次日早上，沈欢默不作声地过来收了东西，气氛有些微妙。唐秋也不想开口了，自顾自蒙头睡觉。待她到了录制现场，看到沈欢和齐思思、苏韵有说有笑，心里就明白了。这是站队呢，可是……有这个必要吗？

而这时李潮东朝她走来，面色戚戚地向她递话道："沈欢不知道咋回事，特约倒是说好了，没来，结果齐思思不知哪儿来的本事把人挪给她了。"

"就是我不必上场了吧。也好。"唐秋道。

"那个……"李潮东似乎有话想说，但犹豫了一下又收住了，"待会儿你过来找我。比赛要开始了。你放心些，即便加分赛没参加，网络投票还占一点比重。"

啧啧。唐秋想着那张剪影，心里抱的希望不大，但是想起江一凛，心里又忽然莫名一暖。

能不能继续往前走，她其实并不是很在意。

而此时，江沧海也在盛威的陪同下，来到了节目录制现场。

节目组虽不是做网综出身，但请来的几个评委是圈内鼎鼎有名的。其中就有江一凛的表演老师林语、著名主持人蒋其陆和当红老戏骨——也就是刘悠悠的伯父沈宽。这时竟临时加了个位置，上面江沧海的大名让众选手都激动起来。

江沧海在圈内有火眼金睛的制作人之称，他眼睛辣、准、狠，一个人能不能红、会红成什么样，据说他看一眼就知道。这两年，虽听说他缠绵病榻，有圈内人透露是绝症，但存在感却未减。这时他突然杀出来助阵江一凛，节目组自然是高兴得不得了。

众人脸上都是挡不住的惊喜或是紧张，却无人比得上唐秋风平浪静的外表下心里的波涛起伏。而当她看到那已和记忆中的江沧海完全不同的人走进视野，身旁人叽叽喳喳的声音便成了背景乐，她有一刹那的失神。眼前人明显是好好地修整过一番的，却难掩重病下的疲倦神态，看上去，比他的实际年龄要老许多。是他变矮了还是她长高了，总觉得，眼前这个老头儿，完全不是十多年前出现在小城，仿佛有翻云覆雨手的那个精明商人。

而这时，那个老头儿仿佛捕捉到了这丝沉重的目光，眉头微微一抬，投过来一个深邃的目光。这目光让唐秋猛地一紧，像是回了魂，知道避不过，于是扯起嘴角笑了笑。

江沧海有些狐疑地看了她一眼，见这女孩身材高挑纤瘦，眉眼分开都不算精致，合在一起乍看一下，却让人觉得有些难忘。只是……只是觉得仿佛在哪里见过。

从前他可是有几乎过目不忘功能的，这些年老了，要从思维大海里掏出一个念头变得艰难了许多。但这熟悉感却浮了上来。像谁？

"父亲。"这时，江一凛也到达了片场，第一束目光是投给唐秋的，他微微笑了笑，然后便走到了江沧海身边。江沧海的"搜寻"被打断，这时回过身来，江一凛已经到了面前，一身白色西装笔挺帅气。

而这时，女演员们已经跃跃欲试地要来打招呼了，带头的自然是齐思思和庄叙如。

齐思思一口一个江伯父，江沧海也给面儿。说实在的，生病以来，有医药背景的齐思思父亲可没少帮忙。再是庄叙如，其实江沧海早就在私底下夸过这个女孩，称她特质醒目，必成大器。江沧海认为明星并不是一种职业，能成气候者靠的是天赋和悟性，选错人怎包装都没有用，就连这次以选角为名头的综艺，其实若是将目的放大，过程根本只是一场秀。他只需要一眼就能从中找到翘楚者，根本不消过那么多关卡来选这么一个人来捧。

只是这时代，金钱至上，人人淘金，淘完金的人淘名。江沧海自然知道个中规矩，齐家要花这冤枉钱，便由着他们去。

有钱人嘛，在很多游戏里，作为人民币玩家，是真的能把部分不够底气的主角给沦为配角的。

——介绍完自己，只剩下唐秋站在队尾，见江一凛冲她点点头，意思是让她上前打个招呼。

唐秋早已调整好自己的心情，以唐秋的名义做个生涩又尴尬的自我介绍，这并不难。

可她刚一上前，便见江沧海不避讳地用审视眼神看着她，似乎想将她的五官拆分出来做个方程式。她莫名心中一紧，张了张嘴，竟半晌没说出话来。

江一凛便接过话匣，那么多女孩，他唯独成了唐秋的代言人："父亲，这位是选手唐秋。"

"演过什么戏？"江沧海始终算不上慈祥的老人，皱眉问她，"总觉得有些眼熟。"

唐秋只觉得手心有汗，面上恢复了平静，低头道："跑过很多场龙套，竟能被您眼熟，很荣幸。"

"不不不。"他却摇着头，江一凛略一思忖，抬头看了一眼唐秋，这时听到江沧海叹了口气，"想不起来了。也罢也罢。"

这厢舞台灯光已经准备好了，第一个登台的沈欢已经严阵以待，她依旧像当初一样上场前紧张，可这一次身旁却围着苏韵和齐思思在为她加油打气。

投票通道今夜就要关闭了，晏城东岸的某个网吧里，周子豪揽着老板的肩，嬉皮笑脸。

老板正大声地跟满网吧的年轻人道："大家游戏停一下啊！停一下！现在呢，有个福利要发放给大家。"

众人好奇抬头，听网吧老板继续说下去："大家有没有看一档综艺节目叫《摘星》啊，其中的九号选手是我兄弟的妹妹！对！就是我身边这个超级无敌大帅哥！"

周子豪轻咳一声表示尴尬，有我这么五大三粗的大帅哥吗？

"所以呢，要麻烦大家打开网页动动小指头！今天给九号唐秋投票的，包三天的网费！"

网吧里一阵欢呼，众人纷纷点开网页，鼠标按键声此起彼伏。

Chapter9
全力以赴

二十四小时的准备时间，其实并不算充裕，但这些年轻的姑娘铆足劲儿地展现自己。在镜头前，比之前要自如许多。要说表演多精妙，倒谈不上，但林语老师一众也都露出满意笑容。

唯江沧海一人，凝眉略失望。

在他眼里，这些表演都平平无奇，就连庄叙如，尽管台词顺溜，表演精准，却也像是缺了点儿什么。

于是，一个高分都没有打出。

李潮东他们正准备收工统计票数，一会儿还要把女选手们分组进行采访，相互点评演技，台词自然是要"精心雕琢"提前准备的。

而这时忽然听到江沧海开口道："慢着……"

欸？众人看向他，却见他目光扫了一圈，落在一旁的本场"局外人"唐秋脸上。

"是不是还有个姑娘没表演？"

江沧海是临时加的重量级嘉宾，傅制片也没来得及讲明白原委，李潮东刚要解释，老傅这个精明人儿却眉头一撇，一把拉住了他。

傅制片虽然看起来大腹便便的，但其实比起李潮东这种假聪明，他才是老油条。江沧海能来是个天大的事，自然要把这料的价值榨得更多一点儿。一路这么平平下来，他看着都着急，没料到江沧海居然对唐秋有了这层印象，他便顺杆而下："江总，这位唐小姐，是我们最后一名选手，我们是这么设定的……"

说罢，也不顾众人诧异的表情，一本正经地道。

"为了节目的多元性，我们选出了一位作为这个比赛的意外惊喜，可以由江总您出一个命题，让她临场发挥。当然了，唐秋自然是最合适的人选。她表演过关，人也聪明。所以，可否请江总出个题？"

这一下，众人面面相觑，唐秋更是无语凝噎，在那儿站也不是，坐也不是。

人家都有二十四小时的准备，而傅制片突然杀她个措手不及，弄好了是节目的亮点，弄砸了是节目的炒作点，到时候江沧海毫不留情一顿批，上热搜不在话下，对《摘星》自然是好事儿。

可眼下，她似乎是骑虎难下了。

就连一旁的江一凛都问了句："那唐秋是否可以重新进入加分选项？"

"完全没问题。"傅制片可顾不上苏韵等人的不悦，非常爽快地道，"这可是唐秋的好机会啊。怎样，唐秋？"

唐秋的脑子登时一片空白，而此时，江一凛忽然起身，轻褪去自己的西服，里头是一件青灰色的衬衫。

"那，我来当她的助演嘉宾吧。"

唐秋仿佛听到耳边有风而来，像是十多年前他们在那黄昏的草坪编撰各种各样的剧情对演。

他跟她说："歆儿，长大了，我们就到大舞台上去演给大家看。"

"演什么呢？"

"什么都好。反正，你是我的女主角。"

稚子说起这些，仿佛一切都唾手可得。而理想落入现实之时，她却仿佛看到了当年的自己。

卞小尘，记得吗？十多年前，你我曾演过一场戏给面前这个男人看，最后，你赢了我，我们分别。

那这一次，会是什么样的结果呢？

她低了低头，然后扬起一张毫无畏惧的脸来："好。"

唐秋刚被卸下的主角光环又重回，这自然让其他八位都倍感不爽，就连此前一直为唐秋说话的庄叙如也觉得未免有些不公，她站出来道："我倒觉得临时出题是个考验演员临场反应的有趣挑战，我申请与唐秋有同样的赛制，之前的加分，我可以不要。"

这一下，其他几位选手也都纷纷而起。

"而且，唐秋临场发挥，打分标准和我们的不一样，我觉得，这不管对她还是对我们，都不公平。"

傅制片眼看引火上身，要每个都来那么一下，时间肯定不够的，于是咳嗽一声道："这样，这一场的主咖是唐秋自然说不过去，找江一凛做助演，确实对其他几位不公平。我认为，唐秋可以在已经完成表演的几位女选手中，挑选一个作为搭档。"

他顿了顿，嘴角勾了勾："也作为对手。你们的分数已经被统计完，现在先不公开。唐秋这一场作为挑战者出发，可以挑选一名选手进行合作PK，在合作完成评审出题后……如若被挑战者的成绩更加优秀，便可使原有的分数翻倍，反之，唐秋能够掠夺对方的分数。"

这守播掠夺战的规矩一出，原本平和的加分赛现场顿时热闹起来。

而这时，原本跃跃欲试的女选手们，态度复杂起来，因大家都不知道自己的分数如何。

江一凛默默看了唐秋一眼，似乎对这样的安排也无法有异议，眼神微微弯了弯，算做鼓励。

唐秋收到眼神，回眸看李潮东，后者道："那……唐秋来选择吧。"

唐秋的目光转了一圈，刚要开口，忽听到齐思思站了出来："唐秋，我希望你能选我。"

唐秋答应了齐思思的请求。

其实她并不是不在意这点儿分数，毕竟她也没有那么的佛系，尤其在见到江沧海之后，她其实很想做点儿什么证明自己。

选齐思思的结果会怎样，唐秋心里不是不知道，齐思思今天的表演，是唯一一个让她觉得有些刮目相看的。从一开始的生涩和放不开，到今天舞台上的进步，这个养尊处优的"白富美"还是在拼命地努力的。否则，她毫无必要再冒险让唐秋选她。

唐秋知道超过她其实不难，但要拿到这分数，得在临场发挥里超过许多才行。

江沧海略有所思，将出题的任务甩锅给了林语。他毕竟是大有名气的表演老师，稍思忖之后，便给出了命题。

题为《姐妹》。需要二人做出三个不同情绪转换的表演，表演形式需要合作，时长各为一分钟。

三种情绪分别是爱，嫉与恨。

众人屏息凝望台上拉着手的二人，随着林语老师那充满舞台腔调的画外音开始。

"这是一个宁静的午后，亲密无间的姐妹二人，在等一个她们都爱恋的男子……"

话音落下，齐思思松开唐秋的手，转了个圈，面上是天真的期许："姐，你看我今天这一身，如何？"

唐秋瞧出齐思思反应敏捷，心里倒不怀疑这又是她未知的、已设定好的环。林语刚才话一出，齐思思便有个不易察觉的微表情。

唐秋知道，这个命题，齐思思一定做过。也就是说，自己接下来很有可能被齐思思有所准备地杀个措手不及。

　　她心里飞速地琢磨命题，此时，唯有本能应战，争取把节奏咬住。唐秋接过话匣，莞尔一笑："缺了样东西。"

　　忽将手伸进口袋，像是掏出什么。

　　手中是虚的，用的是无实物表演，众人被她吊起胃口，盯着她手。只见她将手微举，指尖像是衔着什么。

　　齐思思微微一怔，却很快留住状态，做惊喜状地伸手过来接她手中的"东西"。

　　唐秋却一笑闪躲，一把捏住她的手腕，在她惊讶时，忽将手中虚物在她头上轻轻一别。

　　哦，众人恍然，是个发卡。

　　唐秋这时温柔地望着齐思思，耸肩道："这样才够好看。"

　　齐思思拉起唐秋的手，抬起那双此刻弯如新月的眼睛："姐，这世上人人虚假，只有你待我是真心的。我记得很清楚，几年前的夏天，我俩攒钱决定坐火车去见他，最后只够一张票，你把机会给了我……"

　　秒表就在前头，齐思思话未停，咬字慢却不容置疑，竟是让唐秋无话可插。

　　而这时，时间截止，第二话"嫉"字样已被高举。

　　此时，齐思思已经拿准了节奏，调性已然，却话锋急转，一下甩开唐秋的手："但他却还是喜欢你。你又何必要我呢？"

　　但见齐思思情绪激动，肩膀抖动，像是铆足了劲地委屈。唐秋刚想开口，齐思思却又一次抢过节奏，语气哀婉："你哪里比得过我？论身材，论相貌，论家世，可为什么偏偏……"

　　齐思思猛地将头发一拽，情绪激动地拽下那头发上虚扣的"不存在的发卡"，往地上一扔："你凭什么？凭什么得到他的喜欢！"

　　情绪被点燃起来，众人像是未见过这样的齐思思，却不知她此时正是本色出演。她将一份嫉发挥得极其真实，配合起几个私下里她会露出的小小细节，跺脚咬唇，活脱脱一个被嫉妒绑架的小女人。

　　李潮东替唐秋捏了把冷汗，原本以为这场比赛会比较温和，却万万没料到齐思思竟如此拼命。

　　只见唐秋不慌不忙，露出了一个笑，忽然蹲下身去，将那地上并不存在的"发卡"捡了起来，却蹲着未起，不疾不徐地道："你忘了吧？这发卡，是你送我的。没错……"

　　唐秋缓慢起身，昂首靠近她。

　　"我是不如你的，论身材，论相貌，论家世……样样都不如你。但要论一颗心的纯粹……

妹妹，你大概是不懂得什么叫真心。你不需要真心，你这一辈子，想要什么，都有人拱手送来，你以为，你喜欢一个人，想做成一件事，那个人便是你的，那件事便如你所愿。"

唐秋忽然叹了口气，将情绪拉回："我何尝不嫉妒你，嫉妒你有这样的人生，可我……"

话音未落，便见齐思思一把冲将上来，一双满是恼怒的眼睛，大有被狠狠戳中的痛楚。她极力按捺着自己，面色竟有些发红。

"你以为我不知道你背着我们做的那些事吗？你身上到底有多少不能说的秘密啊？你如此虚伪，难道不怕有一天，一切败露，大家看到你的真面目吗？"

齐思思节奏把握得当，这一下，恰好压在"恨"篇章的开始，只余一分钟的高潮时间，她肩膀起伏，咬牙切齿地表现着恨。

唐秋黯然笑了笑，齐思思说得不错，不管是她真实想法还是她角色的台词，都说得没错。

"怕。"她忽然面朝台下，眼神里仿佛闪过一丝寒光。

"我怎么不怕，我怕得要死。但你有试过刀子剜在心里的滋味吗？"

她声音并不大，可字字吐如泣血。

"你有试过它在你心里，狠狠地将你的本心剜破，用背叛，用离散，用死，用血，将你的心割得支离破碎的滋味吗？你不得不变成另外一个人，你不得不戴上你的假面，装作心还完整的样子，你以为，我可以对命运、对人性说不吗？"

说最后那一个字时，唐秋只觉得心口一阵热辣，像是她描绘的场景此刻正在上演。她未咬牙，却拳头攥紧，仿佛忍着痛。

她觉得自己的表演糟透了，她怎么能让情绪泄露成这样？

唐秋极力克制自己情绪的刹那，台下的林语忽然忍不住鼓起掌来，满脸惊诧。

"这一段！可真是好！"

唐秋收回自己的情绪，轻轻侧头，还未泄露的眼泪重新回到了眼窝，然后与齐思思并排站定，等待评委点评。

江一凛正微笑而鼓励地看着她，而江沧海低头与旁边人正在说着什么。

接下来便是投票环节。

林语这时难掩自己的欣喜，向唐秋道："唐小姐这段台词说得真是好，不像是临场发挥出来的，真是……"

这时挨了齐思思的一个哀怨眼神，话锋一转道："不过，从整段表演的稳定性和情绪的递进性，我觉得，思思要更胜一筹。抱歉，我把票投给思思。"

台下发出细微的惊呼声，似乎有些意外，但唐秋没说什么，微微颔首致谢。

这时投票权过到一旁的沈宽手上，他微笑的双眼扫过台上的二人："两位真当是叫我刮目相看，这样临场的演出，新人不怯场就已不错了……尤其是齐思思啊！"

眼看着沈宽对齐思思露出疼惜眼神，众人了然，结局已定。

"情绪表达得非常精准。"沈宽夸完齐思思，大概是觉得说服力不够，毕竟是要上电视的，总要讲些理由，"我觉得唐小姐虽然不错，但在情绪上，不如齐思思给的力道足。而且台词稍微有些重了，影响不好，影响不好啊。你一小姑娘，把自己说得那么惨，不合适！这情感啊，就不真实了。所以……"

唐秋心里冷笑了一下，并无二话。

沈宽正要让比赛尘埃落定，却听一旁的江沧海突然开口，语气颇有些寒意："沈老师是觉得不够真实？"

沈宽愣了一下，尴尬地道："江总，的确是这样啊，你看，这小姑娘也不过二十出头的年纪，没伤没病没灾的……虽说咱表演高于生活，但好歹也要来源于生活嘛。我觉得，还是小而美比较容易打动人心。"

"那我便不用投票了。"江沧海冷笑一声，"沈老师与这位女选手，可认识？"

"哈？"沈宽一怔，"当然不认识啊。"

"那如何能评判她所经历的情感并不真实？"江沧海面色如霜，眼神却如寒光，"我不想去质疑这位女选手过去的经历，我只想说，这场表演，她并没有不真实，她所说的话，也是沈老师，甚至在场大多数人，没有见过的却真实的人生。我倒是觉得，这一场，唐小姐的表演层次更深，她是内敛的，情绪都在眼角眉梢，这是表演的天分。尽管齐思思这一场很让我欣慰，但我这一票，只能给更出色的那一位！"

晏城西岸的黄金楼。

铺金的地板，奢华的装修，仿佛与狮子洞是另外一个世界。

这日夜里，黄金楼并不太平，周子豪挥着拳头情绪激动地砸向一个光头的男人，那男人鼻腔出血，却毫无反击之力。网吧老板带着一窝小弟，八百年没打过架了，这时挥起板凳大有重返江湖的范儿。一旁的赵睿神色纠结地站着，竟不知该站在哪边。

光头男人便是蛇哥的手下。当年周子豪入狱之后，他步步紧逼唐秋和周蕊，若不是唐秋以命相搏怕是不会有今日。本来这件事已经过去，甚至连赵睿都不敢跟周子豪提，偏光头老张在这偶遇周子豪，喝了两口酒上头，拿唐秋吹起了牛，讲的是"子豪兄，你可得谢谢我，你妹妹，当年要不是我放她一马，现在指不定在哪个会所里做小妹呢。不过，以你妹妹的姿色，做个头牌，也没……"

话音都没落，一颗牙便被打落。

眼看着包厢成了斗殴现场，保安不够用，闻声而来的经理正哆嗦着拿着手机报警，在刚通之时却被人摁了下来。

"等等，我来处理。"

说话的，是在隔壁用餐的柳老板。而此时，包厢门洞开，桌前几位穿着布衣褂子的中年男子回头看了柳老三一眼，像是对外头的打斗声碗碟声充耳不闻，回眸仍盯着那简易台上的二人。尽管两人也不过是普通装扮，可那抬眉手势，唱腔已起，是一出《三家店》。

"将身儿来至在大街口，

尊一声过往宾朋听从头；

一不是响马并贼寇，

二不是歹人把城偷……"

柳老三三步并做两步，在周子豪要将一个红酒瓶子摁到那满嘴污秽的光头脑袋上时，一把拽住了他的胳膊。

红了眼的周子豪暴跳如雷，险些殃及无辜，一扭头，看到柳老三那慈眉善目的脸，一时呆住。

光头男趁机从他身下狼狈挣扎逃脱，抱头鼠窜却跳脚叫嚣："周子豪，你丫给我等着！你可知道这是谁的地盘！"

周子豪眼看这厮嘚瑟，正要提步上前，柳老三轻手一拦，微笑着道："地盘谈不上，但这正是我柳老三的黄金楼！"

影视城天已黑，雨水充沛的初冬，风中裹挟着寒冷。

江一凛刚接受完节目采访出来，没见着唐秋，便假装闲逛地找她。

不多时，便瞧见唐秋穿着一件薄衣，在后门的台阶上看着外头的雨帘。他心里有些莫名的凉意，正要上前时，忽见她身后有个人影闪现。

江一凛的神经一紧，下意识退进阴影里。

一声沧桑又低沉的"唐小姐"让唐秋回了眸，在看到身后的江沧海时，她的心跳停了半拍。

逆光站着的江沧海，脸上有外头雨夜折射的清冷，让他略佝偻的身躯更显得孱弱阴郁。

唐秋不知该不该站起来，该说什么，就在这时，忽听到他压低声音说了句："好久不见。"

"雨停了。"唐秋在台阶上忽然这么说了一句，回头看向走向她的江一凛。

他走过来，在她身边坐了下来，唐秋阻止了一下："脏。"

他没搭理，将双手搭在膝上，身子微微前倾："他和你说什么？"

唐秋犹豫了一下，忽然笑道："说……要捧我做一线女明星，你信不信？"

若是昔日，大概会信吧。他眼里唐秋有这样的资质，不仅仅是情人眼里出西施。他可以看出江沧海瞧唐秋时眼里的光，但似乎那不是看明珠的光。

"说实话。"

"其实是怕我对你有威胁，想让我离你远一点。"这是实话，只是，是多年前的实话罢了。这时候说起来都不会伤心了，眼神里带些狡黠。

"真的？"他露出将信将疑的脸色，十分配合。

话音刚落，她冰凉的手被他握住，他抬起眉头笑道："那你是怎么拒绝他的？"

唐秋只觉得心里一阵热流，那低迷的情绪因他一个笑而回暖。

"你怎么知道我会拒绝他？你知道的，我爱钱，他若是给个合适的价格，我是会……"

他微笑着移开目光，望向夜色。

"所以，你又是怎么拒绝钱的？"

江一凛的眼睛真好看，配上这清冷夜色，像一颗夜里绽放的明珠。

是多少钱都换不来的好看。

她回握住他的手，这时忽然听到身后工作人员的催促声，下一个环节马上就要开始。

他起身将她扶起来，这时忽然揉揉她的头："虽然没有拿到加分，但接下去的比赛，我知道你没问题。"

"这么笃定吗？"她故作轻松地玩笑道，"怎么的，角色是为我量身定制的啊？"

江一凛的眉头轻蹙，意味深长地看了她一眼，那几乎要脱口而出的话再次咽下去。

"加油。"

望着唐秋的背影消失，江一凛脸上的笑容也慢慢消退，甚至露出些许沉重来。

他转身进了一条小巷，沿着黑暗的小巷走了一会儿，便见江沧海的车停在水洼之中。

江一凛拉开后车门，坐了进去，向司机示意，后者乖顺地下了车。

一旁的江沧海闭目养神。

"父亲找唐秋说了些什么？"

江沧海徐徐地睁开眼，见江一凛神色忧虑，道："自然是该说的话。"

"父亲！"江一凛语气加重。

"你放心吧。"江沧海摇摇头道，"我还不知道你的性子，我都这样了，还能对她怎么样？"

江一凛神色一怔，迟疑道："父亲……知道她……是……"

江沧海未曾否定，只叹口气道："第一眼看去，还真完全认不出来。只觉得哪里见过。不过，台上那个眼神，却是我怎么都忘不了的。一凛，人的眼睛会骗人，但最不会骗人的，也是眼睛。

"我向她直言，她却不慌不忙地否认。先前，我质疑过她出现在你身边的目的……"江沧海思忖道，"如果这孩子真要陷你于不义，早就这么干了，何必等到现在？一凛，你是何时发现的？"

江沧海抬头，却见江一凛有些失神，半晌没接话。

"原来，你并不敢肯定是她。"江沧海摇头道，"不过这也不能怪你。她也不希望你认出她来。"

"我竟真没认出她。"江一凛苦笑道。

最开始见她时，并未太过注意，待到后来心生疑窦，鬼使神差让盛威去查了她的情况，是完全对不上号的。可为什么，还是会有一丝熟悉感呢？在他摔得头昏目眩的时候，嗡嗡的脑袋里听到的"小尘"二字，竟不是他的幻觉。

"不。不能怪你。"江沧海摇头道，"对了，她还不知道你认出她吧？"

江一凛未接话，看着父亲。

"刚才，我听到消息，说方编剧已经决定把你当时给的剧本内容公开。你写这样一个身份的人的故事……当年都没被弄大的案子，时隔十年，你认为真的有必要吗？"

江一凛避开眼睛。

"一凛，当年我怕你因为那些个负面新闻被波及，才这么做。是我的不对。如今我得这病，也算是报应了。你现在想做些什么，我不拦你，甚至会尽我的力量帮你。但你有没有想过，如果她现在只想做个普通人，只想用唐秋的名义活下去，你这样把旧伤疤揭起，她会怎样？她会从一个好不容易适应了的身份，重新变回一个杀人嫌疑犯的女儿！"江沧海剧烈咳嗽，良久，看着江一凛道，"没有人愿意做杀人嫌疑犯的女儿。你确定你要这么做吗？"

江一凛拍着他的背，表情却平静得像是不容置疑。

"正是因为没有人愿意做杀人嫌疑犯的女儿。"他斩钉截铁地道，"所以，我必须这么做。"

从节目组回到酒店，已经夜深，唐秋才刚进楼里，便被李潮东拽到了旁边空荡荡的会议厅里。

"干吗呢你。"唐秋轻骂道。

李潮东白她一眼，一把将手机塞到她手里："呸，你以为我乐意呢。你哥非要跟你通话！"

唐秋"啊"了一声，接起电话，那头周子豪声音洪亮，一听就是喝多了。

"妹子啊！"周子豪先笑了一阵，"哥今天差点惹事儿哈哈哈哈！"

"你疯了吧你？怎么喝那么多酒呢？"

"哥告诉你！我不是跟你说过，以前在里头认识了个大哥吗？他居然是黄金楼的大股东！黄金楼你知道吧？哈哈哈哈，今天，哥在黄金楼把光头给揍了一顿！"

周子豪打了个饱嗝，未等唐秋开口骂他，就老老实实地发誓："哥以后再也不冲动了！冲动是魔鬼！哥有工作了。我这个大哥啊，跟我说，让我以后跟着他干，是正经生意……他之前啊是被朋友坑了才进去的。他人特别好……呕……"

那头周子豪已经吐了个半死，唐秋这厢正担心得不行，忽听到对面传来一个中年男人的声音："姑娘好，我是子豪的朋友。你放心，我会把他安全送回去的。"

唐秋只觉得这声音无比耳熟，像是在哪儿听过。

话音刚落，干呕完的周子豪又夺过了手机，朝着手机嚷道："秋，柳大哥说了，投票落后没关系，他去拉票！他……呕……"

电话彻底挂断了。这个周子豪可真够让人操心的！这位大哥又是何人？黄金楼的老板？她不免有些担心起来，可转念一想，周子豪又有什么可被人贪图的？

"你怎么了你？你哥没事儿吧？"

"啊。"唐秋恍惚回来，"没事儿呢。"

"唐秋，你的票数啊'噌噌噌'在往上爬！"李潮东得意地道，"按照这个速度，通道关闭前，冲进前三没问题！怎么这个表情，不高兴啊？"

"哈？高兴死了！"唐秋答道。

李潮东看着她的票数"噌噌噌"在往上涨，觉得与有荣焉。

唐秋倒是觉得无所谓，不过看着李潮东的兴奋劲儿，也不由高兴起来。

这时，身后忽然有脚步声，门口出现的人竟是江一凛。

李潮东是个聪明人，见江一凛的眼神，心里就明白了几分。他很识趣地走到门口，提醒道："那个，你们有啥事儿赶紧聊啊，聊完赶紧上去。被别人瞧见又要闹不太平了。"

身后的李潮东已经走远，唐秋开口道："你明早是不是又要去跑通告？"

"新加坡有个发布会，不得不去。明早的飞机直接从这边走。很快就会回来。"

"一路平安。我先回去了。"唐秋正要与他擦身而过时，忽然停住，以飞快的速度踮起脚尖轻轻用嘴唇碰了碰他的脸，不等他反应过来，便已跑出了会议室。

门口听到李潮东哎哟了一声："走路看不到啊！喂，你踩到我脚了！"

他伸出手来，轻轻地用指尖碰了碰自己的脸，嘴角微微上扬：这丫头。

半个小时之后，唐秋听到门铃乍响，见门口站着面无表情的李潮东。

"干吗？"

"有人叫我带话给你。"

"啥？"

"叫你等他回来。"李潮东翻了个白眼。

关上门，唐秋将右手缓缓地放在胸口。那是一颗曾经支离破碎的心，现在仿佛被温柔的蜜糖覆盖。

她直起身子，将头发束起，看着酒店镜子里的自己。今天，江沧海认出了她，他同她说，好久不见。

尽管唐秋否认，歪着头反问他："江叔叔，我们并没有见过。"

江沧海却只是微笑着摇了摇头："我不知道你今天在这里的目的是什么，但是我信你不会伤害一凛。那我只能寄希望于你，能让这孩子不要做伤害自己的事。他这孩子时常感情用事，只有你能劝一劝他。不管你是谁，我都希望，你能保护好他。毕竟我护他周全的日子不多了。我能跟你说的，除了抱歉，就只有拜托。"

他目光如炬："袁小姐，我希望你能答应我。"

这时候的唐秋尚且不知道，江一凛会做什么来伤害自己，只是江沧海那苍老的眼神如此笃定，让她都不免动容。

那可真是一双慈父的眼睛啊。

她莫名想起她的父亲来——袁敬意在死之前，是否曾有过这样的机会，想一想她，想一想他这个除了他再没有别的亲人的女儿？

那颗安定的心再度疼起来，唐秋勒令自己不要再想下去，走到洗手台前，用冰冷的水洗了脸。

"过去了。"她当时也是这么对江沧海说的，"我可以答应你。但我也希望您明白，我现在叫唐秋，只叫唐秋。"

如果说之前，大家都是各自展露拳脚，在各自圈定的范围内分开决战，这一次，却是将她们放在一起"厮杀"。

分组名单一出来，唐秋竟跟齐思思和沈欢分到了一组。

接下来是选剧本，因《摘星》选秀节目的特殊性，这次的剧本多数选用原创剧本，也大有扶持本土编剧的意思。因此，到手的剧本厚厚三沓，光是看完就花了她们一整个下午的时间。

拿到手的三个小场景剧本水准相差不大，年代倒是相去甚远。都是和戏曲相关。

唐秋组抽到的剧本，是民国背景的。

她和齐思思的梁子其实早就结上。最尴尬的是沈欢，之前和唐秋算是莫名冷战了，突然又被分在一个镜头里。

沈欢台上的演技不差，生活里的演技却令人担忧。

唐秋其实猜想过沈欢这样做的理由，恐怕和李潮东偷递给她的剧本和本来安排的"意外"有关。这事儿，毕竟是经了傅制片点头的，那么，苏韵也有可能会知道。这么一来……

那天早上沈欢回来收拾东西，怕是看到那两页剧本了。说实在的，唐秋连打开都没打开过，却发现了上面的折痕。

只是，唐秋觉得自己没错，她没必要向沈欢解释。

人和人的关系可真是微妙，如果这么不堪一击，那垮了就垮了吧。

知道这一次的比赛的表演指导老师是李念真之后，其实唐秋也不意外。毕竟早知道主题为京剧，也知道李念真在圈内的分量，但就是一桩接一桩地来，让她觉得有些措手不及。

他们组的这出戏，讲的是上个世纪 20 年代，相貌出众、才华横溢的周家二小姐恋上了留学归来的陆少爷，苦于自己不懂男女情事，便带着自己的贴身丫鬟向父亲新纳的貌美姨太太"取经"。姨太太陈周氏伶人出身，举手投足皆媚，背地里被周家二小姐腹诽狐狸精，二人并不对盘，但周二小姐听闻陆大少喜爱听戏，"迫不得已"放下架子来学，个中憋屈不足外人道也……待到邀陆少来那日，却怎料丫鬟莲香抢了她的风头……原来莲香卖进府前曾有过戏曲功底……

比赛时间比之前充沛许多，两天一夜的时间，三组人将会在老师的指导下进行排练。这次的比赛将小范围直播，在影视城弄得风生水起。

李念真作为总指导，主要辅助的是戏曲方面。表演上找了三个圈内年轻却严苛的表演老师进行分组督导，有点教练的意思。派到她们组的老师姓裘，名锦，长得精瘦，脸上刻着两个字——"很凶"。

不管是对关系户齐思思，还是对沈欢他都不太友善。试词的时候简直快把人骂哭了。

"没吃饱饭是吗？声大点儿，你以为咬耳朵呢！"

"别给我耍大小姐脾气，今天我说了算，让你重念就重念！"

最后到唐秋，裘老师化身吐枣核的裘千尺，骂得那叫一个狗血淋头。

三个人的戏份其实差不多，齐思思被选中了周家二小姐这个角色，也算是量身定制。按照年纪和身段，沈欢虽然更垂涎陈周氏这个角色，但还是被派给了莲香。唐秋自然就得演这个戏子出身的陈周氏。

虽说是戏曲题材，但也不过是抛砖引玉，女演员们皆未接受过系统训练，所以唱词极少。只是举手投足，要有那么点样儿罢了。

众人忙里忙外，为明晚大秀做着各种努力和准备，却不知表面淡定迟钝的唐秋心里早已如油煎火燎。拿到本子，枯燥地念着词，跟着裴老师如东施效颦般笨拙地学着伶人手势……

那些手势她本就会，即便多年不用也是信手拈来，却偏偏要装不会。

这会与不会之间，竟让她笨手笨脚，台词也乱了套。唐秋的不在状态加上肢体僵硬，终于让本来就暴躁的裴锦直接爆炸，指着她的脸直接开骂："你这演的是什么玩意儿！简直 x 蛋！这他妈是个比赛，你要是不想比，不想演，早点儿收拾包袱滚蛋！"

说完，他直接大步朝着唐秋走来，在离她一寸的地方停了下来，面上的愠恼一转，似乎她是个不开窍的榆木疙瘩。

"你到底打算不打算好好演？"

"我尽力了。"说真的，唐秋也有些怵。

"尽力？"裴锦冷笑嘲讽，"唐小姐，就您这点功力，竟能得到江总称赞，不得不说，江总真是老了。"

唐秋不言，裴锦指着这一方小台："瞧不起这舞台是吗？你知道这是多少人梦寐以求的地方？好了，我管你有什么后台，有谁护着你，就算舞台是你家造的我也照样骂你！"

齐思思像被戳中，嗫了嗫嘴，却也不敢言语。

唐秋依旧没说话，只是手指紧紧地攥着，指关节微微发白。

"对不起。"沉默良久之后，唐秋掷地有声地道，然后她抬起眼睛，并不畏惧地望着裴老师怒气冲冲的眼睛。

这时，身后传来李念真大师的声音："裴锦，这是怎么了？"

裴老师这时见李念真过来，便没再继续发作，只是这人真性子，尽管尊重李念真，却还是不愿意做个趋炎附势的主。

这时，李潮东上前解释道："李老，没事儿没事儿，就是裴老师比较严格……我们女选手可能还不适应……"

"我严格个屁，这是基础要求！基础都达不到，谈什么上台！"

李念真看了一眼三位女演员，向着裴锦和颜悦色道："几个姑娘估摸着是拿到自己不擅长的题材蒙了。"

"不擅长？拿到什么角色就该演什么角色！"裴锦气呼呼道，"不然还要拿剧本给你量身定制，最好再调个人设吗？我呸！"

李念真跟裴老师一比，简直让众人如沐春风，他安抚完怒气冲冲的裴锦，走到了"肇事者"唐秋的跟前。

"小裴老师看重演技，希望你们这些未来的中坚力量也能够秉持着'演技才是王道'的宗旨。"

唐秋缓缓抬起头来，看着面前已经鹤发的李老，心里头忽然有些哽咽。

袁敬意曾经就是跟着他学艺的吗？就是他让袁敬意心心念念，一定要和其合作一部现代京剧大戏，一定要被其看得起的那位老师吗？

看起来那么和蔼，那么可亲。

却也……那么地不真实。

"你们试演一段，可以吗？"李念真的提议是温和却也是不容拒绝的，"一小段便可。"

裴锦虽然刚才差点儿走人，但很快回到了角色，拍着掌指挥她们最熟稔也最关键的那场戏。

三人各自踩点，准备开始。

唐秋提了提神，指尖狠狠地戳了戳自己的手背，留下了一道深深的印子。

别在李念真面前丢人的想法像是戳进了心里。

比之前的要好些，没那么僵硬不情愿，但依旧没找着门路似的隔了一层。

这一段里，众人皆有一段唱词，原先只求差不多，毕竟都是一群没有练过功的门外汉。齐思思倒是早就学了一阵子，这时亮了嗓子来唱："看云敛晴空，冰轮乍涌，好一派清秋光景。"

外行人如李潮东顿时觉得眼前一亮，就连裴锦也是比较满意地看向了李老，看得出来齐思思是下了狠功夫的。

但李念真看了眼剧本，眉头紧凝，对裴锦说："唱得是不错，姑娘们也都很聪慧，但我们不能操之过急。我觉得几个演员还没了解自己的角色。我建议，让她们再熟悉一轮剧本再开始排吧。现在的剧，没魂。"

众人闻言，才明白，比起裴锦，李念真才是真正严苛的那一个！

这厢李老给了建议，裴锦也觉得没错，因此给了大伙儿一个小时的时间。

手里的剧本不厚，可唐秋的心情却莫名有些沉重。齐思思和沈欢各占一边，裴锦甚至放起了几个名曲名段，恨不得给她们造出个戏班子一般。

唐秋趁着工作人员不注意，抱着剧本到了无人之处。

身后的京剧声远了，一切都像是一场梦，梦的是她的前世。

唐秋深深地呼吸了一口，心脏钝钝地跳动着，方觉得一种又恼又悔又自我厌恶的情绪涌上心头。

"唐小姐？"唐秋的心态差点崩时，身后的声音让她瞬间身子一凛，迟疑了三秒，回头看向李念真。

李念真穿着粗布麻衣，背着手，胸前挂着一串檀香木，一派儒雅气。

她知道，李念真同江沧海一样，也患了癌，只不过发现得早些，算是控制住了。

但癌症这东西，一旦得了，即便侥幸控制，却也是个身体里的炸弹。

唐秋起身，向他行了个礼，没有暴露出心里的惊慌来。

她这才留意到，自己所在的位置正在李念真的休息室旁边。

"可是吵到您休息了？"

"没有的事。"李念真慈眉善目地笑，"休息啥呢，我以后可有的是时候休息。"

这话笑着说，却听着有些伤悲了。

老人盯着她手里揉皱的剧本，道："怎么了？"

唐秋没答，是不知道该怎么答。

"刚才见你表演，何必收着力道？"

李老不愧是在圈内多年的资深老人，一眼便瞧得出她的尴尬演技。

"忧虑什么？"

唐秋仍是不知道该怎么答，可老人似乎极有耐心，等待她的开口。

"拿到……自己不太擅长的，就……"

"不用慌。"老人忽然一掀褂子，十分爽朗地准备在唐秋的位置上坐下。

唐秋本想提醒他地上脏，可一出手，李老已经坐下。

"京剧的戏份不会太多，新戏的剧本人设上，女主角也不需要会唱戏，不然直接去戏班子里选人了，哪儿需要弄这么一场选秀。明天这场大秀，也不过是个噱头罢了。"遂拍了拍身侧，示意她坐下。

唐秋照做，心里却有些提着："那……"

"但毕竟京剧主题，一凛可是下了苦功夫的。他这孩子倒是出乎我的意料。本以为像他们这种……市场上说的'小鲜肉'，是不会对这种老东西感兴趣的。结果他真的是极努力了。加上有点儿基本功夫，到时候定能将这个角色演活。"他看了身畔的唐秋一眼，"裘锦那小子，重功夫和专业，但这个泛娱乐时代，人们喜闻乐见的才是重要的。不该去指责观众，自然就要在你们身上使劲。"

"得好好演啊。不管是台柱子，还是场下候场的，都不能白瞎了这天分。"他叹了口气道。

唐秋将稿纸摊开，点了点头。

很多很多年前，唐秋记得很清楚，李念真下乡到邻县唱戏，他的父亲花了高价买了票去看他老师的演出，提前一天就带着她和卞小尘出发。临时的舞台在郊区，只有几个价格很高的酒店，他们便住在火车站里。袁敬意那么开心，难得这个颓丧的男人有股兴奋的劲儿，他告诉他们，那是他师父。她问父亲，既然是你师父，怎么不去找他呢？袁敬意讪讪道，小孩子家家是不懂的。我不大争气，没干出点儿什么，是不配去的。

当时的她不晓得，现在成了唐秋，倒仿佛是知道了那么一丁半点儿。

只是，到底在为谁争气呢？

唐秋侧头看了一眼李念真，忽然觉得这莫名而来的记忆有些热目，心头猛地一疼。

可不知，李师父还记得她的父亲不？

唐秋心里空荡荡。

"李老，我怕是做不到。我怕是不够格。"

"哪有够格一说？"李念真皱眉，"三分天分，后天的努力才是全部。从前那个时代，出了名的角儿，哪个不是万里挑一？哪个不是把自己在戏里碾碎的？得有这种信仰。戏，得疯。"

他看着唐秋道："你喜欢演戏吗？"

唐秋未答，她心里没有主意。

演戏是刻在她骨子里的，从小那么恨，可后来还是走了这条道。在演别人的过程中，她才能忘记自己的身份，在别人的人生里，才能去回避自己的那些痛楚。

"我很早前，有过一个学生，"见唐秋没回答，李念真继续说道，"便是一个戏疯子。他其实资质一般，学戏也晚。可他真的极拼。他一个糙男儿，演起女人也是媚态百现，全然忘了自己的性别。可不是一时三刻通了性子，而是一段段磨，磨到不睡觉。"

李念真说到这儿，忽叹了口气。

"我却是对不住他的。虽安慰自己是人在江湖身不由己，但我着实不够厚道。记得有一场戏，定的是他的师兄，毕竟他算个野路子。但我答应给他这个机会，他发着高烧还熬夜自己唱，唱到后来，直接咳了血……我却……"

唐秋并不知道，李念真讲的此人，便是她的父亲，只接道："人生本来就不公平。"

"若是这么想，便是不对的，便是着了妖魔鬼道。"李念真说，"人生该是公平的，就该能者多得，劳者多能。要是总念着公平不公平，那信仰也就没什么意思了。我那徒弟，在这之后也并没有放弃，几乎疯魔了……他太爱戏，太想做点儿什么了，也太贪恋这个舞台了……若是能活到今日……"

这句话让唐秋几乎一口气卡在喉咙口，胸膛起伏，半晌回不过神。耳畔的声音仍在继续，她却一个字都听不进去。

"唐小姐？唐秋？"李念真见状，不知她那眼眶中热泪来历，只觉得这姑娘大概是受了委屈，心生怜惜，拿过她手里的稿纸道，"不提这些了，来，我帮你理清楚陈周氏这个人。你要注意，不能用情绪演戏。情绪也是讲逻辑的……"

唐秋抬眉看着眼前的李老，鼻头酸涩。

父亲，你可知你那以为看不起你的师父，对你仍是情深义重，念念不忘，你可否会后悔当年的执念，你可否能留自己到今日？

不过，既然是这样，你未能让你的师父看到这些，那么，作为你的女儿，我替你将这口气争回来吧！

新加坡电影节。

毕竟是刚得最佳男主角，在一波正面新闻后。江一凛重回高位，要比之前还更受欢迎。

这是拿奖之后首次参加大秀，江一凛自然各种被瞩目，同时被瞩目的还有落败的林瀚以及最近被重扒旧情史的女星叶晨曦。

对于媒体，江一凛是坦然的，即便有些记者不怀好意，他也妥善以"承蒙厚爱，日后定不辜负，请大家期待我正在筹备的新戏"这样的话来回应。

林瀚就没那么好受了，他本来就有些傲气，一而再再而三装大方让他心里烦得要死。大合影的时候，他主动到了江一凛身边，上演一番"大将风范"，伸出手来欲揽江一凛的肩，结果江一凛竟躲开。当下林瀚便脸色一变，媒体也捕捉到了这一幕，江一凛下一秒却聪明地将他旁边的老艺术家吕正龙请到了自己的位置。

让"C位"这件事一时就又跟插了翅膀似的，让江一凛上了热搜。称他谦逊温和，懂得尊重前辈。

林瀚越是气，便越是表现出和善来，采访时被提及江一凛，林瀚称江一凛不过吃了颜的亏，想来敢用京剧题材，应当是会有很惊艳的表现。

他一心想将江一凛捧杀，毕竟要摔下来够疼，就必须捧得更高一些。

晏城东岸，周蕊刚结束自己作为江一凛粉丝和黑粉们的骂战，还没休息几天呢，就陷入了新一轮舆论漩涡。

也不知道唐秋最近是得罪谁，明明第一场出镜率也不算高，便已有了黑粉。周蕊可谓是喜忧参半，毕竟以她的经验，有黑粉就证明有热度，是走红的第一步。

周子豪也在网上坐了半天，注册了很多号各种角色扮演，气冲冲地加入了这场骂战。

但饶是如此，周子豪还是觉得这对骂的感觉比当年进去还要受打击。毕竟打不到比不敢打要更憋火。

周子豪暗暗叹气，要是唐秋真红了，是不是要经常承受这些？在网络上被陌生人品头论足，咒骂全家……

这时忽听到周蕊叹了口气，问她："咋了，又骂不过了？"

"哥。"周蕊道，"黑粉已经开始扒我姐了，开了好几个帖子，你说……会不会……"

周子豪心里一紧。

吸气吐气。

唐秋正尽力平息自己的心情，将那些杂念排出去，然后一个字一个字地看剧本。

陈周氏是怎样的人呢？在她身上到底会发生什么？

手上的剧本不过薄薄几页纸，关于她的介绍也不过寥寥数笔，她要怎么去理解她的情绪？

唐秋看了两遍，仍无头绪。而一个小时的时间已到，李潮东他们已经在高喊集合了。

唐秋起身，见沈欢和齐思思胸有成竹的样子，向李潮东和裴锦道："抱歉，我还需要一点时间。"

"是要我们等她吗？"齐思思有些着急地道，"这怎么等，大家都已经排了那么久了，我们已经落后了，到时候不熟练怎么办？"

裴锦本来也不高兴唐秋一出出的，给多少时间就是多少时间，可抬头看到唐秋的眼神，却忽然改变了心意。

刚才这女孩眼神里是没光的，但此时，裴锦却觉得她忽然有了欲。

这欲是向着舞台的，这欲让裴锦乐意给她开个小灶。

"行。"裴老师像是无视齐思思似的，直接冷冷答应了。

"裴老师！"齐思思有些崩溃，"那我们怎么排啊？这耽误的时间……沈欢，你说是不是？"

一直没怎么讲话的沈欢这个时候又被递了话筒，说话有些讪讪："我……我……"

裴锦没给她纠结该说什么的时间，颇不耐烦地说："你们俩不是也有对手戏吗？单排。待会儿再排唐秋的。"

然后，他向着唐秋很凶地道："只给你半个小时。"

唐秋"欸"了一声答应下来，无视了齐思思的埋怨眼神，捧着剧本就到了一边。

场馆里嘈杂，三组人正在紧锣密鼓排练着，间或有老师的呵斥声。唐秋原路折返到刚才读本子的无人之处，心里默念着陈周氏的名字。

她甩开所有的杂念，专注起来。

"演戏，不是要演得像。"这句话，她小时候就常听。是她父亲常说的。

"既然要演，就一定要演得真。演得像不行，像，只是像，你得把那个人变成了你，进行角色对换。上了舞台，就得知道自己的身份。入了戏，就得忘了自己的身份。你就是你演的那个人，那个人就是你的前世今生！"

……

她胸膛微微起伏，眼前仿佛有了陈周氏的模样。

她坐在那儿，脚是裹过的，走起路来，步步生莲，可也步步生怯。

她红着脸，问唐秋："你……想知道？那我便一桩桩说给你听吧。"

她也曾少女过，或许在戏班子的时候，有过暗恋的师兄，想和他一块儿惊艳舞台，成为一双名角。然而命运残忍，将他们生生分离。师兄去了哪儿了？或许仍在台上，或许是死了，或许二人全无音讯。而陈周氏，被命运大浪冲到了更残酷的地方。

她是吃过很多苦的，从前挨师父的板子，青衣花旦都唱，唱得不对了，就挨打。

也不觉得苦，因为大师兄总是护着她。巴掌后是大师兄的枣，多挨几个巴掌也是划得来的。台下有他，踏实，台上有他，更是踏实。为着他，也要留在戏班子里，也要唱出个名堂，陪着他唱下去。

可后来呢，散了。一场兵荒马乱啊，让他们的梨园破败了，什么都被抢了，烧了。他们也把彼此丢了。

疼不疼？当然是疼的，不仅见不到他，连戏也唱不了了。从前被人轻看，好歹有个名号，今日被人轻看，却是名正言顺的。

被娶进周家门的时候，她不过比她们家的二小姐大两三岁罢了。见二小姐拿眼斜她，一副轻蔑的学生气。她开始扮演的人，不再是那一位戏子，而是在人生的舞台上，戴上一个面具。

可面具之下，她的神情萧条，眼神悲伤。

她说："我已不再是我，早就不是了。"又抬头，迫切问道，"你可懂我？"

这一席话在脑中盘旋，唐秋只觉得眼中一热，心头钝痛。

她吁出一口气来。

"懂。怎能不懂？"

"好了？"裴锦此时见唐秋来到身边，面无表情道，"那开始吧？时间可不多了，得抓紧。"

然后他拍着手："赶紧赶紧，重新开场排！"

齐思思给了一个眼神让唐秋自己领会，却见她意外地回报了一个微笑，不知怎的，她觉得这个笑，倒有点儿不像唐秋了。

因为那笑里带着唐秋所没有的讨好。

而让她更诧异的是，唐秋跟之前的状态像变了个人似的，之前的台词说得生硬，现在倒有些轻飘飘的，但她也能听出这轻飘飘的好，就好像那陈周氏本来就是这么讲话的。

尤其是在唱词那一段。她唱得那叫一个有板有眼，紧拉慢唱，运气酣畅。落尾时眼神配合，手势紧收，竟觉余音绕梁。

一向吝啬夸奖的裴锦都忍不住竖起大拇指，过后却忽骂道："唐秋你这是搞什么呢，明明学过，之前干吗装不会？"

李老却脸上有讶异，迟缓地问道："姑娘……是师承谁家？"

"小时候……"唐秋尴尬一笑，扯谎道，"一位伯伯唱过京剧，不过不是名家。"

"倒有些李派的唱腔啊！可否知道，你这位伯伯的名字？"

"我忘了。"唐秋笑了笑说，"搬家之后再也没见过伯伯，只记得他姓柳。"

抱歉了，柳叔。

"姓柳？"李老思忖了一番，"我是没有徒儿姓柳的。他很会教，你只是随便学便能到这个程度！"

然后他那满是皱纹的脸上呈现出一种异样的光彩来，他激动地道："后生可畏，后生可畏啊！"

唐秋见他如此，心里只觉抱歉。

次日下午，演出在紧锣密鼓的准备中，七点将准时开场。

姑娘们还在排练，尽管已经渐入佳境，可众人心里都有些怯意。裴锦提出不要再排，大家养精蓄锐准备化妆之后，唐秋等人散开去了化妆间。

沈欢的脚步有点儿沉，看着走在前头的唐秋。

她觉得自己是输定了。分到这一组的时候，就觉得很难赢了，一个是唐秋，一个齐思思，原本想着她侥幸能战胜唐秋，可偏偏她绽放出来的光芒，让沈欢显得晦涩无比。

全城又开始暴雨，江一凛的航班毫无例外地延误了，在机场 VIP 休息的时候，他见盛威进来，问道："安排了吗？"

"放心吧，工作人员会照顾好的。"盛威看了一眼表，"只是不知道，什么时候才能飞。"

在化妆的时候，唐秋的胃忽然绞痛起来。

从前是有过胃疼的经历，所以当这熟悉的感觉一出现，唐秋的脑子就一下空白了。这两天吃的是有些差了，加上昨天熬夜今天又几乎没怎么吃饭喝水，她看了眼表，这个时候去买药估计是来不及了，何况也没有什么特效药。这个时候，她只能摁住自己的腹部，深呼吸。

化妆师见唐秋脸色越来越难看，表情也有些隐忍，觉察到不太对劲：" 唐小姐，你这是怎么了？"

"我没事……"唐秋咬牙道，"麻烦帮我快点化……"

一旁的齐思思和沈欢也投过来目光，互相递了个眼神。

沈欢的妆容已经大致完毕，忽然腾地站起来道："是不是胃疼？" 然后向着周围问，"有没人有胃药？"

还真没有。

工作人员拿出手机查看店铺，最近的店铺来回也是来赶不及的。

唐秋只觉得胃部猛抽了一下，整个人倒吸了一口冷气，"嗷"一声冲进了卫生间，翻江倒海地吐。

完了，这比胃痛还吓人，怕是得了急性肠胃炎了。

"这可怎么办啊！"

这时，就连齐思思也有些担心唐秋："你没事儿吧？" 遂吩咐身边人，"来不及也得去买啊，赶紧的啊。"

"我先去给你倒一杯热水！" 沈欢一阵风似的跑出去了，过了会儿跟跟跄跄捧着一杯热水进来，满脸焦急地递给唐秋。

"快喝下去。"

工作人员还在路上，比赛已经要开场了，唐秋喝了热水，腹部稍温，没有那种阵痛抽搐感了，可胃痛仍是不减，就像腹部坠着重物似的，一下两下地把她往地下拖，整个人有些乏力。

"还能不能上？" 裴锦老师问询过来，"咱们可是第一个出场！"

"能的。"唐秋挣扎着站起来，却发现脚上像灌了铅一样沉，身子软趴趴的，差点儿没站稳。

"哎哟喂。" 裴锦叹了口气说，"你真能行？"

唐秋目光如炬，异常坚定地道："能行。"

"上了台，可不能掉链子。不然不如不上。"裘锦似乎并没有因为她这副病容而有任何的松动，很认真地道。

"我知道。"唐秋的声音细如蚊呐，是想把力气攒着。

她当然知道，戏一旦开台，就算是地震了，打仗了，炮火连天了，都不能停的。

候场播报，舞台是那样的绚丽，她的精神因为疼痛而有些游离。

台下的评委和嘉宾席，坐着李念真和之前见过的几个评委，还有几位圈内极有声望的导演，江一凛的位置还空着，怕是赶不回来了。

只觉得浑身有些发烫，热水浇缓的胃痛再次复苏卷土重来，几阵恶心，让她险些吐在台边，生生给忍了回去。

而这时，李潮东从身后向她轻声道："唐秋，马上到你上场了。"

唐秋没什么精神地回头，比了个"Yes"，然后李潮东便见她如突然吸水的海绵似的，方才还萎缩着的背整个儿挺拔起来了。

台上，齐思思扮演的二小姐，正气势汹汹地向莲香道："我倒要看她，教不教我！"

舞台骤然灯光熄灭，场景转换，唐秋提气，快速地在黑暗里找到自己的点落了座。

胃疼是吗？疼的是唐秋，疼的不该是陈周氏，陈周氏是不疼的，只是心疼。

疼了多年也成了患。

患是会习惯的。

唐秋竭力忘记自己的身体的那部分，就好像把它抛到一边了，尽管它的疼痛会让她的动作和讲话都有些吃力。

没事儿，陈周氏本来就有些孱弱的，这么想，倒是疼得恰到好处。

众人——包括台上的搭档及对手，本都替唐秋捏了把冷汗，台下的人怕是看不清，她们是知道她脸色惨白，冷汗直冒的，却见唐秋一副气定神闲的样子，眉眼飞起，竟将陈周氏演得跟活了似的。声音倒是稍轻了一些，但气势却不含糊，仍是那陈周氏的腔调，一板一眼，一低一高，该有的，她一分都不曾少的！

这气氛倒也带动了莲香和二小姐，三人在台上竟是平分秋色！

到了开唱的地方，周二小姐一句试唱虽算不上惊艳专业，但已是可以过得了李念真的基本关了。

下一句，便是她了。可此时，那被她忘掉的胃像是又回来了，绞痛翻滚着，她张了张嘴，只觉得气若游丝。

只那顿了一秒，望向台下，忽见一人匆匆落座。

灯光微弱，唐秋却仿佛能看到那人冲她一笑。

唱吧，怕什么呢？你不是说，要为他争口气，不唱他教的，又怎么算是唱？

于是狠狠咬了口自己的嘴唇，遂冲着二小姐媚笑一番："唱得一般，怕是入不得少爷的心。"

二小姐哪儿受得了这样的嘲讽，当即跺脚："你倒是不一般个试试？"

唐秋提起衣襟，向前一步，手如莲，眼如丝，以气托声，唱得却是另外一段。

"莫不是步摇动钗头凤凰？莫不是裙拖得环佩铃铛？这声音似在东墙来自细想，分明是动人一曲凤求凰！"

词儿像珠子般滚落台面，唐秋手中的袖子仿佛成了看不见的水袖，珠子透过隐形麦克风，弹射在整个秀场，溅落在听客的耳畔，直进心里……

台下的李念真大为所动，竟不能自控地站了起来。

而唐秋音落，戏未停，台下竟已是如雷的掌声！

江一凛望着台上的唐秋，心中竟觉得五味杂陈，重重地吁出一口气来，然后露出了一个极深却又夹带着些悲伤的笑容来。

歆儿，是你。这一刻，我才踏踏实实地知道，眼前人就是你。

在台上的十几分钟，唐秋像是耗费了所有的力气，凭着本能将戏撑了下来，却也是凭着本事，将陈周氏演活了。总算熬完，正当谢幕，她只觉得眼前一黑，浑身像是突然被抽走了所有的力气，整个人瘫了下去……

Chapter10
余生浮光

醒来的时候，唐秋的胃部已经舒缓，只是觉得浑身有些乏力，慢慢睁开眼看到头顶的白光，有一瞬间的眼盲，知觉在慢慢恢复。

她挣扎着坐起来，看到身畔有颗脑袋在玩手机，这时候闻声抬起头来："醒了？"

盛威腾地站起来，一面朝外头喊护士，一面要来扶坐起来的唐秋。

"你怎么在这儿？"

"我在这儿还有别的原因吗？"盛威激动地说，"我要是不在这儿，我们家祖宗就得在这儿了！"

唐秋脸一红："怎么会呢？"

"不瞒你讲。"盛威无奈地道，"你在台上昏倒的时候，他坐中间，差点儿掀了评委桌就上台！"

唐秋的脸色还是有些差："不过我怎么会晕倒啊，不就是个急性肠胃炎吗？"

"医生说，你可能忍着疼，神经太紧绷了，一瞬间松下来，大脑供血不足，造成暂时性休克。"

"哦……我昏了多久？"

盛威看了眼表："有好一会儿了，再过会儿，估计就结束了。"

"怎么的，担心结果？"

"不担心。"唐秋笑了笑，尽管这场赛得有些费劲，但自己的水平，她有数。何况，唱完一曲，她虽眼冒金星，台下的掌声还是能听到的，总不至于是幻觉吧。

点滴挂得差不多了，这时听到了门外传来脚步声。

唐秋的心一提，下意识地顺顺自己的头发，生怕嘴唇没血色，还用力地咬了咬。

这时门口人影出现，果然是江一凛。她刚挤出一个自认为温柔可人的笑，却见他压根没看她，而是朝着来的那个方向勾着手。

"过来，别怕。"

唐秋一愣，谁？江一凛的手将两个小小的人影勾进门框，唐秋瞪大眼睛："可乐？"

原来，江一凛之前还在新加坡的时候，就托人要了几张员工票，邀请刘金乐和他的好朋友一起来看《摘星》的大秀。可乐开心得不得了，拉着自己身边的小女孩就介绍："哥哥，这个就是我说的好朋友！"

那小女孩穿着一条红色的裙子，戴着一顶满是花边的帽子，笑起来甜甜的，此刻，瑟瑟地跟可乐牵着手，躲在他的身侧。

可乐边朝着她比手势，边说："不要怕，这个姐姐叫唐秋。你刚才也看到了不是？就是演得很精彩还晕倒的那个姐姐！"

唐秋不好意思地笑笑，也明白了为什么可乐会手语。眼前这个漂亮的小姑娘应该是聋哑人吧。

女孩瞪大眼睛，似乎难以想象，刚才台上那个浓妆艳抹的女人就是眼前的唐秋，然后她盯着唐秋，却不敢多看似的又挪开视线，冲着可乐比手势。

可乐回头冲唐秋说："她问你是不是生病了，有没有关系。"

唐秋笑着摇摇头，冲那女孩指指自己，比了个"OK"的手势。这下，惹得可乐和小姑娘都笑了。可那小小少女还是只敢拿余光看她。

可乐爽朗地告诉唐秋，这个就是他最好的朋友，叫阿彤。阿彤是后天生病才聋哑的，所以她生病后一直都很自卑。

唐秋看着阿彤，见她又跟可乐做了个手势，眼睛亮闪闪的。

她好奇地问："她说什么？"

"姐姐，阿彤说你真的好漂亮。还说……"可乐狡黠一笑，压低声音，"说难怪那个江哥哥那么帅，能跟你是好朋友。"

唐秋抬头看了一眼站在门外的江一凛，他正在跟护士小姐沟通着什么，忽然心中一暖，向刘金乐道："可乐，你帮我告诉她……"

"告诉她什么。"

"告诉她一个秘密……"唐秋压低声音说，"我小时候也不太好看，但是这个哥哥一直不嫌弃我，告诉我我是最好看的。我就有了自信……然后，才会越变越好。"

待他们走后，江一凛坐了下来，见唐秋望着门口，忽然感慨了一句："真好，青梅竹马。而且可乐一直拉着她的手。不知道他们长大以后，他还愿不愿意一直守护她。"

江一凛闻言，仿佛听出她语气中的惆怅，却一时不知该说什么。他不像小时候，是可以轻易说出"我也会"这样稚嫩誓言的，何况，他曾经放开过她。

这时，唐秋已经回过头来，看着他，脸上有笑容："怎么想到……带他们来？"

"就是觉得。"他笑了笑道，"想看看可乐的好朋友。也想着，可乐大概也想看看你。"

"我今天……没让他们失望吧？"唐秋目光如炬地看着他。

他摇摇头，又板起脸来说："不过，倒是让我担心了。"

"不是说了没事吗？"唐秋笑容更加灿烂，"我没事！暂时性休克？听起来……很厉害的样子哦？但是我刚了解过了，也不是很严重。"

江一凛懒得去跟唐秋论证，任何小事，对于关心她的人来说都是大事，何况这哪里算小事了。

"你是不是很担心我？"

一抬头，却看到唐秋那充满期待的小眼神，他心里忽然有一股说不出的伤感。

"是的。"他伸出手，想摸摸她的脑袋，她看起来可真是憔悴。

唐秋却躲开了，笑着说："我真没事。待会可以走了吧？盛威呢？"

"我让他出去给你买点儿粥，喝完再走。"

他收回那只尴尬的手，摸了摸自己的脑袋，一抬头见唐秋拿眼神觑他。

"干吗？"

"你没有要问我的吗？"唐秋问道。

比如，为什么会唱戏却不说？比如……你没有听出这一段词的唱腔，有那么一点点儿熟悉吗？

她的心怦怦乱跳，似乎又想他问，又不想他问，眼神里是期待又是拒绝。

他愣了一下，然后伸出手来，猝不及防地揉揉她的脑袋。这次唐秋没来得及躲，只觉得他宽大的手掌温柔地摸着她的头发。

"是啊，要问你，为什么这么棒？"

他与她四目相对，两眼含着笑，仿佛，在揉一只乖巧的猫。而这时，正端着一碗粥进来的盛威一看到眼前场景，尴尬地咳嗽了一声，唐秋下意识一脚就蹬在了江一凛腿上。

酒店房间里，沈欢正在收拾回家的东西。

眼泪在眼窝子里打着转，尽管沈欢知道现在没有镜头对着，自己可以放纵哭个痛快，可又觉得没什么好委屈的，这就是比赛规则，虽然全力以赴了，但她就是输了。

沈欢从小就想做电视机里的人儿，演戏也好，唱歌也好。她家境普通，母亲为了实现女儿的愿望，几乎砸锅卖铁地供她上昂贵的艺校，学各种技能。刚开始演戏的时候，她签约了公司，一直只能接到小角色，上头的人说，沈欢的辨识度不高，天分也有限，是成不了大气候的。

其实她自己也清楚自己的定位，几度想要放弃，母亲却劝她一定要坚持下去。

进入《摘星》，她以为自己的希望来了，起码多留几期吧。其实她心不大的，只要能够比之前稍红一点儿，价格能涨一点儿，让妈妈更好过一点儿，脸上有光一点儿……

可还是输了。

淘汰宣言的时候还绷得住，大伙围过来安慰她的时候，也没真掉眼泪。倒有点儿不太像她了。直到一个人到了屋里，真的要收拾包袱滚蛋的时候，那绷紧的神经才一下子松开。瞬间明白了，刚才不哭，是不想自己输了还要输得难看。

输得起的人不计较。她输不起，才更在意姿态。

沈欢看上去比谁都天真，但其实在有些事上，她很有自知之明。在一个网综里，如果得到的只是短暂的热度，很快就会被人忘记，只有在技术上被人记住，才有可能在自己未来的路上有所增益。

可这一次的大秀，关于她的点评一笔带过，毫无溢美之词。李念真在列的诸位评委，都被唐秋和庄叙如的表演所惊艳着，尤其唐秋这么一摔，再由节目组说明她带病上场，更是锦上添花。

为什么……胃疼的人不是她呢？她一定也可以做到坚持下来的，然后晕倒在舞台上，多好啊！一瞬间，成为焦点中的焦点。如果是她有这么一场出色的演出，那该有多好！

这一夜，选手只剩下六人。离开的有沈欢，还有也一直深陷"关系户传闻"的刘悠悠和被沈欢腹诽整容的秦雨霖。

两个人还算坦然，输了，姿态也漂亮。

比赛六强出炉，排名分先后：庄叙如、唐秋、齐思思、樊小、周纯、苏韵。

值得一提的是，唐秋的分数只比庄叙如低一分，和齐思思却拉开了一大段的距离。

"思思，唐秋的分数……怎么比你高那么多啊。"此时苏韵在齐思思的屋里有意无意地说道。

提到这个，正在敷着面膜的齐思思一下把脸上的面膜撕了，面有愠色地道："根本是作弊，她小时候明明学过京剧，有备而来的。"

"是啊，就是嘛。"苏韵附和道。

"苏韵，你也觉得，她的演技没有我好吧？只是这次，唱功上占了便宜！"

"当然了。"苏韵"诚恳"地道，"还耍心机……腹痛晕倒，得了多少同情分啊。"

本以为这么说讨了齐思思的好，偏她白了苏韵一眼："怎么可能！她是真的疼好不好？台下的时候，她满额头的汗。你就别小人之心度君子之腹了。"

齐思思虽有大小姐脾气，却真是位耿直的大小姐。

此刻，苏韵只觉得心累。

这一期的录制将会继续，六强已经选定，将会代表《摘星》节目组参加业内的一个红毯酒会。红毯酒会众星云集，是六位姑娘头一次在业内共同亮相，《摘星》节目组特别看重，齐思思的父亲也会到场助阵。

残阳似血时，四辆银色商务车开往酒店，江一凛的车打头。

六名女演员分别以白色天香、红色玫瑰、碧色宝玉、蓝色大海、金色灿阳和青色烟雨的主题，与一袭黑衣的江一凛一同出席晚宴。身着红色的庄叙如和白色的齐思思分站两边，唐秋身着青色烟雨，自然是最不起眼的。比起其他女演员的浓妆，她的妆容淡得有些过分。

出发前，唐秋看到自己的眉毛被画得跟蜡笔小新似的，在化妆间里思忖了两秒钟，直接冲进了洗手间，

自己重新动手快速地整理了妆容。眉毛重新画了，脸上的妆淡化，唯有两道眉在清浅之中丰毅立体，像是山水画中点缀的水墨。一双细长的眼睛像是含着雾气。

这场酒会《摘星》是主场，红毯走罢，便在大荧屏播放了六位女演员之前秀场的精彩剪辑。她们也自然成了全场焦点。

跟站位一样，几位女演员的剪辑戏份也是如此排序。唐秋的镜头少得可怜，镜头都在齐思思和庄叙如身上。

现场请了不少当红明星，其中也包括江一凛昔日合作过的多位演员和导演。

还有庄叙如的师兄、与江一凛同争最佳男主角陪跑的林瀚，以及和江一凛传过绯闻的叶小姐。

那之后，酒会便开始了。

其实这个时候，便是女演员们的福利。姑娘们若能在参会的大咖面前适当表现，直接可以在酒会上拿下一两个角色。

齐思思由父亲亲自领着介绍，庄叙如早已在圈内小有名气，和多位导演有过合作，众人自然青眼有加。其他几位也是各显神通。周纯和苏韵是交际老手，只剩下樊小和唐秋有

些面面相觑。樊小性格犟，碰了一次壁就灰溜溜地拖着长裙面色不好地回来，见唐秋在一旁自顾自地喝酒，一向不怎么跟唐秋来往的樊小这次倒是主动发话："你怎么不去打招呼啊？"

"欸？"唐秋一手举着香槟杯，拼命不让自己去留意站在叶晨曦身畔被众星捧月的江一凛。

无心交际，就这么简单。

唐秋也不知道自己为什么情绪化，但骨子里的不安全感让她觉得，哪怕上一秒的热络也像是梦。

此刻她有些轻飘飘地站在红毯之上，像是一个局外人。那多年以前的感觉席卷而来，让她不禁在心里打个寒战。他不看她时的眼神、他那熟谙规则的笑脸会让她觉得陌生，尽管那是一种成熟，就像她最开始对他展现的那样。

那是戴上面具的样子。

她莫名就想起十多年前，那个在台上离她一步之遥的少年，装出一副并不认识她的样子，这种感觉又一次真切地席卷而来。

她不想去怀疑他，可是却又忍不住想，如果再选一次，聚光灯下，他……会不会再次放开她？像曾经放开袁欷一样，放开一个在他眼里可能只是萍水相逢的她？

还有，他跟叶晨曦，他们那般登对，当年传出绯闻时，她的心都快要碎了，又觉得自己的心痛真是莫名其妙。可今天看到，那股子陈年老醋却又再次踢翻。

"不知道该怎么做。"唐秋见樊小还在等她回答，老老实实地说，然后将一杯酒灌下喉咙。

上好的干白在喉口化开，她朝樊小一笑。

"弄不懂你。"樊小别扭地道了句，"不过……我还真瞧不上某些人拍马屁的嘴脸。"

顺着她不屑的目光，唐秋看到苏韵正和两位中年导演聊得甚欢。苏韵那平日里总是跋扈骄傲的脸上写满了小女生的崇拜，宛若另一个人。

见唐秋的目光，樊小补充道："就刚才，那位导演，我发誓，苏韵肯定都不认得人家，可她居然能装出一副对方粉丝的样子，还说什么，能演他的戏是她入行时便有的心愿！天知道，这已经是她今晚第三遍说这种话了。也不知道那些导演脑子里装的是什么，居然连这都信！"樊小鄙夷地撇撇嘴，"为了个戏就这么没原则，嘴脸可真难看！"

唐秋不知该接什么话。说真的，她并不觉得为了自己的理想而曲意逢迎是件值得鄙夷的事。当然，这也并不值得自豪。在她看来，这是一件极其寻常的事。当年，袁敬意就是太不懂得曲意逢迎，他有着京剧人的清高和执拗，才在某些场合里不断碰壁。她知道那是不对的。可是，袁敬意所不齿的事，她同样也做不来。

酒会上衣香鬓影，她站在樊小身旁，听她又絮叨道："你今天戏份也够少的。呵呵，这比赛还真是公平呢……咱俩可要团结一点，你知道吗？"

哦，这是把她们划为一国了？

唐秋没有应，只轻举了举杯，樊小误以为唐秋识趣，将杯子跟她碰了一下。

樊小自以为结盟地放轻了语调，忽然变得亲昵起来："欸，你说那叶晨曦跟江一凛，到底……有没有什么啊？"

唐秋心里咯噔了一下，瞥了眼叶晨曦："她很漂亮。"

"漂亮？"樊小不屑地道，"哪里漂亮了，就是个灰姑娘。江一凛什么出身，她什么出身？江一凛从小就是贵族阶层，什么世面没见过？会喜欢她那种？没可能的！"

麻雀何必嘲笑麻雀？唐秋心里暗想，倒不知道江一凛在粉丝心中到底是怎样的存在。不过，他"什么世面没见过"，倒是无法否认。

毕竟有些世面是她陪他经历的。

唐秋忍不住问道："那你觉得他会喜欢什么样的人？齐思思？庄叙如？"

樊小奇怪地看了她一眼："我又不是他，我怎么知道。不过你可别幻想了，江一凛可是看不上你的。你没发现吗？我之前还觉得他特别照顾你呢……"

"哦？是吗？"

"不过我们才不会觉得他是看上你了呢。我知道你出身不好，当初他对叶晨曦不也是这样吗？我听说，她最初其实只是江一凛一个客串戏的女十八配，在剧组里被欺负的那种，后来叶晨曦也是有种，说是自己母亲得了重病，要借钱，问江一凛借呢！"樊小八卦得眼睛都瞪亮了，"江一凛居然就借了！而且，还给她母亲安排了最好的医院。这个事儿还上了新闻……你知道吗？"

"嗯，知道一点。"

"之后叶晨曦就被媒体盯上了，身价暴涨，居然就混成了个女主演。说是女主角秋叶跟她的形象背景特别吻合……切，其实就是富家子没见过什么世面，见个灰姑娘就产生同情心。爱情是不可能的！"

不是刚还说江一凛什么世面没见过吗？从樊小口中听到这些，唐秋心里也不知该做何感想。是同情，还是同病相怜？她心里叹息着，起码，他是善良的。

"又在耍什么小心思？扮演不会交际的白莲花？"

齐思思今日一袭白衣，妆容精致，一头长发波浪卷，看起来像个漂亮的洋娃娃。

今天唐秋不想惹事儿，哪怕是事儿找上门来，可一旁刚宣誓要与她一国的樊小，显然比沈欢"讲义气"，直接开怼："说谁呢？我们只是没有一个好爹领着交际而已。"

这话显然是有些过了，齐思思的脸瞬间煞白，唐秋还妄想打个圆场，可本来就觉得憋屈的樊小竟上了瘾："你看看，今天的戏份，我和唐秋的加起来都没你一个人多。"

"那庄叙如呢！"齐思思并不是吵架的料，这个时候脸又红了起来。

"庄叙如没话说，那是演技好。"樊小翻了个白眼，"你得了便宜，还要在这里欺负唐秋。柿子捡软的捏不是吗？"

其实原本齐思思也只是想发发小脾气，可偏偏火星没撞到地球，活生生撞到了另外一颗火星。唐秋有些暗自叫苦，这算什么事儿嘛，她本来只想好好做个隐形人而已。

另外一头，叶晨曦留意到了江一凛的眼神。今天，他对她可算是特别地礼貌绅士，算是给足了她的面子。最有趣的是，她发现江一凛似有若无的余光，落在那位穿着青色衣服的女孩身上。

她是谁？其实叶晨曦早就做好了心理准备。刚认识江一凛的时候，他便对她多加帮助。后来鼓起勇气跟他表白的时候，他却一笑："你误会了，晨曦。我对你好，只是因为你像我一个朋友。"

那个朋友是谁？叶晨曦真的想不通，他圈内的女性朋友她都调查得一清二楚，粗看谁都像，可细看谁都不像。

叶晨曦进这个圈子有些年月了，也不是没有交往过别人，只是江一凛是她心头的白月光，于是每每见他，都觉得又心动又心痛。

他的目光收回的时候，她代替他看那个女孩，那女孩竟也看了过来，与她四目相对之时，她镇定自若，倒是叶晨曦慌了一下。

她见那女孩冲自己笑了一下，然后扭开了头，继续和身旁的女伴喝酒。

什么来头？只知道是这一次的选手，叶晨曦不会去费脑细胞记名字。只是心里觉得诧异，这眼神交接，怕不是有什么吧？可又转念一想，莫不……又一个像她朋友的人？

这时，那青衣女子那头热闹了起来，她看清楚，是齐思思一脸不悦地站在那儿，倒没动作。

是那青衣女子惹的吗？

江一凛的酒也忘了喝，对面的大导演提醒了一声，他也没理。

眼看齐思思拿着酒，要冲着另外一个人过去，而那青衣女子忽然伸手去拖她，齐思思挣扎了几下，杯中要泼人的酒就全部泼在了青衣女子的脸上。

"拿着。"江一凛忽将杯子一把塞进了叶晨曦的手里，准备上前一步。

叶晨曦下意识地拉住了他的胳膊，江一凛一愣："你干吗？"

"那么多记者，你干吗呢？不需要你护，你看。"叶晨曦依旧保持着笑，抬抬下巴。

再一抬头，江一凛便见林瀚出现在唐秋身畔，递上一张纸，一边是因为误泼了唐秋被记者抓拍下而窘迫却不肯服气的齐思思，一边是虽没被泼到却异常愤怒的樊小。

"齐思思你也太过分了吧！"

齐思思有口难辩，可怎么都说不出一句道歉，一时觉得委屈不已，扭头便走。

唐秋满头满脸是红酒，镜头正无情地对她"咔嚓"着，而这时，林瀚忽然伸手勒令记者停下拍摄，伸出手和庄叙如一起将唐秋带离了会场。

而他这一伸手，一把揽住唐秋的肩，使得记者们的镜头"咔嚓"得更厉害了。

唐秋有些失神，这时回眸瞥见江一凛遥遥地望着她。

这一眼越过众人，是炽热的。

"唐小姐还好吧？"

英雄救美的林瀚递上来一杯水，唐秋这么一擦，早已把脸上的淡妆悉数抹掉，这时抬头，见林瀚让庄叙如拿来了换的衣服。

"别嫌弃，问主办方礼服部借的，不知是否合身？"

"齐思思估计会后悔今天这个举动。明日上了新闻才麻烦。"庄叙如不带什么情绪地评价道，"你也是倒霉，让她泼了樊小便是，拦什么呢？先擦擦吧。"

"谢谢。"唐秋抬头，礼貌致谢，"方才……该解释一下的，齐思思也不是故意……"

"圣母病吗？"庄叙如忽笑道，又向一旁的林瀚道，"师兄，这位善良的小姑娘，可就是你点名要认识的唐秋了。"

点名要认识？唐秋倒不是受宠若惊，而是觉得诧异。

"为什么……要认识我？"

"哦。"林瀚解释道，"方才播的片段里，你看起来有点儿京剧功底，学了多久？"

唐秋抬眼看林瀚，见他满眼期许，愣了一下。

林瀚见她此状有些惊慌，以为是自己吓着了她："别怕别怕，我这个人没什么架子。刚好听到李老说有个女选手极有京剧天分，眼角眉梢都是戏，扫了一眼，便觉得是你。"

"不敢当。"唐秋弱弱答了句。

"唐秋这次可是抢了我的风头。"庄叙如笑道，"还真别说，之前就觉得你这个人藏着些什么，果不其然让我刮目相看，我师兄可挑了。"

林瀚这人有个毛病，就是对自己的魅力颇为自信，眼见唐秋目光清冷又避讳，他的心思竟莫名被挑起："明日你们散组，可否请唐小姐吃个饭？"

请我吃饭？唐秋心里有些诧异，抬眼看林瀚堆满笑容的脸，这位被称为"行走的荷尔蒙"的男人。今日林瀚也是一袭黑衣，与江一凛妥妥撞了个衫。只是一个是硬汉，一个是清秀小生，倒也是萝卜青菜各有所爱，难分伯仲。

只可惜唐秋不爱萝卜，只吃青菜。

她刚想开口拒绝，却见门口蹿进一个胖子，正是李潮东。李潮东屁颠屁颠进来："林大明星也在啊，那个，我过来接唐秋。"

一面朝着唐秋挤眼："赶紧过来啊，节目组找你有点事儿。"

唐秋会意，一面向林瀚道谢，一面起身跟着李潮东跑了出去。

林瀚瞧着她的背影，露出了一个意味深长的笑，一旁的庄叙如道："师兄今天这是碰了个壁？"

"怎么可能？"林瀚撇撇嘴，"我林瀚发出邀请，她有拒绝的理由吗？于公于私，对她都是有好处吧。"

"那可不一定哦。"庄叙如道，"这个唐秋是很特别的。"

"多特别？"

"引起你的注意，也引起别人的主意呗。"庄叙如努努嘴，"不然节目组怎么不找我有事儿？你抢了人英雄救美的机会，可算是复了个仇了。"

"你是说……"林瀚眉头一皱，心想这女孩身上还真有种特质，乍看没怎样，细看却觉得有些带劲，遂会意道，"那更是要好好注意注意了。"

李潮东将唐秋带到了二楼的化妆间，唐秋正问"找我什么事"，就被他往里一推。

关门前，胖子翻着白眼说："下次跑腿收费！"

化妆间只开着一盏镜前灯，穿着黑衣的男子正背对着唐秋坐着，镜子里倒映出他的笑脸，他朝她扬了扬嘴角。

还笑。唐秋心里忽然有些许委屈，咬了咬嘴唇。

"找我有事儿吗？"

江一凛回过头去，歪头看她："我的人被林瀚带走，总要带回来不是？"

这话说得……唐秋瞪他："谁是你的人？"

他慢慢走向她，低头忽然拉住她的手，又被她推开。

"我才不要做你的人。做你的人，便宜倒是占不到，人前要装不熟，你看都不看我一眼，和别人打情骂俏。"

"吃醋吗？"他抬头看她的脸，妆容本就清淡，一杯酒下去，基本所剩无几。

半素颜的她并没有盛妆下有气场，缺了点儿什么，又多了点儿什么似的。

眉毛也被擦掉了浓度，可唐秋的皮肤甚好，虽不是江南女子的细腻白皙，却光滑而柔软。

眉心那道胎记是真的不见。即便到现在，他还是有些觉得不真切，像是少了一道佐证，他忍不住叹了口气。

见他盯着自己的额头，她心里忽然咯噔一下，躲开他的眼。

江一凛却将她一拽，拽到位子上落座："坐好。"

"干吗？"她抬起脸，诧异。

"眉毛没了，口红也没了。虽然你不化妆也好看，但还是补一下吧。"

他顺手从桌上拿了一支眉笔，弯起腰，另一只手将她前额的头发轻轻捋起。灯光下，她的眼睛黑且亮，像一只白日凶猛夜晚却舔伤口的独行小兽。

他目光炽热，含太多复杂的情绪，只觉得胸口被他们之间遗失的十年空茫所覆盖，却又是空空荡荡。

"别盯着我，我不够好看。"她想避开，"我自己来就是……你赶紧回去，省得等下少了人，又要被有心人拿去做文章。"

"做文章便做吧。"他这一次极强硬，一只手有力却温柔地扣住她的下巴抬起。唐秋看到他的眼睛，那被画得有些邪魅的眼睛里满是认真。

他在替她画眉，那样专注。

黄金楼。

每周例行的京剧小集会，柳老三总会唱上一小段，这一次，他邀了几个晏城的京剧唱将。熟悉他的人都知道，这位柳老三虽是晏城商界数一数二的人物，却和别人不一样，这家伙不好吃喝嫖赌，就好一个戏。听说他从前也是戏班子里的人物，唱武生，虽看上去儒雅，但只要一起范，便是大将风范。不过他很少唱，大多只是听，晏城有戏他只要有空都会到场，人也不苛刻，不管台上唱得如何，他都是笑眯眯的。后来戏少了，他就直接在黄金楼弄了这么一方小舞台，供自己的一堆票友朋友聚会，偶尔才上台。受到了夸赞会谦逊晃脑袋，说自己不过瞎胡闹而已。

这柳老三是草根出身，据说当年也是一穷二白地南下，人极聪明。发家了也不胡来，前些年跟他同期出来的几个大老板投身股市，初期资产翻个倍，他也不眼红，踏实地埋头苦干。风水轮流转，股市里闹了灾，他却成了唯一一个没被影响的局外人。

归根结底，柳老三这个人有底线，不贪。但柳老三温厚聪明，灾也会找上门来。前些年，就入了狱。据说是同行竞争使的黑手。不过即便如此，他短暂的监狱生活结束，很快就卷土重来，也源于他这个人做事靠谱，为人真诚，聪明人乐得与他合作。

所谓赠人玫瑰，养成花园，便是柳老三本人了。

黄金楼虽然名字一点儿都不雅致，但柳老三和另外一个合伙人买下这里之后，倒是增益不少。不过还是老样子，来的基本都是冲价格，菜好不好吃，环境好不好，都是其次。

浮躁社会就是如此，数据可以覆盖感知。

这日柳老三到得迟，刚到二楼，便听到起了冲突，遂跑过去看。

只见一青年正拿手指头戳着经理的脸，嘴上也不大干净："我劝你们睁大自己的狗眼看看，知道什么人不该惹！"

这些天，周子豪就跟在柳老三身边，柳老三也一点都不着急向他介绍自己的工作范畴、生意范围，每天他就跟个保镖似的跟着，也不多问。其实周子豪心态很简单，他这个人做事凭感觉，讲情义，既然柳老三帮了他，他别的不说，要知恩图报。当年他对自己的恩人就是这样，现在三十出头了，想法仍旧没变过。

而这经理与柳老三私交甚好，周子豪一见那青年造次，登时肾上腺素就飙升："狗骂谁呢！"

那青年一闻言，扭过头来，是一张长得本清秀的脸，却表情阴郁，行为纨绔，冲着周子豪就露出了一个不屑的表情，下一秒，一口痰便吐到了二人中间。

周子豪正欲上前，柳老三忽伸手一挡，满脸堆笑地上前："我说是谁呢，小游过来了啊。啥时候回国的？"

"柳三叔，你也得好好管管你的手下。"游鸣依旧表情轻佻，见周子豪愣了一下忍了下去，颇为得意地丢过来一个白眼。

"这话说得。"柳老三乐呵呵地道，"不存在什么手下不手下的，都是同事。小游过来怎么不跟我说一声？也好给你接个风。"

柳老三眼角余光见包厢里一群纨绔子弟，个个都是爹妈上辈子造过孽，这辈子还债来的，于是大方地说："今日我柳老三请了。"

"哟，柳三叔倒是很大方，那我也不客气了。"游鸣向他发了根烟，柳老三礼貌地接过来："那不打搅你们年轻人聚会了。游鸣，改天我再单独请你吃饭。"

游鸣得意地进屋，回眸斜睨了周子豪一眼，似乎那对经理的气已经转移到了周子豪身上："不过是人养的狗，还是学学看人的眼色吧。"

周子豪忍了，全是看在柳老三的颜面上。他走过来，顺手将烟扔进了垃圾桶："子豪，委屈你了。"

"这家伙什么人啊，拽得二五八万的。"要是以前周子豪的血性，管他什么来头，揍了再说，可他现在倒不是挫了锐气，而是不能砸柳老三的场子。

"游天霖的儿子。"柳老三的脸色一沉。

周子豪愣了一下："那您还……您还……"

柳老三的底周子豪没问，可在狱中，也知道他是栽在谁手里的。他刚来晏城没多年，听说这个同乡的游天霖做腻了小官儿，攀上了一个生意大牛，也来了晏城。先是借着和柳老三的关系得了不少好处，后来索性一不做二不休，抢了他的地盘不止，还陷害他入狱。周子豪只觉得血气上头："柳大哥，你怎么能对那种忘恩负义的畜生养的小畜生笑脸相迎！"

"呵呵。"柳老三意味深长地笑了笑，"做人嘛，退一步……"

海阔天空？周子豪愣愣地想。

"退一步，才有足够的空间缓冲，最后杀对方一个措手不及。"柳老三拍拍他的肩膀，"子豪，你还太年轻。不过你得明白一个道理，人在做，天在看，不是不报，时机未到而已。"

"可是……"周子豪信命不信天。

"子豪，不要把时间浪费在这些情绪上。走，上楼听曲儿去，我顺便跟你说一下东岸竞标的事儿。还有，你那个当明星的妹妹啥时候回来？"

"明天就回。"周子豪踌躇着说道。

"那不如我做个东吧。以后好歹也是一家人。"柳老三拍了拍周子豪的肩，笑着道。

周子豪被这一句"好歹也是一家人"给弄得受宠若惊，他眨巴着眼睛不知道自己到底做了什么，上天要派柳老三这样的人来拯救他。

"怎么，不乐意？"柳老三皱皱眉头。

"乐意！"周子豪屁颠屁颠地跟了上去，"以后，我周子豪命都给大哥！"

"谁要你的命？少不吉利，我就是要你这个人。"

晚宴的时候，手机就已经还给了选手们。而关于《摘星》那些铺天盖地的八卦消息，唐秋这时才知道。

乱七八糟的娱乐新闻和黑料中，关于她的尤其刺耳。

一位自称是唐秋老主顾的人直接开扒，说唐秋十五岁的时候曾在晏城附近的城市周市的一家会所里上班，后来突然销声匿迹，再也没回会所。跟帖者什么样的三观都有，有称唐秋过去混乱，摇身一变要成明星简直令人发指；也有表示年轻时谁没犯过错误，揪着黑料不放不人道的；但亦有反驳这种错误简直是违法，称难怪唐秋看上去有股风尘味，原来是从小养出来的……原本这些倒不足以让事情发酵，偏偏又冒出了个自称工作人员的爆料者，称唐秋在剧组中使尽各种手段接近江一凛，扮可怜，一副东岸落魄少女的样子，令江一凛心生同情，一些小细节说得清清楚楚，极具煽动性。唐秋一时成了江一凛粉丝的靶子，各种污言秽语轮番上阵。

这些言论并不足以让她窝火，李潮东倒是有些着急，过来跟她商量了好几次，让她不要回应，他们会想办法。大概见唐秋不吭声，以为她被流言给气着了，便安慰道，人有了知名度，好的坏的都会接踵而至。编造黑料这个人，到时候他会以节目组的名义发律师函。至于节目组这个工作人员，他会彻查 IP 地址，揪出来。

唐秋没有回应李潮东，只"嗯"了一声。

但她心里清楚，这些有一部分可能不是编的。现在她的身份，在十五岁溺水身亡前，的的确确是一个堕落少女。

唐秋只是黯然地想，如果当初，她没有跳烟波河的冲动，活了下来，没有遇上周子豪，她会飘向何处？

只会比当时的唐秋更堕落吧。

此时此刻，做了十年的唐秋她心里对那个同样十五岁的女孩有的只是感同身受。

她占有她的身份，却一句不能为她辩驳，那个唐秋才足够心酸，这个世间竟没有人对她抱有善意。

包括现在顶用她身份的她。

不过……这些人到底能扒出多少呢？这让她觉得心中打了个寒战。

次日一大早，唐秋已经收拾好了行李。节目组回晏城的车要下午才出发。她本想提前就走，琢磨来琢磨去，还是给江一凛打了个电话。

"要走？"那头的人显然没有睡醒，瓮声瓮气的，"不许走。"

"欸？"

"你过十分钟，到地下停车库来。我送你回去。"

唐秋一怔，推辞道："我自己坐大巴回去就好了。"

那头却只剩下了嘟嘟声。

"哪儿学的这么霸道！"唐秋抱怨道，嘴角却忍不住一勾。

十分钟后，唐秋拖着行李箱到了地下停车库。此时尚早，酒店附近并没有太多人，这段日子大家都连轴转，累得很，需要补觉。

一辆黑色的 SUV 正打着双闪，车里就江一凛一个人，全副武装地坐在驾驶座上等她。

见她出现，他从车上下来，一双大长腿迈到另一扇门前，极其绅士地替她开车门，又拎过她的行李箱，往后备厢走去。

"把安全带扣好。"这时，江一凛已经上车了。

"哦……"她乖顺地扣好安全带，"盛威呢？你开车吗？"

"盛威估计还在睡吧，一会儿打电话给他说一声就好。"

他扭头露出了一个灿烂的笑脸："跟你哥说，今天不回去。"

"欸？"唐秋差点儿从副驾驶座弹起来："什么？"

这时车载屏幕忽然亮了起来，是盛威的来电，江一凛点了接通。

那头火急火燎："我的祖宗，我一睁开眼就看到你短信，你让我把行程全推了是要干吗啊？啊？你闹我呢？"

江一凛懒洋洋地发动汽车："我都二十七岁了，得有点儿自由时间吧？我告诉你……我、需、要、过、私、生、活！"

"啥？"

"就是要谈恋爱，两天，你别给我打电话了。有什么事都两天后说。"

"啪。"这兄弟就这么挂了电话，然后摁了关机键，回眸看着一脸惊诧没回过神来的唐秋："喂，不是说跟我一起都偷偷摸摸的吗？我今天光明正大地带你去个地方，敢不敢？"

唐秋迟疑着，这种风口浪尖，她真的是有点儿害怕，她知道，她和江一凛越是走得近，那些扒她的手就会伸得越勤。

原本唐秋心里还有忌讳，却见江一凛眼睛清亮，她忽然心头一灿烂，仰头道："怎么不敢了？去哪儿？"

"跟着我走就是了。公主殿下，一切已经安排妥当。"

好生一句公主殿下，唐秋竟觉得心被高高抛起，落在云端。

她这辈子都没当过公主啊。

"我给我哥发个语音……你等着啊。"她拿起手机，对着微信大声地道，"子豪哥，今天我有戏要拍，可能要明天……或者后天……或者大大后天才回来，剧组比较偏僻可能会没信号。别担心。"

然后她将手机也摁到了关机键。

她在心里默许自己这一刻的任性，想把一切恐惧的、担忧的、掩藏的，都抛诸脑后。

一切都等之后再说吧。

车子徐徐开上了高速，唐秋虽不认得路，也知道这条路不是开往晏城的，但她什么都没问。开出一段后，他们在一个农家小舍吃了点简单的午餐。

简陋的餐馆里一台电视正高高挂着，老板娘上完菜后，一边打着毛衣一边看电视。

偏巧，电视上正在放娱乐新闻播报。江一凛的脑袋出现在屏幕中央。是之前去新加坡前抽空出席的一个公益活动，江氏集团以江一凛为代表，资助了几家孤儿院，其中有部分孩子是被拐卖儿童，有些已被人贩子折磨成残疾，江氏出资为他们保障生活。这件事在之前的追击人贩子事件后再度发酵，粉丝们自发进行捐款，媒体称他为十佳偶像。

唐秋这时看了一眼江一凛，见他慢吞吞地擦好嘴唇，像是这些事根本算不上什么荣誉。

唐秋心里又笑了笑。

万事万物，或许都有它的本意，卞小尘摇身一变成了眼前的大明星，或许就是为了去帮助更多的人吧。

"我吃饱了。"她放下筷子。

"那我们赶紧跑路吧。"江一凛压低声音说。

老板娘似乎有所察觉，已经回了好几次头。她看到电视上的人有些眼熟，刚才那个戴墨镜的小伙子……长得有点儿像啊……

她再定睛仔细看了看，凑近了电视……

不会真的是吧？

可等她再猛地回头的时候，那仅有的一张餐桌上已经没了人，只留下了几张百元钞票。

江一凛的车子开得很稳，唐秋大概是困了，初冬的太阳晒在身上，暖融融的。

电台正播着歌。

她瞥了他一眼，蜷了下身子。

不知为什么，觉得心里很知足。原本她是想躲的。

这么多年了，哪里曾想过再与他这样静谧地度过一个午后？

中途的时候，他似乎伸出手来轻轻地握住了她的手。

半梦半醒间，她有些贪心地想，是否可以就这样子，不必回到卞小尘和袁歆的纠葛。就当她忘记了，他也不曾提起……就这样，像他以为的那样，她也这么以为好了。

一个叫唐秋的女孩遇到了一个高不可攀的明星少年，多么偶像剧的情节……她应该像普通女孩那样雀跃地欣然接受……不是吗？

于是，她贪心地回握了那只手。

"这是到哪儿了？"唐秋一觉睡得深，醒来时阳光已经黯淡下去，而眼前是豁然开朗的一个大湖。

"下车。"江一凛伸手轻轻揉揉她的脑袋。

冬天的景点人烟稀少，唐秋下了车才觉得冷，下一秒，已经被围巾裹住。

"来这儿干吗？"

"带你洗洗肺啊。"他笑了笑。

"真不怕被人认出来啊？刚才那老板娘……都只差一点儿。"

"被认出来也不是什么坏事啊，合个影，签个名。我们又不是什么怪物。"江一凛道，"今晚，我们住山上的民宿。"

"欸？"

"我很多年前在这儿住了一段时间、每天看日出日落……"

此处是一家农家客栈，位于半山腰。自从岚琥山这边被开发成景区之后，周边村民来开客栈的不少，只是冬日天寒，游客稀少，实为淡季。

这家农家客栈并没有位于栈道附近，反而是需要步行一段崎岖山路才能抵达。此时，江一凛一只手拎着她的行李箱，一只手伸在空中，挡在唐秋旁边，倒不是扶她，似乎是准备随时搭把手。

唐秋走得有些战战兢兢，更是操心起他来：你要么把行李箱给我吧？你的手都还没好完全。"

见他回过头来，一脸"你到底把我当男人不"的傲娇愠怒："过分了啊这个要求。"

她只能作罢，看着他的后脑勺，却不禁微笑。

嗯哼，长大了，翅膀硬了呢。

总算走离了最艰险的路，前头是平地，唐秋吁出一口气："你朋友的客栈？"

"嗯。"他淡淡地答，"老朋友了。"

那是一处非常古朴的建筑，像是上个世纪的老式农家，不大，很干净，极其中式的农院里竟种着玫瑰，冬日里含苞欲放，悉数是红色。

唐秋已经冻得有些脸色发白，待走进那家农舍，一阵热情扑面而来。

眼看着面前的人，反应过来，的确是老朋友了。

那是一对两鬓斑白的老年夫妻，农家打扮，朴实且普通，但似乎与江一凛极亲，见了唐秋也并不觉得意外，像是接待自家亲人一样亲切，不客套。

今日像是早知道江一凛会带朋友过来，也没有别的客人，刘婶立马就去做饭了，刘叔自告奋勇地去帮忙。

夫妻俩忙忙碌碌，唐秋和江一凛就在大堂里吃新鲜的瓜果。

桌上摆着几张孩子的照片，照片看起来有点儿旧，但小男孩很可爱。

"是他们的孙子吗？"

江一凛摇摇头："是儿子。"

"不过……按时间上来说，孙子或许也有这么大了。"他剥开一颗橘子，掰下一瓣，递到她嘴边，"二十多年前，刘叔还在山下务农，有一天，去赶集的时候，唯一的儿子丢了。"

刘氏夫妻二人就这么苦苦找了自己的儿子二十多年。即便是现在，刘叔仍旧不死心，他每周都有两三天会去火车站徘徊，拿着一块写着自己儿子走失时详细信息的牌子，四处碰着运气。

唐秋心中恻然，抬头不敢看他的眼睛。

她不知道他是否也这么想他的父母。

是啊，小时候她和袁敬意就常想，这么好的一个孩子，身体也没有什么毛病，到底是什么父母会丢了这样的孩子，可那时候的卞小尘什么都不记得了。如果是被人贩子拐走的话，他的亲生父母会有多伤心啊。

唐秋有些欲言又止，不知该如何开这个话匣，又怕自己多了嘴。

于是叹了口气道："可怜天下父母心。"

江一凛陷入了几秒的沉默，忽然伸手拉她手腕。

"走吧，闻到粥香了。去吃饭。"

"我不用搭把手吗？"

"你今天可是贵客。"他笑了笑，"放心吧，刘叔以前干过大厨呢。他的厨艺在我这辈子吃过的住家饭里，算得上数一数二的。"

"真的吗？那我可要好好尝尝。"

江一凛没有骗她，刘叔的手艺果然了得，今天也着实是一顿农家大餐了。

新杀的土鸡炖了汤，红烧肉是炕上烤的，极香，山野里的饭好像是另外一种品类，吃起来就是跟城里的不一样。

煨了陈年老酒，煮了蛋丝儿在里头，喝起来甜丝丝暖融融的。

"姑娘多大了？"喝了点儿酒，原先还有些腼腆的刘叔就打开了话匣子，开始各种"了解"唐秋。

唐秋一个个老老实实回答。

"唐小姐你爸爸妈妈是做什么的？"

江一凛喝酒的动作停下来，刚想打个岔，忽听到唐秋并不介意地道："去世了。"

"啊？咋回事啊？"

刘叔还没来得及反应，就挨了刘婶一掌。刘婶怪他多嘴："哎老头你咋跟问户口似的，闭嘴啦！唐秋，多吃点儿啊。你太瘦了啦！这样对身子不好。"

"我这不是……"刘叔也有些不好意思，但还是嘴犟。

"哎哟！你这老头！喝了点儿酒就乱讲话。"

刘叔挨了刘婶一拳，这次刘叔没反驳，只是瞥了一眼桌上的照片，笑容黯然，然后又重新燃起："吃菜吃菜！"

"好。"

其实她没有见过自己的母亲，反而见过真正的唐秋的妈妈一次。那中年农妇脸上并没有什么悲伤，领了钱，表示自己会守口如瓶，就带着自己的小儿子走了，似乎死掉的那个唐秋跟她毫无关系。

至于自己的母亲，她只知道很早就去世了。最开始问起的时候，袁敬意总是很粗暴地告诉她母亲早就死了。直到有一年，柳叔悄悄告诉她，她妈妈来看她了。可是她没见上，那次袁敬意非常凶悍地将那个女人赶走了。那年，袁歆才六岁。那之后她就彻底恨上了袁敬意。后来，那个女人去世了。是袁敬意用他的决绝完成了她从小听到的诅咒。

"你妈，死了。"

听说母亲死的时候身边无伴，是几个朋友替她收的尸，那年她也没有太多的悲伤和眼泪，只是心里像是空了一个大洞。

那个洞，让她和袁敬意无法好好达成和解，表面上相依为命，实质上分崩离析。

直到他葬身火海，不曾留下只言片语。

她喃喃道："都去世了。"

心口仿佛有大风灌了进来，这时手在饭桌下被紧紧握住。她侧头看了他一眼，忽然风止。

今夜不宜多想前程，也不忆旧事。

老旧民舍的一景一物，略斑驳的墙面，都不像这个时代。因此更像个梦。

桌上热饭热菜，有酒，光线昏昏沉沉，像是梦境里的标配。

人喝了点酒，身上暖了起来，也昏昏沉沉。

连悲伤都有些昏昏沉沉，不那么真实。

老酒香醇，她一不小心便多喝了几杯，不过喝得不疾不徐。

昏昏沉沉间，酒足饭饱，四人离了席。刘婶去收拾碗筷，屋外传来自来水的汩汩流动声，和屋檐上的落雨声。

雨点大颗大颗地砸，窗外兵荒马乱，却在一扇门间隔了开来。

屋里，是侈靡的一段安然光阴。

唐秋坐在客厅的沙发上，只觉得困顿，眼皮有些打架，身畔的人的声音像是隔了层雨帘。

"困了就睡会儿吧，晚些我叫你。"

她却强撑着，摇摇头，哪儿肯闭眼，只瞪大眼睛盯着他，生怕一闭眼，眼前的一切就会消失。

江一凛像是懂了她的意思，将一只手臂递给她，让她枕着："这样睡，总放心了吧。"

她的脑袋扣了上来，重重一靠，又将手钩着他的指头，这才闭上眼。

刘婶从里头端出来一个火盆，见唐秋睡着，放低声音，小心翼翼地将火盆端到他们面前："山上冷，用这个将就一下。"

刘婶放下火盆，头一撇，手指再次摩挲着桌上的相片，表情还是一如既往的悲伤和惘然。

江一凛见状，说不出一句话来安慰，也知安慰无用。

他心里明白，人生若有执念，不是说放就放的。尤其是血脉至亲。

屋外天气微凉，唐秋却觉得没有之前冷得厉害，她蜷缩在他的胳膊底下，慢慢睡着。

不知什么时候起了一点"噼里啪啦"的声响，她恍恍惚惚睁开眼睛。

江一凛不见了，取而代之的是一个戏台子。

声音大起来，若干穿着戏服的人在面前走来走去，仿佛正在备场。她的影子倒映在他们中间，有些虚晃。

周遭是大雾，雾中戏子们全看不清面貌，她好奇地走过去。

有人开了嗓，台上大幕顺势落下。

她依稀辨着，正是一出《蝴蝶梦》，那舞台中央的男人身形有些眼熟，她想凑近去看。

有人叫她："袁歆，快看，台上是你爸。"

是吗？她心头一动，跟着人群往前跑去。

只见那人脸上戴着一个面具，面具上五官呆板，竟如同死士。

耳边仿佛有人"咿咿呀呀"唱着戏，时间过去多久了？怎么会这么久。

唱的是一折《煽坟》，身畔鬼哭狼嚎一般地吵嚷起来。那京剧脸谱之下，人影闪现。

她回头向那说话的人摇头："那不是我爸。"

那人也戴着面具，面具上的五官同样寡淡，他伸出手，指了一指："那不是你爸，那坟里埋的才是。"

"你胡说！"她横起眉头来，想要抓住那人的手腕，却扑了个空，那面具人一晃不见了。

而台上，突然之间那哭坟的男人不见了，只剩下一个孤冢。

顷刻间，火苗四溅，绕着那戏台子狂走，攀上那帘幕，攀上那坟！

那场火可真大啊，大到她的眼睛里容不下别的颜色，只有那恍恍惚惚的红色火苗，还有火星子，像是炸开的烟花。

"怎么了？"江一凛见怀中的唐秋有了细微的挣扎，那松垮的眉头重新又紧皱起来，轻声问。

电话铃声响了起来，他用力地箍紧怀里的唐秋，嘴唇紧闭，眉头也一样紧锁。

"别怕别怕。"

她要扑到那台子上去，不能让那火烧了她父亲的魂，可身后有一股力量紧紧拖住了她。

"袁歆，别去。"

大火放肆地烧，一个怀抱将她紧紧裹住。

"别怕。都是假的。别怕。"

她的身子慢慢地冷静了下来。

这时刘婶忽然面色紧张地跑过来，冲着江一凛低声道："一凛，小盛找到这儿来了，说出了点儿状况，让你赶紧跟他联系。"

江一凛一愣，看了一眼怀里的唐秋，见她眉头重新松开，似乎已经不再被噩梦摧残，心里稍微松了口气。轻轻地扶着她的脑袋，将手抽了出来。

"我马上过来。"

将一个柔软的枕头扯过来，又替她盖上了毯子，他方才站了起来。

刚一转身，却又回头，俯下身去，嘴唇轻轻地在她额上碰了一碰："马上回来。"

耳边燃起"噼里啪啦"声，唐秋正在转醒，梦里一切都在退散，火势减退，眼前一片暖色光晕。

她喝得有些多了，才会做这样的梦，梦里那些戴着面具的人，是谁呢？

她睁开眼睛，发现江一凛并不在，眼前有个火盆，是梦里"噼里啪啦"的声音的来源。

抬起头来，见刘婶正抱着一床被子过来："怎么才睡这么一会儿？一凛怕你冷着，让我再拿床被子来。"

"他去哪儿了？"

"哦……他经纪人打过来，好像出了点儿情况……他出去打电话了。"

唐秋盯着地上的火盆，将手放在上面，火焰照出暖光来，脑袋还是有些沉，像是还没有从睡眠里抽出来。

时间一分一秒过去，江一凛还没有回来。出什么状况了？

盛威虽然像个管事儿婆，但也不至于是个江一凛宣告了独立还非要骚扰他的人。

电话打那么久……

忽然转念一想，江一凛的事，或许上网看看热搜就能知道了吧。

她从身旁的包里摸出手机来。

江一凛一手握着电话，一手拿着手机，手机上是盛威发给他的截图。

是苏塔之前他合作的编剧，是圈内的一位"老人"。这位黄姓老牌编剧有他自己的主意和特色，在合作初期，了解江一凛的意图之后，想要把握剧作，塑造一个新的人物，虽还是京剧主题，但加入了许多现代商业元素，彻底让京剧成了背景，而男主角也变成了完完全全另外一个人。这显然违背了江一凛的初衷，于是在几经沟通后，付款和平解约。黄编剧虽心有不满，但毕竟也是拿到了合约上该给的钱，也就作了罢。

谁料到，突然之间，在《摘星》渐入佳境收视上涨的档口，他忽然在微博上发了一条微博，言辞激烈，直指圈内某当红小生吃人血馒头，表示当初合作告吹是因为他知道了江一凛的新电影原型是一个杀人犯，而他竟要将这样的人间败类搬上荧屏，进行洗白，简直是道德败坏。言辞凿凿之下，附的链接，直指北方某城废弃戏院，戏子袁某因不满拆除条件而欲将有私怨的游某之子烧死，游某之子命大逃生，却仍造成了两死一伤的惨况！

而这个新闻报道里的戏子袁某，正是江一凛要拍的电影的原型！吃人血馒头，其心可诛！让逝者家属，何以忍受，又让被害的孩子们如何忍受！

黄编剧控诉的微博下面，跟帖量已经陆续在增加，不过一个多小时，已上了热搜。

"一凛，现在的情况就是这样。"盛威在那头也有些难以平静，"这显然是个局，不然不会在这个时候一并搞出来。黄编剧跟你也没有什么私怨……"

"嗯，我知道。"江一凛却没有慌，他知道这是必经的路，要想让那已被埋葬的真相再度曝光，必须先一刀下去。

"我的意思是，咱们先出一个声明……但是江伯父那边叫我们不要轻举妄动，只是这几天，一定要多加小心。"

"这事儿怎么能让他担心。"江一凛道。

"你看跟帖者都义愤填膺……怕惹上不好听的名声。"盛威倒吸一口气，"一凛，我已经接到了几家投资方的电话，说要停止投资。"

"我知道。"江一凛望着窗外瓢泼的雨，顿了一下，"投资不需要多大，所以我根本不在意他们叫不叫停。我自己这边可以搞定。"

"一凛，这件事可没那么简单。这事儿可大可小，要真这么发酵下去，咱们根本来不及澄清什么真相，这电影根本拍不了。何止拍不了，我们都得完蛋。"

桌上有烟，是刘叔的。他抽出一根烟来，娴熟地放在嘴边，拿了火柴划开。

风很大，吹熄了火柴，他又划了第二根。

再度熄灭。

他将话筒一放，又划一根，手掌搁着那在风中好不容易燃起的细微光亮，放到嘴边。

用力一吸。光亮了起来。他被呛得咳嗽了一下，却笑了起来。风再大，总还是会点燃的。一根不行，就第二根嘛。

话筒里盛威见他没动静，急得像热锅上的蚂蚁。

"你让我推掉几个活动，好了，人现在主动上门要撤了，说你现在形象负面。咱们都有点动作你知道吗？"

他拿起话筒："少安毋躁，我有把握的，只是……还没有到最合适的时机。"

窗外雨声忽然止住，暴雨将息。

楼下传来什么东西被踢翻的声音，尔后是刘婶的尖叫。江一凛心头一颤，猛地掐灭了烟，转身向楼下跑去。

Chapter11
旧人相逢

眼前的那盆火像是突然有了生命，唐秋像是出现了幻觉，汗毛倒立，整个人发起抖来。她一脚将火盆踹开，伴随着的是急促的呼吸和恍惚回来的神志。

刘婶手快，这才阻止了那踢翻的火盆引起更大的火灾，将旁边水壶里的水泼过来，浇灭了那火星子。

屋子是木制的，若不是及时灭火，怕是要酿成大祸。

她整个人失神落魄，心里又悔又怕。刘婶倒是很关心地过来问她："丫头你没事儿吧？"

"对……对不起……"她抬起头来的时候，看到闻声下楼的江一凛，他冲到她面前来："你没事儿吧？"

她手里握着手机，整个人发着抖，推开了他："你别过来。"

江一凛一时还不知道怎么了，只以为她是吓坏了。

屋子里还有些烧焦的味道，刘叔正在处理，一面大方地说："没事儿没事，这点儿火哪烧得起来，姑娘你别怕。一凛，你先带她上别的屋去啊。"

江一凛刚一上前，唐秋却转身出了门外。

"唐秋！唐秋！"

下过雨的山路路滑，天黑得彻底，她跑得飞快，江一凛拔腿去追，前头就是来时险阻的路，他怕她出什么事，可怎么叫她她都不肯停。

跑着跑着，寒风阵阵，他忽然像是领悟到了什么，遂停下来。

"袁歆！"

那个奔跑的身影停了下来，像被什么猛地电了一下。她不再跑，不再动弹。

江一凛追了上去，扳正她的身子："你怎么……"

眼前的人抬起眼睛，目光如炬地望着自己。

她的声音清冷无比，难以置信地摇着头，甩开他的手，然后露出了一个苦笑："你……什么时候知道的？"

江一凛没有回答，他上前了一步，她后退一步："你别过来。"

"歆儿……"

果然。他是知道的，他不认她，这样要弄她！

她冷冷地抬起眼睛，厉声道："你带我来这里，就是为了试探我，对不对？你为什么要这么做！"

"你听我解释。"

"你真的是深谋远虑！你这么做到底为什么？"

"你冷静点儿！"他斩钉截铁地，"我不知道你为什么不认我，我不知道你为什么不说，我承认我第一眼见你没认出你来。但是……"

他胸膛起伏着，眼神深深地盯着她："我一直在找你。还有这件事，我一点点儿地跟你说！"

他伸出手来抓她，她却像是触电一般地闪开，异常决绝地说："我不认识你说的人，我也不想听你的解释，任何的解释。"

"别这样。"他半带哀求地道。

她咬着牙，一字一句地说："那个袁歆早就已经死了，你不用再找了！"

唐秋浑身发抖。卞小尘，你是要怎样？你明明知道，却让我自作聪明地演着戏！你怎么可以这样！

她现在像是漏了一半儿馅儿在外面的破皮的饺子，是什么馅儿其实面前的人可以看得一清二楚。

为什么要戳穿我，我伪装了那么久，我伪装得那么辛苦，你知不知道我本来妄想可以一直装下去！这样就算了，你竟还要一步步地将我引诱到此地，弄一场盛典狂欢，让所有人来揭我的疤！

让那些伤痛再次曝光，用你的能耐，以千百倍的速率传播，再告诉别人一遍，我的父亲是杀人犯！

唐秋扭头朝着山下跑去，几乎都忘了来时的路走得多胆战心惊。

"歆儿！"

天气已是零度，山上温度更是零度以下，气象预报：局部有雪。此时，这"局部"地区已经开始飘着零星的小雪。酒精作用下的她只觉得轻飘飘的，可心却很沉很沉。果然一切都是一场梦，梦醒的时候，她再次支离破碎。

你知不知道，我有多辛苦才熬过来，皮开肉绽地站在这个世上，骗自己可以重新开始。可是你，我一直最爱最珍重，也最想守护的人，当年亲手将我推开，今天又要亲手将我推回那油锅里！

眼见着唐秋整个人往前一跌，像是脚底被什么一绊，那一刻，江一凛只觉得自己的心跳都快停止了，他几乎是用闪电一般的速度扑过去。

那是山坳口的缝隙，这一处没有栏杆，枯枝碎石滚落，雨水湿滑。他紧紧地攥住她的胳膊，只觉得手臂撕裂一般的疼。

滚下坡的时候力道过猛，他的半个身子已经栽出坡度，一只手紧紧地攀着旁边的树，粗枝摇晃着，像是支撑不了两个人的重量。鞋底有些打滑，扫动几颗落石，撞下山崖。

没有回声。

底下就是万丈深渊！

这么一下，唐秋彻底醒了，也拼了命地用另外一只手攀旁边的岩壁。可岩壁上植被落水，又湿又滑，她的挣扎让江一凛又往下坠了一寸。

他咬着牙，发出牙齿打颤的声音："你……你别动！"

只听到"嘎答"一声，那是胳膊脱臼的声音。

说时迟那时快，在那一瞬间，他忽然将右腿一弯，紧紧卡在那树干上，在胳膊失去力量之前，松开那握住树干的手，稳稳地抓住唐秋的胳膊！

树枝猛地一颤，树叶上无数的雨水冷冷地拍在唐秋的脸上。

生死之际，那冰冷的雨水将她彻底浇醒。

那一刻，她忽然不再挣扎。两人就这样悬挂着，那树干发出摇摇欲坠的声音，唐秋没有支点，他也没有另外一只手来攀她上去。

两人就这样吊挂着，随时都会有栽进悬崖的危险。

"你再这样，也会跟我一起栽下去。"他的声音很轻，似乎稍微重一点儿都怕用力过度，将那悬命的一线振断，"你别怕。"

所有的力气都在他的两脚之间，那脱臼的右臂都顾不上痛，左臂也有了撕裂一般的痛。

他快要撑不住了。寒风刮在他们的身上，无比的刺骨，可额上却满是冷汗。

"你听我说，我喊一二三……你就往上用力，我用力把你拽上来。"

下头的人没有回音。

"你听到没有？"江一凛心中一寒，问道。

底下的声音幽幽地传来："你松手。"

她在说什么？他怎么可能松手！

"你别……"

唐秋的手指原本还紧紧地攀在他的手臂上，这时手上的重量一空，江一凛觉得自己灵魂出窍，几乎来不及反应。几乎是一刹那，他觉得血全部冲到天灵盖上来。

山谷来回呼啸着风声，雪水落在脸上冷冷地化开，他只觉得喉头一阵发涩。

袁……袁……歆！

山谷里忽然传来了人声，远处有手电筒的招摇声，刘叔大喊着："一凛！一凛！你们在哪儿啊！"

"江一凛……"身下有个很近的声音响了起来，止住了他空茫的耳鸣。

"我没事，我踩在一个土台子上，很稳，我不怕。"

她抬起头来："你快往里头去，叫刘叔去弄根绳子把我绑上去！"

一个小时后，山下的卫生站。

医生是刘叔的老熟人，并不用担心消息走漏。刘叔和刘婶这一下真是吓得够呛，幸好见两个孩子都没什么大碍，这才放心。

江一凛手臂脱臼，医生给他接上，他愣是一声没吭。他腿上有大片的划伤，唐秋还好些，只是脸上被树枝划了一道。

惊魂终于回归身体，在简陋的卫生站里，唐秋不知该说些什么。

他们俩一路无言，又一次的劫后余生，江一凛沙哑着开口："你问我什么时候知道的，就是上次，我们一起在公路上追人贩子的时候，我差点儿被卡车轧到，你扑到我身上来。"

他目光如炬。

"你喊了一声……卞小尘。我当时……以为是幻听。"他苦笑着。

"江一凛。"她猛地抬起头来，"你是幻听了。我不认识你说的人，也不是你叫的那个人。"

她眼神清冷，却面带笑容："过去的都翻篇吧。"

她转身要走。

"你要去哪儿？"他跟跄着站起来。

"回家。"她头也不回地给了他两个字。

江一凛知道她的性格，袁歆的性格很倔，他知道现在他什么也解释不了，只能让她先稳定一下情绪。刚才那么一下，他的心都要跳出嗓子眼了。如果她真的跌落悬崖，那他该怎么办？

"我送你。"他站定，冲她的背影道。

"你的手都那样了。"她回过头，眼神怨念地瞪着他，"你能不能……"

"我找司机送你。"他越过她，走出了诊所的门，忽然又定住，"你哪儿也别去，在这儿等着。"

得知他们就要走后，刘叔刘婶再三挽留，但也知道江一凛的性格，后来也就不劝了。

大晚上的车不好开，再加上刘叔喝了酒，不能酒驾。于是他们商量着找熟人帮忙。

商定后，刘叔找人去了，顺便帮他们把行李拿下来。

"到底怎么回事？"刘婶也不知道发生了什么，就是一瞬间，原本饭桌上的和谐就翻了个篇，两个孩子莫名挂在了悬崖上，都挂了彩。那唐秋也不像个不好说话的姑娘，看上去礼貌得很。这是怎么了？

但眼看也撬不开江一凛的嘴，她只能叹了口气："好好跟丫头道个歉，好好哄哄。知道不？"

江一凛脸上露出了一个略带茫然的表情。

"就算有天大的事，都会好的。晓得不？"刘婶默默地看了一眼刘叔离开的方向，压低声音道，"你看你刘叔，当年犯下这么大错……"

刘婶没再说下去。

江一凛也不忍接话。他知道刘婶说的是什么，是指刘叔当年把孩子弄丢的事。

"您原谅刘叔了吗？"他沙哑着嗓子道。

"谈什么原谅呢？这么大的事，谈不上原谅，只是……他犯下的错，我再痛，也会陪他一起承担罢了。"

时间会冲淡一切吗？或许不会，却会把一些恨掺杂进另外一种情感里。

他记得很清楚，他刚认识这对夫妇的时候，刘婶还没办法好好跟刘叔说话，她将命运之于他们夫妻二人的灾难，归咎在刘叔身上。她怨念极重，日日以泪洗面，思儿成疾，怨夫成病，进了好几次医院。

而现在，虽然他们从来没有停止过寻找那个二十年前消失的孩子，但他们也终于开始重新正视了自己的生活，正视了爱和陪伴。

在这凄楚的世界上，你永远不知道命运什么时候会突然残酷对你。陪伴是那黑暗之中的唯一的缝隙。有光透进来，要向着光，把那缝隙越扒越大，黑暗才不会彻底笼罩你的头顶。

江一凛不知道，在这个国家的某个角落里，他的父母是不是也在寻找他？

可他根本没有想过去寻找自己的亲生父母。

他有时候恨自己的凉薄。

他其实骨子里知道自己的爱非常有限，他只能分给很少一部分人，对那些不曾放在记忆里的，他无法模拟那种爱和热切。

可他却也不知道，自己那颗心真正切割完，分到每个人身上又是如此的重。

只是他自己不知道罢了。

可是他此刻只想把他那颗或许并不剩太多的心，全部给唐秋。

如果今天她滚落悬崖，他便也跳下去。没错，就像她那日不顾一切地扑到他身上一样。

"刘婶，对不起，给您添了那么多麻烦。"

刘叔和司机已经把车开过来了，江一凛坐进了副驾驶。

唐秋上车前，给刘婶鞠躬，又看了一眼刘叔："麻烦你们了。"

刘婶笑着拉着她手："傻丫头，没事的，你又不是故意的。"

刘叔则憨厚地笑。

刘婶又压低声音道："天大的事都会过去的，我是头一次看到一凛这么珍重一个人，命都不顾……丫头，你别辜负他。"

眼中忽然含了泪，唐秋却不敢再允诺什么，打开车门，坐了上去。

"等伤好了，你俩再来。过年，来婶儿家过，我们给你做很多好吃的。你晓得的，我们家孩子不在，你们来，我俩也不至于太寂寞。"刘婶抹了把眼睛，将快要落下的泪抹干净，又朝着前头喊："开车小心点儿啊。"

车后座上，唐秋的眼泪猛地冒出来，无声地落满脸颊。

"别哭。"他在前头说，"弄到伤口了，会留疤的。"声音淡淡的，像是什么都没有发生。可心里却有个声音哀求着，别哭了。你再哭，我的心都要碎了。

抵达东岸，已经是晨露熹微。

东岸的早餐铺子已经拉开了一天的序幕，蒸汽缭绕的寒冬早晨，烟火气夹杂着周遭车辆扬起的尘土。

唐秋拒绝了他帮忙拿行李的要求，她的"告别词"只有两个字。

"拜托……"

他会意，回了副驾驶，戴上墨镜。

"走吗？"司机问他。

"等一下吧。"

江一凛坐在那儿，一言不发地望着窗外。

东岸真的和西岸太不一样了。

他也不知道自己在等什么，就是在劫后余生又一夜无眠之后，生出了一丝莫名其妙的幸福感，和悲伤缠绕在一块儿。

"走吧。"他向司机道。

先让她冷静一下吧，他太了解她的性格了。

改天他会再来的，一大早混混沌沌也没办法把事情说清，他还要拜访一下她这些年的"家人"呢。

唐秋凌晨归来，把周子豪和周蕊都给惊起来了。

她脸上被树枝划破的伤口不算惨烈，但是整个人失魂落魄，却又靠着一念强撑，看起来冷静又冷漠。

当周子豪想去看她脸上的伤口时，唐秋忽然炸了毛，猛地将他的手打开："别碰我！"

这一声在安静的清晨显得格外凛冽，唐秋的眼神像某种小兽，竖起了浑身的刺。虽然下一秒，她就在周家两兄妹错愕的表情下柔和了下来。

"那个……哥，我太累了，我想休息一下。"

周子豪让道，待唐秋将行李箱拖进屋门，紧紧关上，他回头看向周蕊。

周蕊眨巴了一下眼睛。

他们都清楚，唐秋一定是碰上什么事了。

而门的那边，唐秋颓丧地倚在门框上，缓慢地将行李箱打开。

她不是很敢睡，怕那个梦又一次绑架她。而打开行李箱的那一刻，她又一次愣住。她的行李箱里放着一小束玫瑰，用油皮纸包着。那是江一凛送的玫瑰花。

唐秋直到午后才昏昏睡去，倒是没做那个令她恐惧的梦。大概是因为太累了，心思也太重，反而睡得有些过沉。

周子豪很体贴地没有问唐秋她不想答的问题，三兄妹已经很久没有在一个屋檐下长期相处，这时光久违而陌生。

周蕊加入了个漫画公司，虽然只是做画手助理，整个人却像是换了个样子。从前那个懒洋洋的胖丫头现在变得勤奋无比，因此也没法守在店里。杂货店便关了门。

唐秋在休息了一整天后恢复了"正常"，正常之余又好像有那么点儿不正常。

比如她忽然开始勤劳地打扫卫生。空闲的几日，唐秋每天忙着搬货，理货……还琢磨着要将店重新粉刷一遍，墙面换新的，招牌换新的。

她竭尽所能地想要让自己忙起来，不去思考那些有的没的。未来也好，过去也好，她只想过好现在。

周子豪这几天倒是常常待在家里，烟瘾越发地重，这天看到唐秋踩在木爬梯上粉刷墙面，问：“你干吗呢？”

唐秋回过头，头发被高高扎起，脸上之前的伤口已经结了痂，她的恢复能力一向很好。

“我刷墙呢。”唐秋道。

“刷什么墙啊，哪儿有女明星刷墙的。”周子豪玩笑道。

却见唐秋垂下手臂，回头道：“哥，比赛，我不打算继续了。”

周子豪猛地一愣，一时竟不知道该接什么。

“不去……就不去嘛。又不是什么奥斯卡比赛，本来就埋汰了你。不过，墙还是别刷了。咱们可能要搬家了。”

“搬去哪儿？”

“东岸要拆了。”周子豪淡淡地道，“我们家也要拆了。”

他想了想，忽然又扬起一个并不算太真实的笑容：“以后咱们这街区，就是东岸最豪华的地方，江景房、商圈，全都会建起来！”

唐秋抬头看他：“咱……要变拆迁户了？”

“不只是拆迁户，哥现在就是开方商之一！以后咱再也不用愁钱的事！你想做啥哥都支持你，不是喜欢演戏吗？咱不用去趟娱乐圈那浑水，哥到时候有了钱，给你投一部戏，想找谁找谁！你说了算！”周子豪早就猜出唐秋在节目组肯定是受了委屈，尽管他不问，但心里还是明白的，这时他哄着她开心，却见唐秋从梯子上下来，脸上一点笑容都没有。

“咋了？”他心里一空。

唐秋笑了笑：“是好事，但……不知道为什么，觉得这里没了，挺难过的。”

物是人非一场接一场。原来，没有哪个地方是可以供她一直蜗居的。

这一次，周子豪明白，他也莫名有一种伤感。对于这个街区，他不是没有感情的。他没再说话，坐到角落里，摸出一包烟来，点上，抽了一口，叹了口气。

过了会儿，他抬起头来说：“收拾收拾，我今晚要请我柳大哥吃个饭，小蕊得在工作室，你跟我去吧。”

“去见那个柳大哥吗？”唐秋抬起头道。

“你是不是担心自己脸还没好？你放心，柳大哥他们不是普通人，没那么俗气。”

“我不担心。”唐秋摇摇头说，“我去收拾一下就来。”

唐秋进屋换衣服，周子豪就在窗口抽烟，望着外面的光景，他心里有种说不出的滋味。

进去之前，西岸还没发展成现在这副繁荣景象，钢筋水泥的城市才初见端倪，短短三年，东岸搬的搬，走的走，破败成晏城人民口中的贫民窟。他回来那天，如同直接穿越到了几年之后。

幸好唐秋和周蕊没变，也算是他命不错，在里头的时候，遇上了一个柳老三。

周子豪服他，源于柳大哥这家伙不仅为人爽直，有情有义，还是个有文化的主儿。据说，以前还是个唱大戏的，后来大戏不好唱，就下海经商去了，这些年挣了不少钱，后来被人给下了个套，就进去了。不过他说，没什么要紧的，船到桥头自然直，人也是一样。只要不执迷不悟，到啥时候重新开始都不晚。

柳大哥比他早出来一年，当时周子豪他们为他送行，柳大哥给了他一个地址，让他出来去找他。周子豪没这么干，要不是那次被请到黄金楼吃饭还险些动手碰上，可能也就没下文了。

柳大哥是个越相处越让人喜欢的人，周子豪也是一个认准了一个人就跟到死的主。当年对树爷是，现在对柳大哥也是。但当然也不是什么盲目地跟，周子豪虽然在有些事看上去混不吝一道走到黑，但谁值得跟，他心里清楚得很。

那天，他们在吃完饭之后，柳老三突然问他："你想做点什么？"

周子豪脑子里转了一大圈，然后答道："赚钱。"

柳大哥一愣，过了会儿反而大笑起来："好好好，挺好。目标纯粹，也挺好的。子豪，我这边有个计划，我想除了你，没人更适合做这件事。"

柳老三说的"计划"，其实早就不止是个计划了。城市规划早就在进展中，只是缺个人打头。东岸的第一个商圈，柳老三其实一直在跟游天霖所处的集团竞争，并且势必要拿下，否则游天霖手再长下去，这晏城就容不下他柳老三了。

话说，游天霖跟着那个姓程的大老板从小县城到了晏城，当初借着程老板的资源和跟柳老三的老乡交情慢慢站稳脚跟后，却处处针对柳老三，恨不得将他挤出晏城，也不知是有多大的仇恨。游天霖甚至下狠手，陷害柳老三，将他送进了牢狱。商人多少都有些小辫子，但他是真没想到，柳老三还挺干净的。若不是他身边人不干净，他也不至于真进去。游天霖贪，是个喜欢把大方挂在嘴上的人，却几乎不付诸行动，小心眼至极，但凡有那么点儿得罪到他的，他绝对不放过。他树敌可是不少，但偏偏背靠大树，混到现在，竟无人能收拾他了。

游天霖的儿子游鸣，可谓是有过之而无不及。底下的人告诉柳老三，游鸣好像是在抽大麻。游天霖倒是懒得管自己的儿子了，断了他的经济来源，却不知怎么的，这游鸣也是有本事，仍旧夜夜笙歌。有一次在黄金楼抽，被老柳底下的人知道了，但也没轻举妄动，先来跟老柳招呼了一声，问要怎么处理。

"派人跟着。"柳老三说，"这东西可不是什么便宜货，虽然不排除提供的人给游家一个面子，但游鸣有点儿小聪明……"

手下抬眼问："您的意思是……"

柳老三笑而不语，他想让人顺道摸摸这条线，因为他怀疑游鸣不是吸毒，而是供毒。

至于东岸收割的项目，竞争是私底下进行的。游天霖最近膨胀得有些找不着北，满以为这个项目他坐享其成就行，打着程老板的名头，继续宴请各方，夜郎自大的他并不把重出江湖姿态甚低的柳老三放在眼里。

所以，在游天霖知道柳老三已经板上钉钉地拿下项目的时候，气得快要吐血。据说，他在股东大会上暗戳戳表示，柳老三甭想让项目顺利进行。

柳老三也知道东岸这块蛋糕虽是香饽饽，却有点儿难啃。

大刀阔斧之下，必有"坐地起价"，但这些倒不是柳老三所担心的。曾经在东岸收债，又和东岸有那么深感情的周子豪是最适合帮他啃下这块蛋糕的人。但他更担心的是那些在东岸生活却无根者。这样的"城市改造"，于他们而言，只有伤害，没有任何利益。他们该何去何从？又怎么才能安抚到他们的情绪？这才是柳老三头疼的地方。

中式餐厅的走廊里，唐秋停下脚步，远远看到柳老三朝她走来。

她第一眼就认出了他。尽管他现在已经是一介商贾，却还是和从前一般一袭青衣布衫。

这是她从小就亲的柳叔，是她父亲最好的搭档。

那一刻，唐秋心里一阵风起云涌，卷帘门后的戏曲片段幽幽跃入耳中，一时竟呆住。

"这位是表妹吧？"柳老三与周子豪打了招呼，见到唐秋，慈爱地打量了她。

唐秋低了低头，如预料中，柳叔没有认出她。

她莫名松了口气。

周子豪挠挠头，不好意思道："叫柳大哥。"

唐秋猛地反应过来，唤了声："柳……柳大哥好。"

"别别别。"柳老三眯着眼笑了笑，"你表哥喊我柳哥就算了，你喊我柳叔吧。"

柳叔。唐秋喊不出口，这个称呼太过熟悉了，她喊不出。幸好柳老三也没太在意，邀了众人便往里面的包厢去。

唐秋这才发现，自己的手心竟有些开始冒汗，深深呼吸一口，随之入座。

包厢雅致，圆桌很大，这时一群人入了席，周子豪介绍道："这是我表妹唐秋，起来打个招呼，这是柳大哥助理。"

一个个地介绍，唐秋站起来一杯杯茶地敬，她长相自是出众的，人群里也自有眼熟她的人。

"子豪，你这妹妹是不是个演员呐？哪儿见过似的。"

周子豪便笑着说："有眼力。我妹之前参加了一档节目，特别红！"

"对对对！"那人恍然大悟，指着她说，"就是那个小明星，叫什么江一凛的！"

唐秋搪塞着，心中是惴惴不安，脑子里有些乱。

命运是要在这个冬天将她过去的一切聚齐，将她所有的伪装都一锅端吗？

饭桌上的话题竟沿着江一凛继续下去，为首的小老板冲柳叔说："柳哥，我倒是听说那小明星要拍个京剧题材的东西来着，搞得最近一群小姑娘来我那清吧，不要听音乐，非要听京剧。对了，柳哥不是以前就是唱京剧的吗？怎么的，给我们来一段儿？"

唐秋低了低头，心里念了声：别唱。

柳老三笑了笑："现在的小姑娘，对我们那些老掉牙的把戏，哪儿是真的感兴趣，不过就是图一阵乐子。不过那江一凛倒是个记恩情的孩子。"

唐秋心里一紧，看了一眼柳老三。

他……知道一凛的身份？

这时柳老三忽斜睨唐秋一眼，看得她一时心虚，猛地喝了一口茶，差点儿把自己呛着。

周子豪登时拍拍她的背，一边还说："我妹这人，一提京剧就激动！"

"哦？"柳老三好奇地回头看她，"喜欢？"

唐秋皮笑肉不笑地坐着，没接茬儿，刚想掐一下周子豪大腿，他却缺心眼地来一句："没事儿，柳叔是自己人。"

然后他向着柳老三道："是不喜欢！以前一看到电视上放京剧，就立马转台……烟波桥上不是有个先生唱戏吗？每回过到那儿，走特快……哎哟。"

挨了唐秋一脚，周子豪面不改色，口改得却超快："我随便说的，我也走得特快！生怕听多了，要给钱！"

柳老三见唐秋看周子豪颇有些责怪的眼神，笑了笑："没事儿没事儿，个人喜好嘛，有人痴，自有人厌。"然后向着众人玩笑道，"倒幸亏子豪提醒，否则我这一上头，就得惹姑娘讨厌了。来来来吃菜吃菜！"

柳叔一点儿没变，小时候就是这样，总是替她解围。她还记得有回饭桌上挨了揍，柳叔把她抱走，抱在膝上，哄她："不喜欢，咱以后不学就是了。歆儿，长大了想做什么？"

做什么？此时想起来，那时候到底想做什么来着？那时她还是个稚子，对一切都懵懂无知，满世界只有那个戏台子和袁敬意，都是又敬又怕的东西。那时候想，若是柳叔是她父亲该有多好。若是当年柳叔离开的时候，把她也带走。如今，会不会不一样？

唐秋给自己满上一杯酒，起身向着柳叔："柳叔，这杯敬你。"

柳老三有些意外，方才见这姑娘有些生疏躲闪，还以为是怕生，愣了一下也举起杯子。

唐秋轻轻笑了笑："谢谢您。"

"谢我？"

没错。谢你，谢你少时对我多加照顾。谢你曾与我父亲肝胆相照。谢你在我们出事之后，第一个回到老家护我。

也抱歉，抱歉我十五岁那年落荒而逃，不曾归来。知你寻我数载，知你将我父亲的坟冢迁进祖坟，我却在十年后与你相见，连一声"柳叔"都要以他人的名义。

唐秋一口饮尽，不忍再去看柳叔，借口去洗手间跑了出去。

柳老三看了一眼周子豪："姑娘没事儿吧？"

"没事儿。"周子豪也有些古怪，唐秋向来酒量好，今天却有些不大对头。

柳老三心下有些疑惑，那声柳叔不知怎的在他心里扎了一下，他迟疑抬头。

"子豪，你这妹妹是哪里人来着？"

"她是我老家的啊。"周子豪讪讪笑了笑，忽然心里一"咯噔"。

"哎。没事没事。吃菜吃菜。"

江一凛走进了郊区的一家医院。尽管他戴着口罩，身上的衣服也穿得随意，可口罩上方露出的眼睛却像是闪烁着无限的光芒，还有他的身姿气场，都让人挪不开眼睛。

直到他消失在走廊的尽头，那意犹未尽回头的女护士才徐徐回头，向身旁一样有些发痴的伙伴道："这人谁啊？看起来好像哪个明星啊。"

另一个说："我哪儿知道，欸，他去哪个病房？查一查呀。"

过了一会儿，那个女护士道："好像是个烧伤病人……"

男人已经走进了那间 VIP 病房，有个憔悴的中年女子正起身向他鞠躬，而床上那个病人正在努力挣扎着起来。

他有着一张可怖的脸，半张脸是毁了的，另外半张却算得上清秀白皙，他身上露出来的皮肤几乎没有几块是完好的。

江一凛抬手，示意他不用起身，然后大步向前。

"今天还好吗？"

"还行。"他露出了一个笑，被烧毁的那半边面部肌肉已经全然坏死，只剩下半边的嘴角勾起，是一个可怖的表情。

要修复一个十年前烧伤的人，并不是一件容易的事，在金钱上来说，更是昂贵无比。

江一凛轻轻拍了拍他的肩膀。

"她什么时候来？"

江一凛皱了下眉头："快了。"

当唐秋回到包厢的时候，已经是半个小时之后。包厢里的大伙今日都高兴，即便是柳老三也觉得十分振奋。他向来不酗酒，这日喝得有些多，迷迷糊糊间揽着周子豪的肩膀。

"一场火，他妈的，全没了。"

然后他看着周子豪，笑意更浓，却显得格外悲伤。

"人这一辈子，什么都不能痴，钱也好，理想也好，情也好，不能痴！但不痴……"他向后仰倒在椅子上，抬头望着天花板，仿佛那上头有一颗月亮，"但不痴点儿什么，人活着又有什么意思呢。"

十年前，故乡一场火烧完了柳老三曾工作十年的那个剧院，也烧死了他的兄弟。

老柳很爱京剧，但没有到痴的地步。但对于情谊，他却不自知地痴。旁人总说他待袁敬意太厚，可他知道，当年在他一无所有的时候，是袁敬意拉住了他。他们曾发誓一生不背弃彼此。而后来，是他柳老三违背誓言，所以袁敬意再怎么怪他，他都认。你看，他怎么不怪别人呢。

柳老三一生无子无女，那个在他膝头长大的小女孩在他心里是唯一的女儿。

袁敬意出事的前一天，柳老三的手机收到过一条简讯，只是当时他在海外。

他在讯息里说："老柳，我这边可能会有些麻烦，我怕我要是有点儿情况，欣儿不知如何是好。只能拜托你。别人我都不信，我只信你。"

可惜……当他将那桩海外生意拿下，凯旋时，一切都来不及了。

当他风尘仆仆赶回家乡时，袁敬意那被烧焦的尸体还躺在殡仪馆中。他顾不上缅怀兄弟，第一句问的便是："丫头呢？"

管事儿的人面面相觑，柳老三怒了，又问了一遍："丫头呢！"

有人讪讪道："跑了。"

那之后，他一直在找她，他和江一凛一样，派人在全国范围内拿着她的照片找。却一样一无所获。

他再也没有找到她。

柳老三喝得有些多了，他合上了眼睛昏昏睡去。而一旁的周子豪像是想起了什么似的。

柳大哥是哪儿人来着？从方才那话中，他像是猛然惊醒，一抬头，看到唐秋走了进来。

她微笑着说："哥，不好意思啊，我出去接了个电话。"

饭后，周子豪和唐秋步行着回家。经过烟波桥的时候，发现那个京剧老头儿的摊位已经不在了。唐秋下意识地停了停脚步，回头，看周子豪的眼神充满了宽容。

不像是他认识的那个唐秋。

"哥，有什么要问的，问吧。回到家，咱就不提这个事了。"

周子豪想了想，一时竟也不知该从哪儿问起："节目真不打算录了？是不是和他们要拍的东西……"

"嗯。"唐秋点头。

周子豪心里的揣测竟落实了，他咬咬牙："那个……不会……柳大哥……你认识他？"

唐秋缓缓抬起头来，眼神里含着笑意："嗯，所以……我打算出去躲一躲。"

"躲什么？"尽管周子豪觉得心里一阵惶恐，但他还是一把摁住了她的肩，"你怕什么？你现在是我周子豪的妹妹！你叫唐秋！何况，连柳大哥都认不出你，你怕什么？"

"哥……"唐秋轻轻抽出自己的手，"因为我自己认得出我自己。我怕……我自己不放过我自己。"

从医院出来的时候，等在那儿的盛威将电话递给了他，说是李潮东那胖子打来的。

江一凛接起电话便听到他在那头说："一凛啊，那个，唐秋……唐秋给我打电话说要退赛，我……我都没来得及劝她，她就把电话挂了，还叫我不要找她……而且，她把……把钱也还给我了，我都没来得及说你已经替她还了……"

李潮东话都还没说完，江一凛就挂了。他有一种直觉，如果他不快一点儿，她又要消失了，这一次，他要费多大的力才能找到她？

"去东岸。"他火速上了车。

盛威提醒道："咱们的车好像被人跟了。"

"去东岸。"

"不是啊，一凛……"

"我说了，去东岸。"

盛威咬了咬牙，踩下油门，一路压着速度飞奔进车水马龙中。在夜色里，他穿梭自如地甩掉了身后的车，稳稳地开上了烟波桥。

东岸。零度边缘的气温的夜里，弥漫着清冷的气息。

周蕊从工作室回来，拿着 iPad 正在刷资讯，她在思索，她的姐姐在剧组里到底被谁欺负了。不会是江一凛的，少女粉红色的梦里，江一凛一直是一个彬彬有礼的王子，定是那些灰姑娘的大姐二姐和后妈搞的鬼。

而当她抬起头来，看到站在柜台外的江一凛时，她甚至没有反应过来，以为自己眼花。

她低声"哇"了一句，然后掐了自己，猛烈地眨巴着眼睛。

江一凛咳嗽了一声，手微微抬起："那个……"

"活的。"周蕊的表情有点儿呆滞，她静静地盯着面前人，盯到他有些发毛。

"你好。"他开口道。

周蕊腾地站起来："你找我姐吗？我去叫她下来。"

周蕊看起来极其淡定，但其实，她的脑子里几乎一片空白，连腿都麻了。起身准备上楼喊唐秋时如喝醉的人一般，一个跟跄撞翻了柜台旁的饮料箱。

箱子里一罐罐的饮料滚得满地都是，她却顾不上。

江一凛只好蹲下来捡，耳膜险些被刺破般地听到她的尖叫："姐！唐秋！江……江一凛来了！"

而仅隔着一层楼，几分钟前，唐秋正在收拾行李。

"秋，你要是走了，就不打算回来了是吧。"周子豪站在那儿，看着她，虽然居高临下，眼神里却满是哀求。

周子豪知道他这妹妹的性格，要说她犟，她可是命都可以不要的那种犟。却也是真弱，你看，命都可以不要，活着就有那么多可逃的吗？就算真的得逃，天下之大，她能跑到哪里去呢？

"你到底在逃什么？"周子豪有些恼了，压低声又怕楼下的周蕊听到，"你到底在怕什么？即便咱被拆穿了，要担责任的也是我。那十年前的事跟你又有什么关系，都什么年代了，难道还搞连坐制吗？"

唐秋手里的动作停了下来，她缓缓抬起头来，冲周子豪露出一个有些苦涩的笑容："不是你想的那样。"

她刚想开口说什么的时候，忽听到楼下的周蕊大喊："江……江一凛来了！"

唐秋和周子豪都愣在那儿，周子豪歪着脑袋皱起眉头审视唐秋。

敢情唐秋不是逃跑，而是私奔？

眼见着周蕊噔噔噔跑上来，对着唐秋："姐，那个……江……江……"

唐秋腾地一下合上行李箱："说我不在！出去旅行了，让他走吧。"

"他来干什么？"周子豪一脸蒙。

他刚要跟着周蕊下楼去看看，忽听到唐秋阴恻恻一句："周子豪你站住！"

然后她斩钉截铁地道："你，也，不，在。"

周子豪听到外头吵吵嚷嚷的，他探出头去，看到几个扛着机器的人正一点都不避讳地在他们附近杵着，镜头对准了他家的二楼。他猛地拉起了窗帘，骂了一句："找死呢！"

跑下楼的周蕊挤出一个有些艰难的笑容来，手指戳了戳楼上："我姐说……哦不是……我以为我姐在，但事实上不在。她可能出去旅行了，可能要明天才回来……"

但见江一凛不动声色，周蕊又说："那个，要不要在这里……吃点东西……看一会儿电视……"

"她怎么了？"江一凛道，"我能上去看看她吗？"

江一凛话刚说完，便见周蕊像母鸡似的张开手臂挡住去路，头摇得跟拨浪鼓似的。

周蕊自己也没想过，她会有跟江一凛说不的一天。

"她……不在！真不在！"

江一凛当然不会走，他此刻有太多问题想要问清楚，于是他朝着楼上大声问道："唐秋，我上去，或者你下来。我们聊一聊。"

上头并没有回音，倒是老母鸡似挡面前的周蕊略显尴尬地压低声音问了句："江一凛……你是不是惹我姐生气啦？你做什么了？我姐脾气挺好的啊。"

江一凛不知道该怎么向她解释，只是笑了笑，然后继续向着楼上道："我在楼下等你。"

他向周蕊笑了笑，然后就在旁边摆着的小板凳坐了下去。

周蕊的眼睛眨巴了一下，她将双臂放下来，深呼吸一口，盯着小板凳上坐的人，那只出现在广告牌和荧屏里的脸和身后的货架是如此的不和谐，就好像一颗星星落在了杂乱的废墟里。

身后忽然传来人声。

周蕊认出这人是之前送唐秋回来，自称江一凛经纪人的那一位。

盛威问了句："一凛人呢？"

周蕊一指，那头货架后凑出来一个脑袋，江一凛眯着眼笑着说："盛威，我现在还走不了。"

这时盛威猛地将一楼的卷帘门拉到了底，一头的汗："你现在想走也走不了。"

"怎么了？"

"咱们出来的时候就被盯上了，鬼知道这群人哪儿来的本事。"他快步走到江一凛旁边，有些急躁地道，"这个节骨眼儿上，要是被人拍到，不知道得做多少文章。"

江一凛不理。

"你……"盛威知道跟此刻的江一凛说不通，叹了口气道，"现在他们还不确定你在这儿，只是看到车，我到时候就说是我来找……找人。我现在得先走。到时候放个你在别处的烟雾弹……就是不知道这帮不死心的家伙得蹲到什么时候。"

这时，楼梯处传来脚步声，三人齐刷刷抬头，看向穿着一件冬日大棉袄的唐秋走下楼来，脑门上还贴着一块退烧贴，走下来时还配合着一个病恹恹的表情。

江一凛站了起来，看着她。

"我是因病退赛。"她的目光慢慢地转向江一凛，眼里含着笑，"用不着家访吧？"

唐秋越是如此，越是让江一凛生疑，但话却一时被堵了回去。她此时的态度显然就是回答：别问了。

卷帘门忽然发出剧烈动静，周蕊发话道："谁啊，关店门了！"

门口有个陌生的男人声音道："那个……麻烦开一下，买点儿东西，麻烦了！"

盛威则一把将江一凛往里头推，火急火燎地冲着唐秋说："唐小姐，你帮个忙吧，把人藏一下，这个点出些乱子，我可不好跟公司交代啊。"

江一凛却不动，向着盛威道："有什么可交代的……"

话还没说完，唐秋一把抓住他的手往里一拽，而这个时候，卷帘门已经被打开，周蕊大喊着："干吗啊抢劫吗！"

几个年轻男子已经抬眼扫视里头的动静，但见盛威重重咳嗽一声走出来，颇有些"此地无银三百两"地向着穿着睡衣的唐秋道："唐小姐，我代表公司，过来就是想看看您的情况，希望您能好好养病……"

然后他一个转身，特别浮夸地一副被吓到的样子。

周蕊冲着那几个正杆着的记者道："不是要买东西吗？赶紧的，我们要睡觉了！"

杂货店楼上是个板楼，这么多年，唐秋和周蕊兄妹就是在这里度过的。这里阴暗、潮湿，并且逼仄。因为房子老旧，还常有老鼠出动。

江一凛张望了一遍四周，心里竟是说不出的滋味。这时忽然听到男人的咳嗽声。

周子豪没憋住，下了楼。

眼前的人他当然认得出，不就是那个迷了他家周蕊好些年，后来又把他家唐秋骗去给他充后宫的小明星吗？周子豪也知道这臭小子最近有拍的新戏是什么，他倒不是知道什么蹭不蹭热点的，他只知道，让他妹受委屈还想玩离家出走的家伙，他一定要蹭掉他一层皮！

"您好。"这时江一凛回头，向周子豪道，眼前这个男人，就是当年收留歆儿的人吗？那他知道吗，关于过去的一切？

"我是……"

他话音都还没落下，周子豪忽然扬了扬半边嘴角，露出了一个颇狠的笑："是来劝我们家秋儿继续比赛的吧？她说要退，就是要退。你们不明白吗？"

江一凛无奈地摇摇头，他不想跟周子豪解释他来的动机。

说来话长，一时半会儿他根本解释不清。

"哥。"这时，周蕊和唐秋一前一后上了楼，"他今天住这儿。"

唐秋的目光一直回避着江一凛，板上钉钉的话语却让周子豪觉得诧异。

"那个……这个不能住这儿啊。"周子豪咳嗽一声，嗓门粗了些，"一大男人住我们家，哪里像话了。"

"哥，你上不上楼？"唐秋挑了挑眉头，"我有事儿跟他说。"

"啥事儿？"

"节目的事儿。你上不上楼？"

周子豪见唐秋横眉竖眼的，心里虽不太平，但好歹这人在这儿，她今天是甭想走的。至于那人到底啥情况……算了，他老老实实地后退了一步，却还是指着江一凛的脸说："我告诉你啊，别乱来啊，你是明星我也照样揍你，晓得不？"

语罢他还在空中挥了挥拳头，以作威胁。

周子豪对唐秋的关心不是假的，江一凛莫名觉得安慰。但这不意味着他心里的愧疚有所缓解。

江一凛的唇微启，可一个字符都没冒出来，从屋里出来的唐秋就一把将自己怀里的被褥往他怀里一塞。

"你今天就在这儿待一夜，等盛威来接你。沙发不是脏，只是有些旧，洗不掉而已。"唐秋依旧寡淡着语气，"我给你烧点儿水吧。"

外头零下的温度，他不过穿着单薄寒衣，一定很冷。

唐秋顺手从旁边的矮几上拿了一个杯子："喝水还是喝茶？"

他没回应她。于是唐秋兀自背过身去烧水，却还是感觉到身后滚烫的目光。

"歆儿。"他许久蹦出两个字来，"我是想……"

"我想，我已经说得够清楚了。是你误会了我。"唐秋微笑着道。

误会？江一凛缓缓抬起眼睛，想从面前人的眼神里寻找出一丝破绽，可她脸上的笑意竟让他不知如何开口。

他目光如炬地看着她，眉头越锁越深，缓慢地启唇："我一直在想，你会不会很恨我，但这十年来我一直在找你。所以，你要用你也不认我来报复我吗？我有些不懂你了。"

水烧开了，水壶嗡嗡作响，像是唐秋的救命稻草，有那么一瞬，她脸上的表情几乎就要兜不住了。调整好表情，唐秋回转身将一杯茶放在他面前："你在这儿休息吧。我也进去休息了。"

"不行。"斩钉截铁地一句，手腕被他紧紧地扣住，他脸上有不容拒绝的坚定。

"松开。"唐秋猛地将手挣脱开来，抬着怒气冲冲的眼睛。

"那电影呢？"江一凛站了起来，深深地看着她，"你也不想管了吗？那是你父亲的戏！"

"你闭嘴。"唐秋心中一记猛痛，"我叫唐秋，我父亲在生下我之后就抛弃了我和我母亲，我母亲再嫁，又生了两个女儿和一个儿子。我们已经很久没有联络过。这就是我的人生，你明白吗？你说的那个女孩我很同情她，但也仅此而已。你要怎么做，那都是你的选择，我拦不了你，但请你也别来挡我的道。"

江一凛低下了头，苦笑了一下。

她不想认他，甚至不想认过去。其实江一凛一点儿都不想逼迫唐秋，她想怎么样就怎么样，他愿意依她。只是这层已经被捅破的窗户纸，就这样开着，寒冬腊月，透着风，很凉。

他抬起头来，略带哀求地道："好，我不逼你。但……唐秋，你就不能陪我坐一会儿？"

她没有说话。

他低头兀自说下去："之前那个人贩子抓到了，他们顺藤摸瓜摸出了一条线，端了一整个窝点。抓他们的时候，那几个家伙正在一家酒店里抽大麻。其中有个年轻人……"

他抬起头来，语气戏谑却又沉重地道："身上有个胎记，跟刘叔当年走丢的儿子很像。"

这时，那冷冰冰的女孩才抬起头来，热切地看着他："是……"

江一凛摇了摇头，说不出是失望还是别的。

"不是。"他将被子披到身上。

"你想要说什么？"她回头对他道，"你今天来这里是为了什么？"

"我希望你跟我去见一个人。"

"我不去。"

唐秋需要点声音，于是伸手摁了电视的开关。

"当年的事，我不曾参与，所以我……"

"你别说了！"

老式电视机"咔"一声，屏幕闪了闪，也不知是不是巧合，一个京剧扮相的人突然出现在荧屏上，"咿咿呀呀"地唱。

唐秋猛地换了台，整个人像是陷入了一种暴走的状态，胸膛剧烈地起伏着，情绪有些绷不住。

江一凛眉眼低垂，仿佛猜到了她震怒的理由。

他开口说了句："对不起。"

"你在对不起什么！"唐秋忽然加大音量，语气如冰，"你有什么好对不起的！你又没做错什么，你要拍就拍，跟我没关系！跟我一点儿关系都没有！"

唐秋知道自己崩了，意识到这点的时候，她有些不受控制。京剧唱段就像魔咒，只要这音符一起，她就受不了。即便此刻她咬牙切齿，也无法将那些蜂拥而上的念头逐出脑海。

她躲开江一凛那悲悯的眼神，她开始像个没头苍蝇一样找不到方向，有时候，她甚至怀疑自己会遗传到父亲那一部分，也会变成一个因京剧而疯的家伙。只是他是为爱，她却是为了恨。

"我告诉你，我哪儿也不去。你别逼我了！"

这样的感觉像是有什么东西勒紧她的脖子，唐秋猛地往后退去，猛地一个转身。

桌上的水壶摔在地上，即便不再沸腾，开水仍是滚烫，溅起来烫得她剧痛无比，她大口地喘着气，听到身后江一凛喊着"歆儿"扑将过来。

这一声歆儿，竟叫她鼻子一酸，如同洪水猛兽，让她所有的防线都彻底崩溃。而眼前的人正慌慌张张地检查她手上的伤，声音却如隔了一道玻璃罩般遥远："你疼不疼？"

江一凛抬起头来的那一刹那，唐秋仿佛看到了记忆里还十分孱弱的卞小尘。

那是哪次来着？那时候卞小尘住在她家，的确是名不正言不顺。袁敬意没有闲钱供他上学，他也毫无怨言。只是每天打扫完院子之后，都会去学校等她放学。

几个男同学每次都会嘲笑他，说他是袁家的童养女婿、小白脸。这话卞小尘不在意，可袁歆在意，她痛恨那些多嘴的舌头，也愤恨那些带着玩弄和瞧不起的目光。

那天她放学时听到那几个男生朝着卞小尘扮鬼脸，她忍不住和他们吵了起来。

卞小尘拉她的手，说："歆儿，我们别和他们计较。"

她一把甩开，气鼓鼓地说："卞小尘，你都不生气吗？"

他慌了，但还是老实地说："我真……真不生气。"

她急了，伸手打了他一下："你凭什么不生气，他们说你是我家小白脸，童养女婿，你知道那是什么意思吗？"

他脸一红，点了点头，支支吾吾："就是长大了要娶你的意思吗。"

她脸也红了，更加生气："你知道还不生气！"

却见眼前漂亮的男孩红着脸说："为啥要生气，长大娶你，我乐意啊。"

伸手再来抓她，她却再次甩开，一张孩子气的脸上写满恨铁不成钢。

"但是我不乐意啊！"

卞小尘愣住了，却听到她继续说："娶我的人咋能被他们说呢！我才不准我的男人被他们说呢！我要跟他们拼命！"

其实十多岁的年纪，哪里知道那么多，只是明白眼前人就是这个世界最在乎最喜欢的人，是不容别人玷污一分，蔑视一厘的。

那时候的她就像个女战士一样，捡起地上的一块石头，怒目圆睁着那些扮鬼脸的"敌人"们，大喊一声："你们谁再敢说他一句！"

那次，她砸破了一个男孩的头。男孩的家长找上门来的时候，袁敬意气得找了藤条要抽她，卞小尘哭着将她护在身下。藤条一下下抽在他的背上。她在他耳边说了一句："不许哭，你可是以后要娶我的人，不能这么没男子气概！"

然后她一下推开他，藤条一下下抽在她的身上。卞小尘迅速爬了过来，那张泪已经凝结的脸上写满了心痛，他问："歆儿，你疼不疼？"

她当时怎么说的来着？

她说："真的挺疼的，下次你一定要保护好我啊。"

泪眼之中，唐秋看着他脸上那熟悉的心疼，只觉得心里猛地一揪。这时楼上楼下的周家两兄妹也闻声而来。

"怎么回事？"

她将手从他手里抽出来，摇了摇头："我没事。"

"我去楼下找烫伤膏！"周蕊"噔噔噔"地下楼。

而周子豪一把将江一凛推开，将唐秋被烫的手握在手里查看。其实刚才周子豪根本就没上楼，他干了一件他出生到现在都挺不齿的事——听墙角。

两人的对话像碎片似的，但周子豪还是拼出了个大概。他算是知道了，眼前这位模样周正的不速之客和唐秋的过去有关，甚至和她当年跳下烟波桥有关。

他难以控制自己的怒火，那股子陈年无处可去的旧恨涌上心头，被这滚落的沸水一浇……

"哥你干吗！哥你住手！"

拳头比他的理智先出了手。

周子豪的拳头可不是盖的。当年他靠着一股蛮劲从一群流浪少年里被树爷看中，就是因为他不要命的能打。江一凛也是够有骨气的，竟没躲，挨了这样的一拳，只觉得肋骨剧痛，简直有种快要断掉的感觉。几秒过后，他咬着牙弯下了腰。

唐秋一把拦在他面前，朝着周子豪吼道："你给我住手！他手臂刚脱臼过，你要打死他啊！"

"我打死他也不过分！"周子豪眼中冒着怒火，"十年前，要不是这家伙，你至于跳河吗！你差点儿没命！"

"哥别说了！"唐秋制止了周子豪的话，她胸膛剧烈起伏着，哀求般地看着周子豪，"你别说了。还有，你别碰他。哥，算我求你。"

周子豪咬着牙，看了唐秋一眼，他将拳头收回来，冷着脸转身而去，下楼的时候跟学他一样听墙角的周蕊撞了个满怀，他一把揪住周蕊的胳膊把她往楼下拽。

"干吗呢哥！"

"别上去。"周子豪粗声粗气地道。

唐秋像是脱了力一般，像母鸡护雏一样的手臂垂了下来。

身后的人坐倒在地上，她回过头去："你怎么样，你还好吧？"

"十年前……"他倒吸着冷气，"到底发生了什么？"

唐秋并不理他，动手去掀他的衣服："把衣服脱了，我看看。"

她太了解周子豪的拳头了，尽管她没挨过，可身边的男性可没少挨。赵睿就曾经跟喝多的周子豪扭打了一通，被他一拳打得胸口淤青。

江一凛想要挣扎，可胸口的闷痛让他没太多力气，就这么由着唐秋将他的衣服猛地掀起。然后，唐秋愣住了，江一凛的腹部往上是一块狰狞的疤。

她抬起头来，方才的声音变得柔了一点儿："这疤怎么弄的？"

面前的人却忽然笑了一下，有些悲伤，伸出手来，轻轻地碰上她的额头，指头轻轻地摩挲着她额上曾经胎记的位置："十年前……发生了什么？"

四目相对间，那彼此不曾知道的十年用一种悲伤的底调迅速蔓延开来。

她松开了他的手，从茶几底摸出了一瓶跌打伤药，递给他："你擦一擦吧。"

他没有接，却是明白，她不打算跟他交换这十年了。

"为什么……不告诉我。"他喃喃地道。

"江先生。"她哭着道，"感谢抬爱。"

无论过去，还是现在。

"可我现在只想过好自己的人生。我也不想做演员了，你知道吗？我连自己都扮演不好。那个电影你要不要拍，且随意吧。跟我已经没有任何关系了。你以后不要再来打扰我的生活了。"

因为，回不去了。我回不去了。

黑夜寂静悄悄，屋内的人都悄无声息。不过，这只是看似平静罢了。

盛威第二天一大早就来接他，门口的记者已经被他用声东击西的法子退散，但他怕再生事，开了一辆面包车过来。

一切好像回归了平静，唐秋也把那收起来的行李放了回去。周子豪却还是留了个心眼，原本还打算将唐秋的身份证藏一藏，可后来想想，还是放回了她包里。

周子豪明白，她要是真想走，一张身份证拦不了她。

这始终是个娱乐至死的时代，尽管背后似乎是有黑手，但很快一波新的浪潮就席卷而来。江氏摆平了发声的编剧，被抓获的人贩子事件被大肆报道，江一凛一朝陷入是非的形象，再度高大起来。

就这样，娱乐圈风云骤起，却又晴朗如初了。

比赛继续进行，唐秋退赛之后，节目将本来被淘汰的沈欢填补了回来。最后两期的淘汰赛时间很紧，而"最佳候选人"背后的角力也在他们看不到的地方进行着。

这是个快速的时代，所有的资讯，无论是营养的还是糟粕的，无论是有益的还是无益的，无论掀起多大的风浪，只要有新的，都会很快地被覆盖下去。

这一切，真的恢复了平静。

Chapter12
烟波曲调

唐秋那段日子难得清闲，从前是生活逼着她往前跑，现在忽然是前头有虎要另择出路，她却觉得茫然了。茫然也有茫然的好。跟之前工作过的话剧院重新联络上，现在她也算小有"知名度"，大家都很欢迎她的回归。

　　李潮东有来找过她，问她为什么这么想不开，明明可以在那星途上拼一拼的，哪怕挤个十八线也不错。但唐秋没多说，只在话剧院的附近请李潮东吃了个烤串。

　　李潮东瞧着她那样，知道自己劝人没有用，也就罢口了。

　　唐秋却说了句："对不起，让你失望。"

　　李潮东嘿了一下，道："失望什么啊？你是聪明人，有自己的想法，很好了。其实我也觉得这条道没啥意思。太多假的了。人们只看到被捧到金字塔尖的人的光鲜，哪里知道这条路有多扎脚，有些玻璃渣子得扎到心里去了。"

　　李潮东难得酸一把，唐秋倒是不适应。

　　"节目也快结束了，其实大多数人也就这么一段缘分。"李潮东边喝酒边说着，"但是我是拿你当朋友的。以后有什么需要我阿潮的尽管开口。哎……你怎么了？"

　　旁边桌来了几个穿着奢华的年轻人，声音极大，聒噪地让老板上得快一点儿。唐秋正盯着其中一人，面色有李潮东看不懂的失神："咋了？"

　　他顺着她的目光看过去，看到游鸣正将手搭在旁边的女伴肩上，一脸轻佻。

　　"富二代吧……你看啥？这人可不好看啊，脸瘦得都脱形了，不会吸毒了吧。"李潮东压低声音议论道。

游鸣身旁的姑娘似乎注意到了唐秋的注视，告诉了游鸣，后者忽然朝着她吹了个口哨，手还搭着姑娘呢，嘴里却不干净："哟，美女，看上我了呢。跟个胖子吃什么呀。过来，哥哥喂你。"

其实游鸣的样子就算烧成灰，唐秋也认得。但此时此刻，眼前人和昔日那个虽然坏但好歹还是道貌岸然的少年简直判若两人。从前他只是坏到骨子里，如今的他连皮囊都坏了。

李潮东知道惹上这群人没有什么好果子吃，尤其是只有他和唐秋，于是只想劝唐秋起来走人，可他刚动手拉唐秋的胳膊，游鸣却突然啐了一口站起来。

"我最看不惯的就是猪头好色美人贪钱了。说，这头肥猪给了你多少钱？"游鸣走路摇摇晃晃，看上去很兴奋。方才和他一起落座的几个人，唐秋留意到个个都有些站不太稳，但游鸣的样子又不像喝过酒。

这样的挑衅，李潮东也有些恼，脸闷成了猪肝色，却忌惮着自己和唐秋的身份。

可游鸣忽然手伸向唐秋的脸时，他一头血就冲散了理智，操起旁边一个酒瓶子猛地往他身上砸去。倒没砸脑袋，可冲力对于游鸣这样一个走路都晃悠的家伙来说还是太大，他跌在了地上。李潮东蒙了，唐秋一把拽他起来："跑！"

后头嘈杂起来，两人在巷子里跑得将风都甩在了身后，待无人的巷口才停了下来。

李潮东这才诚惶诚恐："咋办，我砸人了。"

"没事儿，没见血。何况他们不认识我们。而且，一看就抽大了。清醒过来估计都不知道发生了啥。"

又见唐秋拿出了手机，李潮东瞪大眼睛气喘吁吁："咋的啊？自首啊？"

唐秋接通了电话，没搭理他，兀自讲着："喂，您好，我要报警。"

次日，赵睿跑到周家杂货店来汇报了这件事。开烧烤摊的老板六子是赵睿从前的小弟。据他所说，便衣来得算快，但不知怎么，蛇哥手下那个大光头也带了一伙人过来，胡搅蛮缠地闹了场子，就让人给跑了。

眼见唐秋表情凝重，甚为失望，赵睿问了句："这人谁啊？叫什么名字来着？没伤着你吧？看我不弄死他！"

"没有。"唐秋抬头笑了笑，"就是一个抽大了耍流氓的家伙，我不认得。"

"那就好。"赵睿放下心来。

"睿哥。"她又忽然道，"你可千万别让我哥碰，你也不许碰。"

"哎哟，你可放心吧。"赵睿笑着说，"你哥现在跟着那个柳老三，规矩得很。我都要怀疑这家伙本来就一身正气了。他还让我把文身洗了跟他干呢。哎，也不知柳老三是个什么人，怎么对你哥这么好呢。"

唐秋心里一暖："睿哥，你可以考虑一下。"

"我这不是怕得罪人吗？"赵睿压低声音说，"我没敢跟你哥说，你要想，这东岸，大家都熟，好些都是街坊邻居的，现在要把他们赶出去……这事，你哥接下来，真的很得罪人，是个恶事。"

"大势所趋。"唐秋叹了口气道，"这'恶事'落到恶人手里，才真的是恶事。我哥这人容易冲动感情用事，如果有你在他身边，我觉得会放心一些。"

"嗯，明白。"赵睿点头，"我会考虑一下的。不过，你们怎么就对柳老三这么放心？"

"嗯。"唐秋深深地看了天空一眼，"柳叔是个很好的人。"

好人会有好报吗？不一定。但起码对于柳叔来说，他站在今天的位置上，她很替他开心，也很替他骄傲。至于坏人……她想起游鸣那张脸来，心里不免不寒而栗。

"唐秋？你怎么在这儿？还真是巧。"

今夜有雾，大街上冷冷清清，唐秋没有想到会在话剧院附近碰到林瀚。

"上次说好要约你一块儿吃个饭，没想到你还真是无情啊。"林瀚笑着道。

林瀚这个咖位对她另眼相看，她还真是有些受宠若惊。

"哦……那天有点急事，就先走了。"

"上车吧。"林瀚此时是自己驾车，倒没什么明星架子，也没有全副武装，"在这路边说话算怎么回事呢，等下被路人拍到，又要传我路边搭讪小妹妹了。"

唐秋犹豫了一下，又听林瀚道："如果唐小姐能赏脸，有空去我的会所坐一坐就是最好不过了，我那儿刚好新来了一批金骏眉。你喝茶吗？"

"我不怎么喝茶。"唐秋尴尬笑笑。

"也有上好的咖啡上好的酒，我那会所连水都是引的山泉水，唐小姐就这么不给我面子？哎……"林瀚故作失落地叹了口气，忽然动手开门下车，绕到副驾驶替她开了门，"我都这样了，唐小姐，不会还不赏脸吧？"

这话本来有些油腔滑调，但林瀚爷们儿的嗓音说出来，却显得很有男人味，又补了一句："唐小姐放心，聊工作。"

其实唐秋倒不是不放心，只是觉得她既打定心思要离这个圈子远一点儿，尤其是江一凛的圈子远一点儿，还是不要和这些人扯上关系比较好。

但此时再不给面子，就实在是有点儿没情商了。唐秋颔首表示感谢，上了车。

"你那段表演，我看了好几遍。"林瀚发车，笑着道，"实在是很精彩。"

"您谬赞了。"唐秋尴尬地道。

能得到这样一位演技在年轻一辈算是上流的演员称赞，唐秋自然有些不敢当："我不过会点皮毛。"

"这可是过谦了。"林瀚摇摇头，"现在的姑娘能有点儿姿色的不少，但像唐小姐一样有戏魂的，实在是难得。"

林瀚回头看着她："您那场戏有点儿戏疯子的感觉，真好。"

林瀚的会所在晏城西南面的郊区，景致相当好，看上去像个清幽典雅的小茶室，并不对外营业，是他用来接待一些贵宾的。

林瀚和她对坐着，姿势优雅而娴熟地替她泡茶。的确是上好的茶，茶香四溢。

"听说你退赛了。"林瀚道，"可以知道理由吗？"

"技不如人。"唐秋笑了笑道，"就是觉得压力很大，我有自知之明。"

"我倒不觉得你输给了谁，京剧题材，我觉得你是最合适的。叙如她虽然捏什么像什么，但魂不如你。"林瀚喝了一口茶道。

"唐小姐和江一凛关系怎么样？"唐秋突然听到他这么一句，一时不知该怎么回答。

"选手和嘉宾的关系。"她用老老实实的口气撒谎。

"哦？"林瀚笑起来，"那你知道，他这戏要拍什么吗？"

唐秋咽下那口茶，只觉得莫名有些苦涩。

"京剧。"她回了两个字。

"他拍的可是十年前一个杀人犯的故事。"林瀚冷笑了一下，"我不知道媒体和粉丝怎么想的，这么大的事都能压下去。唐秋你退赛是对的选择。"

唐秋没有说话。

"一边号称着艺术，一边打着艺术的旗号做这种恶人的宣传。我曾与他在同一个公司，也算有些交情，看他看得透。江一凛自以为自己保密措施得当，但他还真不是个聪明的商人。没有了他父亲江沧海的庇护，他真的成不了什么事。"

唐秋没有什么表情地听他说着，这时林瀚看着她，满以为她同意自己的看法。

"我找了之前被他踢掉的编剧先生，给了他一个不错的价格。我也打算做一出关于京剧的戏，不过是以被害者的角度。"

唐秋正倒茶的手微微一抖，上好的金骏眉洒在了桌面上。

她抬起头来："您说什么？"

"我找到你，就是觉得你很适合演我们的一个角色。京剧是国粹，不该落在一些恶人之手，你说是吧？"

"恶人？"唐秋皱起眉头，忽然很想冷笑。

"说恶人可能过了，但用这样的方式，不是跳梁小丑又是什么？"林瀚不齿地道，"其实我看不上江一凛那样的鲜肉小生，想要来个大转型，玩传统艺术，他也不好好选一下题材。我这么做，也是为了公道。你要想，这电影要是真拍了，拍的是那个杀人犯的故事，那对被害者家庭又是二次伤害。据说当年有一个小孩死在火海之中，一个被重度烧伤，搁在现今，怎么都得上头条吧？但偏偏这杀人犯，十年后，还有个没有是非观的小子要拍他的故事，把他塑造成一个有京剧魂的英雄！"

唐秋将手放到膝盖上，止不住地颤抖。她用最大的能力来保持了冷静，抬起头来，僵硬着脸说："其实您不是为了什么公义，简单来说，如果你抢在他前头，他所有的营销和宣传都会为你们所用，真是半路杀出个程咬金。"

"欸……唐小姐别这么说，什么你们你们的，我找你，不就是为了我们吗？"

"您找我，怕只是因为我是江一凛选秀里的人，这样无端地拉出一条隐形的线吧。"

"唐小姐可别误会。我觉得你是个识时务的姑娘，《摘星》背后是谁投资的你也是知道的。夺魁的人无外乎就是那二位，你再精彩，也不过是陪跑到最后的炮灰。而我这部戏是能给你带来切身利益的。"

唐秋淡淡一笑："您确实比江一凛要厉害。"

林瀚满意地一笑，却听唐秋话锋一转："先不论剧本的事。江一凛不过是一个演员，对自己想要做的事很清楚，也知道电影和人生是分开的，至于要被有心人士利用，那没有办法。他对想要演的角色很苛刻，他想要对得起自己。而您，却想要赚这乘人之危的钱，江一凛有没有打着艺术的旗号行恶我不知道，但您真的是打着正义的旗号行不齿之事。很好，到时候加害者和受害者，您占尽舆论，也是能报个夺最佳男主角之仇吧。"

"你说什么你！"林瀚没料到唐秋竟说出如此狠话，尽管他没有翻脸，但脸上的表情已经不好看了。

"做演员，不是为了比来比去，而是要学会跟自己比。戏疯子不是比在台上谁更用力疯狂，而是要比谁更有心。"

林瀚听完，忽冷笑了一下："唐小姐看来跟江一凛不只是选手和嘉宾的关系吧，明明是可以同流合污的，又何必退赛呢？也罢，算我林瀚看错人了。"

"委屈了您上好的金骏眉。"唐秋轻轻地站起来。

"很好。那就拭目以待吧，看多少人会为一个杀人犯的电影叫好。"

"是不是杀人犯……"唐秋缓缓抬起头来，微微一笑，"也不是您说了算。告辞。"

待唐秋离开茶室许久，林瀚才忍不住爆发出一声不满的咆哮，将手中的瓷杯砸向墙壁。

"真是不识好歹。"

这时，有人弯腰掀帘进来。

"林大明星，这是谁招惹了你，发这么大脾气。"

"游老板来了啊。"林瀚无奈地摇摇头，"一个不识好歹的女演员，我瞧着她会唱点儿戏，想抬举她一下……没想到，模样看着聪明，其实是个蠢货。"

"到时候还差这种女演员？别太在意。"游天霖坐了下来，"我也是觉得有趣，这江一凛到底是何方神圣，怎么就这么想不开要拍这么个东西。这不找死吗？"

"您找到了？"

游天霖叹了口气："虽然我离开老家已久，但和其中一个孩子的母亲一直都有联系，我一直给他们资助。但另外一个烧伤的，前些年突然消失了。"

"找到他们，然后我会联系一些媒体和节目报道。顺利的话，江一凛连开机都甭想开。游鸣他怎样？"

"别提那臭小子了。"游天霖气得捶了下桌，"这小王八犊子还不如当年烧死算了，成天给我添乱。"

林瀚摸了摸下巴，若有所思道："其实我有点儿想不明白，我翻了当年的资料，虽然少，但是不太明白这个叫袁敬意的，干吗要把自己烧死在里头……他不是还有个闺女吗？那闺女后来去哪儿了？能不能找出来？"

"找什么找！找出来她就完了！父债子偿！"游天霖气鼓鼓地道，"那袁敬意就是个疯子！"

林瀚要以受害者的角度来做电影这件事，对唐秋来说，是个很大的冲击。她不知道该怎么去提醒江一凛，但似乎提醒也没有用。

她能做的就是远离。可她又觉得这样的自己非常可耻。她真的要以旁观者的角度去面对这伤疤揭起，去面临更多的人对那陈年旧事的指责吗？周一定，她想起他来，也想起那个和袁敬意一起葬身火海的谭福和他的家人。

也许当年她应该就死在烟波河里。那世间不会有袁歌，也不会有唐秋了。

袁敬意，你倒好，被人记了那么久，你不负责任地抛下我，也抛给我一堆的问题。我真的想知道，当年你到底为什么……要这么做。

可她除了夜夜噩梦，却只能等待。好像等待世界末日的那一种等待。

除了话剧院的工作，唐秋的生活变得很简单，没事的时候，她就在家休息，偶尔做做饭，做饭的时候会想起《摘星》刚开始的时候。那时候她真的是弄不懂自己想要干吗，又怎么都想不到自己会在那之后主动退出他的视线。

关于他腹部的伤疤，唐秋甚至暗示了周蕊帮她一起找，却毫无痕迹。

手腕上是他自己刺的，那么腹部呢？她有些不太敢想，想着那样大的伤口，是怎么落到他身上的，就会觉得无限心疼。他还失眠吗？他那个素简的家里，除了酒和安眠药什么都没有似的。想起这些，她的勺子滑进了滚烫的汤中。

她暗笑了一下："别想了，明明是你自己说不吃的。现在喊着饿，怎么回事嘛。"

得知《摘星》要在晏城的新话剧院进行下一轮的选拔的时候，唐秋很是意外。话剧院的老院长之前也是他们这个小话剧院的院长，只是后来建了新的大型话剧院，这老的一个就只接一些小演出，供学生们使用了。但这也意味着，话剧院的同僚们都得去帮忙。

唐秋算不上员工，但和话剧院有合作关系，加上和剧组的关系，自然跑不开。何况，开场表演是话剧院自己的戏，也算是给他们剧团打个小广告。

话剧院的小院长马小勇拜托了唐秋很久，想让她来演女主角。唐秋犹豫了很久才答应。

她想开了，毕竟晏城太小，她是撇不开这些人际关系的。如果总是怕，总是躲，日子便过不得了。

何况，她也很久没见他了。

斩断一切联系是她要做的，跟他说，让他以后不要再打搅她了。可她还是想见他。

话剧院的排练很勤，成员大多数是青年学生，这一次唐秋答应，也是因为马小勇没有"蹭热点"用京剧题材，而是老实本分地选用了他们最拿手的一个原创剧目《天池》。

其实选秀比赛真的是可以让人迅速成长的。浓缩的空间会将压力放大，而比赛到后面，已经不是一个秀场，莫名挑起的比赛氛围让所有人投入进去。多数选手最初看似并不算出彩，能走到后面，也都会散发出自己的个人魅力，使出浑身解数。尽管如此，庄叙如仍是鹤立鸡群，而另外一个大家起初并不看好的齐思思却让人相当意外。

比赛中期开始的投票，齐思思一直都名列前茅，也许最初她会被人腹诽"有背景"，但看她后面几场的表现，这个小公主是名副其实的进步神速。

离开比赛以后，距离上次见到她们其实也不过隔了半月。但唐秋却觉得那段日子发生了太多太多的事。

演出安排在12月中旬，当天，巷子里飘起了小雪。

数名安保在门口把守，控制着粉丝的情绪。

话剧院只有一个化妆间，给节目组用。话剧社的人则在旁边的小仓库里靠着化妆箱支着架子，看上去有点落魄，但氛围很好。

唐秋早早化好了妆，仓库里比较逼仄，她便去了外头。又担心碰到熟人，尤其是江一凛，她便在开水房的角落处一遍遍地在心里过台词。

这时，忽听到细高跟的脚步声匆匆。唐秋抬眉，一道人影蹿入开水间，嘴里碎碎念着："你给我等着，你给我等着……"是苏韵。她看起来情绪激动，似乎也没发现角落黑暗处的唐秋。唐秋想起之前自己不幸偷瞥到的一幕，知道自己这时还是不要动比较好，省得对方难堪，于是屏气凝神，想等她灌完开水离开。却怎料，苏韵似乎张望了一下门口，将开水间的门微微一掩，手里正握着一个保温杯。杯子唐秋认得，是齐思思的。看来，是给齐思思灌水来了。这时，却见苏韵从口袋里摸出一小包东西，动作慌张地准备往里头倒。

放了什么？唐秋莫名觉得苏韵的模样有些蹊跷，她犹豫了一下，手僵在半空中许久。

唐秋突然想起自己上次在台上，因为细菌感染的急性肠胃炎而差点儿晕倒，心里猛地一激灵，不会是……苏韵还是将那粉末倒了下去，细心搅拌均匀后，她像是呼出了一口长气，刚才那副气急败坏的样子已恢复。她轻轻道："活该。"然后她昂起脑袋，抱着那保温杯正要离开，在手触到门把时，忽然听到身后有人叫她。

"苏韵。"唐秋已经从黑暗里出来了，她的脸上打着昏黄色的光，她冷冷地注视着苏韵手里的杯子，"你放了什么？"

苏韵一慌，嘴上却犟着："我放什么了？我什么都没放啊。你这个人怎么这么阴魂不散啊。哎你干吗！"

手里的杯子已被唐秋一把夺走，苏韵一个趔趄碰在墙上，偏着头瞪着唐秋。

"身正不怕影子歪，你怕我阴魂不散，是因为自己心里总是有鬼。"

唐秋将保温杯拧开，将里头的水悉数倒进水池里，然后又用热水过了一遍，洗干净，重新灌上温水。她回过头来，看着还半蹲在地上的苏韵："你是不是傻？招数用了一次，还想第二次。你觉得齐思思会不知道吗？她知道了会放过你吗？节目组会放过你吗？"

苏韵愤愤地抬起头来，瞪了她两秒过后，又失声笑了起来："我可管不了那么多。唐秋，就你正直是吗？正直……公平……有什么意义啊？齐思思那就叫公平吗？你知道，她刚才喊我来灌水，用的什么语气吗？好像我就是她的丫鬟……"

"是你自己要做她的丫鬟的。"唐秋没什么表情地道。

"她根本不尊重我。她总是有一种天底下唯她尊贵的样子，她一路顺遂，所有的烂摊子都有人收，这本来就已经不公平了。我只给她那太过不公平的顺遂人生，来那么一点小小的公平，对我们的公平。"苏韵情绪激动地道，"她拥有的一切，都是因为出身好，她凭什么有那么多优越感，指责我，使唤我，侮辱我的尊严！她待我真的还不如一条狗。"

"你够了！只有没能力的人才会一直怨恨命运和出身！"唐秋愤愤地喝止了她，"你这是在侮辱你自己。你要求别人真心待你，那你呢？还有，你对我做的事，我不跟你计较，但请你以后别在我眼皮底下耍这么下作的手段。"

唐秋把那杯子塞回到苏韵怀里，径直打开了门，忽听到苏韵惨然一笑。

"唐秋，我可没对你做什么。本来是有些你的黑料，但齐思思不屑，还说我下作。你们俩虽然一个天上一个地下，但还是一样的刚正不阿呢。至于……"苏韵缓缓站起来，"至于你上次急性肠胃炎……说真的，跟我一点关系都没有。但是我刚放的东西，我曾给过你的好姐妹沈欢一包。哈……"

苏韵站了起来，眼中充满了嘲讽："你以为，你拿真心待人，别人就真的会拿真心待你吗？"苏韵笑得更厉害了，像一个疯子，她是认定唐秋会伤心，会失望。毕竟，被自己信任的人狠狠捅一刀，任何人都会疼。苏韵的话不可能对唐秋没有影响，唐秋回忆起当初和沈欢相处的点点滴滴，有些唏嘘，但现在追究又有什么意义呢？

唐秋保持着得体的微笑，朝着苏韵颔首："谢谢提醒。不过我要说的是，我拿真心待人，是我自己的事，至于别人拿不拿真心回报我，那是别人的事儿。"

说完这些，唐秋迈进光亮之下，并没有回头去看身后的苏韵。

成年人的世界，最大的法则，就是对一些事情不要去刨根问底。这不是逃避，而是一种"少给自己惹麻烦"的方法。

有些事，过去就过去了。可另一些事，缠绕她梦魇的那一部分，又该怎么在一场《天池》里借着一个新的皮囊得到释怀呢？

话剧社的表演落幕时，台下响起了如雷贯耳的掌声。谢幕时灯光大亮，唐秋却没有去看前排人的脸。台下的江一凛身着一间白色的民国西装，今日，他也有一场话剧要演。

下台后，她便匆匆回了换衣室，毕竟只是个献礼，演完就没唐秋什么事了。但马小勇非让她入席观看，说是节目组特地给他们留了位置。于是唐秋不好再拒绝，卸完妆后便悄悄地入了席。这次，唐秋是实打实的旁观者了。她坐在台下，滋味有些莫名，目光却总是被江一凛吸引。他就连后脑勺都有威慑力。

在台上的时候，她未曾与他有目光对视，却总觉得台下有一道灼热的目光盯着她。在舞台上自己还能有素养地保持镇定，此时心弦一松，却不行了。

她从前是这么纠结的人吗？明明想见，却又觉得不能见。明明自己说好了不要联系，可现在心里却盼着：回头，你回头吧。你若是回头，我……

唐秋心里的话还没说完，便见那岿然不动的挺拔背影忽然回转了身，像是听得到她的呼唤似的。他向左后方轻轻地回头，几乎是一眼就瞥到了唐秋，那一刹那四目相对。

唐秋几乎愣住了。该死的……他是会读心术吗？这……这算什么呢？

她忽然觉得好笑，隔着两排人，他的目光却像是天地间仅剩的一簇。

台上的庄叙如此隆重谢幕，台下响起了掌声和叫好声。

那束目光穿过潮水般的掌声朝她递来。

这时舞台上的主持人大声喊江一凛，潮水般的掌声变成了海啸一般。

无数女孩们尖叫起来，那束目光的主人站了起来，从侧边上台。可到了台上的时候，他再看刚才唐秋坐的那个位置，却已经空了。

江一凛有瞬间的失神，紧接着，台下又是疯狂的尖叫。

"江一凛！江一凛！江一凛！"

唐秋此时已经走到了侧门边，回头看那台上的人，脸上是他那天生就带有治愈能力的笑容。那么多人爱着的他，多年前，她不忍伤害他，多年之后的今天，她依旧如此。

卞小尘，你记得你人生中第一次登台吗？尽管我对你抢了我的风头这件事略有不爽，但你天生就是舞台上的角儿。尽管少年时代，我总有那么多的嘴硬和自尊心，总是打击你，对你有无数的要求，可你一定不知道，我是你的头号粉丝。

江一凛完成了他的演出，随着工作人员下台去化妆间里换服装，话剧院逼仄的狭长走廊，让他有种似曾相识的感觉。

化妆间亮着并不算明朗的灯，他落座时有些颓丧，像是浑身脱了力。几天前，他把周子豪约了出来。这个粗犷汉子似乎决定理智地跟他聊一聊，但仅一点，就让江一凛觉得无法承受。当年，江沧海将袁歆赶走之后，她在他的城市决定跳河。然后，在他眼皮子底下生活了整整十年。

周子豪撂下一句狠话："江一凛，我不管你他妈以前是谁，也不管你现在是谁。唐秋现在只是唐秋，过去的事，你知道对她来说有多大伤害吗？她好不容易可以平平静静地生活，你非得把这些重新扒出来。好啊，你试试看，你要是扒一点儿，我就给你扒掉十层皮！还有，麻烦你别去找她了，你没资格。"

他会不知道她的痛苦吗？当年他知道一切的时候，痛彻心扉，患上抑郁症，夜夜心魔，在心理医生的治疗下才日渐好起来。她呢？她的痛，只会是他十倍有余！他的确没有资格，无论他站在什么地方，无论他以什么立场，都没有资格！

"江先生……"化妆师在旁，见他状态不佳，有些担心地问道，"我们是不是……"

"等一下，你让我静一下。"

她是不打算见他了吧，方才不过一场对视，她便立马消失，即便共处在一个舞台边，她却避得那么快……他该怎么做？

化妆师听话地带上了门。

他的一个拳头狠狠砸在化妆桌上。"咣"一声巨响，旁边的黑暗处发出了一小声惊呼。

"谁？"他凛声侧头，只见一个瘦长的身影慢慢地起身。唐秋坐在那黑暗里抱着一个毛绒玩具，表情有点委屈。江一凛呆了一下。

"喂，发什么脾气？"她故作轻松地笑了笑。

"你怎么……"

这时，她已经来到了他的面前，蹲下，一双狭长的眼睛微微眯着，却格外有神。

"我想知道你要带我去见谁。"她凤眉一挑，表情里带了些倔强的威胁，

"虽然我不一定接受，但是……"她抬起头来，"我想听一听。江一凛，你可别想欺负我，我现在比以前还不好欺负呢。"

面前的人忽然笑了起来，眉眼里闪烁着什么，像是难以置信地撇开了头，咬了咬嘴唇，然后晃了晃脑袋。

"你干吗？"唐秋话没说完，那穿着白衣的男人忽然伸手一把将她揽到怀里，紧紧的，几乎要箍死她了。

"我以为……你再也不会对我笑了。我以为……我知道你不好欺负，所以我从来都没有过欺负你的念头。这辈子，无论你是谁，你要做谁……我都不欺负你……如果你真不想回去。那好，那我便当你是唐秋。从前的事……你不要提，我便再也不提。"

唐秋的床底下，有一个纸箱子，是周蕊都不知道的存在。在她光明正大追星的岁月，唐秋也在小心翼翼不露痕迹地追随。那里头有江一凛太多太多的东西了，门票，或者是海报周边，相机洗出来的一张张远远的侧影。当年周蕊非要去见他，她总是以自己不放心妹妹的理由同行，然后一张张地拍下来，小心翼翼地收藏。

永远是很远的距离，似乎近一点儿，都像破了戒。

第一场见面会伤透的心，后来就慢慢平复了。

好像那个人本来就是这么远的距离，恨不起，爱不得，只能远远地看着。

当他回来的时候，她几度觉得是个梦。从前相知是梦，现在相识更像一场梦，可唐秋忽然意识到自己的自私。江一凛是个聪明人，他明明知道做这件事会将他拉下神坛，面临众多指责，他一定要这么做……一定有他的理由。

Chapter13
初露马脚

华清医院位于晏城的西北方向，环境清幽，住院费不菲。VIP 病房更是日耗千金，并不是一般人可以住得起的。

　　周一定是几天前转到这边的，马上要动新一轮植皮手术。十年的治疗，早让周家底朝天了，这样天价的植皮手术，对于周家母子二人来说是奢望。对于周妈来说，江一凛就是他们家的救命稻草，是佛祖，是天一样的存在。

　　当然，一切都是有条件的。那个叫江一凛的年轻人，周妈只在电视上见过，开始的时候她并不懂他为什么要对他们家这么好，后来知道了，原来是一场交易。交易就是，让她的宝贝儿子说出当年的真相。其实周妈也很犹豫，但没有什么比她的儿子能好哪怕一点点更重要的事了。那个电视上的明星，就这么成了周家人的救命稻草。不要说是讲出真相，就算再编造一个谎言，她也心甘情愿。

　　今日下着雨，空气里有股湿冷的寒意。

　　此时，唐秋随着他走进医院的后院。她走得缓慢，心中莫名觉得忐忑，而江一凛也很耐心地放慢脚步。走到屋檐底下的时候，她忽然停了下来，他回头看向她。

　　雨水顺着屋檐滴滴坠落，打湿了他的肩头。他目光里仿佛也有氤氲的水汽，朝她伸出手来。

　　她深呼吸一口，将手交给他。

　　其实从林瀚那里就知道，她早晚会再次见到"受害者"，可她却没料到，是她主动去见他们。

周一定，她只要想到这个名字就觉得会起鸡皮疙瘩。那复杂的情绪，会让她回到十五岁那年夜夜做的噩梦里。

她梦见谭福焦黑的尸体来找她，她吓得要躲，可撞上了一个人，也是焦黑着脸，用沙哑的声音叫她的名字："袁歆，你看看我，你爸爸为什么要这么对我？"

她想躲，躲不了。四周忽然大火燎起……

"袁歆，是你爸把我们害成这样的，你还想躲哪里去？你到底想躲哪里去？你真是不负责任啊，你以为你可以躲到哪里！"

十五岁那年，她躲了，躲了十年，这是她已经认定的真相。她欠他们的，她用什么去还？她能做的，就是寄钱，还不敢在晏城寄。那时候她攒了一点儿小钱，省吃俭用，便坐个最便宜的长途车去附近城市的邮局寄，每个城市都不重复。

可突然之间，有人告诉她，当年的事好像不是那样的。

不管是不是那样的，她都不能再怯懦了。

二人走进了绵绵细雨中，雾将他们环绕，而尽头，真的能拨开云雾见青天吗？

最里头的那间病房里，就住着她少时的同学周一定。唐秋的步伐没有变慢，可视线却莫名变得有些模糊，呼吸有些不太顺畅，她很害怕。

那无可名状的恐惧，像是一层层的黑雾，就在那间屋里。那是火烧成灰之前的黑烟缭绕，是内心里寄居这么多年的魔障。

可是她也不会再躲了，如果沉冤昭雪的唯一途径就是再次杀死她，她也愿意再被杀一次。

门开了，仿佛有冷风从背后吹来，穿堂风让她的骨头都有些冷得发酥。

她看到江一凛走进了那扇门。

江一凛发现屋里的气氛有点儿微妙，那向来对他十分热情的周母此时见他出现，脸上露出些慌乱，旁边是她正收拾到一半的行李箱。

江一凛这时顾不上安抚身后的唐秋，眉头一蹙："周阿姨，这是要干吗？"

周一定此时正站在床边，回头，那张有些吓人的脸给了他一个尴尬的笑："江先生。"

这时，江一凛感觉到身旁多了个人，侧身看到唐秋已到了屋内，目光如炬地望着里头的这对母子。

"这位是？"周妈放下手上的东西，抬头有些诧异地问江一凛。

他顿了顿，侧头看着唐秋那并没有什么表情的脸，却仿佛可以感受到她内心的惊涛骇浪。

"她是……"

唐秋忽然伸出手拽了拽他的衣角，示意他先别说。然后，她的目光轮番地在母子俩身上打量。

　　江一凛盯着她的手腕，发现她有些轻微的发抖。

　　面前的人，她是忘不了的。烧伤后的周一定她是第一次见，但十年前，周一定的母亲曾经用她尖利的指甲在自己的脸上死命地抓，她歇斯底里的样子和眼前沉静又疲倦的妇人判若两人。这些年为了照顾周一定，她吃了不少苦吧，她曾经也是漂亮的，温柔的。

　　那双唇现在有些发白，那双眼睛有些浑浊了，她是曾经跟自己说"家里没热饭的话，跟周一定回阿姨家吃就好"的人，也是曾经跟自己说"去死啊，你怎么不和你的畜生爸爸一起去死啊"的女人。

　　此时，她双眼茫然地望着自己。

　　"周阿姨。"唐秋听到自己的声音，沙哑而冷静，"周一定，我是袁歆。"

　　"袁歆"这两个字像是晴天霹雳劈在了周母的头上，她的瞳孔瞬间放大，像是有什么人猛烈地勒住她的嗓子一眼，难以呼吸。她往后退去，不慎碰掉了桌上的陶瓷杯子。

　　"咣当"一声，杯子摔落在地。而周一定侧向他们的脸是烧伤的那一半，他颓丧地坐到了那雪白的病床之上。空气像是随着杯子坠地那一刻开始，凝滞了。

　　唐秋打破了沉默，她缓慢地一字一句地道："我听说……周一定……有话要对我讲。"

　　大概有几秒的沉默，唐秋的目光死死地盯着那已经背过身去，无力地半坐在病床上的周一定。于是她又重复了一遍，这一次语调更慢，可每一个字更硬："我听说周一定有话要跟……"

　　猛地听到什么碎裂的声音，是周母操起桌上的另外一个杯子砸碎，她情绪激动地冲着唐秋，又冲着江一凛道："没有！他没有话要跟你说！"

　　江一凛敏锐地察觉到这气氛不是微妙，而是确实有事发生。

　　"周阿姨，我们不是……"

　　"没有！"周母双目仿佛可以瞪出血来，她的话都说得囫囵，"当年的事当年就讲清楚了！就是她！她爸爸！"

　　周母的手指指向唐秋："是她爸爸害的我们！"

　　"周阿姨！"江一凛大声说着，似乎想让她清醒一下，"您明明说过不是这样的！"

　　"是啊！"周母伸长脖子，咆哮着，"不然呢！你会替我儿子找医生治病吗？你根本不会！"

　　她将那惊慌又恐惧的目光收了回去，踉跄走到儿子旁边，用力拽他："走……咱们走……咱们离开这里！"

江一凛上前一步："周一定，周一定你来说！到底发生了什么！还有，过去到底发生了什么？"

"别逼他！"周母歇斯底里地喊着，"我儿子还不够惨吗？他被害得还不够惨吗！你们还要逼死我们吗！"

那个被拉拽的病人，那个命仿佛只剩下一半的男孩，被他的母亲用力摇晃着，却也不动，像是身后的一切与他无关似的。

而江一凛身后的唐秋，脸上有一个极其悲恸的笑容。

她等了那么久，逃避了那么久，最后，还是等来了一个报应吗？

她忽然大笑起来。

江一凛猛地回过头去，极其担忧地望着唐秋。而周母像是也被吓到似的，惊恐地望着她。

她忽然冲了出来，将唐秋往外推："你走！你给我走！你不要逼我儿子！你别逼她。"

"扑通。"唐秋忽然跪了下去，死死地抱住了周母的腿。在周母失措的瞬间，她仰起一张没有什么表情的脸，斩钉截铁地道："既然阿姨认准是我父亲害的周一定，那好，父债子偿。抱歉，我来晚了。阿姨，你打我吧。"

被紧紧抓住的周母挣扎着想要推开她，可唐秋的手死死地钳住她，咬牙切齿道："你打我！"她的目光像是穿越了十年的岁月，和那个曾经内疚惊恐的女孩重叠在了一起，周母的表情在一秒之中复杂得无法描述。她不忍再去看身下跪着的这个孩子，这个仿佛看透一切的悲伤眼神。

"既然是我爸害了周一定这一生！害他不人不鬼！害他这样！那你打死我啊！"

"我……我……"她如何打得下去，可是她却也知道，她应该打下去。

周母扬起了手，她闭上眼睛，心里一瞬间闪过一个念头：佛祖啊，宽恕我吧。

唐秋也闭上了眼睛，等待那个巴掌将她最后的希望拍碎。

"妈！"耳边有裂帛一样的声音嘶哑着，她的手停在了半空中。而半秒之中，江一凛已经狠狠地拽住了她的胳膊，厉声道："你敢碰她一下！"

唐秋被江一凛拽了起来，她有些失魂落魄，目光缓慢地望向周一定。

周一定躲过她的眼神，似乎在避免和她对视，他低下头，然后从胸腔里发出了压抑的哭声。哭声里，夹杂着听不太清楚的一声："我做不到！"

他做不到的是什么，做不到的是面对自己的罪恶，还是饶恕自己的良心？

当年，到底发生了什么事？

唐秋冲进了雨水之中，此时暴雨如注，洒向人间。

江一凛跟上来，见她瘫坐在雨中，一言不发，可肩膀却抖动得厉害。

他一时竟不知该做什么，是让她冷静一下吗？她的身子抖如筛糠，可他却怎么都拖不动她。

"你让我静静。"她回头，悲切地看着他。

江一凛心里清楚，肯定是有人来找过这对母子了。会是谁？

"或者你告诉我。"她说，"你本想让周一定告诉我的是什么真相，你告诉我！"

他不忍说出来，他要怎么告诉她，当年她父亲何止是纵火犯，而是被几个孩子活活烧死的？

雨水冲刷地面，彻底打湿了面前人，轮廓有些模糊。急速的雨水像是雨幕，遮挡在他们之间。

"周一定是袁师父救出来的。他想进去救谭福……然后……没来得及。"

"那火……火是谁放的？"她扑上来，紧紧地勒住他的手臂，"火……难道是……难道……"

她哽咽住，一时像是难以呼吸。

"唐秋！"他紧紧箍住她，听到她从骨骼里发出的咆哮。

"为什么！为什么要这么对他！为什么！"

"对。帮我查一下监控。是谁来找过周一定母子。还有，他们应该这两天会退院，已经拒绝我了……嗯，查查他们去哪儿了，跟谁联系了。"江一凛挂掉电话，此时是凌晨两点钟，他的公寓里开着最足的暖气，盛威在那头答应下来。

他们足足在雨里淋了半个小时，她哭到后来已经脱了力，后来发起了烧，可死活也不肯进医院。

他把她带回了家，让她洗了个热水澡，她还有理智，尽管整个人浑身都发烫，却还是迷迷糊糊换好了睡袍，不要他扶，摇摇晃晃地走到他的卧室里，"啪"一下躺了下去。

江一凛不放心，找了自己的私人医生过来看她。是发烧了，不过体温还不算太高，只是那之后她便迷迷糊糊地昏睡过去。

医生开了感冒药，告诉他明天起来看情况，他这才放人走。把事情交代给盛威，他便寸步不离地在床边看着她。他凑近了她一点儿，瞧着她的眉毛，心里忽然软成一摊泥。

她好像在做梦，紧锁的眉头微微抖动，时不时地打个颤。不知道是不是做噩梦了。那些他不在的时候的噩梦，他无法去想象她的孤独和无助，于是此时，那已经软成泥的心又猛地一痛。

江一凛有些自责，在没有万全的准备下，明明已经快要揭开面纱的陈年旧事又一次蒙了灰。尽管他知道唐秋为什么下跪，她在试探，而现在，这试探已经有了答案。

他们没有办法逼供，只能任由那对母子离开。

江一凛是几年前从李念真处得到袁敬意的遗稿的，回忆起当年稚子时期的誓言，如今他有了能力，他想要兑现。如今面临诸多的阻碍，他早就想清楚了。十年前袁敬意出事之后，年少的他备受煎熬。江沧海不顾一切地将他隔离，送他出了国。出国那段日子，他患上了严重的抑郁症，身上所有伤疤都是那时来的。腹部的伤疤则是车祸所致。连他自己也说不清，当时是不是故意撞上的，是不是想要寻死。只是那之后，心理医生介入，吃药，催眠，江沧海无所不用其极，生生将他从那煎熬的边缘里给拖出来。

而他忘记她的脸，也是在那段时间发生的事。因为太过深刻，几乎夜夜都能梦见她那张哭泣的、迸发仇恨的脸，所以心理医生的治疗方案关键就是让他遗忘。

江沧海如愿以偿让他淡忘了女孩的脸，却忘了他这个孩子听话却认死理。

在他心里，誓言重千斤，无论以何种方式的辜负，他都要加倍地弥补。

但这一次，看到她睡梦中那痛苦煎熬的表情，他却第一次真正怀疑自己做的是对是错。他轻轻地握住她的手："对不起，歆儿，都是我不好。"

他回忆起在雨中，他怀里的女孩大哭着，他需要很费力才能听清楚她在说什么。

"我原来有多恨他，我就有多恨自己。我恨他不负责任，我恨他抛下我，我恨他只爱京剧，我恨他像个疯子……小尘，你知道吗？我更恨我自己，恨我不肯原谅他，恨我在他最煎熬、最一无所有的时候，我却一点儿都不理解他……我甚至诅咒他死掉。我在他临死的那天还说，你去死吧，你去死吧……是我害死了他！在他死后，我一次都不敢回家，我怕……我太怕了……你说你要拍他的遗作，我其实不是怕自己被找到，要背负他的债，而是我怕他再被钉在耻辱架上，再被火烧一次……

"我很多次……梦见他死。但没有梦到过他的样子。他要么就是烧焦了，非常吓人。要么就是戴着面具，我央求，他也不肯摘下来，只唱戏，不肯跟我说话，一句都不肯说。

"小尘，他也是恨我的吧，恨我不理解他，恨我误会他、恨他，恨我不愿意学他痴迷的京剧，恨我的存在，恨我像个拖油瓶。

"要是我们换一下，该多好。你是他的孩子。而我……只是天地间的一个流浪儿，或许死了，或许苟活着。你比我了解他，比我爱他。你看，我是不如你的。十多年后你还想着实现他的梦想，为他正名，而我……"她惨然一笑，"而我只想着躲着他的过去，所以，他根本不想来我的梦里，他再也不想见我一面。"

周子豪告诉过他，十年前的她每日噩梦，虽然没有再度自杀，却在睡梦之中偶有自虐倾向。直到他把她变成唐秋，告诉她有新的人生，不必回头看，她才能缩进壳儿里，免受痛楚。

他原先只是以为她受那事故冲击，却在今夜才明了，她躲避的不是那场大火，而是烧在她心里的火。他眼睁睁看着她，他的歆儿摘下那个属于唐秋的面具，重新变成了一个脆弱的小女孩。他的心里，也在燎着一把火。

病房里，正收拾好一切的母子二人，陷入了沉默。

一天前，游天霖带着人来找到了他们。游天霖说："周一定，手术他可以给你做，我也可以给你做。这个没问题，但你有没有想过，你要是说出来了，你可是纵火犯啊。"

周一定激动地道："是游鸣，不是我！"

游天霖冷笑一声："你当天就算没碰过火，也是个共犯，而且，只剩下游鸣一个人，一人一张嘴，谁也说不清。好啊，手术先不说风险不风险，你想想，等待你的是牢狱。就算植皮手术成功，这也是一个很漫长的过程。你进去了，还怎么继续治疗？"

"那……我们该怎么做？"

"立马收拾东西走人。至于那多事儿的小子，再找你们，就说……"游天霖笑着道，"就说他为了一己私利收买你们，不就得了吗？"

一束阳光照在脸上，江一凛醒了过来，身上盖着毯子，床上已不见唐秋。

他腾地站起来，迅速地冲出门外，正紧张着，见她正拿着锅铲跑出来："你起来了？我找盐呢，家里有酱油吗？"

他一个激灵，像个愣头青似的反应过来，结结巴巴："酱油……我找找。"

厨房用品倒是齐备，买这套房子的时候，就有最好的厨具，可他几乎没怎么开过火。他大多数时间都在外头跑，这屋子是个避难所，昏天黑地过，哪里会做饭？顶多就是泡个泡面。

翻箱倒柜也没找到酱油，倒是找到了一小包白糖。他脸上难得有局促，像是做错事似的："我下去买。"

"哎，算了。"她一把夺过来说，"白糖洒在荷包蛋上，也挺好吃的。你记得吗？"

她将白糖细细洒在两枚金黄的鸡蛋上，身后的阳光也温柔洒在面前的地板上。

江一凛觉得自己这间屋子仿佛有了从来没有过的暖意。

"记得。"他隔了好一会儿才反应过来回答她，"小时候，你爱吃糖，又老蛀牙，师父不让你吃，你就缠着我给你买。"

他比划了一下："这么一小包的白砂糖……还有大白兔。你最喜欢大白兔了。"

其实她那时候不是真的那么爱吃糖，只是袁敬意不让，她便非要吃，又有人这样惯着，她便齁死也要咽下去。

她埋头吃着一颗荷包蛋，甜丝丝的，心里仍涩涩的。

"怎么了？"他担心是自己说多了，收了嘴，皱眉担忧问她。

"没事。"她抬起头来，忽然张嘴说，"我牙真的挺不好的。怪我不听他的话。他是为我好的。只是小的时候，看不见他的好心。尤其是当他总是黑着脸来为你好的时候，你只觉得他对你坏，从此他做错什么，都成了错的事。他没有不爱我，只是他本来就不是一个擅长爱的人。"

"你干吗总是盯着我？"唐秋抬起头来，看着面前的江一凛。

"没有。"他微微一笑。

只是觉得一切都不太真实罢了。

"你放心。"她将筷子一放，一本正经地说，"我不跑了。"

不管真相是什么我都不跑了。我不该害怕承担那些注定要我承担的东西，即便我承受不起，我知道，有你陪着我。无论我是唐秋还是袁歆，无论你是江一凛还是卞小尘，我们两个分开都很脆弱的人合在一起，会像钢铁一样难以击败。所以，我不跑了。我信你。

大概等待了有十几秒钟，她抬起头来："我需要一个心理医生。"

"心理医生？"

"没错。他既然能让你忘记，也能够让你想起来吧。我要想起那天晚上的一切，我要想起他的脸。"

她目光如炬，异常坚定。

江一凛的心理医生姓赵，当年在美国的时候，赵医生也恰好在那边研修，所以，对于他俩曾经遭遇的事，他很清楚并且守口如瓶。这些年，赵医生美国和国内两地跑，偶尔会在晏城小住。这段日子他恰好回国休假。

当江一凛带来唐秋时，他几乎立刻猜出这个女孩是谁。

赵医生儒雅有礼，见唐秋心急，对她进行了一个简单的心理问询后，单独跟江一凛进行了会谈。

"我觉得这个事还急不来。"

"怎么？这是失忆吗？"

"失忆谈不上。就像你当初因为被巨大的痛苦冲击到，需要借由药物和心理学进行一个模糊和修复。有些人在巨大创伤后，只能记住一些片段。唐小姐没有看过心理医生，完全靠自己来反刍伤痛，久而久之，这个记忆就会切割成碎片。"

"我看她的精神状态还没有到稳定的地步，应该是旧事重提之后，虽然理智地拼命说服了自己，但还是没有真正接受。

"她现在很迫切想要知道的，是她当初拼命想忘记的。她应该了解过心理学，她提出让我催眠，重塑场景，来刺激她大脑皮层的记忆区块，但事实上……"

"不能操作吗？"

"可以是可以，但是风险很大。我对唐小姐的心理状态有些担忧，她长期回避一件事，如果突然让她面对，可能会有应激反应。"

江一凛见赵医生的表情，心里有些明白，不由担忧起来："这反应会有多大？"

"这个就不好说了。"赵医生叹了口气道，"我的建议是，先帮她一点点地适应，一点点地面对和回忆，不要一下子就把那最惨痛的经历复苏给她。"

从赵医生的宅邸出来，二人回到车里，江一凛侧头对她道："别着急，我们慢慢来。"

"我听到了。"她耸耸肩，忽然深呼吸一口道，"虽然想不起具体的场景，但我还是知道……"

她的表情垮下来："都怪我自己。"

"慢慢来。"江一凛握住她的手。

"你要帮我。"她低声道，"帮我把它重新拼凑起来。把苏格兰黑山羊的另外一面告诉我，一点点地告诉我。"

"好，我把你漏看的，我有幸看到的，一点点告诉你。"

"嗯，选秀到最后阶段了吧？"

"对。"

"其实还没问过你，这个角色……是他的谁？"她抬头看着他。

"这个角色，是我的编剧苏塔安排的。"他笑着说，"她过段日子也该回来了。比赛结束之后，很快就会定下来最后班底。"

"不如我猜一猜？不会是我，你和庄叙如总不能演父女吧。既然是杜撰的角色，应该是他生命里，出现的一个安慰吧。"

江一凛没有回答。

唐秋兀自说下去："我知道这个人不会是我母亲的形象。我从前以为我没有妈妈，是我爸气走了她，毕竟他这个人确实不是一个适合托付终身的男人。我其实见过我妈一次。我爸知道了，狠狠打了我。那时候，我都还不认得你。后来她去世了，我都没见到她最后一面。我因此恨死我爸了……是柳叔告诉我的，说我爸其实很够意思了。"

那是暗含在唐秋内心深处，从未与人提及，哪怕是当初的卞小尘都不知道的秘密。

"我父亲……并没有如那些漂亮的人物传记里一样遇到那些好事、好运。他连爱情故事都没有。他是在一次跟同乡喝醉酒后，进了一个小按摩店遇到我妈的。没错，我妈做的不是正当行业，不算很漂亮。生了我之后，她过了几天日子，就又跑了。"

唐秋忽然笑了一下。

"她又干上了老本行，也不要我了。据说当时我还小，我爸背着我上戏班子赶戏。那段时间唱得特别糟糕，因为老惦记着要下台给我喂奶。我小时候嚎得可响了。

"她想来找我，我爸不让，是因为他觉得丢人。我原来就恨他这点。后来弄明白了，如果他愿意娶一个这样的人，怕丢人的不是他，他是怕我长大了觉得丢人。

"柳叔跟我说这些的时候，我还太小了，还是恨他。柳叔还说，其实当时戏班子里，大家伙都怀疑我到底是不是我爸的孩子。就我爸说，怀疑个屁，你们瞧瞧这小鼻子小眼睛还有这臭脾气，不是我袁敬意，谁也生不出这样的娃！

"至于我那个就见过一次的妈妈……她其实……我觉得她真的不怎么喜欢我。"

唐秋一脸的眼泪鼻涕，但却带着笑。

"你知道她跟我说什么吗？那天我悄悄跟她见面，她请我喝酒。对，她请她七八岁的女儿喝酒。然后她喝多了，说，你爸就不是个玩意儿，你小的时候吧，求着我来，我当时虽然没来，但现在不是来了吗？他又翻脸。欸欸我告诉你，男人都不是什么好东西。你爸瞧不起我？我还没瞧起他是个红不起来的烂戏子呢！"

唐秋笑得更加大声，一手挡开了江一凛要替她擦泪的手。

"别，别操心我，我没事儿，我就是突然想起来了。这些都是柳叔跟我说的，他现在在晏城当大老板呢。"

"他知道了吗？"

"还不知道。"她抽噎了一下，"快了，他该知道的，除了你，就是他找我最紧了。总而言之，我虽然不知道你要拍的剧本是怎样的，那个人和我爸到底有多相似，但我很谢谢你安排这样一个角色给他。我希望……庄叙如演的这个角色不会像我亲妈那样，你答应我好吗？"

还不等他回答，唐秋已经抹干眼泪，换了张脸似的："好了。"

她歪着头，表情变得鬼马，明明眼中还是湿的，却狡黠笑着："大明星，你演一个戏剧才子能过关吗？虽然新闻上写你刻苦学习，但我还是觉得，我得验证一下哦。毕竟……"她拖长声调，"其实我才是你第一个老师呢。"

柳老三此时正在黄金楼。东岸狮子洞附近那块地的合同已签，承建方希望早日进行规划，柳老三已经开了好几天的会了，今天难得回一趟黄金楼，想解一解戏瘾。

黄金楼顶层，他有间阁子叫"惊梦"，活脱脱像是把一个旧时的小梨园搬进了闹市区。京剧爱好者的 Party，开在黄金楼的顶楼"惊梦"里，倒不似名字一般惊醒梦中人，反像一个梦。

除此外柳老三还把旁边的单人洗手间改成了化妆储物室，跟旁边的储藏室打通。他多年来收的京剧戏服物什都有了存放处。最初时简陋，还没什么规矩，素面朝天便唱开，充其量戴个京剧脸谱。后来就越发的精致。最初是一群年过半百、事业有成的中年人，后来来得杂了，三教九流的都有。后来大伙儿心照不宣地好好筹备，一周一台戏。

戏有戏理儿，柳老三每逢周三便找不着人。唱戏有规矩，天塌下来，地陷下去，戏开场，火山海啸也要演完。

这日倒不是周三，柳老三从乡下搞来了把高音二胡，正坐在里头叮嘱管事儿的张经理维护的事。

张经理知道柳老三带回来的东西可都价值不菲，因此听得那叫一个仔细。

"周三要准备开席吗？"

"我最近估摸着是没时间了。来了又走，不合适。但他们来，还是得备着。"又指着那天顶道，"哎，张经理，这能不能凿个天窗啊。"

"哈？"

"还能动不？"

"凿个天窗干吗呢？"

"那样，能看到月光。"柳老三笑着道，大概见张经理愣了一下，不免自嘲，"我不过附庸风雅，不行就算了。"

"能啊，这可是您的黄金楼，又不算违章建筑。"张经理笑道，"您哪儿是附庸风雅啊，您可是风雅本人。"

"欸，胡扯！"他笑了起来。

二十多年前，他在戏班子里跑戏，有一年在乡下，一行人连个睡觉的地方都没有。那时已近初秋，夜里寒冷，他抱着一把二胡和袁敬意挨在那露天的戏台子旁，一行人睡得七荤八素。其实那次，邀他们来的主办方有给他们定酒店，还是不错的四星级酒店。但袁敬意把房给退了，要了个住宿费，底下的几个兄弟啥都没说，只讨了几条毛毯保暖。

那段日子，柳老三的母亲住院，家里能卖的已经都卖了。

"明儿个拿了钱，先把你妈的医药费给交上。"那时袁敬意说。

柳老三自责，总觉得自己拖累了他们，连晚饭都没胃口吃。迷迷糊糊间，他听到他的兄弟安慰他说："一股清泉，一把二胡，一段京韵，几碗稀粥，满目月光。兄弟，这比那四星级酒店可好多了。"

袁敬意的眼睛里盛着月光，嘴角还是那个外人看来有点儿不知天高地厚的高傲的笑："我告诉你，兄弟，这人世间太多事情比吃饱穿暖更重要了。"

在本享有这些的年纪，他因身无长物而辜负，到今时今日，想要加倍奉还。还时无主，便敬那月光一寸。

柳老三刚从"惊梦"出来，便见两个陌生人从私人电梯入口进来。这顶楼是柳老三的私人会所，私人电梯也只有店内人可用，他正准备开口呵斥时，忽见来人走近。

"唐秋？"柳老三诧异间，又抬头看见她拖着手的高个男子，"一……一凛？"

对于柳叔认识江一凛这事儿，唐秋其实并不意外，纵使别人瞧不出他是谁，柳叔那颗玲珑心也一定认得出。当年虽相聚短暂，柳叔却也是极其宠溺他二人的。更何况，他们在同一个晏城寻找同一个她。

倒是他对唐秋拉着江一凛进来颇感讶异，先不说这两人怎么拉着个手了。这周子豪的妹妹，他也不过见过一两次，虽曾有过疑虑，但柳老三着实没有多想。

这世间太多巧合，他哪里想得到，众里寻他千百度，那人……那人竟在眼前。

"柳叔，我知您有个室内小梨园，我哥说的。"这时唐秋笑容真切，指着身后的江一凛道，"他……您认得对吧？他要拍个京剧戏您也知道，我想借用一下。和他一起……唱一出。"

柳老三只觉得有点蒙，但见唐秋这样，他犹豫了一刻。

"这……去吧去吧。"柳老三替他们开了门，"有啥需要的喊一声。"

刚要出去，便听她又叫住他："柳叔！"这一声，他忽然觉得头皮有些紧，缓慢回头看向她。

那少女负手而立，唇红齿白，一双凤眼微眯，忽一瘪嘴，一副不大高兴的别扭样儿，全无了之前的沉稳成熟。

她说："您可不能走，我俩是要您点评点评的，这么多年没唱了，您和我爸教我的那点儿东西，我也不知还会多少。"

柳老三的手微微颤抖，他眼瞧着那屋内的人眼中含的泪，一时竟无语凝噎。

而这时，他忽然激动地进了门，朝着江一凛快步走去，一挥手轻轻打了他脑门一下："你你你你这事儿都不来告诉我？真是目无尊长了！"

江一凛吃疼，却眼中含笑："这不是……上头有令，她得亲自告诉您啊。"

柳老三紧握拳头，泪在眼眶中未曾落下，他仰头起了个四平调："那便来一曲《梅龙镇》！梨园，今日开席！"

十年阔别，生死未卜，在曲水流觞中，时间仿佛忘了走。

艺术和真情一般，是在时间里不会变质的瑰宝。

惊梦此时，让梦外人入梦。

《摘星》最后一期的录制，是在游乐场。

江一凛也打算在这里公开宣布电影的内容和主旨，回应媒体和大众对他的质疑。

当时，因为受害者家属的一则视频被幕后推手重新炒热，镜头前憔悴的中年女人情绪激动地控诉，让网络再度沸腾。原本已经平息的争端，再次激烈燃起，轰轰烈烈地进行。节目组也承受了不小的压力，甚至收到匿名的警告信，因此他们在游乐场的安防又加重了几层。

唐秋想去看这场决赛，但又不太想露面。李潮东倒是够意思，给她安排了一个穿着玩偶在现场发小礼物和饮料的工作。

倒也不差，毕竟大冬天的，套在厚重的玩偶服里还能保暖防冻。

决赛场，最后三人角逐，分别是齐思思、庄叙如和沈欢。沈欢能走到最后，唐秋很替她高兴。尽管苏韵的话偶尔也会浮现，但她现在不想计较那么多。

她们并不知道她来，包括江一凛。

节目在下午开始，将会在网络端进行直播。一切都不容出错，非常考验演员们的演技。

这一次，她们扮演的角色跟游乐场的人物有关。

《冰雪奇缘》里的冰雪皇后艾尔莎由齐思思扮演，而沈欢则挑战了红桃皇后，庄叙如扮演了花木兰。

江一凛却戴着《美女与野兽》中的亚当作为野兽时的头套。这个设定是李潮东想的，在最后票选出最佳女主角之后，将由她来摘下头套。够粉红，够浪漫，够独一无二。

不知为何，尽管江一凛的扮相是野兽，当他和三位漂亮女演员出现在花车上的那一刻，唐秋觉得，他比第一次出场时还要璀璨。而她套在唐老鸭的头套里，跟着一群工作人员挥着手，又蠢笨，又好笑。但唐秋心里已无卑微。无论她是丑小鸭还是白天鹅，无论她是唐秋还是袁歆，她知道，那个人都会守护她。

那天的决赛，进行了五个多小时。

《摘星》收官，收获了比预期要多太多的关注。尽管外头风起云涌，这里却是一场不折不扣的狂欢。

在现场评委评分加上场外累积的票额统计后，庄叙如成了这一届《摘星》的花魁。当她款款走到野兽扮相的江一凛身前，他绅士地弓身，发出舞会的邀请。

她摘下他的头套的刹那，烟花在身后燃起，冲向天空，散落成无数星辰；而舞台的中央，唐秋看到一枚银色的星星正缓缓升起到荧屏的半空，最后放出无限耀眼的光亮。

被套在布偶服里的她的眼睛里，盛满了光，也盛满了泪水。

接下来，一双荧屏未来的璧人，站在台前摘下头套的江一凛宣布道："今天是《摘星》的收官，这场为我这辈子最用心的一部电影选女主角的选秀，就此结束。"

他顿了顿，台下掌声雷动起来。

"我出道这么久以来，其实没有真正地做过自己。我一直拍别人要我拍的电影，做别人要我做的人。到了现在，我还是弄不明白一个问题。"

台下的人面面相觑，不太明白他在说什么。

"我弄不明白一个很多人都以为自己明白的道理。就是我是谁，我从哪儿来，我要到哪里去。"

哗然声起，人们脸上依旧是费解的神情。

"我还是少年的时候，命中遇过一个贵人。他与我相处不过几载，对我的影响却很大。他曾跟我说，我们是谁并不重要，重要的是，我们为什么而活着。"

江一凛笑起来："不是所有人都那么幸运拥有信仰。他有。而很幸运的是，我今天能站在这里，讲述一个有信仰的、知道自己为什么活着的男人的故事。他就是这部电影的主人公——他说，我们演戏的，其实都是在扮演别人，面具之下的不是面孔，而是一颗颗本心，一颗颗知道自己为什么而活着的本心！所以……这部电影，叫作《面具之下》，是一个或许普通或许不普通的男人的故事。"

江一凛的话声刚落，已有记者迫不及待地发问："江先生，外头都在说，您的这部电影的原型是十年前一位纵火犯，请问可否确有其事？"

尽管有挑选媒体，但记者们尖锐的提问仍旧无法杜绝，眼见有人打了头阵，紧接着就有人问："您从小旅居国外，和这位纵火犯又是怎么认得的？"

"受害者家属控诉您，您的电影可能会受到阻碍，请问……"

"江先生，请回答！"

……

场面顿时有些失控，记者们蜂拥向前。而江一凛正欲回答之时，唐秋猛地摘下了头套。她站的位置并不算正中，于是大力而笨拙地跳了起来。

江一凛看到了她，看到她灿烂的笑脸，将一根食指放在了唇边："嘘，别说。我都懂的。"

两个小时后的乐园，恢复了安静。

乐园办公处江一凛的休息室里，他对着那个戴着头套的唐老鸭笑："还不摘下来吗？"

这时门被推开，节目助理讶异地看着里头，问他："江先生，车已经在门口了。"

"我不走。"

"欸？"

江一凛耸耸肩："晚些盛威会来接我，你们先走吧。我和我的唐老鸭朋友聊一会儿。"

"欸？"

然后他走上前，那助理一脸潮红地只好关了门，心里想着："真帅，不过那个玩偶服底下的是谁啊？"

江一凛落下了锁。

"现在可以摘下头套了吧？"

唐秋总算把那重重的头套拿了下来，露出一张被闷得红透的脸，头发也早就乱糟糟了。

"车都在外头等你了。"唐秋埋怨道，"结果你把我堵在这儿。"

江一凛上前，伸手替她理了理头发，顺道帮她脱掉玩偶服。

"哎，不用，我可以的……"

他却不管，伸手一把将她抱出来，唐秋一个趔趄，往他怀里一跌，却被他紧紧抱住。

"刚才在现场，为什么……不让我说？"近在咫尺的眼神，纯净又忠诚。

她轻轻挣脱："说和不说其实并不重要。媒体添油加醋，最后会变成什么版本，我们都无法预计。何况……我不希望再增加多一点点阻碍。对了，你为什么选在游乐场？"

"你猜？"

"是想告诉大家，娱乐之中仍有认真，对不对？我不知道还有那句话，我只是很好奇，他真的有这么告诉你吗？"唐秋抬头看他。

他点点头。

"什么时候？"

"约会吗？"他突然岔开话题说道。

"现在？"

"对啊，现在。"他看了眼手表。

"怎么去？现在虽然闭园了，但是……估计有不少你的粉丝还没走，要是让他们知道你还在……"

"怕吗？"他挑挑眉头。

"喂，你现在可是风口浪尖上的人。"她笑着瞪他，"干吗，要拖我也上那风口浪尖？"

"傻瓜。"他笑着说，"风口浪尖我来站，你啊，站在我身后便是。"

"那……"他忽然指了一眼她身后的玩偶服，"如果你不介意，我穿这个。"

几分钟后，当穿上蜘蛛侠玩偶服的江一凛大刺刺地站在她面前，裤腿还短了一截时，唐秋憋着笑。

"怎么？"

"不知道怎么的，想到要跟蜘蛛侠约会，忽然觉得有点小激动。"

尽管这样的装扮惹来路人无限侧目，但好歹还是比正身出门要便利太多。走到一半，唐秋的手忽然被握住，旁边一米八多的蜘蛛侠大哥低声耳语："带你去摩天轮那儿。"

此时已过九点，大多数的设施都已停止运行。路上的游客越来越少，人们在出园，甚至有不少女孩拿着他的应援牌，高唱着他的歌，一脸的虔诚与喜爱。那爱像是一种纪律，也像是一种信仰。

而信仰本人此时牵着她的手，从她们身边经过。唐秋幸运地在他的身畔，面具下有难以掩饰的少女情怀。那是来迟了的少女情怀。算不上目眩神晕，只觉得心里很高兴。

摩天轮此时已经停歇，在夜里像个蛰伏的巨大动物。星空几许，寒冬里，她打了个寒战。

"你带我来这儿，就是看一看啊？"

"不然你还想怎么样？"

"哎。"面具下的她故意叹了口气。

"怎么的？"他侧头问她，戴着头套，瞧不出他那关切的眼神。

"没什么。"唐秋笑着揶揄他，"就是觉得偶像剧里演的……不都是男主角把整个乐园包下来……"

"也不是不可以。"他揉揉她的脑袋，"要不，我现在去跟园长讲，我付点儿电费，通宵？"

唐秋忍不住笑着打了他一下。

他揉揉她的脑袋："记得吗？小时候，我们去 C 市的游乐场。"

记忆一点点席卷起来，当时 C 市的游乐场刚竣工，号称拥有全省最长的过山车。那次他们一块去 C 市看了一场京剧大秀，袁敬意难得高兴，给他们买了通票。唯独摩天轮要另外加钱，他陪着她在那底下抬头看。他记得很清楚，当时欢儿口是心非地说："肯定没什么意思。你看都不晃，一点儿都不刺激，那么贵的钱就吊上去一下下，没意思的。"

嘴硬如她，拽着他就走了，可她却回头回了好几次。

回家的路上，袁欢在车上睡着了。迷迷糊糊间她还跟他说："小尘，你说，在那个地方看星星，星星是不是会特别大颗呀？伸手就能摘下来一样……"

然后她头一歪就睡着了。袁敬意每次都只会在她睡着的时候露出慈父的表情，他用胳膊给她当枕头，小心翼翼地动都不动，然后压低声音问他："她刚说啥呢？"

他老实回答。

袁敬意当时陷入了沉默，许久之后他说："这丫头可真像我，成天想些有的没的。"

他苦笑了一下，然后用另外一只手弹了一下卞小尘的脑门："下次你再带她来吧。我把钱给你俩，你偷偷带她去，我不想惯着她，这丫头一惯就上天。"

他眨巴着眼睛，不懂袁敬意为什么总是这样，表面上总是对歆儿好苛刻，可明明他最爱她。紧接着听到他说："这孩子，难得笑这么开心。"

这时江一凛看了一眼表，好，差不多。

3……2……1！

忽然之间，整座摩天轮像是苏醒过来，发出璀璨的光。

唐秋吓得往后退了一步，还没反应过来，他已经像个英国绅士一样伸手邀请："公主殿下，虽然承包不了整个游乐园，但包个摩天轮，在下还是可以做到的。"

抱歉，答应你父亲要带你看的摩天轮，迟迟才兑现。稚子小儿，曾做过无数个梦，许下过无数诺言，我都想一一兑现。江一凛在心里说。

摩天轮缓缓上升，其实成年人都明白，相比天空的距离，这里看星星，和底下看星星并不会有什么区别。可不知怎的，却觉得星星特别近，仿佛置身银河。

夜间的摩天轮开得缓缓地，抵达顶点的那一刻，他忽然摘下头套，也摘下她的面具。

面具下的她在灯光的映衬下，眼中闪烁着星光。

"我突然觉得我有点儿恐高。"她笑着说，"我总在想，掉下去会怎样？会粉身碎骨吗？"

他知道她另有所指，轻轻地扶起她的脸，温柔地道："粉身碎骨，我也陪你。"

"好，粉身碎骨我也不怕。"她咬咬嘴唇，坚定地笑，"不过最好的是，我们都好好活着。"

因为只有活着，我们才能看到这样的星空。我们牵着的手才有真实的温度。

Chapter14
真相大白

"都通知了吗？"

西岸，柳老三在黄金楼附近有个会所，现在也是周子豪他们谈事儿的地点。

进来的赵睿正一脸苦相。

"这什么表情呢。"

"豪哥，你知道的，光狮子洞就有上千户人家是外地务工者，违建房也拿不到任何的补偿，就不说别的。这大冬天的，让人举家搬走，他们能去哪儿呢？其实说真的，大家都是穷苦人，没了这窝，就真的啥都没了。"赵睿叹了口气，又道，"不过，也是没辙对吧。"

周子豪抽着烟，这时也很头疼，柳老三把这么重要的任务给他，他能不尽职尽责吗？

这场"易主交易"有官方主持，其实并不算难。虽有坐地起价者，周子豪也能用硬气一点儿的手段谈妥，可偏偏也有软肋。东岸有大批量的违建房，惨的是那些租住在这里的老居民。违建房大多廉价，本来东岸和西岸的房价就是一个天一个地，可如今这么一折腾，待东岸平地起了高楼，哪儿还有这样的价格？

如今，竟是连有个窝都成了穷人不能奢望的事儿。

柳老三已经给周家三兄妹找好了住处，那儿离话剧院、离周蕊公司都近，是个不错的小区，价格不低。周子豪拿了笔不菲的安家费后还有不低的工资，从前他赚钱有一分花一分，有一万花一万，根本顾不上明天。如今这钱是干净合法的钱了，他可以攒着，可以想未来。

可街坊们的未来呢？

而他们并不知道，此时有一伙人正打着他们的旗号，在东岸的狮子洞，那个他青春期热血流淌的狮子洞里，再次掀起了一场腥风血雨。

西岸林瀚的茶室里，正喝着新茶的游天霖接了一个电话，他听到那头说"游老板，搞定了，您且放心，东岸现在已经乱了套了"，满意地挂掉电话。

"游老板这个笑容……"林瀚眯着眼笑道，"看上去倒是胜券在握。"

"哈哈哈哈哈哈。"游天霖掩不住喜色，"一切都如鱼得水。你说啊，人生在世，没这点儿打胜仗的乐趣，得多无聊啊。"

"但我倒是听说，程老板最近身陷风波啊。"林瀚轻声提醒道，"咱要不要避下嫌？"

"避嫌？你们年轻人不懂。"游天霖道，"程老板根基深，岂是区区几只蝼蚁就能撼动的？这群人跟我们斗，不自量力！你也放心吧，这被害者的言论一放出，别说投资商得撤资了，口水都能淹死他，他这戏根本拍不成！"

"此话怎讲？"

"枉你在娱乐圈混那么多年，舆论这种事，懂得操控的人是可以把它当成刀的。"游天霖满上茶。

"我倒是觉得，不过区区一个电影，又不是什么伟人传记，来源也不过扣个帽子。其实江一凛明明可以矢口否认的……为何……"

"既然这些人要往事重提，那就没办法。江一凛不过一条小虫，本来我根本瞧不上眼。不过他自己撞上来，就别怪我不客气。"他露出一个不屑的笑容，"江老头以为自己天衣无缝，编造了一个有漂亮身世的少年，结果……我和这小孩儿还挺有缘分，当年，这江一凛可是个小黑户。"

林瀚听得还没反应过来，这时游天霖道："你说，原本还只是个巧合，但如果他们是一丘之貉，他用私心炒作，这样揭开的就不只是袁敬意一个人的嘴脸了。我们要做的是，让他们的嘴脸更加丑陋一些。还有，你上次跟我提了一嘴的唐小姐，你知道她是谁吗？"

"谁？"

"他就是袁敬意的女儿，她利用自己跟江一凛的关系，让他拍这样一部电影，就是想洗白她的杀人犯父亲！"游天霖喝下茶，咬牙道，"那也要看我们这些受害者同不同意！"

周子豪闻讯赶回狮子洞的时候，心急如焚。

有人冒他周子豪的名，对狮子洞尚且没有做好善后工作的居民家进行了相当残暴的打砸，不但损坏东西，还伤了人。一时之间，委屈变成激愤，众人皆骂周子豪狼心狗肺，背信弃义，为了钱，真是什么事都干得出来。也不知是谁提议不能坐以待毙吃这哑巴亏，既然周子豪和柳老三不让他们活，那他们也要以牙还牙。

同时，江一凛虚假捏造身世的黑料被披露。

欺骗大众长达十四年的美梦被戳破，粉丝们的心碎了一地。网络上，声讨江氏者大有在。人设坍塌，无数爆料不论真假，却能造成十足的危机。

新闻媒体围了江氏的大厦，强烈要求江一凛出面进行回应。

一时之间，满城风雨。

而此时，隔岸的人也无暇观火，他们自己也有一场火。

江氏大厦仅隔着一条街的酒吧里，正在做交易的几人被警察围剿。一片乌烟瘴气中，警察搜出了一堆大麻。有人在混乱逃跑中捅伤了一个侍应生，流了满地的血。乌泱泱的人群尖叫着溃散。

那昔日的狮子洞是残破的，今日，一片狼藉。妇人和孩子的哭声漫天，灯火戚戚惶惶。

忽然天空飘起大雪。

那昔日的晏城，是冷漠的，今日，迎来了一场史无前例的霜冻。

天空，下起了雪。

江氏大楼里响起了电话铃声，是医院打来的。

"一凛，江总病危，速来医院！"

圣山医院今日尤其热闹。

暴雪天气路上车祸好几起，急诊室送来了多位病人。人们呼着白气，在医院里挂着张忧心忡忡的脸。

很多人常常要进了医院才明白，世间最大事，其实无外乎生与死。

人的一生，就是在生死间游走的。

住院部 VIP 急诊室门口的长廊上，只有江一凛孤零零一人坐在蓝色的座椅上。

几米之隔，人群吵嚷，盛威他们正焦头烂额地应付媒体。

这样的场景并非第一次上演。作为公众人物，就要学会打落牙齿和血吞，就算你经历再大的浪，面对话筒，还是要微笑体面地讲出"一切都好，我没事"。

这一次他不想讲。

新闻上的事儿他一点都没看，盛威急得要命。其实江一凛从摩天轮上下来的那一刻，就做好了准备。

他没告诉唐秋，游天霖威胁过他，那个家伙声称知道他的真实身份。游天霖在电话那头希望江一凛想清楚再做事，何必为了一个小人物搭上自己的前程，搭上江沧海造了那么久的梦？

"如果那些粉丝们知道了，他们会做何感想？发现自己喜欢的人是社会最底端的可怜虫，却营造出含着金汤匙出生的美好幻境！发现自己喜欢的人是个大骗子！这样好了……我们做个交易怎么样，你好好继续当你的明星，我不戳破你，你也别挡我的道。"

这头江一凛等着把一切说完，言简意赅地只给了一句话："游叔叔，您放心。我既然要做，就是有准备的。游叔叔倒是可以考虑一下自己的后路。"

然后他挂掉了电话，一旁的柳老三皱眉道："怎样？狗急跳墙了？"

"是。"他点头。

"我早就知道跟他撇不清关系。只是当年，人证物证齐全，加上当时所有人口径一致。何况他的儿子也险些出状况，我才没多想。"柳老三深深叹了口气，"如今他狗急跳墙，更是印证了这些。"

"那您是怎么怀疑到他身上的？"

"当年的证人，一个是巡逻保安，一个是油铺的，还有几个所谓的目击证人，我都有去走访过。但当时他们咬死自己没有撒谎，是亲眼看到。但是……事发不久后，油铺就关了，老板本来就是外地人，说是家里召他回去结婚。至于那保安，他可祖祖辈辈都是融城人，但前几年这人也不见了。也怪我怀疑得晚，能寻的线都断了。"

"所以您是想借这个机会，让游天霖把线续上。"

"没错。我有安排人在他身边。这家伙老奸巨猾。只是听说这件事儿后，他有些慌张。这更让我起疑。不过……"柳老三深深看了他一眼，摇摇头道，"你自己把这料放出去当诱饵，值得吗？其实就连我都万万想不到，今日的江一凛会和当年的我们有过瓜葛。"

"值不值得，都不好说。"江一凛笑着说，"借一人的嘴，把自己瞒天过海的谎一次性拆穿，我反倒觉得心里松了口气。"

"那你父亲……"

"父亲应该会理解的。"

如今，江沧海陷入昏迷，怕是不知道，他为江一凛打造的人生已经如多米诺骨牌一般坍塌。他看不见，不知是幸运还是不幸。

其实江一凛并没有恨过江沧海，尽管要成为现在这个角色，他付出的东西实在太多。

最重要的一样，便是自我。

盛威他们将人拦在外头，他有一个走廊的安静领域。唐秋走到他面前的时候，江一凛缓缓抬起头来，声音沙哑："你怎么来了？"

"盛威告诉我的。"

急诊室的灯还是红的，她不知道他在这里待了多久，更不知道他多少次经历这些。只是觉得他熬红了双眼，那张原本英俊的脸上写满了疲倦。

唐秋坐了下来，她不怎么会安慰人，小时候也只有小尘安慰她的份儿。

两人静默着，时间像是停了。

这时，急诊室的灯亮了，二人同时站起来，穿着白大褂的医生走了出来，抬头向着他们摇了摇头。

而另外一边，那个被刀子捅伤的年轻侍应生脱离了危险。

医院，有人生，也有人死，亦有人死里逃生。

那年冬天好像比往年都要长一些。

晏城那场雪下了五天，雪停那一日，是江沧海的葬礼。

江一凛瘦了许多，顶着媒体的压力，在葬礼的门口被记者们围堵，问他："江沧海到底是不是您的亲生父亲？"

即便是在这样的白色葬礼之上，媒体仍旧想要往家属身上捅一刀。

"江先生，您马上要开机的《面具之下》饱受争议，多方撤资，请问您打算如何应对？"

"江先生，听闻您几个代言被取消，您对此……"

"江先生，外界传闻说您是孤儿，请您回应……"

江沧海病发突然，那一贯雷厉风行的金牌制作人，从小就教会江一凛如何完美应对记者。而如今他的葬礼上，江一凛一言不发，像是一种讽刺。记者们尽管毫无收获，但起码从江一凛的形销骨立的模样里，能读出太多信息。

从江沧海去世那天之后，唐秋就没再见过江一凛。他的确有很多事要处理，在电话那头说他这几天忙，等忙完了再说。

他就这样突然变得淡漠疏离，到后来电话也不再接。

江氏毕竟是江沧海一人独大的公司，尽管江一凛从小就在江氏，但在众人眼中，不过是一个漂亮的傀儡。江沧海这么一病，公司早就已经不如从前。江一凛是锦衣玉食的小明星，要管一个公司，大家对他都没信心。底下签的艺人，稍微有点本钱的，都提出了解约。公司内部极其混乱。再加上网络上的风言风语，现在江一凛全力以赴的《面具之下》的筹备组也面临了巨大的危机。突然撤资的几个投资人，包括了最大的股东齐思思的父亲。无数的黑料袭来，他的几个代言都受了影响。又突然爆出江氏的某个公益项目存在洗钱嫌疑，尽管未上实锤，却被一一转发。

一夜之间，江氏股票大跌。

网上纷纷扰扰，关于江一凛的身世，众说纷纭。有脱粉的，有因此更加心疼他的，也有觉得人设坍塌的，认为一个电影折射人品，认为他心机叵测，与他那欺人的父亲如出一辙。

但江一凛从没出来回应过。

参加完葬礼之后，除了处理江沧海的遗嘱和公司的股权问题，他连轴转赶到了剧组，原本筹备组搭了一半的景被突然叫停。大雪之后本来就停工了几天，一伙来历不明的人将台子给砸了后又跑了。除了民众抗议外，大家都心知肚明，定是有人从中作梗。

这几日，当年受害者谭福的母亲上了几个节目，在节目现场哭诉自己的经历，认为江一凛在吃人血馒头，是用这样的方式炒作。其实《面具之下》本来不过是借一人的人生折射京剧，却被炒到这样的地步，就连李念真都被京剧组委会叫去谈话。

这一日，江一凛回到晏城的公寓里已是夜深。零下的温度让他整个人的血液都凝固了，一进电梯，那根绷紧的弦就突然松掉。

整个人像是脱水一般筋疲力尽，几乎是扶着走出电梯。

一打开门，江一凛一时不知该在他那张堆满疲倦的脸上摆什么表情："你……你怎么在这儿？"

唐秋此时正跪在他客厅的茶几前，往他装安眠药的瓶子里装白色药丸。维生素的盒子还丢在一边。

她有些尴尬被抓包，抬起头来，讪讪一笑。

"哇！"唐秋本来被抓包还有点儿不好意思，这时候决定先发制人，腾地站起来，"喂，你让盛威转告我，说是你这几天不在晏城，敢情你是在躲着我呀。"

"我……"

"别你你你的。"唐秋走到他面前，瞧着他面容上的憔悴，心中一紧，"你真在躲我啊？"

江一凛回避开唐秋的眼睛："我没有，我只是……欸，你怎么进来的？"

"门卡问盛威要的。"

哦，果然是盛威出卖自己。

"至于……你家密码锁，干吗用我生日啊？"唐秋又跟过来，凑到他面前，一双眼睛紧盯着他。

哦，是他自己出卖自己。

"上次来的时候，安眠药还有半瓶，看来是吃完了。这次又买了整瓶的。烟灰缸里都是烟头，你原本也没多少烟瘾……"她定睛看着他，"而且你瘦了那么多，整个人……"

"你别这样。"江一凛再次避开唐秋的脸，侧过去，"我没事。"

"喂！"唐秋忽然有些炸毛，"你在摩天轮上说的话又想当作不算数是吗？"

他说，粉身碎骨我也陪你，现在他却躲着她？

那一直沉默着的男人缓慢地抬起头来："我只是……不想你看到我这样。"

"你怎样了？"她眨巴着眼睛审视着他，"你到底怎样了？"

不想你看到我怯懦，我伤心，我失眠。

我不想你担心。我不想暴露出我的痛苦来。

"歆儿。"他还是开口了，总得说些什么，"他养我十多年，我叫他父亲，尽管我有很多不满意的地方，有时候觉得自己像个傀儡。"

"我知道，他对你有恩。"

"是。我只是觉得自己像个灾星。你看，于我有恩者……当年收养我的男人出车祸死了，我连他名字都记不得，但我知道我叫卞小尘，是他给我起的名字。老钟……前些年我回去找过他，他患了白内障，眼睛已经看不到了。根本认不出我……"他苦笑了一下，"袁师父……再加上我父亲……有时候，我真的觉得自己……"

"呸。"唐秋起身猛然蹲在他面前，用手托住他的脸，"你别这么想，他们的遭遇跟你一点儿都没关系。你给我记着，你永远不要这么想。你可是说过的，粉身碎骨都要陪我，我不要一个这么自怨自艾的人陪着我，我要一个刀枪不入，可以为我挡箭的男人。我允许你现在痛苦，但你答应我，即便你痛苦，我也要看到。不然，你的痛苦，在我想象中会是十倍、百倍、千倍，我会因你的痛苦而更加痛苦。你答应我好吗？"

见他不答，唐秋走到酒柜前，拎出两瓶酒来，往桌上的杯子里满上，递给他一杯："喂，我陪你喝！"

她一口干掉了一杯红酒，然后看着他："你知道吗？那天在医院，他临走的时候你和他见了一面。就这一点，我不知有多羡慕。我没见到我父亲最后一面。我现在都想不起来那最后一面。我只记得我们争吵，我让他去死。卞小尘你知道吗？他真的死了的时候，我有种是我杀死他的感觉。"

"歆儿……"

"别说那些，我现在还好，想不起来，也有想不起来的好处。"她笑了一下，"其实即便好好告别，我也不会有多大出息的。我这辈子，真的很怕告别，但是我更怕不告而别。所以，我答应你我会好好活下去。也请你答应我。无论你多么想伤害自己，多么痛苦，都不要抛下我。不要像我爸那样，什么都不说就抛下我了。"

他苦涩地笑了一笑，伸手将她揽进怀里："好，我答应你。"

他像是缩回成十多年前的那个瘦小孩子，骨骼分明，哪怕是那时候孱弱如她，也想要竭尽全力地保护他。

她伸手回抱他，在他耳畔说："你知道吗？你还有我。"

只听得他叹了口气，唐秋松开他，问道："干吗叹气？"

"我很幸运，我在需要你的时候有你，可我在你需要我的时候……"他笑了笑，"对不起。"

"傻瓜。"唐秋拉着他的手，坐回位置上，"这算是你欠我的。以后，十倍弥补给我。"

"百倍、千倍都在所不惜。"

那是天地间的孤独小孩，他是一艘孤船，好巧，她也是。

"求求你，好起来。我们还有很重要的事要做。"唐秋在心里说道。

江一凛不记得自己是怎么睡着的，只是这一觉，睡得太沉太沉了。像是吞下了好几片安眠药，连梦都没有。

醒来已经是中午了。他爬起来的时候，想起昨天的酒，他喝了多少？陪他喝酒的她呢？

一夜之间，唐秋已经把他的家变了一个样子。

厨房里的锅碗瓢盆已经被洗得干干净净，桌上摆了新鲜的花，原本素色的屋子，她装点了些暖色调，屋子里一下子像是升了温度。

唐秋从厨房一回转身，就看到了倚在门口的他。

宿醉的脸上，尚有些苍白，可已经有了平和的笑容。

她有些尴尬："那个……哪儿有人把日子过成那样的，家里什么都没有……所以我就出去买了点儿。那个……你赶紧过来吃饭！"

他笑着看着她，坐了下来。

"你笑什么？"

"我觉得，我确实有点儿不太放心自己。"他拿起筷子，"真的，我觉得我特别危险。所以……你以后，都看着我吧。"

唐秋瞪他："喂，你可没空危险啊。"

"嗯。"

"剧组的事，怎么样了？"

"早就做好准备了，虽然跑了不少人，但不至于到散伙的地步。主要的班子都是我自己的人。还有，网上的黑料其实我自己都看了，说真的，我无所谓。还有包括他们泼的脏水，我都保留了证据。只是现在不适合回应。"

"那投资商撤资的事呢？"

"放心吧。瘦死的骆驼比马大，我父亲走之前把江氏股份全部转给我了。"他涩涩一笑，"何况，还有柳叔呢。片场在继续筹备中，资金链不会断的。至于原先说的广告投资，反正我也不是为了赚钱，无所谓了。对了，苏塔近日回国。"

他忽然抬头看着唐秋道："我们打算回融城一趟。"

闻言，唐秋正拿起的筷子，落了地。

她的笑容僵了一下。

"没事，歆儿。"他说，"你现在不要出面。媒体并没有太关注这个点，你置身事外就好。"

"置身事外？"她蹲下去，将筷子捡了起来，重新站起来时，她眼神清亮，笑着道，"这是我的事，我怎么置身事外？我也要一起回去。"

苏塔回国了。

那被加州阳光晒成小麦色肤色的女子就这么绕着唐秋转了一圈，一双眼睛咕噜咕噜地也围着她转。

被人这么盯着瞧难免会紧张，唐秋有些不好意思地笑了笑。

苏塔并非科班出身，又在国外长大，并且年纪也太轻，这些标签贴上去，汇成一个不靠谱。其实很多人都不看好江一凛找苏塔，就连最初的他也根本没想到，最后是苏塔帮助他把这个剧本搞到了满意的地步。当年有这个想法的时候，江一凛也不过是跟苏塔探讨过一阵。苏塔于他，像是一个寄托，一个明明知道和故人无关，却冥冥之中又像是有那么点儿关联的人。

而今日，她们真的"有了"关系。

苏塔的出身，和京剧倒是也有点儿缘分。她生于南方的一个小渔村，很小的时候，跟着父母坐船到了美国。一点点大的时候，她在一个肮脏的地下室里生活，没有别的乐子，只有一台影碟机，就疯狂地迷上了电影。那时唐人街上偶有京剧台子，一群老华人靠着京剧解闷思乡，苏塔觉得那很酷。

苏塔是个聪明的人，也是个戏痴，但为了帮家里分担，并不会选择相关的行业。梦是梦，生活是生活，大多数时间，还是要醒着。

可是后来有一天，苏塔不打算醒了，她打算梦下去。

二十岁那年她去了好莱坞，在那里有一群跟她一样有编剧梦的普通人。她拼命投稿，拼命写，拼命学，拼命看，给许多的编剧当过小助理。但成功哪里是一件容易的事，尤其是在好莱坞那样的戏剧淘金梦里。

二十四岁那年，苏塔只身去了很多的地方，她觉得，她得先找到真正触动她的故事、她想写的人生，否则，那就只是一份工匠活儿。苏塔在欧洲大剧院里的时候，想起自己在唐人街听的戏，她想，中国京剧是不是也能这样的大气磅礴呢？

苏塔走访了几个京剧大师，也许是命运的安排，那天她在街上，遇到了狂追她好几条街的江一凛。

他追上她的时候，她警惕地举着刚买的锅，一副防备的样子，问他想要干吗。

他气喘吁吁地盯着她，眼里有些失望，却保持礼貌地向她鞠躬："抱歉，认错人了。但是你和我一位老朋友真的好像。"

不知怎的，苏塔在他的眼睛里看到了不属于这个年纪的、很深很深的悲伤，用她自己的话来说，那悲伤有些古老。因为现在已经看不到那么悲伤而深情的灵魂了。

两个异乡的年轻人就这样成了朋友。江一凛并不是个话多的男孩，那时候更是身心俱疲百病缠身，苏塔是他第一个倾诉的对象。

几年之后，江一凛回到了国内，卷土重来，事业再次大展宏图，和苏塔却保持着通话的习惯。直到《面具之下》的雏形产生，苏塔表现出了极大的热情，也正是她向江一凛提出："你不觉得，当年的事有些蹊跷吗？如果他是你所描述的那样的人，虽然有些宁为玉碎不为瓦全，但你觉得，袁师父他觉得自己这样就足够了吗？"

苏塔继续说："如果是我，我是不怕死，但我一定要做点儿什么事之后才死。没错，袁师父或许因为现实挫败而厌世，可这样热爱京剧的人，京剧不死，他怎么会舍得死呢？何况，你说了，他还有个相依为命的女儿。起码，他得把自己的东西传承下去，才愿意离开吧？"

也正是因为苏塔的这番话，江一凛觉得她起码是理解袁敬意的。苏塔说："你知道吗？我觉得这个世界上，总有那么一部分人，他们不是为家庭、为六便士而活的。他们可能有时候看起来不那么接地气，不那么通情理，但谁又能说他们不是天底下最讲情分的人呢？一凛，起码我看到的这个人，他虽然偏执，却是个好人。我来帮你完成这个作品吧。虽然我不是什么大家，但我很喜欢他，一个为自己所爱的事业可以忘记自己人生的人，我觉得很酷。在你找到那个女孩的时候，我也很想为她的父亲做点儿什么。我觉得她像世间的很多女儿一样，并不理解自己的父亲。别说是演员了，其实生活里，很多父亲也是戴着面具的，做子女的总是不懂，反而是旁观的人才会把他们当作一个独立的个体来看待。"

这就是苏塔，一个看上去有些混不吝的天真的女子，表面上和她所书写的人物完全沾不上边儿。但在某一刻，在她谈起自己所热爱的东西的时候，她眼中有光。

唐秋相信他的眼光，而这一次，她也相信这个眼神。

这是个人人都在谈论六便士的年代，有一句流行语叫"认真你就输了"。人人都学会了揶揄和讽刺，觉得潇洒不在乎才是真理，怎么活得轻松怎么来。可有些人他们注定沉重，他们活得那么认真。

他们真的输了吗？

回去的日子定在了大年三十。除了他们三人，还有剧组的几个剧务人员。

当年出事后不久，那房子本来已经废弃，该砸的也都砸了。袁敬意成了纵火犯，加上袁歆的突然失踪，当地找了她一阵子之后，直接将这无主的屋子挂了出去，打算换得的钱赔给受害者。

游天霖象征性地给了一笔钱，但毕竟剧院被烧，加上他的独生子也差点儿被害，他给的那笔小钱给他赚够了名头。鲜少人知道，那场大火中，他才是渔翁得利的那一个，赚得盆满钵满。袁敬意的房子本就不是什么贵重地产，老旧残破，加上出了这档子事儿，哪里卖得出去。只是几年后突然被神秘人高价买下，只是要求那房产的钱分文不少地给受害的两家人。倒是从来没人住，只是派人打点。尽管村民好奇，却也没有去深究。

人们的记忆力不是差，而是生活有够多要烦的事，最初还心疼两家人，也关切一下那个失踪的孩子，偶尔想起她来觉得可怜，偶尔想起来，又觉得父债子偿，她也活该。

然后，继续生活。

融城也有了天翻地覆的变化，那曾经大火烧过的剧院殒了两条性命，上过新闻几天。如今，就连当时新建的电影院也日渐衰败。不过十年，对于某些人来说，却好像过了好几世。

周一定母子又搬回了老住宅。因为这里便宜。

虽然这里离袁家不过两条街之隔。

长期的治疗让他们心力交瘁。而游天霖父子俩在负担了几年的医药费后离开了融城，就此失去了踪迹。周母变卖了一切家产，也只够负担他的医药费。至于整形，他已不再苛求。直到有一天，江一凛找到了他。周一定从没想过他是谁，事实上他们也从没打过交道。在他告诉自己，他对这个镇子有感情，也想帮周一定做点儿什么之后，周一定会跟他聊起一些往事，透露出袁敬意这个人并不坏。其实他真的想说出真相，可母亲天天以泪洗面，周一定一点办法都没有。

江一凛的剧组来到融城，虽然并不是浩浩荡荡地来的，但还是难以隐瞒。这在某种意义上，刺激了融城人本不敏感的神经，就连当年跟这件事毫无瓜葛的村民都忽然义愤填膺起来。十年过去，人们好像早就忘记了剧院的样子，也忘记了袁敬意本来是个什么样的人。

人人只记得，他出事前，是个常常在剧院里唱戏的疯子。出事后，他就成了一个丧心病狂的杀人犯。

十年间，唐秋未曾回过一次家。却不是第一次回融城。只是从前，她只敢去墓地，做贼心虚似的，上一炷香便走。没有打听，没有对话，这是她作为一个女儿唯一能做的。

剧组被安置在新城区的酒店，十年前，这里还是一片废墟，是程老板打下的江山。

只是如今早已易主。那昔日风云的人早已换了阵地。

有新的剧院开启，甚至有京剧行当的手艺人。这些年，人们仿佛忘记了似的，它曾被人嫌弃，被人视作老玩意儿。

流行是轮回的，一次又一次，是人们的无情，却也是人们的念旧。

人本质里喜新厌旧，旧得久了竟又成了新的。

唐秋说不上来自己的心情，麻痹是包裹着她的面具，里头是一颗钝痛的心脏。

"我们这是去哪儿？"她见那小路又熟悉起来，

"回家啊。"现在，只剩下他和她，江一凛握着她的手。

夜很深了，只有这个时候回去才能不惊扰。

江一凛觉得事不宜迟，再久一些，怕是明天全城都知道了是他买下了这宅邸。

到时候，又会有新的麻烦。

青石板路没有变，时光像是回到了前一世，唐秋像是听不到声音了，跟在他身后，走在那月光下清冷的路上。

下雨了吗？唐秋仿佛听到了耳边有雨声，可皮肤上没有雨，身体像是没了温度，四周都是鬼魅。天干物燥。

"歆儿？"身旁的人轻声唤她，似乎留意到了她的失常，"你还好吗？"

江一凛不知带她回来是不是正确的选项，天气极冷，他握住的她的手，冷得像是结了霜。

"我没事。"听得她一句回答，他略略放了心，伸手去摁了门边外墙的灯。

灯一下亮了，暖光折射下，空气凝滞，呼吸出来的暖气，像是提醒他们，彼此尚在人间。

那鬼魅不见了，像是融化在这暖光之中。

屋中一切还是老样子，尽管她已经记不清那些场景，可当再看到时，却觉得无比熟悉。

只可惜袁敬意曾经的宝贝，都被当时激愤的村民们毁掉了。

这个唱了一辈子京剧的男人家中，此时竟是找不到太多的京剧痕迹。

"下雨了。"她忽然向他道。

雨水像是明白了人心似的，下得越来越凶，盖过了心里的风起云涌。

"哪儿有雨？你听错了。"他皱了皱眉，将窗关了起来。

风倒是很大。

"雨那么大……那么今晚，我要在这里睡。"

江一凛愣了一下，回头看她的脸，犹豫了两秒笑了说："好，那我陪你。幸好管家的买了几床新被子，我们去铺一下。只怕屋子长久没人住，有些潮。"

她叹了口气，只顺从地跟着他。

"怎么了？"江一凛的神经随着她的呼气吐气而敏感着，总觉得有那么点不对劲。

"没什么。"她笑着说，"只是很多事好像记不太清了。"

"对了，你过来看看这个。"

"是什么？"

唐秋一怔，见他打开一个匣子，里头是雪片一般的信件。

她仰头看着他："这是什么？"

信件都未开封，足足有一百多封。

是十年里，他从各地给她寄的。最早的已经泛黄了，字迹也不太清楚，只在落款处，清晰看到"小尘"二字。

可最新的，却是几月之前。

她握着那信，一时眼中含泪，难以置信一般地："你……写了那么多？"

"是，虽然知道你不在，可信也不知道该往哪儿寄。总想着，有一日若是你回家，还是能看到的。"他望着她，"这一日，终于到了。"

她坐到了椅子上，拆开一封。

从前，她常常在这张桌子上写作业，写完作业还要练功，"咿咿呀呀"的，左邻常来骂人，说被他们打搅了休息，可右舍却喜欢听戏，哪天要是没唱了，还要上门来问。右舍住的是一位老人，十年前就去世了。

她依稀记得十年前袁敬意最后的光阴，他郁郁不得志，日日酗酒，酒后便将自己装点完毕，然后独自一人在戏院或院子里唱戏。

她含着一包泪问他为何要这么做。他是怎么回的？

"你不懂，你还小，人间太糟了，戏台子上的人生让我觉得还舒服些。唱着戏，可以为别人忧，就可以忘掉自己的忧咯。"

"你看你连观众都没有。"

"我自己就是我的观众。我唱戏，不是为了取悦旁人，而是为了我自己。我唱给我自个儿听。"

她不懂，当时的她也像那些村民一样，觉得他疯了。但现在懂了。

不是因为扮演不好自己，所以想要扮别人。而是因为，人间走一遭，太多不值得，若有一事可痴，才在那不值得里有了一番值得。他爱了戏一辈子，终了明白了，人生如戏、戏如人生，他入了自己的戏，却过不好他的人生。

她忽然想了起来。那天，他们说完这些话之后，他对她说："歆儿，今日唱完，爸不唱了。最后一场戏，你替爸爸选一段吧。"

"神经病！"她的泪包不住了，见那醉的人儿束发冠，她只觉得委屈又恶心。

"我这辈子，最可悲的就是做你的女儿。"

她说了许多胡话。

她还说："我有时宁可你死了。"

这世间，竟是无一人懂他。

他耳边是女儿的哭声和决绝的骂语，口中却笑唱着："一霎时把七情俱已昧尽，参透了辛酸处泪湿衣襟……那不如，就唱《锁麟囊》吧。"

此时她眼中有泪，滴落在信纸上，那是十多年前，卞小尘的字迹。

他写道："挂念你与师父，只望安好。"

落款的日期正是出事那一日，隔了十多年到她手上，竟还是灼烫。

"歆儿……"

江一凛有些恨自己，他不该让她看信的，本来这种时候就该看看电视。最近过年了，电视节目一定很喜庆，他何必把她本来就脆弱的情绪挑拨起来。

"别读了，改明儿我们带回去，你慢慢看。"他动手去拉她，"我们煮点儿吃的，看会儿电视，好不好？"

她顺从站起来，忽然又像是猛地炸了毛，抬起头来，盯着那地面："小尘……有件事，我一直没跟你说。"

窗外，陆续有人站在那屋外，探头看着这十几年都没亮起的灯光，不由打了个寒战。

"会是谁啊？"

"听说，就是那个男演员买的。"

"不可能吧，那他还敢来？"

屋里的人不知外头的状况，他正对她的话表示费解。

"你在说什么？"

她深深地呼吸了一口气："我之前一直误会他是冲动……"

说出这些话，她觉得有些艰难。但江一凛耐心地听着。

"但是我现在却有些不明白……小尘，我想不起来很多事。当年我太懦弱了，因为痛苦，很多事情我都故意忘掉了。但今天我突然想起一些事来，我爸当时跟我说，那天晚上他最后唱一次，我不懂，我跟他大吵了一架，但是我今天突然想，也许……他不是想死，他只是……他真的只是想最后唱一次呢？我很想问清楚……"

"我接个电话，你等我一下。"江一凛被那铃声吵得有些发毛，接起电话来："有什么事明天再说。"

"不是啊，一凛，那个……有个叫周一定的人，过来找你，说……有事儿要跟你商量，你最好过来一趟。"

江一凛挂掉电话，看了一眼唐秋，犹豫了一下："那个……剧组有事找我。"

"你去吧。"唐秋抬头道，"我没事儿。"

"你刚说……问谁？"

"没问谁。"唐秋思来想去，还是不要让他担心了。

"算了，要么……你跟我一块儿回去。我不大放心你。"

"有什么不放心的，这是我家欸。"唐秋站起来，那笑容像是一切都是顺理成章。

对，没错。这里是她家，但正因为是她家，他反而有些担心她。

"那好，我一会儿就回来，你哪儿也别去，有人找你，你就装不在。有什么事，给我打电话。"

"嗯。"唐秋点点头，"你真的不用担心我。"

江一凛一出门，就发现他的车胎被扎了。他倒也没觉得恼火，这好像是预料之中的事儿，于是打电话给盛威，又怕声张，让他到大路口来接。

此时，他尚且不知道，有一伙人正朝着他的方向而来，手里拿着火把，脸上挂着仇恨，和自以为是的正义。

他走在那青石板路上，手机再次响了起来。这一次，却是柳叔的号码。

他有些纳闷，接起来，那头传来周子豪的声音。

晏城。林瀚的茶室里，庄叙如缓缓地放下了手里的杯子。

"抱歉，林师兄。"庄叙如婉拒了林瀚的高价片酬，她用一种难得平和的眼神看着他，"我不能答应你。虽然我不过是个演员，但我有我的原则，以及做事情的态度。我不管别人怎么看待这个戏，但戏和人生是两码事儿，我既然选了这场戏，就是天塌下来，也会演完。"

庄叙如缓缓起身，在林瀚恨铁不成钢的眼神里淡然自若："我依旧觉得您在演技方面是我的偶像，但做人……起码职业道德上，我觉得您愧对师兄二字。"

上次从他的茶室这么走的人，还是唐秋。林瀚咬着牙，不明白现在的女孩怎么会这么不识时务，他愤愤地又砸了一个茶杯。

那群打着柳老三和周子豪旗号打砸的人被抓了起来，他们倒是没费多大力气就招认受人指使。指使的人正是游天霖。

东岸的开发商预备开发一套民用住宅。而周子豪提出将其中一幢楼，按照原来的租金租给原住民。柳老三的其他合伙人皆认为不妥，认为这样的善举会后患无穷。但柳老三却认为，人若行善要瞻前顾后，杜绝一切有可能的忘恩负义和得寸进尺，那世间便不会有善举。

很多年后，东岸也会发展成像西岸现在的繁荣样子，而那些曾经居无定所的人也许会成为他那样的人，少时施恩，来日不图报，只图一个心安。他同意了周子豪的请求。此时的柳老三正在越南当地的一个小马场里，他在电话里跟全部股东宣布，他同意周子豪的提议。

柳老三挂掉了电话，看着来人，他笑了起来："吴保安，我找你找得好辛苦。怎么样，我们做个交易吧？"

此时的游天霖已经顾不上这些了，他一直企盼着能够化险为夷的程老板忽然锒铛入狱。为了撇清关系，游天霖将一份他藏了十多年的"黑幕资料"送到了官方，来了一个彻底大叛逃。

不过，他那个孽子这段日子可是摊上了大事。之前游鸣手下的一个"代理"在晏城的一家酒吧交易被逮到，还捅了人。游鸣这几天东躲西藏，只能求老爸相助。只是这毕竟是跟毒品扯上关系的案子，游天霖气得要命，拒不理会。

自从出事之后，游鸣不敢回家，躲在朋友的地下室里几天之后，他逃进了黄金楼的一间仓库里。他怀里有一把匕首，眼中是怒火，像极了十年前的某个夜里。

他知道是谁要搞他，正是那个他瞧不起的柳叔，那个对他和颜悦色却给他下套的人。

游鸣知道自己这次可能是躲不过牢狱之灾了，那么他能报一点仇是一点。

他知道今天是柳老三要会友的日子，据说他刚从国外谈了桩大生意回来。

他潜进那化妆间中，可大麻的作用让他的行动不那么便利。周子豪他们没费太大劲就把人给捉住了。这招行刺可算是失败透顶。

游天霖自然不肯在这样的风口浪尖为这个没用的儿子出面，要不是他儿子跟发了狂似的在那头大喊："行啊，游天霖，你不管你儿子死活是吧，那好，那你给我等着，十年前的事儿，我也可以六亲不认！"

于是，柳老三的"惊梦"里，这多年前的恩怨就此将有个了断。

"你他妈说我？游天霖，我这样，不都是你教的吗！十年前，没错，我当时看到袁敬意被你们绑在戏院里，我带着周一定和谭福是想烧死他来着。可是你猜怎么着，我点着了火，可那个戏疯子却醒了！周一定那个傻子，带着谭福，估计被吓傻了，想要去灭火！我才懒得搭理他们！可是外头火却烧起来了！"游鸣像是失了控，"哈哈哈哈我是坏啊，但虎毒不食子啊，你差点儿把我也烧死在里头！你以为我不知道吗，为了帮程老板擦屁股，你必须干掉袁敬意！明明是你蓄谋要杀他。"

游天霖的脸色已经骤然变了，却仍旧面上抵赖："我这儿子，看来是疯了。胡言乱语！即便是儿子诬陷老子，也需要证据不是吗？何况，柳老三你何必呢，袁敬意都已经死了那么多年了，你还咬着这事儿不放，你给这不孝子什么条件？居然要跟他合伙诬陷我？"

"你别忘了。"柳老三咬牙道，"游天霖，袁敬意还有个女儿。"

"对，哈哈哈哈哈！"游鸣忽然像个疯子似的笑起来，"那个疯子，那个袁歆，也是个疯子……哈哈哈哈哈，她被我吓得连家都不敢回……死在外头……外头……"

而这时，一旁的周子豪已经怒不可遏，一拳砸在了游鸣的脸上。

那被打得跟跟跄跄的游鸣一时眼冒金星，倒不知是被打清醒了还是被打得更晕了。

打死他也想不到，此时打他的人，正是他口中那个"不敢回家的女孩"的"新家人"。他眼中冒着火，几乎难以自持地痛殴着那满口胡话的游鸣。

游天霖总还是有点儿做父亲的自觉，要扑上来，却被人拦住。

"子豪！住手！"柳老三喝住了周子豪的拳头，目光却如鹰钩一般锁住游天霖，"我告诉你，游天霖，不是天不收你，是我等到现在想收你收个彻底！"

他打了个响指。

"既然你不认账，好啊，那我为你介绍一个老朋友。"

门打开的那一刹那，游天霖就愣住了。

老吴低着头进来，指着他说："是他……是游老板逼着我作假供的……"

当年，袁敬意因为知道了程老板的一些秘密，被警告，甚至虐待。因为担心他是个炸弹，他们想拉他入伙，可袁敬意誓死不从，他们便起了杀心。袁敬意在短暂的时间里，想好了他女儿的一切。他一辈子没有给过他女儿什么东西。他誓死要替他女儿争些东西回来。可剧院被扣，他一时哪儿也去不了，托孤给了兄弟后，他决定去找程老板好好谈一谈。

在谈不妥之后，袁敬意是曾怒极扬言要烧掉剧院，与他们同归于尽，却被游天霖利用。他擅自处理了这件事，失手将袁敬意打昏，将其绑在剧院之中，并且买通了几个坏人和保安，让他们一把火烧掉剧院，却怎料几个孩子进了剧院。游鸣对袁敬意进行羞辱，表示要放火烧死他。却怎料大火忽然燃起，粉尘爆炸。游鸣侥幸逃脱，周一定想要救袁敬意却被大火吓退，顶梁砸下来，挡住他和谭福的去路，也压住了他们。绑袁敬意的绳子被烧断，他在大火之中抱起两个孩子往外冲。可怎么都拖不住胖的那一个。他只好抓起周一定的身子，捂住他的口鼻，将浑身起火的他背出了剧院，然后扑进火海中要去救另外一个孩子。

他再也没有出来。

周一定醒来的时候，游天霖告诉他，这就是一场失误，现在人没了，他们要是不好好地"说话"，就别想治病。

医院里，他连止痛药都用不起，他母亲哭着求医生。他也在那疼痛中麻痹了下来。

而当时指认袁敬意搬着油桶火烧剧院的人，是老吴和另外一个"目击者"。

这还不够。

眼见他还要抵赖，柳老三又打了个响指。

从老吴身后，走出来的是一个瘸腿的男子。

游天霖的脸色瞬间白了。

那人脸上有疤，笑起来的时候，像一只凶恶的猛兽："游老板，您可真是够有本事，过河就拆桥。把我弄进牢里……就能瞒天过海了？当年，您让我火烧剧院的事，还幸亏我留了个心眼……"

他手里拿着一段录音。

"游老板，这录音，我可是有备份的。"

"这件事……我希望你亲自告诉她。"周子豪在电话那端道。

这个电话足足讲了半个小时，江一凛听完，只觉得胸口堵着一团棉花。

是啊，周子豪说不出口，可换作他，又要怎么开口告诉歆儿这一切的真相？她误会了袁敬意那么多年，若是知道他是被人所害……

一想到这，他就觉得如鲠在喉。

"不知道这地方什么习俗，我刚才开车过来的时候过了条小路，有一群人拿着火把在巡游，还哭哭啼啼的，是办丧事吗？"

盛威不知道电话里在说什么，见他挂了电话，兀自道。

江一凛忽然觉得心头一阵胆寒："盛威，掉头。"

"哈？"

"让你掉头！"

屋外有陡然的灯火晃动，可唐秋像是视若无睹。

"你跟了我十年，我从来没跟你说过话。我知道是我自己出毛病了，但我没有告诉任何人。我也装作看不见你。你……你到底是谁？"

就好像她在表演，而那个人像个观众。

表演者是不会和观众对话的，甚至连对视都不会，他们甚至不会表现出来有观众，只有这样的表演才是精湛的。人生才需要观众呢。

"我在扮演唐秋，一直逃避自己的命运，我甚至不知道你是谁，我是说，除了是我的心魔，你还能是谁。你一直戴着面具，从来不摘。我其实没事的，我一点儿都不怕你。你甚至像我的一个老朋友……只是今天，老朋友可能也触景生情吧。"

她慢慢地往前走了一步，向那团虚无道："现在我们回家了。你可以摘下你的面具吗？"

屋外传来了激烈的敲门声，有人大力地拍着门，夹杂着村民的骂声，而屋里的人却像是熟若无闻。

"我没毛病。我知道这是幻觉，但是幻觉也要自己去攻破不是吗？跟现实一样，你不想接受，也要接受的。"

"你别怕。"她坐下来，"不就是个死吗？你是不是一直都想带走我？"

"让袁歆出来！让她出来！父债子偿！"

"不出来！就放火烧死你们！"

"对，以牙还牙！"

忽然听到一声悲戚的啼哭，那是谭福妈妈来了，在众人簇拥下，这个丧子十年的中年女子白着头。往日里嫌弃她像个怨妇的所有人像是同时又都有了同情心，他们的愤怒像火一样烧向这个院子。

不知是谁带了个头，将手里的火把丢进了院子，人们像是失去了理智一样地效仿起来，火把一个接一个飞向了院子。

这火本不大，其实这群人也怕事儿，原本的意思是将她熏出来，可过了许久，里头却没有动静。

火烧了起来，缓慢的速度，发出"噼里啪啦"的声音。

"里头是不是没人？"

"对啊。兴许是没人吧？"

"可万一有人咋办？"

"有人也活该烧死！"

"就是啊，跑了十年，回来送死干吗呢！"

"会不会搞错了？兴许是搞错了呢！"

有人开始叛变，冲进旁边的院落里，开始兜水。

老城忽然兵荒马乱。火却像是有了生命一般，忽然张开了火舌。那些经历过十年前那场火灾的人们被火光照亮了眼睛，惶恐不安地喊着。

"快叫消防队，快去啊！"

她看到大火烧了起来，像是十年前的夜晚，整个天空都是赤红色的。

那个黑影忽然躁动起来，周遭的空气忽然变热了，眼前的空气像是被一股气流烘着，变了形状。她的身子变得很沉很沉。

"你还是不肯摘下面具吗？你是不是要带我走？你在恨我，恨我当初误会你，曲解你，恨我不敢面对你。"

她剧烈地咳嗽起来，那黑影举起水袖，姿态妖娆，在火光之中提步前行。

"锵锵锵"……哪里来的锣鼓喧嚣？又是哪里来的丝竹管乐？

那黑影着的红袍忽然起了火，眼前是一个旧旧的戏台。

她朝着那团火走去。

"爸……爸！"她哭喊着，身子却瘫软下来，"是不是你，你是不是不肯原谅我！"

意识渐渐地抽离，眼前的幻象越来越淡，可浓烟烧了进来，她的肢体已经不受控制，一点点地倒在地上。

火光将那黑影吞噬了，她已经没有了力气，眼中的泪滚烫。

"对不起。"

这时，火光之中那个黑影重新出现，朝着她逼近，她看不清那人，目光迷离间他将她环抱起来。

"歆儿！歆儿！"

医院。

唐秋已经紧闭着眼睛。

"一凛哥，你先去休息一下吧。"周蕊拿了一条毛巾轻轻地擦拭着姐姐的脸。

"我没事儿。"他睁着一双疲倦的眼睛。

"医生说，我姐会醒的对吧？可怎么睡了三天了……"

"放心。"他宽慰道，"她一定会醒的。我认识的她是很厉害，很坚强的。"

"她再不醒，我哥估计要杀人了。"周蕊脸上有了欲哭的表情，心疼地轻轻摸了摸姐姐的脸。

长达数夜的梦。一场大火之后，她醒来，在一片废墟之中，戏台子却还在。一棵老槐树就在身畔，仍旧常青，像是那场大火中，它被设了结界。

有个女孩正坐在那树下，抬头看着她，看不清面目。

"你在等谁？"她忍不住问。

"我在等我爸。"

她心中一寒，那是她自己的声音。

"他不会来的。"她颤抖着说，"他这么多年都没来过你梦里，你忘了吗？"

"会来的。"那女孩坚定地望着远方，"他会来的。"

"他死了。"她哭着说，"死了的人怎么会来？"

"可是只要我记着他，他就不会死。"

"那你记得他长什么样吗？我想不起来了。"

"等他来了，你一定要记住。你陪我一起等吧。"

时间很漫长，像是无数个月升日落，像是无数场花开花谢。

不知等了多久，有个黑影出现在了面前，她身畔的小女孩激动地拉住她的手。

"他来了！"

挽歌忽然包裹了她的世界，身畔的小女孩忽然消失，她站在那树下，惶恐不安。

那戴着面具的黑影人重新来了，青衣装扮，唱着一句"朝如青丝暮已成雪，宁望过客不等归人"。

她问："你是谁？"

那人忽然将手伸向面具，轻轻一摘。

那是袁敬意的脸，是她记忆里不曾有过的温柔表情。

"孩子，回不来的就不要再挂念，记着就好了，人生到头来，爸才明白，偏执无用，陪伴足矣。可惜，明白的时候，没来得及陪你。"

"爸，你怪我吗？"

"不怪，回去吧，孩子。就像你在等我，也有人在等你。"

"我不走。"

"人间是不美好。"他笑着说，"但当年因为有你，我就算再不如意也觉得值得。你也一样，有一人愿意为你死，你当愿意为他活下去。人间，草木皆无情，若是得了那点儿情分，一定要好好珍惜。歆儿，去吧。"

那水袖一舞，烟雾像是散尽了，火光与灰烬消逝，满地的青青草原。

草原上，一个戏台缓慢地搭起。

一个身影陡现台上，倾国倾城姿，绝世无双曲。

他唱着："这才是人生难预料，不想团圆在今朝。回首繁华如梦渺，残生一线付惊涛。莫在痴嗔休啼笑，教导器儿多勤劳。今日相逢得此报……"

他莞尔一笑："不愧我当初赠木桃。"

在《面具之下》杀青之后，江一凛再未露面媒体，直到半年后电影公映，才重回公众视线。

首映式上，他亲自承认了那流言的真实性，向被自己欺骗的公众道歉，并表示，这部电影的所有票房和收益都会捐给慈善机构，并为学习京剧的孩子专设助学金。而他也将会退出娱乐圈。

而此时，旧案开庭。虽因隔了十年证据已不足，但人证确凿，游天霖难逃那迟来的公义。

墓碑前的少女缓缓坐下："爸，来了这么多次，一次都没跟你说话。我们这场冷战……也是够久的。你可别怪我……这面皮薄骨头硬，都是随的你。

"我就是想说啊，我们这一辈子，父女缘分有点儿太短了。从前我不懂事，又不够聪明，哪里猜得到你的真面孔啊，又像你，偏爱用一副假面孔对人。你看吧……这不能怪我啊。你去世十年，我做了唐秋十年，是时候做回你的女儿了吧。真正的你的女儿。下辈子……你要是还能做我爸的话，别老凶我了。还有，那个……我还是不喜欢唱戏，就不唱了好吧？爸……我很想你的。以后，也会把你放回我的心里。"

这时有人"吭吭哧哧"地跑上前来，正是李潮东那个胖子，他火急火燎地催她："袁歆，可没时间了，你还不赶紧的，妆都来不及化了。"

"急啥。"她瞪他一眼，然后朝着那墓碑笑了笑："算了，还是让你知道算了。我回去唱了，今天，是在老家，十年来第一次登台。唱的是你的老曲儿，你瞧瞧我惨不惨，你唱经典曲目《锁麟囊》，我就只好唱你改的曲儿……不过你的也不错啦。喂，爸，其实我也没那么讨厌唱戏。我走啦，山高水长，过段日子再见！"

后记
H O U J I

　　这本书，完成于 2018 年的夏天。

　　经过无数个夜晚的抓耳挠腮，落笔打上最后一个句号，我心里忽然空荡荡的。

　　其实最初的时候，我就是想写一个甜宠故事，当红男明星和龙套少女的相遇，一路跌跌撞撞，爆笑——去年那会儿，满世界流行发糖，没想到居然能流行到 2019 年。开玩笑，其实是因为当时我怎么都找不到写作热情，笔下角色的互动像是机械化，曾经擅长的言情一时间卡了壳。于是我开始钻牛角尖：披着甜文面具的它，底下是什么？

　　有时候我觉得我挺烦人的，我不喜欢表里如一的东西。比如，你吃到一样东西，尝了一口，好甜，你猜是糖，你往下吃，果然是糖。

　　在我眼里，这糖的甜忽然就有点腻了。

　　我当时就腻了，思考脸谱化的江一凛和脸谱化的唐秋，他们的面具底下是什么。

　　恰巧，那段日子我有幸读到了一本书。

　　叫《伶人往事》，疑是后人写就，因此主观情绪极浓。但反而是因此，我被这种铺天盖地的悲悯和命运捉弄给击中了。我流俗地想起了《霸王别姬》。

　　我从来不是个老派的人，连相声都很少听。从前还念叨怀旧这个词，这几年，跟上了发条似的，陀螺转生活太快了，往前的步调容不得我停下来思考，生怕一瞬间就被世界给抛在后头了，因此也就更少接触那些传统的艺术形式。

　　我其实没怎么正经听过几次京剧，如这本书里的大多数看客，我也更习惯快节奏的生活、综艺、娱乐、真人秀，快餐文化让人觉得吃起来虽不滋补，但容易消化，我们的审美肠胃甚至不需要动一动。但我看完《伶人往事》，脑子里就有了袁敬意，后来又看了一遍《霸王别姬》，小豆子和小癞子逃出后吃冰糖葫芦，钻进梨园看戏的那一幕打动了我，于是，有了小尘和小袁歆。

我知道我的糖里该裹着什么了。于是，我一整个夏天都把自己泡在了一种灰色的情绪里。一年过去了，2019 年的夏天，我还能感受到那种内心空荡荡的感觉。

　　《面具之下》里时间正线的故事发生在一个一桥之隔、天地不同的发展中城市。城市中有一座桥，叫烟波桥，之所以叫烟波，不仅仅是因为名字好听，而是人世沉浮，如烟如波，下桥入河，如喝孟婆汤，再醒来睁眼，世人皆陌生。烟波桥将城市分成两个城区，一个叫东岸，一个叫西岸。西岸代表着未来，高速发展，纸醉金迷，人人焦虑。东岸代表过去，它贫困、潦倒……是被抛弃的过去。

　　这个世界以飞快的速度往前走着，所有人都想抓住什么，却发现什么都抓不住。

　　就连爱和恨都变得薄薄的，人如尘埃，连拥有这些爱恨的人都薄薄的。

　　我写了一个有些沉重的故事。我应该把它写得更甜一点，那样底色才更悲凉。

　　我没有唐秋和江一凛那样复杂的过去，也没有袁敬意那样不堪重负的灵魂，但却在某一刻，某个空间，或许就在下笔的那一瞬，尝试感同身受。

　　我不知道我感受到的东西到底真实不真实。我只是觉得，即便我们还叫着原来的名字，却似乎和十年前完全不一样了。

　　我们长成了另一个我们。

　　但是没关系，永远会有人提醒你莫忘初心。

　　这本书当然不完美，但我感谢自己的真挚和努力，甚至感谢那一整个夏天的失意和挫败。

　　过去的终将过去，而未来的人生里，祝你的糖吃下去，是更甜的糖，祝你戴上面具，依旧可以做自己。

Underneath
面具之下

作者
王巧琳

封面绘图
古戈力

封面设计
杨小娟

内文版式
周沫

图片总监
杨小娟

特约编辑
罗长敏

责任发行
周冬梅

出版社
中国致公出版社

总出品
湖北知音动漫有限公司

制作出品
知音动漫图书·漫客小说绘

官方微博
https://weibo.com/xiaoshuohui

平台支持

图书在版编目（CIP）数据

面具之下/王巧琳著. -- 北京：中国致公出版社，

2019

    ISBN 978-7-5145-1491-9

    Ⅰ.①面… Ⅱ.①王… Ⅲ.①长篇小说—中国—当代

Ⅳ.①I247.5

    中国版本图书馆CIP数据核字(2019)第208157号

    本书由王巧琳委托湖北知音动漫有限公司正式授权中国致公出版社，在中国大陆地区独家

出版中文简体版本，并取得其他衍生授权。未经书面同意，不得以任何形式转载和使用。

面具之下/王巧琳 著

出 版	中国致公出版社	
	（北京市朝阳区八里庄西里100号住邦2000大厦1号楼西区21层）	
出 品	湖北知音动漫有限公司	
	（武汉市东湖路179号）	
发 行	中国致公出版社（010-66121708）	
作品企划	知音动漫图书·漫客小说绘	
责任编辑	徐慧	
特约编辑	罗长敏	
装帧设计	杨小娟 周沫	
印 刷	中印南方印刷有限公司	
版 次	2019年12月第1版	
印 次	2019年12月第1次印刷	
开 本	710mm×1120mm 1/16	
印 张	19.5	
字 数	370千字	
ＩＳＢＮ	978-7-5145-1491-9	
定 价	38.00元	